엘러리 퀸

20세기 미스터리를 대표하는 작가이자 미스터리 연구가, 장서가, 잡지 발행인으로 잘 알려져 있다. 또한 '엘러리 퀸'은 그의 작품 속에 등장하는 탐정 이름이기도 한데, 셜록 홈스와 명성을 나란히 하는 금세기 최고의 명탐정이다.

엘러리 퀸은 한 사람의 이름이 아니라 만프레드 리(Manfred Bennington Lee, 1905~1971)와 프레더릭 다네이(Frederic Dannay, 1905~1982), 이 두 사촌 형제의 필명이다. 둘은 뉴욕 브루클린 출신으로 각각 광고 회사와 영화사에서 일하던 중, 당시 최고 인기 작가였던 밴 다인(S. S. Van Dine)의 성공에 자극받아 미스터리 소설에 도전하기로 마음먹는다. 그들의 계획을 현실로 만든 것은 〈맥클루어스〉 잡지사의 소설 공모였다. 탐정의 이름만 기억될 뿐 작가의 이름은 쉽게 잊힌다고 생각한 그들은, '엘러리 퀸'이라는 공동 필명을 탐정의 이름으로 삼았다. 그들이 응모한 작품은 1등으로 당선됐으나, 공교롭게도 잡지사가 파산하고 상속인이 바뀌어 수상이 무산된다. 하지만 스토크스 출판사에 의해 작품은 빛을 보게 되는데, 이것이 바로 엘러리 퀸의 역사적인 첫 작품 《로마 모자 미스터리》(1929)였다.

이후 엘러리 퀸은 논리와 기교를 중시하는 초기작부터 인간의 본성을 꿰뚫는 후기작까지, 미스터리 장르의 발전을 이끌며 역사에 길이 남을 걸작들을 생산해냈다. 대표작은 셀 수 없을 정도이나, 그가 바너비 로스 명의로 발표한 《Y의 비극》(1932)은 '세계 3대 미스터리'로 불릴 만큼 높은 평가를 받고 있으며 중편 〈신의 등불〉(1935)은 '세계 최고의 중편'이라는 별칭을 가지고 있다. 이외 《그리스 관 미스터리》(1932), 《이집트 십자가 미스터리》(1932), 《X의 비극》(1932), 《재앙의 거리》(1942), 《열흘간의 불가사의》(1948) 등은 미스터리 장르에서 언제나 거론되는 걸작들이다. '독자에의 도전'을 비롯해 그가 작품에서 보여준 형식과 아이디어는 거의 모든 후대 작가들에게 영향을 미쳤으며 특히 일본의 본격, 신본격 미스터리의 기반이 됐다.

작품 외에도 엘러리 퀸은 미스터리 장르의 전 영역에 걸쳐 두각을 나타냈다. 비평서, 범죄 논픽션, 영화 시나리오, 라디오 드라마 등에서도 활동했으며, 미국미스터리작가협회 회장을 역임했다. 또 현재에도 발간 중인 〈EQMM 엘러리 퀸 미스터리 매거진〉(1941년 시작됨)을 발간해 앤솔러지 등을 출간하며 수많은 후배 작가를 발굴하기도 했다. 미국미스터리작가협회는 이런 엘러리 퀸의 공을 기려 1969년 '《로마 모자 미스터리》 발간 40주년 기념 부문'을 제정하기도 했으며, 1983년부터는 미스터리 분야에서 두각을 나타낸 공동 작업에 '엘러리 퀸 상'을 수여하고 있다.

SIGONGSA *design* 전경아
photo ⓒ Eric Schaal

Ellery Queen Collection

노파가 있었다

There Was an Old Woman

노파가 있었다

엘러리 퀸 지음 | 김예진 옮김

검은숲

차례

누가 울새를 죽였지?

"나야." 참새가 말했네.

"내 활과 화살로 내가 울새를 죽였어."

누가 울새가 죽는 모습을 봤지?

"나야." 파리가 말했네.

"내 작은 눈으로 울새가 죽는 모습을 봤어."

누가 울새의 피를 받았지?

"나야." 물고기가 말했네.

"내 작은 접시로 울새의 피를 받았어."

누가 울새의 수의를 짓지?

"나야." 딱정벌레가 말했네.

"내 실과 바늘로 울새의 수의를 지을 거야."

누가 울새의 무덤을 파지?

"나야." 올빼미가 말했네.

"내 작은 모종삽으로 울새의 무덤을 팔 거야."

누가 장례식의 목사 노릇을 하지?

"나야." 까마귀가 말했네.

"내 작은 책으로 내가 목사 노릇을 할 거야."

누가 서기를 보지?

"나야." 종달새가 말했네.

"날이 너무 어둡지만 않으면 내가 서기를 보겠어."

누가 횃불을 들지?
"나야." 방울새가 말했네.
"금방 불을 켤 테니까 내가 횃불을 들게."

누가 상주가 되지?
"나야." 비둘기가 말했네.
"내 사랑을 위해 애통해할 내가 상주가 되겠어."

누가 관을 나르지?
"나야." 솔개가 말했네.
"밤새 날라야 할 것만 아니라면 내가 관을 나를게."

누가 관보를 나르지?
"우리야." 굴뚝새가 말했네.
"수탉과 암탉과 함께 셋이서 관보를 나를 거야."

누가 장송곡을 부르지?
"나야." 개똥지빠귀가 말했네.
"그녀가 덤불에 앉았으니 내가 장송곡을 부를게."

누가 종을 치지?
"나야." 피리새가 말했네.
"끄는 힘이 있으니 내가 종을 칠게."

가엾은 울새를 위해 치는 종소리를 들으며
하늘의 모든 새들이 탄식하며 울었다네.

–누가 울새를 죽였지

1부

1. 신발 속에 사는 노파가 있었네

폴리 스퀘어에 있는 진줏빛 회색의 대법원 건물은 행성처럼 동그랗게 생겼다. 뉴욕 주립 대법원이 보편적 법칙으로 이루어진 행성이고 마치 지구가 태양 주위를 돌듯이 인간의 양심 주위를 돌기 때문에 그렇게 지었는지도 모른다.

하지만 그리비 판사가 6번 공판실에 통 나타나지 않는 가운데, 강력 범죄 담당 토머스 벨리 경사와 퀸 경감 사이에 앉아서 어떤 사건에 증언을 하기 위해 척추 말단 부분에 힘을 주고 버티는 일은 그것과 별개의 문제라고, 엘러리 퀸은 생각했다.

"맙소사, 얼마나 더 기다려야 하죠?"

엘러리가 하품을 하며 물었다.

"길버트와 설리번 나부랭이들 이야기라면 그리비가 문제야."

아버지가 짜증스러운 말투로 말했다.

"그리비 그 인간, 아마 지금쯤이나 되어서야 배꼽을 벅벅 긁으면서 겨우 족제비털 침대에서 기어 나오고 있을 거다. 벨리, 가서 도대체 뭐 때문에 이렇게 늦어지고 있는지 좀 알아보고 오게."

벨리 경사는 억울한 듯 한쪽 눈을 뜨고는 무겁게 고개를 끄덕이고 나서, 육중한 걸음을 쿵쿵 내디디며 지식의 빛을 밝히기 위한 순례의 길에 나섰다. 그리고 다시 쿵쿵거리는 소리와 함께 돌아온 경사의 얼굴에는 암울한 표정이 드리워져 있었다.

벨리 경사는 으르렁거리듯 말했다.

"사무직원이 그러는데, 그리비 판사님에게 전화를 해봤더니 귓병이 나서 앞으로 두 시간은 더 기다려야 한다는군요. 판사님이 뭐 짜증(irritated)이 났다고 하던데, 짜증은 제가 났고요. 도대체 그 사무직원이 무슨 의미로 그런 말을 했는지 모르겠습니다."

"짜증(irritation)……."

엘러리가 얼굴을 찌푸렸다.

"아마 관개(irrigation)*를 말하는 것일 테지요. 관개란 말라붙고 먼지투성이인 무미건조한 땅에 물을 끌어들이는 작업을 뜻하니 아주 정확한 묘사네요. 그리비 판사님과는 데칼고마니처럼 딱 들어맞는걸요."

경사는 도대체 무슨 말인지 이해가 안 된다는 표정이었지만 퀸 경감은 너덜너덜한 콧수염 속에서 중얼거렸다.

"두 시간이라니! 내가 그 친구한테 관개를 해버리고 싶군그래. 복도로 나가서 담배나 한 대 피우고 오지."

경감은 벨리 경사와 고분고분한 태도의 엘러리를 이끌고 성큼성큼 걸어 331호를 나가다가 포츠 사건의 기막힌 상황과 맞닥뜨리고 말았다.

복도에서 나와 조금 걸어 내려오던 일동은 7번 공판실인 335

---

* *irrigation*에는 '세척 요법'이라는 의미도 있다.

호실 문 앞에서 화가 잔뜩 난 채 서성거리던 찰리 팩스턴과 딱 마주쳤다. 엘러리는 메시나 총독의 조카딸처럼 눈이 좋아서 대낮에 교회를 볼 수 있었기에* 이 키가 큰 젊은이에 대해 기계적으로 이것저것 체크했고 그 안에는 이런 내용들이 포함되어 있었다.

〔a〕이 남자는 변호사다(서류 가방).

〔b〕이름은 찰리 헌터 팩스턴이다(서류 가방에 새겨진 근엄한 금박 글씨).

〔c〕팩스턴 변호사는 의뢰인을 기다리고 있으며 그 의뢰인은 늦었다(손목시계를 빈번히 내려다보는 시선).

〔d〕그는 현재 기분이 좋지 않다(온몸이 축 처져 있음).

진공청소기 같은 눈빛으로 찰리 헌터 팩스턴을 재빨리 훑어본 엘러리는 만족한 채 계속 걸어서 그 옆을 지나치려 했다.

하지만 아버지는 눈을 반짝이며 멈춰 섰다.

경감: 또인가, 찰리? 이번엔 또 뭐지?

팩스턴: 신성 모독죄입니다, 경감님.

경감: 어디서 벌어진 일인데?

팩스턴: 클럽 봉고에서요.

벨리 경사(대리석 홀 전체가 울릴 정도로 커다란 웃음을 터뜨리며): 웬일로 그런 싸구려 클럽을 다 허우적거리고 다니다 딱 걸렸나!

팩스턴: 예, 딱 걸렸죠. 그 점에 대해서는 의심의 여지가 없습니다. 아주 단추가 어디에 딱 걸리고 말았네요.

*셰익스피어 《헛소동》 2막 1장. 등장인물 베아트리체의 대사.

경감: 폭행 및 구타 사건인가?

팩스턴(쓸쓸하게): 아닙니다, 경감님. 새로운 기록은 경신되지 않았습니다. 그냥 또 똑같은 모욕죄 고소예요. 콩클린 클리프스태터라는 젊은이인데요, 이스트 쇼어에 사는 클리프스태터네 말입니다. 거칠고 정직하지 못한 패거리죠.

경사: 구린내가 나는데.

팩스턴: 아뇨, 경사님. 정말 별건 아니고 그냥 그 친구가 설로한테 '포츠'라는 이름에 대한 새로운 사실을 친절하게 몇 가지 알려(potted)주었을 뿐입니다. (마른 웃음) 이런, 제가 말해버리고 말았군요. '포티드'와 '포츠'. 콩클린 클리프스태터가 한 말은 맹세코 이게 전부입니다. 그냥 포츠라는 이름을 가지고 말장난을 한 거죠. '깨진 포츠(항아리)'라고요.

엘러리 퀸(은빛 눈동자를 굶주림으로 빛내면서): 아버지?

이리하여 퀸 경감은 '이쪽은 칠리 팩스턴이고 이쪽은 내 아들 엘러리 퀸일세' 의식을 거행했고, 두 젊은이는 서로 악수를 나누었다. 이것이 바로 엘러리가 '신발 속에 살던 노파'의 기이한 사건에 (단순히 휘말리게 되었다는 말로는 모자라) 완전히 발목까지 잡혀 끌려 들어가게 된 경위이다.

후덥지근한 335호 7번 공판실에서 법원 직원의 훌렁 벗겨진 머리통이 서늘한 복도로 불쑥 튀어나왔다.

"변호사님, 콘필드 판사님이 그러시는데 포츠인지 포치인지 아무튼 변호사님의 깨진…… 아니, 의뢰인을 더는 못 기다리겠다고 하시는데요. 도대체 언제까지 기다려야 합니까?"

"제발 5분만 더 기다려달라고 말씀 좀 전해주십시오."

찰리 팩스턴은 짜증이 가득한 목소리로 말했다.

"금방 올 겁…… 아, 저기 왔군요! 콘필드 판사님한테 바로 들어가겠다고 전해주시죠!"

팩스턴 변호사는 엘리베이터 쪽으로 뛰어갔다. 깜짝 상자 같은 문이 지금 막 열리려는 참이었다.

"드디어 오셨군."

경감은 마치 행성이 충돌하는 장면이라도 가리키듯 그쪽을 손가락질하며 아들에게 말했다.

"잘 봐둬라, 엘러리. 저 노파는 웬만하면 공공의 면전 앞에 모습을 안 드러내거든."

"저 옷차림 좀 보세요. 무슨 영화 속에서 튀어나온 것도 아니고."

벨리 경사가 낄낄 웃었다.

어떤 여자는 우아하게 늙는다. 또 어떤 여자는 추하게 늙는다. 그리고 또 어떤 여자는 그저 늙기만 한다. 하지만 코닐리아 포츠의 머릿속에는 늙음이라는 개념도, 시대를 물려주고 뒷방 노인네가 된다는 생각도 전혀 없어 보였다. 코닐리아는 몸집이 작고 아랫배가 통통했으며, 뼈대가 가느다란 발은 쉴 틈 없이 계속 움직였다. 귤 같은 얼굴은 너무나도 특징 없이 밋밋했고, 석탄 조각처럼 새까맣고 단단한 두 눈동자는 거의 숨다시피 박혀 있었기 때문에 사람들이 뒤늦게 그 존재를 발견하고는 깜짝 놀랄 정도였다. 이기적이고 심사 비뚤어진 성격 때문인지 두 눈은 거의 깜박이지도 않고 번쩍번쩍 사악한 빛만 뿜어냈다. 그 두 눈동자로 아무리 다양한 표정을 표현한다고 해봤자 기껏해야 호전적인 분노 외에는 거의 드러나지 않을 터였다.

눈이 아니라 코닐리아 포츠가 입고 있는 검은 태피터 치마와 목에 두른 가느다란 검은색 레이스 초커, 새침한 검은색 보닛만 보면 '귀여운 늙은 요정'이라는 인상이 들지도 모른다. 기념식 사진 속의 빅토리아 여왕을 아주 살짝 닮은, 성별 없고 몸집 작은 전설 속 땅의 요정 말이다. 하지만 두 눈을 보고 있노라면 그런 센티멘털한 인상은 전부 날아가버린다. 그리고 엘러리처럼 상상력이 풍부한 사람은 그것을 보고 폴터가이스트나 심령현상 같은 아무도 진지하게 믿어주지 않을 미신적 존재를 떠올리게 된다.

코닐리아 포츠 부인은 결코 70년 이상의 시간을 살아온 귀부인답게 걷지 않았다. 엘리베이터에서 팔짝 뛰어나오는 그 모습은 마치 뜨거운 물속에서 톡 튀어나오는 각다귀 같았다. 그 뒤로는 마치 배가 지나간 뒤의 넓은 흔적처럼 다양한 사람들이 따랐다. 대부분이 특종감에 환호하는 언론계의 신사 숙녀들로 보였지만 최소한 그중 한 명, 누가 봐도 결코 저널리스트로 보이지는 않는 한 남자가 포츠 부인과 마찬가지로 심상찮은 분위기를 풍기고 있었다.

어리둥절한 엘러리 퀸이 물었다.

"저건 누구죠?"

"설로야."

퀸 경감이 히죽 웃으며 대답했다.

"방금 전에 찰리 팩스턴이 말했던 그 못난 친구. 코닐리아의 첫째 아들이지."

"코닐리아의 첫째 졸작이죠."

언어 순화주의자인 벨리 경사가 말했다.

"모든 것에."

경감이 윙크하며 말했다.

"분노하는 사람."

경사는 짐승 앞발 같은 커다란 손을 흔들어댔다.

"항상…… 그 가방끈 긴 치들이 뭐라고 하더라? 아, '비분강개'하는 자."

경감이 대꾸했다.

"분노요? 비분강개?"

엘러리가 얼굴을 찌푸렸다.

경사는 화통하게 웃음을 터뜨렸다.

"아, 신문 좀 읽지 그래요. 어때, 저 친구 귀엽지 않아요?"

놀랍고 소름이 끼친 엘러리는 그쪽을 쳐다보았다. 만약 포츠 부인에게서 검은 태피터 치마를 벗기고 대신 답답한 회색 트위드 정장을 입히면 아들인 설로가 되지 않을까……. 아니, 한 가지 차이가 있었다. 설로가 내뿜는 에너지는 어머니보다 훨씬 못했다. 모자를 경쟁시킨다면 안 봐도 아들의 패배였다.

그리고 실제로 눈앞에서 벌어진 달리기 경주에서도 아들은 패배했다. 배 옆에 중산모를 꾹 누른 채 노파의 뒤를 따르는 인파 속에서 허둥지둥하고 있긴 했지만 설로가 나아가는 속도는 어린애 걸음마 정도에 불과했다. 아무리 어머니를 따라잡으려 애써도 불가능한 일이었다. 설로는 시무룩한 얼굴로 숨을 헐떡이며 땀만 뻘뻘 흘렸다.

모닝코트를 입고 의료 가방을 든, 야윈 체격의 침울해 보이는 남자 하나가 포츠 모자 뒤에서 지친 미소를 지은 채 비틀비틀 걷고 있었다. 그 얼굴에는 이렇게 쓰여 있는 듯했다.

'저는 지금 종종걸음을 치고 있는 게 아니라 그냥 걷고 있는 겁니다. 이건 현실이 아니라 악몽이에요. 언론인 여러분, 부디 자비를 베풀어주십시오. 저도 먹고살아야지요.'

"저 사람은 알겠네요."

엘러리가 나직하게 신음하며 말했다.

"닥터 왜거너 이니스로군요. 파크 애비뉴의 파스퇴르."

"저 노파, 이니스를 개처럼 다루고 있는데요."

벨리 경사가 자기 입술을 탁 치면서 말했다.

"뒤에서 헉헉거리며 죽어라 따라가는 걸 보니 아니라는 말도 못 하겠군."

경감이 말했다.

"그런데 닥터는 왜 온 거죠? 포츠 부인은 트롤처럼 팔팔해 보이는데요."

엘러리가 불만스러운 듯 말했다.

"아마 심장에 문제가 있는 것 같더라."

"심장이라뇨? 저 노파한테 심장이란 게 다 있습니까?"

경사가 조롱조로 말했다.

휩쓸려가던 행렬은 이윽고 335호실의 문을 통과했다. 팩스턴은 포츠 부인을 붙잡으려다 "저리 비켜!" 하는 날카로운 야단만 맞았다. 노력은 헛수고로 돌아가고 결국 팩스턴은 거의 혼잣말처럼 "신사 여러분, 재판을 방청하고 싶으시다면 들어오셔도 좋습니다"라고 중얼거린 뒤 자신의 의뢰인들을 따라 뛰어 들어갔다.

이리하여 퀸 부자와 벨리 경사는 그리비 판사의 귓병에 감사하며 재판을 방청하러 들어가게 되었다.

덩치 큰 콘필드 판사는 암사슴처럼 불안한 눈동자로 자기 자리에 위엄 있게 앉아 있다가 지각한 노파와 음울한 표정의 설로 포츠, 얼굴이 벌게진 닥터 왜거너 이니스, 잔뜩 들뜬 채 쏟아져 들어오는 취재진들을 보더니 냅다 흉포한 분노를 터뜨렸다. 판사가 법원 직원에게 고함을 지르자 직원들이 서로 종종걸음을 치며 다급하게 귓속말을 나누더니, 짠! 하고 스케줄이 바뀌어 포츠 대 클리프스태터 사건은 다음으로 넘어가고 원래 그 뒤에 예정되어 있었던 자코모 대 자이브 조팅스의 재판이 앞당겨지고 말았다.

엘러리가 코닐리아 포츠 부인 옆에서 안절부절못하며 서성거리던 찰리 팩스턴에게 손짓을 하자, 변호사는 무척이나 고마운 듯 재빨리 다가왔다.

"밖으로 나갑시다. 시간이 좀 걸릴 것 같군요."

두 사람은 군중 속을 헤치고 다시 복도로 나갔다.

엘러리가 말했다.

"당신 의뢰인, 상당히 매력적인데요."

"그 노파요?"

찰리는 얼굴을 찌푸렸다.

"담배 한 대 피우시겠습니까? 그런데 이번 사건의 원고는 포츠 부인이 아니라 설로인데요."

"아, 하지만 그 사람이 자기 어머니 뒤에서 허우적거리고 있는 모습을 보니……."

"설로는 태어나서 47년 내내 자기 엄마 뒤에서 허우적거리고만 살았죠."

"우리 품위 있는 닥터 왜거너 이니스는 왜 온 겁니까?"

"코닐리아의 심장이 안 좋아요."

"그럴 리가요. 그렇게 활기차게 뛰어다니던데……."

"바로 그겁니다. 그러니까 아무도 그 골칫덩이 늙은이에게 문제가 있다는 사실을 모르는 거예요. 닥터 이니스만 혼자 허구한 날 저렇게 안달을 내죠. 그래서 노파가 신발을 떠날 때면 항상 닥터가 동행합니다."

"어딜 떠나요?"

찰리는 의아한 표정으로 엘러리를 바라보았다.

"퀸 씨, 설마 신발을 모릅니까?"

"제가 좀 무식해서요. 꼭 알아야 하는 일인가요?"

엘러리는 비굴하게 말했다.

"설마요, 미국 사람이라면 누구나 다 알 텐데요! 코닐리아 포츠의 재산은 다 신발 사업으로 쌓은 겁니다. '포츠 신발' 말이죠."

엘러리는 흠칫 놀랐다.

"'포츠 신발은 미국의 신발, 어디서나 3.99달러' 말입니까?"

"네, 그 포츠요."

"세상에!"

엘러리는 고개를 돌려 닫힌 335호실 문을 쳐다보았다. '포츠 신발'은 단순한 기업이나 기관이 아니라 그야말로 문명 그 자체였다. 포츠 신발 가게는 자리만 나면 나라 곳곳 어디에나 생기곤 했다. 모든 어린아이들은 포츠 신발을 신었다. 그 아이들의 어머니, 아버지, 자매, 형제, 삼촌에 이모들까지 전부 다. 더욱 슬픈 일은 그 이전에 아이들의 조부모들까지도 모두 포츠 신발을 신었다는 사실이었다. 포츠 신발을 신는 일은 미국의 저소득층이라는 자랑스러운 배지를 달고 다니는 일이나 마찬가지였다. 저소득층이야말로 모든 계층 중 가장 큰 비율을 차지하는 탓에 포츠 가문의 재산은 지구 범위를 넘어 우주 범위로 확대될 수 있었다.

엘러리는 눈을 반짝반짝 빛내며 변호사를 돌아보고 말했다.

"그런데 포츠 가문을 표현할 때 사용하셨던 '신발을 떠날 때'라는 구절 말입니다. 너무 소수만 이해할 수 있는 용어 아닙니까?"

찰리가 씩 웃었다.

"이게 발단이 뭐냐면 말이죠, 어느 노동당 지지 측 신문의 편집장이 자기네 만화가한테 거 대충 먹물 좀 갉겨서 코닐리아의 이미지를 만들어보라고 지시했던 데에서 시작된 겁니다. 포츠 공장 파업 사건 기억나시죠?"

엘러리는 고개를 끄덕였다. 그제야 무슨 말인지 좀 이해할 수 있었다.

"천재적인 만화가는 커다란 저택을 하나 그렸습니다. 아마 리버사이드 드라이브에 있는 포츠 대저택을 비유하려는 모양이었겠죠? 그런데 중요한 건 그 건물을 구두코가 뾰족한 구식 신발처럼 그렸다는 겁니다. 그 마더 구스 풍의 일러스트레이션 속에서 코닐리아 포츠는 '신발' 밖으로 굴러 떨어지는 여섯 자식들을 데리고 있는 늙은 마귀할멈처럼 그려졌죠. 그리고 밑에는 이런 해설이 달려 있었습니다. '어느 노파가 있었지. 신발 속에 사는 노파였다네. 노파에게는 자식이 너무 많아서 노동자들에게 월급도 제대로 못 줄 정도였다네.' 정확하진 않지만 대충 이런 말이었던 것 같군요. 아무튼 덕분에 별명이 완전히 굳어지고 말았죠. 그 이후로 코닐리아 포츠는 노파가 된 겁니다."

"그리고 당신이 바로 그 신발 왕국 통치자의 전속 변호사고요?"

"네, 하지만 제 업무는 주로 설로의 섬세하고 소심한 마음을 위로하는 데 헌신하는 일이거든요. 설로 보셨죠? 저 땅딸막하고 몸집도 작고 어깨 좁은 원시인 같은 남자 말입니다."

엘러리는 고개를 끄덕였다.

"그야말로 새끼 캥거루처럼 생겼더군요."

"조심하시죠, 설로 포츠는 세상에서 제일 모욕에 민감한 인간이니까요."

"돈도 많으니 못 할 일이 없겠죠."

엘러리는 신음했다.

"정말 슬픈 일입니다. 그래서 그 소송들 중 한 번이라도 이긴 적이 있습니까?"

"이겨요?"

팩스턴은 얼굴을 격렬하게 벅벅 문질렀다.

"갑자기 정신이 번쩍 드는데요. 중상모략이니 명예훼손이니 하는 일로 그 사람이 저를 법정으로 끌고 온 게 벌써 이번이 서른일곱 번째거든요! 그리고 빌어먹을 서른여섯 번의 소송 중 한 번도 제대로 끝난 게 없어요."

"클럽 봉고 사태라고 했던가요? 이번 소송은 어떻죠?"

"콘필드는 제대로 듣지도 않고 기각해버릴 겁니다. 안 봐도 뻔해요."

"도대체 포츠 부인은 왜 이런 유치한 짓을 함께 해주고 있는 겁니까?"

"그 노파는 자기 가문의 이름이 더럽혀졌다는 사실에 설로보다 더 크게 분노하거든요."

"하지만 소송을 걸어봤자 어차피 모두 수포로 돌아갔다면서요? 당신은 도대체 왜 그 사람들을 법정으로 데리고 오는 겁니까, 찰리?"

찰리는 얼굴을 붉혔다.

"설로는 워낙 고집이 세고, 또 노파가 무조건적으로 설로의 편을 들어주고 있으니까요……. 나도 압니다, 퀸 씨. 내가 그 사람들한테서 부당한 이득을 취하고 있다는 사실에 대해 비난받아 마땅하다는 걸요."

찰리가 턱을 앞으로 쑥 내밀었다.

"내 수입은 1센트 동전 하나까지 다 그 사람들 변호사 노릇으로 벌어들인 돈입니다! 그건 부정할 수 없어요."

"전 당신이……."

"심지어 밤에 악몽도 꾼다고요! 꿈속에서 그 사람들은 긴 코와 불룩 튀어나온 아랫배를 들이밀고 나한테 밤새 침을 뱉어요! 하지만 내가 소송을 맡지 않으면 그 사람들은 다른 변호사를 금방 구할 수 있을 겁니다. 일을 얻기 위해서라면 자기 목이라도 부러뜨릴 수 있는 사람들이 수천 명은 되니까요. 빌어먹을 양심 같은 건 얼마든지 내다 팔겠죠! 죄송합니다. 제가 너무 흥분을……."

벨리 경사가 335호실에서 고개를 쑥 내밀었다.

"찰리! 판사가 그 뜨끈뜨끈한 사건 시작하겠다고 해서 노파가 자네 데려오라고 고래고래 소리를 질러대고 있어."

"그놈의 목청에 금이라도 갔으면 좋겠네."

팩스턴 변호사는 혼자 중얼거리고 나서 7번 공판실로 터덜터덜 들어갔다. 그 모습은 마치 마담 기요틴의 키스가 내려오기만을 기다리는 사람 같았다.

"아버지, 저기요."

벨리 형사와 함께 사람들 사이를 겨우 비집고 들어가 아버지 옆의 자기 자리를 찾은 엘러리가 말했다.

"찰리 팩스턴처럼 멀쩡해 보이는 인간이 어쩌다 포츠 집안하고 엮이게 된 건가요?"

퀸 경감이 낄낄 웃으며 대답했다.

"찰리도 말하자면 상속을 받은 거나 마찬가지야. 찰리네 아버지는 시드니 팩스턴이라고 세금 및 부동산 전문 변호사였는데, 시드니 그 친구 참 괜찮은 녀석이었지. 가끔 모여서 맥주도 한잔했고."

벨리 경사도 옛 생각이 나는 듯 고개를 끄덕였다.

"시드니는 아들에게 법학 교육을 시켰고, 찰리는 명예롭게 하버드 법대를 졸업했어. 처음에는 형법으로 시작했거든. 다들 찰리에게 그쪽 재능이 있다고 인정했고 말이야. 하지만 찰리는 자기 아버지가 죽고 나서 그간 쌓은 훌륭한 경력을 다 내팽개치고 시드니의 민사 사무소를 물려받았어. 헌데 당시에 포츠네 일거리가 너무 큰 나머지 시드니가 다른 의뢰인들을 다 거절했을 정도였거든. 결국 찰리는 저 정신병원 같은 집안에서 탈출하려고 발버둥치는 데 평생을 바치게 된 거야."

설로 포츠는 붉으락푸르락한 얼굴로 맨 앞줄에 앉아서, 마치 서커스를 보러 온 뚱보 소년처럼 끊임없이 몸을 꿈지럭거렸다.

귀 뒤로 쓸어내린 두 뭉치의 머리카락 다발은 신경질적으로 삐죽 솟구쳐 있었다. 설로는 음습하고 사납게 낄낄 웃고 있었는데 그 모습은 마치 자신의 분노한 감정 그 자체를 만끽하는 듯 보이기도 했다.

엘러리는 생각했다.

'정신과 의사가 저 땅딸막한 남자를 보면 군침을 줄줄 흘리고 달려들겠군.'

더욱 큰 흥미가 동한 엘러리는 설로에게 집중했다.

논리적이면서도 혼란스럽고 신랄한 설전이 오갔다. 콘필드 판사가 어차피 처음부터 자기 변호사들을 끼고 지루한 얼굴로 앉아서 정의의 구현에는 별 흥미도 없어 보이는 콩클린 클리프스태터를 위해 정의를 구현시켜 줄 생각이라는 사실은 누구의 눈에도 명백해 보였다. 사실 엘러리가 보기에 클리프스태터 씨가 지금 엄마 젖만큼이나 열렬히 원하는 것은 딱 하나밖에 없어 보였다. 집에 가서 한숨 자는 일.

"하지만 존경하는 재판장님……."

찰리 팩스턴이 항의했다.

"존경 안 해도 됩니다!"

콘필드 판사가 호통을 쳤다.

"팩스턴 변호사 잘못이라는 말은 아닙니다. 변호사들이 무슨 일을 해서 먹고사는지 세상에 모르는 사람이 있겠어요? 하지만 그래도 내 법정에서 이것보다는 나은 쇼를 보여줘야 하는 것 아닙니까? 이게 도대체 벌써 몇 번째요?"

"존경하는 재판장님, 제 의뢰인은 대단히 모욕감을 느꼈으며……."

"존경 같은 소리 그만 좀 해요! 당신 의뢰인은 우리 법원 시간표에 온통 쓰레기 같은 스케줄만 채워 넣는 공공의 골칫거리일 뿐이오! 자기 돈, 아니면 자기 모친 돈을 어떻게 낭비할지는 자기 마음이지만 납세자들 돈을 낭비하는 건 내가 용서 못 합니다!"

"존경하는 재판장님, 증인의 증언을 들으셨다시피……."

팩스턴 변호사가 자포자기한 얼굴로 말했다.

"아무런 모욕도 일어나지 않았습니다. 소송 기각!"

콘필드 판사는 고함을 질렀다.

그러고 나서 판사는 노파를 향해 사악하게 웃었다.

설로 포츠가 벌떡 일어나자 찰리 팩스턴은 노골적으로 겁을 집어먹었다.

"존경하는 재판장님!"

설로가 다급히 첫소리를 질렀다.

"앉아요, 설로. 일단 여기서 나가서……."

찰리는 숨을 헐떡이며 말했다.

"잠깐만 있어봐요. 포츠 씨, 법정에서 하실 말 있습니까?"

콘필드 판사가 부드럽게 말했다.

"당연히 있죠!"

"그럼 일단 해보세요."

"난 이 법원에 정의를 찾으러 왔어요!"

설로는 마치 거대한 양손용 대검이라도 들고 있는 양 두 팔을 휘둘러댔다.

"그런데 내가 지금 얻은 게 뭡니까? 모욕밖에 없군요. 도대체 인권은 어디 있습니까? 우리 헌법에 대체 무슨 일이 일어난 거죠? 왜 나는 개인 자유권의 마지막 피난처에 의지하면 안 되는 겁니까? 책임감 있는 선량한 시민이 정말로 주정뱅이 심신상실자들의 모욕 앞에서 법의 보호를 받을 권리가 있긴 합니까?"

"뭐라고요? 지금 무슨……."

콘필드 판사가 대꾸했다.

설로가 빽 소리를 질렀다.

"그런데 내가 지금 이 법정에서 얻은 게 뭡니까? 보호요? 아니죠! 내 권리가 이 법정에서 제대로 보호되었습니까? 아니죠! 피고의 조악하고 의미심장한 말 때문에 더럽혀졌던 내 이름이 명예를 되찾았습니까? 그것도 아니잖아요! 존경하는 재판장님, 내 이름은 아주 가치 있고 명예로운 이름입니다. 그리고 이 사람은 말도 안 되게 압축적인 모욕으로 그 가치를 훼손시켰다고요!"

판사는 재미있다는 듯 말했다.

"포츠 씨, 그 충격적인 웅변을 당장 끝내지 않으면 내가 그 이름의 가치를 더욱 깎아버릴 수도 있어요."

찰리 팩스턴이 앞으로 펄쩍 뛰어 일어났다.

"존경하는 재판장님, 부디 성급하고 신중하지 못한 제 의뢰인의……."

"그만!"

노파가 극도의 분노를 내뿜었다.

판사조차도 한순간 움찔했다.

"경멸하는 재판장님."

코닐리아 포츠가 말했다.

"난 도저히 당신을 존경한다고 말할 수 없겠군요. 존경할 가치가 하나도 없어 보이네요. 경멸하는 재판장님, 나는 수많은 법정을 겪었고 수많은 판사들이 하는 말을 들었지만 살면서 이렇게 사악하고 늙은 염소가 주도하는 바알의 법정에서 원숭이 곡예나 하는 꼴을 보는 불운을 겪게 된 건 처음이에요. 내 아들은 이곳에 우리 가문의 위대한 이름을 지키러 왔으나, 그러기는커녕 비웃음거리만 되고 이 많은 사람들 앞에서 가문의 이름이 더욱 먹칠당하는 꼴만 되었으니……."

콘필드 판사가 목멘 목소리로 물었다.

"다 끝나셨습니까, 부인?"

"아뇨! 지금 내가 얼마나 큰 모독을 당했는지 알아요?"

"소송 기각! 소송 기각!"

판사는 우렁차게 고함을 지른 뒤 가죽 의자에서 일어나, 마치 편한 옷을 찾아낸 어린 소녀처럼 가운을 대충 주워 걸치고 잽싸게 공판실을 빠져나갔다.

엘러리 퀸은 환희에 찬 얼굴로 말했다.

"이거 꼭 악몽 같군요! 다음엔 무슨 일이 일어날까요?"

퀸 부자와 벨리 경사는 공판실을 떠나는 포츠 일가가 이루는 행진 속에 끼어 함께 움직이고 있었다. 일동이 용감하게 복도로 나서자 그 선두에 선 빅토리아 여왕은 다양한 부류의 보증인, 언론인, 이혼소송을 하러 온 사람들, 변호사, 수행원, 구경꾼, 뭐 받아먹을 콩고물이 없는지 기웃거리는 사람들로 뒤죽박죽된 법정 대이동 속에서 커다란 우산을 마치 곤봉처럼 흔들어대며 나아갔다. 행렬의 구성원은 노파와 잔뜩 화가 난 설로, 얼굴이 벌게진 닥터 이니스, 찰리 헌터 팩스턴, 벨리 경사, 그리고 퀸 부자로 이루어져 있었다. 그들은 커다란 돔형 천장 아래의 발코니를 지나 엘리베이터를 타고 아래층 로비로 내려갔다.

"허허, 이거 난리도 아니군요."

벨리 경사가 바짝 긴장한 채 말했다.

"노파가 카메라맨들을 너무 싫어하니 어쩔 수 없지."

퀸 경감이 대꾸했다.

"잠깐, 잠깐만요! 찰리! 누가 좀 와봐요! 저분 좀 말려줘요. 제발 좀!"

엘러리가 소리를 질렀다.

몰래 잠복하고 있던 카메라맨들을 노파가 발견한 것이다.

코닐리아 포츠의 총 같은 검은 두 눈이 예광탄 기류를 발사했다. 노파는 으르렁거리듯 화를 내더니 발작이라도 일으킨 양 우산 자루를 덥석 쥐고 당장 공격에 나섰다. 우산이 위아래로 마구 휘둘러지자 카메라 하나가 공중으로 솟구쳤고, 깜짝 놀란 어느 중산모 쓴 남자가 얼떨결에 그것을 받아 안았다. 다른 하나는 바닥에 떨어져 깨진 렌즈 조각의 흔적을 남기며 계단 밑으로 떼굴떼굴 굴러 내려갔다.

"박살났네, 박살났어."

벨리 경사가 말했다.

카메라맨 하나가 숨 가쁜 목소리로 대답했다.

"항상 이 모양이라니까. 조, 자네 뭐 좀 건졌어?"

"콧잔등에 한 방."

조가 겁먹은 얼굴로 시뻘겋게 물든 손수건을 내려다보며 신음했다. 그러고는 노부인을 향해 고함을 질렀다.

"야, 이 노망난 할망구야! 내 카메라 어쩔 거야!"

"돈을 주면 될 것 아냐?"

코닐리아 포츠는 쌕쌕거리며 백 달러짜리 지폐 두 장을 조에게 던졌다. 그러고는 후다닥 리무진에 올라타고 차문을 쾅 닫아버리는 바람에 하마터면 언제나 그렇듯 한 발 늦은, 자신의 자랑스러운 상속자 셜로의 모가지를 두 동강 낼 뻔했다.

"나보고 사람들 앞에서 웃음거리가 되라고?"

코닐리아는 자동차 뒷좌석 차창을 통해 빽 소리를 질렀다. 눈치 빠르게 한 발 먼저 올라타 자동차의 보호를 받고 있던 의사와 부딪히면서 노파가 차에 올라타자 리무진은 후다닥 출발해버리고, 뒤에는 숨을 헐떡거리는 셜로만이 명예로운 전장에 홀로 남겨졌다. 셜로는 적들의 무기 앞에 혼자 노출되는 바람에 순간적으로 당황했지만, 곧 짧지 않은 허리를 다그치며 결연한 자세로 몸을 꼿꼿이 펴고 150센티미터짜리 덩치를 그들 앞에 선보였다.

"항상 이렇지 뭐."

퀸 경감이 법원 계단 꼭대기에서 그 모습을 내려다보며 말했다.

"카메라 부수는 꼴을 보니 그간 백 개는 부쉈겠구먼."

벨리 경사가 고개를 절레절레 흔들며 말했다.

엘러리가 의아한 얼굴로 말했다.

"그런데 왜 저 카메라맨들은 계속 취재를 시도하는 거죠? 한 번 난리가 날 때마다 이득을 보는 걸 노리는 건가요? 저 아래에 있는 희생자에게 인상적인 녹색 지폐 두 장이 날아드는 건 봤는데요."

아버지가 히죽 웃었다.

"이득은 이득이지. 저길 좀 봐라. 카메라 박살 난 친구 말이야. 어디 저 친구가 의기소침해 보이냐?"

엘러리는 얼굴을 찌푸렸다.

아버지는 다시 가르쳐주었다.

"이제 저쪽을 한번 봐."

엘러리는 경감의 손을 따라, 법원 정면 높은 곳에 있는 창문 쪽으로 시선을 향했다. 법원 앞 보도를 걷고 있는 설로 포츠와 찰리 팩스턴을 향해 햇빛을 받아 수많은 카메라들이 눈빛을 힘차게 번쩍이고 있었고, 그 뒤로는 사람들의 눈빛이 그들에게 못 박혀 있었다.

"그렇군요, 경감님. 그래서 경감님이 노파를 다룰 때는 항상 그렇게 조심하셨던 건가요?"

벨리 경사가 감탄하며 말했다.

엘러리가 차분하게 목소리를 높였다.

"창문으로 찍고 있었군요! 그럼 그 부서진 카메라는 가짜였을 테고, 그 못된 조란 놈은 공모자들의 앞잡이였겠네요!"

경감이 사무적인 말투로 말했다.

"아들아, 이제 너도 탐정이 될 만한 자질을 좀 얻은 모양이구나. 가자, 이제 다시 위로 올라가서 그리비 판사가 그놈의 관개인지 뭔지를 극복했는지 알아봐야지."

"제 말 좀 들어보세요!"

찰리 팩스턴이 보도에 서서 고함을 질렀다.

"오늘 아침에 제가 얼마나 힘들었는지 아십니까? 뭐라고요?

포츠 씨는 언론에 한 마디도 하지 않을 겁니다. 제발 한 마디도 하지 말아요, 좀!"

찰리는 설로의 분홍색 귀에서 1미터쯤 떨어진 곳에 선 채 이를 악물고 말했다.

"안 그러면 이 짓을 다 때려치울 거요, 설로. 당장 다 때려치울 거야!"

누군가가 박수를 쳤다.

설로는 고함을 질렀다.

"날 내버려둬! 나도 언론에 할 말이 엄청나게 많으니까, 찰리 팩스턴! 좋아, 당신하고의 관계도 다 끊어버릴 거야! 아니, 변호사란 놈들하고는 일절 상종을 안 할 거야! 그래, 판사도 법원도 다 필요 없어!"

"설로, 경고하겠는데…….."

찰리가 다시 입을 열었다.

"닥쳐! 이 세상에 정의라고는 한 톨도 없어! 빵 부스러기 한 톨만큼도, 먼지 한 톨만큼도!"

"뭐라고요?"

어딘가에서 목소리가 들렸다.

"'분개한 시민이 외치다. 정의는 없다!'면 되나?"

"모든 변호사, 판사, 법원과 관계를 끊겠다는데."

"도대체 변호사, 판사, 법원은 무엇 때문에 있느냐잖아."

"포츠, 설마 명예를 지키기 위해 단검이라도 들고 나설 생각입니까?"

"혹시 벌써 6연발 권총을 준비해둔 건 아닌가요, 설로 씨?"

"이 땅의 공포, 설로 포츠가 지배층에 위협을 가하기 위해 전

쟁터로 나서다."

"그만!"

설로 포츠가 끔찍한 소리로 고함을 질렀다. 분노로 폭발한 설로의 몸은 덜덜 떨리고 있었다. 작은 발은 보도 위에서 춤을 추듯 날뛰었고 통통한 얼굴에는 경련이 일어났다. 설로는 잠긴 목소리로 중얼거렸다.

"이제부터 내가 내 손으로 직접 정의를 행하겠어."

"응?"

"이봐, 저 땅딸막한 친구 진심인가 본데."

"계속 떠들게 내버려둬. 지금 머릿속에 그 생각밖에 없는 것 같아."

"잠깐만. 제정신인지 아닌지 모르겠지만 저 상태로 온 나라를 활보하게 내버려둘 수는 없어. 그런 의도를 품은 사람을 말이야, 친구."

기자들 중 하나가 침착하게 물었다.

"지금 그게 무슨 말씀이시죠, 포츠 씨? 당신 손으로 직접 정의를 행하겠다고요?"

찰리 팩스턴이 중얼거렸다.

"설로, 이제 할 말 다 했습니까? 그럼 제발 그만 여기서……."

"이거 봐, 찰리. 내 말이 무슨 뜻이냐고 물었소, 신사 여러분?"

설로가 차분하게 말했다.

"내 말이 무슨 뜻인지 설명해드리죠. 나는 이제부터 총을 사서, 다음번에 우리 집안의 명예로운 이름을 모욕하는 놈이 나오면 빌어먹을 썩어빠진 법원 치맛자락 뒤에 숨지 않고 사정없이 쏴 죽이겠다 이 말이야!"

어떤 기자가 말했다.

"이봐, 누가 가서 콩클린 클리프스태터한테 귀띔 좀 해줘."

"그러게. 저 정신 나간 친구 진짜로 쏴버릴 것 같은데."

"설마, 그냥 허풍 치는 거 아냐?"

"글쎄? 허풍 치는 게 아니라 총알로 머리를 쳐버릴지도 모르지."

설로는 새끼 양처럼 군중들 속을 돌진하며 양팔로 사람들을 밀쳐냈다. 군중은 약간의 경외심마저 느끼며 길을 터주었다. 설로는 승리에 찬 얼굴로 뛰쳐나갔다.

"앞으로 항상 품속에 총을 가지고 다닐 거야! 당장 총을 구해야겠어!"

설로, 이 땅의 공포는 끔찍한 비명을 질렀다. 그리고 그는 짧은 팔다리를 흔들어 광풍을 일으키며 사라졌다.

찰리 팩스턴은 앓는 소리를 낸 뒤 서둘러 법원 계단을 다시 올라왔다.

찰리는 331호실에서 나오던 엘러리, 퀸 경감, 벨리 경사와 마주쳤다. 경감은 그리비 판사의 반고리관에 대한 주제로 신랄한 장광설을 쏟아내고 있었다. 판사가 귓병 없는 세계로 용감하게 모험을 떠나러 나오기보다는 노루발풀 향유 냄새에 흠뻑 젖은 채 시무룩하게 집에 앉아 있기를 선택했기 때문이었다. 결국 퀸 부자를 법원으로 끌고 왔던 문제의 사건은 다른 날로 연기되고 말았다.

"아니, 찰리. 거기서 대체 무슨 일이 있었나?"

변호사는 숨을 헐떡이며 말했다.

"설로가 총을 사겠다고 협박했어요! 총을 가지고 법원으로 뛰어들 거라고…… 다음으로 자길 모욕하는 사람은 빚값을 치르고 바닥에 뻗게 될 거라고요!"

"그 덜떨어진 놈이?"

경사가 콧방귀를 뀌었다.

퀸 경감은 웃음을 터뜨렸다.

"잊어버려, 찰리. 설로 포츠는 그럴 만한 배짱이 있는 놈이 아닐세."

엘러리가 중얼거렸다.

"전 모르겠습니다, 아버지. 그 사람, 정신적으로 균형을 잃은 것 같던데요. 머릿속에 중요한 나사가 하나 빠져 있는 것 같아요. 어쩌면 진심일지도 몰라요."

찰리 팩스턴이 심술궂은 표정으로 말했다.

"예, 진심이더군요. 적어도 지금은 진심입니다. 평소라면 저도 그 사람 미친 짓에 신경 안 쓰겠는데요, 최근 들어 점점 더 악화되고 있어요. 조만간 선을 넘을 것 같아 두렵습니다. 오늘이 바로 그날일지도 모르죠."

"무슨 선을 넘어?"

벨리 경사가 의아한 표정으로 물었다.

"메이슨 딕슨선*인가 보지, 이 친구야."

경감은 한숨을 내쉬었다.

"그거 말고 무슨 선이겠나? 자, 내 말 잘 듣게, 찰리. 자넨 설로의 말을 너무 심각하게 받아들이는……."

---

* 미국의 펜실베이니아 주와 메릴랜드 주를 경계 짓는 선. 미국 남부와 북부의 경계를 말함.

"오히려 지금까지 너무 심각하지 않게 받아들인 게 문제였는지도 모르죠. 미리 예방을 해둬야 한다는 생각 안 드십니까?"

"물론이지. 잘 지켜봐. 혹시 담요를 씹어 먹기 시작하면 벨뷰 정신병원에 바로 보내야 하니까."

엘러리가 지적했다.

"총을 사려면 경찰청에 와서 허가를 받아야 합니다."

찰리가 간절한 눈빛으로 덤벼들었다.

"맞습니다. 그 점은 어떨까요, 퀸 경감님?"

"어떠냐고?"

노신사는 넌더리가 난다는 어조로 신음했다.

"만약 우리가 그 친구한테 총기 소지 허가를 거부한다고 해보게. 그럼 어떻게 되겠나? 아마 당장 나가서 허가 없이 권총을 사 오겠지. 그러면 자네는 자네 손바닥 위에 있는 미치광이뿐만 아니라 경찰청에 원한이 있는 미치광이까지 통제해야 하는 처지가 될 거야. 어쩌면 경찰을 쏴 죽일지도 모르고……. 그러니 허가 없이 총을 살 수 없다는 희망적 관측은 불가능해. 그 친구는 얼마든지 자기 하고 싶은 대로 할 수 있고, 나도 그 사실을 충분히 알고 있으니까."

엘러리가 말했다.

"아버지 말이 맞아요. 실질적인 문제는 설로의 손에 무기가 들어가는 걸 막는 게 아니라 설로가 그걸 사용하지 못하도록 하는 데 있습니다. 그리고 그 사람의 경우 필요한 건 힘이 아니라 머리를 써서 짜낸 책략일 것 같군요."

경사가 명료하게 대꾸했다.

"다른 말로는 그 멍청이를 속이자는 거죠."

절망한 변호사가 말했다.

"난 모르겠습니다. 이 가마우지 떼 같은 집안에서 계속 일하려니 정신이 나갈 지경이에요. 경감님, 정말 어떻게 안 되겠습니까?"

"찰리, 자네 대체 나한테 뭘 기대하는 건가? 24시간 내내 그 친구를 감시할 수는 없어. 아닌 말로 그 친구가 정말로 무슨 짓을 저지르기 전까지 우리 손은 묶여 있는 거나 마찬가지……."

"그냥 바로 처넣어버릴 순 없을까요?"

벨리가 물었다.

"정신병원에 넣자는 얘긴가?"

찰리 팩스턴이 말했다.

"잠깐, 잠깐만요. 포츠 집안에 문제가 워낙 많긴 하지만 그 정도까지는 아닙니다. 게다가 그 노파가 마지막 1페니까지 다 쥐어짜내서 싸울 테고요. 물론 당연히 이기겠죠."

퀸 경감이 물었다.

"차라리 그 정신 나간 친구한테 유모라도 붙여주는 게 어떤가?"

"저도 바로 그 생각을 하고 있었습니다."

젊은 변호사가 슬그머니 눈치를 보며 말했다.

"어, 퀸 씨…… 당신은 어떠신가요?"

엘러리는 아버지가 자기를 쳐다보자 재빨리 대꾸했다.

"아버지는 바로 경찰청 본부로 돌아갈 생각이시죠?"

경감은 고개를 끄덕였다.

엘러리가 씩 웃으며 말했다.

"그렇다면 찰리, 내 아파트로 같이 좀 갑시다. 그리고 몇 가지 질문에 대답해줘요."

2. 노파에게는 자식이 아주 많아서

엘러리는 팩스턴 변호사에게 스카치와 소다를 섞어서 한 잔 내주었다.

"내게 아무것도 숨기면 안 됩니다, 찰리. 내가 포츠 집안에 대해 전혀 모르는 사람이라고 생각하고 이야기해줘야 해요. 도입부가 끝나기 전에는 절대 본론으로 들어가서는 안 됩니다. 그리고 도입부가 끝나면, 마찬가지로 본론이 끝나기 전에 절대 결론으로 들어가서도 안 되고요. 그 과정이 전부 끝나고 나면 내가 거기서 뭔가 건설적인 단서를 찾을 수 있을지 노력해보겠습니다."

"알겠습니다."

찰리는 잔을 받으며 대답했다. 그리고 해당 주제에 아주 조예가 깊은 젊은 변호사는 포츠 집안의 부모와 자식, 남자와 여자를 가리지 않고 자기가 아는 사실들을 낱낱이 털어놓았다. 마치 과부하가 걸린 정원 호스가 수압을 통제하지 못하고 사방팔방으로 물을 내뿜어대는 듯한 기세였다.

코닐리아 포츠라고 태어날 때부터 노파였던 건 아니었다. 한때는 매사추세츠의 작은 마을에 사는 어린아이였던 적도 있었다.

래기드 앤*이었던 코닐리아에게는 어린 시절부터 아주 강력한 목적이 하나 있었다. 그것은 부자가 되어 언덕 위에 사는 것이었다. 그것도 부자가 되어 언덕 위에 살되 주위 이웃들보다 월등하게 높은 언덕이라야 했다. 그러려면 부자가 되고, 그 재산이 자꾸만 불어나야 했다.

코닐리아는 부자가 되고, 많은 자식을 얻었다. 부자가 되는 데에는 자기 자신의 노력만으로도 충분했지만 불행하게도 신의 섭리 탓에 자손을 번창시키기 위해서는 남편이라는 존재가 필요했다. 그러나 코닐리아는 최소한 자기 힘으로 그 성스러운 질서를 더욱 개선시킬 수는 있었다. 즉 남편을 하나가 아니라 둘을 취한 것이다. 이리하여 코닐리아는 신이 예정한 최후의 운명이 찾아오기 전에 첫 번째 남편에게서 아이 셋, 두 번째 남편에게서 아이 셋을 얻어 도합 여섯 명의 자식을 둠으로써 정력적으로 자손을 늘렸다.

("두 번째 남편은 아직도 같이 살고 있답니다. 불쌍한 사람이죠. 적절한 때가 오면 그 사람도 한번 만나러 가봅시다." 찰리 팩스턴이 말했다.)

첫 번째 남편이 코닐리아의 덫에 걸린 것은 1892년이었다. 코닐리아가 스무 살 때, 길가에서 먼지를 뒤집어쓴 채 피어난 들꽃 같은 애매한 매력을 지니고 있을 때의 일이었다. 그의 이름은 바커스였다. 바커스 포츠. 바커스 포츠는 '산에 묶인 프로메테우스'라는 고전적인 역설에 갇힌 사람이었다. 직업이 동네 구두장이였으니 산이 아니라 구두장이의 의자에 묶였다고 표

* 빨강 머리와 세모꼴의 코를 지닌 여자아이 헝겊인형. 1800년대 후반에서부터 1900년대 초반까지 선풍적인 인기를 끌었고, 인형 상품과 동화책이 잘 팔려 영화로까지 만들어졌다.

현해야 옳을지도 모른다. 바커스는 동네 처녀들이 비웃으면서도 두려워하는 존재였다. 밤이면 밤마다 달빛을 받으며 어설픈 방랑벽을 못 이긴 두 다리로 제멋대로 춤을 추고 목청이 터져라 노래를 부르며 숲 속을 헤매고 다니는 작자였던 탓이다.

사람들 말로는(찰리가 말했다) 그 노파가 만약 동네 수의사와 결혼했다면 남편을 파스퇴르로 만들어놓았을 것이고, 왕가의 이름 없는 방계에서 태어난 사생아의 사생아와 결혼했다면 아마 왕비의 삶을 살았을 거라고 했다. 결과적으로 구두장이와 결혼한 탓에, 코닐리아는 결국 남편을 세계 구두 제조업계를 선도하는 구두장이의 왕으로 만들어주었다.

물론 바커스 포츠가 의자에 앉아 졸면서 좌절하는 꿈을 꾸었다 해도, 꿈속에서 갖고 싶어 안달을 내던 게 고작 지금보다 더 큰 의자는 아니었을 것이다. 그러나 정신을 차리고 보니 그는 수천 에이커의 땅과 수천 명의 직원을 거느린 사장이 되어 있었다. 그리고 몽상가였던 바커스는 자신이 그 꿈같은 마법을 제대로 이해할 수도 없고 파악할 수도 없다는 사실을 빠르게 깨달았다. 어쩌면 그냥 그러고 싶지 않았는지도 모른다. 그래서 자신이 평생 모은 재산을 코닐리아가 작은 공장에 투자하여 살찌우고, 부풀리고, 마치 원자핵이 하나에서 둘로, 둘에서 넷으로 분열하듯이 키워나가는 동안 바커스는 무기력하게 자기 의자에 앉아 마법사가 기적을 일으키는 모습을 분개하며 지켜보기만 할 뿐이었다.

바커스는 가끔 사라지곤 했다.

그러고는 땡전 한 푼 없이 지저분한 몰골로 터덜터덜 돌아와서, 회개한 수고양이처럼 죄책감이 가득한 얼굴로 코닐리아 옆에 납작 엎드려 온순하게 지냈다.

몇 년 후에는 아무도 바커스가 어딜 다녀오는지 신경 쓰지 않았다. 아랫사람들과 자식은 물론 왕조를 건설하느라 너무 바쁜 아내마저도.

결혼한 지 10년이 흐른 1902년, 코닐리아가 통통하고 안정적인 외모를 지닌 서른 살 여성이 되었을 무렵, 포츠 가문은 공장뿐만 아니라 전국적인 소매 유통 라인을 구축하게 되었다. 바커스 포츠가 예전에 꿈꾸곤 했던 그 위대한 꿈 자체였다. 바커스는 영영 자취를 감추었다. 몇 달이 흘러도 바커스는 돌아오지 않았고, 경찰은 그의 흔적을 찾는 데 실패했으며 코닐리아는 어깨만 한 번 으쓱하고 대수롭지 않게 생각한 뒤 진정한 이집트의 여왕이 되었다. 피라미드를 건설하는 일은 막대한 사업이었고, 코닐리아에게는 짬짬이 시간을 내어 돌봐야 하는 아이가 셋이나 있었다. 만약 코닐리아가 바커스를 그리워했다 하더라도 낮에는 그럴 여유가 전혀 없었으리라.

이리하여 풍요로운 7년이 흘렀다. 입법자들이 여왕에게 권고한 기간이 만료되자, 법이라는 이름의 완고한 파라오도 충분히 만족하고 바커스 포츠가 더는 살아 있는 사람이 아니라는 선고를 내렸다. 그의 아내는 이제 아내가 아니라 과부가 되었고, 아무런 문제 없이 새로운 남편을 들일 수 있는 자격을 얻었다.

이리하여 코닐리아는 지체하지 않고 그 준비를 했다. 즉시 그러지 않을 이유도 없었다.

1909년 서른일곱 살의 나이로 포츠 부인은 스티븐 브렌트라는 이름의 소심한 남자와 결혼하면서 자신의 성을 바꾸기를 단호하게 거부했다. 코닐리아가 왜 운명적으로 만난 괴짜 같던 첫 번째 남편에 대한 의리를 지켰는지에 대해서는, 두 사람의 부부 관계와 마찬가지로 여전히 수수께끼로 남아 있다. 어쩌면 바커스 포츠에 대한 의리 따위의 감정적인 이유 때문이 아니라 코닐리아는 그저 이름이 필요했는지도 모른다. 이제는 완전히 다른 존재로 탈바꿈해버린 그 이름은 '포츠 신발, 어디서나 3.99달러'를 의미했다.

코닐리아 포츠는 자신의 이름을 포기하기를 거부했을 뿐만 아니라, 오히려 결혼하고 나면 스티븐 브렌트가 자기 성을 포기해야 한다고 주장했다. 말싸움을 전염병처럼 끔찍하게 싫어하는 브렌트는 힘없이 그 말에 동의했다. 이리하여 스티븐 브렌트는 법적인 절차를 밟아 스티븐 포츠가 되었고, 포츠 왕조는 계속해서 이어졌다.

주목해야 할 점은(찰리 팩스턴이 엘러리를 향해 강조했다) 1902년 12월 코닐리아가 아버지 없는 세 자식들을 위해 뉴욕에 집을 짓고 이사를 온 일이었다. 포츠 궁전, 리버사이드 드라이브에 있는 훌륭한 정사각형 화강암 건물과 푸른 잔디밭으로 이루어진 그곳은 잔잔한 허드슨강과 저지 해변의 탁한 녹지대를 마주하고 있었다.

즉 코닐리아는 스티븐 브렌트를 뉴욕에서 만났다는 이야기다.

젊은 변호사는 말했다.

"저는 도대체 스티븐이 고치 소령을 어떻게 떼놓고 그 노파한테 결혼 신청을 했는지 모르겠습니다. 아니, 하기나 했는지 모르겠네요."

스티븐 브렌트는 남태평양인지 말레이반도인지 아무튼 어딘
가 낭만적인 곳에서 뉴욕으로 왔는데, 그때 브렌트에게 마치
따개비처럼 찰싹 붙어서 함께 온 고치라는 남자가 있었다. 비
슷한 차림새를 한 방랑자들은 둘 다 나태한 성격이었기에 죽이
잘 맞았고, 서로에게서 떨어지지 않으려 했다. 나쁜 사람들은
아니었다. 그저 약한 남자일 뿐이었다. 그리고 코닐리아는 약
한 남자에게 약했다.

아마 이것이 두 방랑자 중 코닐리아가 고치 소령이 아닌 스
티븐 브렌트를 자신을 에스코트해줄 왕자로 선택한 이유일 것
이다. 고치 소령은 미미하게나마 섬유질 같은 고집을 지니고
있었고, 완전히 배짱이 두둑하다고 표현할 수 있을 정도는 아
니었지만 그나마 스티븐 브렌트보다는 성격이 드셌다. 이 성격
덕분에 고치 소령은 코닐리아 포츠 앞에서 맞서서 자기 친구와
함께 지낼 안식처를 달라고 요구할 수 있었다.

고치 소령은 코닐리아에게 말했다.

"스티븐과 결혼하겠다고요? 좋습니다, 부인. 하지만 스티븐
그 친구는 내가 없으면 죽을 겁니다. 엄청나게 외로움을 많이
타는 친구거든요. 보아하니 돈이 꽤 있는 분인 것 같으니, 스티
븐과 함께 있을 수 있게만 해준다면 평지풍파 없이 조용히 살
아드리리다."

코닐리아가 고압적으로 말했다.

"당신 정원사 일 할 줄 알아?"

고치 소령은 미소를 지으며 대꾸했다.

"이러시면 곤란합니다, 부인. 난 지금 부인한테 일자리를 달
라고 부탁하는 게 아니에요. 나하고 일은 안 어울리죠. 난 그냥

놓고 싶습니다. 오른쪽 다리에 총알이 박혀서 힘든 일은 못 하거든요."

태어나 처음으로 코닐리아는 남자의 말에 굴복했다. 어쩌면 그녀에게도 약간의 유머 감각이 있었는지도 모른다. 코닐리아는 그 조건을 받아들였고, 즉시 이사 온 고치 소령은 친구의 믿기 힘들 정도로 막대한 재산을 공유하며 본인 말마따나 철저히 아무짝에도 쓸모없는 인생을 구가하고 있었다.

"코닐리아가 스티븐을 보고 사랑에 빠졌나요?"

엘러리가 물었다.

찰리는 조소했다.

"사랑이라고요? 글쎄요. 내 생각에는 그냥 코닐리아가 갖고 있던 동물적인 본능 때문에 끌린 것이라고 봅니다. 비록 지금은 흔적마저도 다 사라지고 없지만 예전에 스티븐이 예쁜 눈을 가졌다는 이야기를 들은 적도 있어요. 뭐, 스티븐한테도 괜찮은 거래죠. 그렇게 나쁜 결과만을 가져온 것도 아니니 말입니다. 코닐리아는 자신에게 세 명의 자식을 더 안겨준 남편을 얻었고, 스티븐은 거의 사료나 다름없는 식량으로 근근이 연명하던 젊은 시절을 겨우 끝내고 풍요로운 목장에서 한가하게 누워 시간을 보내고 있으니 말이죠. 아무튼 스티븐과 그의 악우 고치 소령은 자기들 은신처에서 끝없이 체커나 두면서 늘 함께 지내고 있습니다. 아무도 그 사람들을 신경 쓰지 않아요."

찰리가 말을 이었다.

"노파가 첫 결혼에서 얻은 세 명의 자식들, 그러니까 코닐리아와 그 맛이 간 행방불명자 바커스 포츠의 자식들은 전부 미쳤습니다."

"지금 미쳤다고 했습니까?"

엘러리가 깜짝 놀라서 물었다.

"제대로 들으셨네요."

찰리는 와인병으로 손을 뻗었다.

"하지만 설로는……."

"그래요, 일단 설로부터 시작하죠."

찰리는 언성을 높였다.

"퀸 씨가 보기에 그 사람이 정말 제정신이라고 할 수 있겠습니까? 상상 속에서 당한 집안 모욕을 되갚아주겠다면서 평생을 저러고 사는 사람을? 있지도 않은 파리가 코에 앉았다면서 자기 코를 철썩 때리는 편집증 환자와 설로가 대체 뭐가 다릅니까?"

"하지만 그 어머니가……."

"이건 정도의 문제예요, 엘러리. 포츠라는 이름에 대한 코닐리아의 집착은 그나마 제정신의 범위 내에 있습니다. 그리고 코닐리아는 상대가 만만하지 않으면 애초에 건드리질 않아요. 하지만 설로는 자기 인생 전부를 저렇게 마구잡이로 공격하는 데 쓰고, 대부분의 경우 그 뒤에 남는 건 누군가의 당황스러운 표정뿐이죠."

엘러리 퀸이 투덜거렸다.

"신경학자들은 미쳤다는 말을 별로 좋아하지 않습니다, 찰리. 정상의 기준은 다양하고, 나이나 그 외 다른 요소들에 크게 좌우될 수 있죠. 예를 들어 지금이 기사도 시대였다면 집안의 명예에 대한 설로의 강박증은 그 사람이 제정신이라는 아주 고

상하고 훌륭한 증거라고 여겨졌을지도 모르잖아요."

"괜한 트집 좀 그만 잡으시죠. 하지만 그렇게 증거를 원한다면 루엘라 이야기를 해보겠습니다. 코닐리아와 바커스의 둘째 자식이죠. 그나마 설로의 과민한 태도는 단순히 포츠 집안의 이름에 집착한 탓이라고 여기고 체념할 수 있습니다. 세상 물정을 잘 모르고, 낭비벽이 심하고, 사업의 가치나 돈의 가치에 대해서는 어린애처럼 순수할 정도로 무관심한 것도 다 성격이라고 칩시다. 단순히 인생이 불만족스럽고, 사회 부적응자이긴 하지만 그래도 근본적으로는 정신이 멀쩡한 사람이라고 해요. 하지만 루엘라는 아닙니다! 루엘라에 대해서는 논쟁의 여지도 없다고요. 나이가 마흔넷이지만 당연히 아직 결혼도 안 했는데……."

"루엘라한테 무슨 문제가 있는데요?"

"루엘라는 자기가 위대한 발명가라고 착각하고 있어요."

엘러리는 고통스러운 표정을 지었다.

찰리는 짜증스럽게 말했다.

"당연히 아무도 루엘라의 말을 귀담아듣지 않습니다. 노파를 제외하면 말이죠. 루엘라는 집 안에 자기 실험실을 가지고 있어요. 아주 행복하기 그지없는 인생이에요. 포츠 저택 안에는 낡은 벽장이 하나 있는데 노파는 루엘라의 발명품을 거기에 다 집어던져 넣어둡니다. 한번은 노파가 벽장 앞 마룻바닥에 주저앉아서 우는 모습도 본 적 있어요."

찰리는 고개를 절레절레 흔들었다.

"정말이지 몇 초 동안이나마 노파가 그렇게 불쌍해 보인 적이 없었다니까요."

엘러리가 말했다.

"끊지 말고 계속하세요. 그 첫 번째 결혼에서 낳은 세 번째 자식은 어떻습니까?"

변호사는 몸을 부르르 떨었다.

"허레이쇼 말인가요? 허레이쇼는 마흔한 살입니다. 다양한 의미에서 그 셋 중 가장 희한한 인간이죠. 이유는 모르겠지만, 허레이쇼는 상상을 초월하는 끔찍한 존재예요. 저는…… 허레이쇼를 볼 때마다 항상 소름이 돋습니다."

"허레이쇼한테 대체 무슨 문제가 있기에 그러는 거죠?"

찰리가 우울하게 말했다.

"아무 문제 아닐지도 모르고, 전부 다 문제일지도 모르죠. 솔직히 모르겠습니다. 같이 가서 한번 보셔야 해요. 허레이쇼 본인이 정말로 존재한다고 믿고, 직접 만들어놓은 그 모든 것들을."

엘러리는 활짝 웃었다.

"찰리, 당신 아주 머리가 좋은 사람이군요. 이미 나 같은 인간이 그런 수수께끼에 결코 저항할 수 없다는 사실을 잘 알고 있는 거죠?"

찰리는 멋쩍게 웃었다.

"네…… 사실은 당신의 도움이 필요합니다."

엘러리는 상대를 노려보았다.

"찰리, 당신은 대체 이 기이한 집안의 어디에 흥미를 느끼고 있는 겁니까?"

변호사는 입을 다물었다.

"오로지 직업적인 문제 때문만은 아닐 텐데요. 세상에는 아무리 열심히 해도 그리 대단한 보상을 받지 못하는 직업이 몇 가지 있는데, 보고 들은 바에 따르면 포츠 가문의 법적 조언자가 되어주는 것도 그중 하나 같군요. 친구, 아무래도 당신한테는 딴 속셈이 있어 보이는데요. 그것도 딱히 황금에 대한 욕심과는 무관한…… 그건 대체 무엇으로 만들어져 있죠?"

"빨간 머리카락과 보조개죠."

찰리가 반항하듯 말했다.

"아하."

엘러리는 수긍했다.

"실라는 코닐리아와 스티븐 사이에서 태어난 세 아이들 중 막내입니다. 그 세 사람은 정말 감사하게도 아주 이성적인 인간들이에요. 로버트와 매클린은 서른 살짜리 쌍둥이 형제인데 아주 친절하고 다정한 사람들이죠."

찰리가 얼굴을 붉혔다.

"나는 실라와 결혼할 겁니다."

"축하합니다. 그 젊은 아가씨는 나이가 어떻게 되죠?"

"스물넷입니다. 그 끔찍한 집안에서 어떻게 실라와 쌍둥이 형제 같은 사람들이 태어났는지 이해가 안 될 정도예요! 아직도 노파가 포츠 신발 회사를 지배하고 있긴 하지만, 실질적으로는 코닐리아와 오랫동안 일했던 어떤 나이 많은 사람의 도움을 받아 로버트와 매클린이 운영하고 있죠. 그 나이 든 사람 이름은 언더힐이라고 하는데, 코닐리아와 얼마나 오래 같이 일했는지는 나도 정확히 모릅니다. 어쨌든 언더힐은 공장 생산을 총지휘하고 있어요. 로버트는 판매 부문을 담당하는 부사장이고, 매클린은 광고 및 홍보 부문을 맡은 부사장인데……."

"설로는요?"

"아, 설로도 부사장이긴 합니다만 어느 부문을 맡은 부사장인지는 나도 잘 몰라요. 아마 제대로 맡은 일도 없을걸요. 그냥 여기저기 어슬렁거리고 다니는 말썽꾸러기일 뿐입니다. 말썽꾸러기라는 말이 나와서 말인데, 도대체 설로가 그 멍청한 짓을 못 하게 막으려면 어떻게 해야 좋을까요?"

엘러리는 담배에 불을 붙이고 생각에 잠긴 채 담배를 피웠다.

"설로가 총을 사겠다고 협박한 게 진심이라면, 그걸 어디서 살지 혹시 짚이는 데는 있습니까?"

엘러리가 물었다.

"매디슨 애비뉴에 있는 콘월 앤드 리치 상점일 겁니다. 생전 쓰지도 않는 실내 스포츠 기구를 산다고 거기서 외상을 졌거든요. 당장 떠올리자니 그곳이 제일 먼저 생각나네요."

엘러리는 팩스턴 변호사에게 전화기를 건넸다.

"콘월 앤드 리치 상점에 전화해서 신중하게 물어봐요."

팩스턴 변호사는 상류층들과만 거래하는 콘월 앤드 리치 상점에 전화해서 신중한 질문 몇 가지를 던졌다. 그리고 전화기를 내려놓았을 때, 그의 얼굴은 흙빛이 되어 있었다.

"설로는 진심이에요!"

찰리가 고함을 질렀다.

"그 사람이 무슨 짓을 했는지 알아요? 글쎄 법정에서 나가자마자 부리나케 제일 먼저 거길 갔답니다!"

"그래서 총 한 자루 샀다던가요?"

"한 자루요? 열네 자루나 샀답니다!"

"뭐라고요?"

"설로한테 직접 총을 팔았다는 점원과 대화했습니다. 피스톨, 리볼버, 자동권총을 합쳐서 총 열네 자루를 샀다는군요."

찰리가 신음했다.

"현대식 휴대용 총기 컬렉션을 만들 생각이라면서 사 갔답니다. 당연히 그 가게 사람들도 설로에 대해 잘 알고 있죠. 하지만 이 사람 얼마나 교활한지 보셨죠? 그렇게 많은 총을 사기 위해 얼마나 그럴듯한 핑계를 댔냐 이 말입니다. 컬렉션이라니! 이젠 도대체 뭘 어떻게 해야 하죠?"

"그렇다면 당연히 허가를 받았겠군요?"

엘러리가 생각에 잠긴 채 물었다.

"철저하게 준비를 한 것 같습니다. 아마 한 달 전부터는 준비한 걸로 보입니다. 이제야 알겠네요. 지난번 명예훼손 재판에서 패배하기 전에 이미 이성을 잃었던 게 분명해요. 클리프스태터가 사고를 치기 바로 전에 설로를 모욕한 사람 말입니다. 설로는 허가를 받았어요. 어딘가에서 특별한 허가를 받아 가지고 왔다고요. 그 허가를 취소시켜야 해요!"

"뭐, 그럴 수 있긴 하죠."

엘러리가 동의했다.

"하지만 오늘 아침 저희 아버지가 옳은 말씀을 하셨잖습니까? 만약 설로가 합법적으로 총을 손에 넣을 수 있는 허가를 받지 못한다면 다른 곳에서 불법으로 총을 구할 거라고요."

"그래도 열네 자루는 너무하잖아요! 총을 열네 자루나 갖고 있는 인간은 사회적 안전을 해칠 수 있는 위협적인 존재란 말입니다! 정말 별것 아닌 상상 속의 모욕만으로도 설로는 충분히 사람을 죽일 수 있어요!"

엘러리는 얼굴을 찌푸렸다.

"난 그게 그렇게 심각한 위협인지 모르겠습니다, 찰리. 하지만 일단 지켜볼 필요가 있다는 사실은 명백하군요."

"당신이 맡아주시겠습니까?"

"네, 그럼요."

"정말 감사합니다!"

찰리는 엘러리의 손을 덥석 움켜잡았다.

"제가 뭘 어떻게 도와드리면 될까요?"

"제가 오늘 포츠 궁전에 그 누구의 경계심도 사지 않고 들어갈 수 있게 해주실 수 있을까요?"

"아, 오늘 밤 저도 그곳에 갈 예정입니다. 노파와 법적인 문제에 대해 이야기할 게 좀 있어서요. 저녁 식사에 함께하실 수 있도록 조처해드리죠. 혹시 저녁이면 너무 늦을까요?"

"아뇨, 전혀요. 셜로가 정말로 당신이 말한 것 같은 사람이라면 아마 오후 내내 열네 자루나 되는 죽음의 도구를 사랑스럽게 만지작거리면서 온갖 어두운 몽상에 잠겨 만족스러워하면서 시간을 보낼 겁니다. 저녁 식사 자리면 충분하죠."

"아주 좋습니다! 그럼 여섯 시에 모시러 오겠습니다."

찰리가 기뻐서 펄쩍 뛰었다.

3. 어떻게 해야 좋을지 몰랐다네

그날 저녁 팩스턴 변호사는 엘러리 퀸을 차에 태우고 시내로 내려가면서 말했다.

"누구를 미리 좀 불러놓았습니다. 특별히 그 사람을 만나게 해드리고 싶어서요. 그…… 들어가기 전에요."

"아하."

엘러리는 머릿속으로 맹렬하게 추리를 했지만 그 과정을 입 밖에 내어 말하지는 않았다.

찰리 팩스턴은 웨스트 70번가에 있는 어느 아파트 건물 앞에 로드스터를 세웠다. 그리고 도어맨에게 가서 몇 마디 하자 도어맨은 건물 내 전화기로 누군가에게 전화를 걸었다. 찰리는 신경질적으로 담배를 피우면서 로비를 서성거렸다.

여름에 잘 어울리는 복장을 하고 활짝 웃으며 나타난 실라 포츠는 아름다운 빨강 머리를 한 몸집 작고 날씬한 아가씨였다. 엘러리의 눈에는 그야말로 무해하면서도 오만한, 미국 사회가 낳은 특유의 전형적인 타입으로 보였다. 아마도 실라는 매사가 올바르게 이루어져야 한다고 주장하면서, 사람들을 교정시키기 위해 잘못된 일도 서슴지 않고 저지를 것이다. 어쩌면 실라는 자신들을 불행하게 만든 장본인에게 분노하며 울분으로 스스로의 가슴을 치는 남자들을 아주 끔찍하다고 여길지도 모른다. (엘러리는 혹시 팩스턴 변호사도 그런 상황에 처했을 때 스스로의 가슴을 치지 않을까 하는 생각이 들었다.) 아무튼 실라는 울창한 숲 속을 흐르는 실개천 옆의 박하 수풀처럼 해맑고 상쾌했다. 하지만 엘러리는 실라의 장갑 낀 손을 잡고 그녀가 자신을 찾아온 이유에 대해 설명을 들으면서—"엘러리 씨, 웃지 마세요!"—의아한 기분이 들었다.

왜 실라의 두 눈 속에 감춰진 슬픔이 보이는 걸까?

세 사람이 로드스터 앞자리에 꾸역꾸역 올라타고 리버사이드 드라이브를 향해 서쪽으로 달리는 동안, 엘러리는 그 의문에 대한 해답을 얻을 수 있었다.

실라는 간단하게 대답했다.

"저희 엄마가 결혼을 반대하시거든요. 그게 얼마나 끔찍한 일인지를 아시려면 일단 저희 엄마가 어떤 사람인지 아셔야 해요, 퀸 씨."

"반대하는 이유가 뭐죠?"

"노파는 통 말도 안 해주던데요."

찰리가 부루퉁하게 말했다.

"저는 이유를 알 것 같아요."

실라가 너무나 차분하게 말한 나머지 엘러리는 하마터면 그 말 속에 섞인 씁쓸함을 놓칠 뻔했다.

"제 언니 루엘라 때문이에요."

"발명가 말입니까?"

"네. 엄마는 루엘라가 불쌍한 나머지 원하는 건 뭐든지 다 들어주려고 하거든요. 엄만 항상 쌍둥이 오빠들이랑 저보다 첫 번째 결혼에서 낳은 자식들에게 더 잘해주세요. 아마 저희 아빠를 한 번도 사랑한 적이 없어서일 거예요. 어쩌면 저희에게 차갑게 대함으로써 아빠가 자길 돌아보게 만들려는 생각인지도 모르죠. 이유가 뭐든 엄마가 불쌍한 루엘라를 지극히 사랑하고 저를 싫어한다는 것만큼은 확실해요."

실라는 마치 감추기라도 하려는 듯 아랫입술을 깨물었다.

찰리 팩스턴이 으르렁거리듯 말했다.

"그 말은 사실입니다, 엘러리. 비쩍 마른 그 늙은 좀비 루엘라가 사람 같지도 않은 눈빛으로 화학약품 냄새가 진동하는 자기 연구실 안에서만 여기저기 쑤시고 돌아다니며 사는 게 실라 잘못은 아니잖아요?"

"아주 간단한 이야기예요, 퀸 씨. 엄마는 루엘라 언니가 노처녀로 지내는 동안에는 제가 결혼하는 꼴을 보기 싫어서, 제 행복을 희생하려는 거예요. 그런 점에서는 정말 괴물 같아요."

온갖 기이한 일들을 알고 있는 엘러리 퀸은 이 몬스터의 서식지를 어디선가 본 것 같다는 생각이 들었다. 바커스 포츠와 노파의 자식들은 하나같이 정상에서 벗어나 있다. 약골, 사회부적응자, 구제불능들에게 코닐리아 포츠는 자신의 모성을 한껏 쏟아붓고 있었다. 따라서 스티븐 브렌트 포츠와의 사이에서 태어난 아이들에게 줄 수 있는 것이라고는 매서운 분노밖에 없었다. 쌍둥이 아들들과 실라는 노파가 언제나 신경질적인 땅딸보 설로, 마녀 같은 발명가 루엘라, 그리고 아직 베일에 싸여 있는 허레이쇼에게 원하던 모습 그 자체였다.

상황 설명은 충분했다. 하지만 아직 이해가 안 되는 일이 있었다.

"두 사람은 무엇 때문에 그렇게 분노하고 있는 거죠?"

엘러리가 물었다.

찰리가 대꾸하기 전에 실라가 재빨리 말했다.

"엄마는 제가 찰리랑 결혼하면 재산을 한 푼도 물려주지 않을 생각이거든요."

"알겠습니다."

엘러리는 실라의 대답이 전혀 성에 차지 않았지만 어쨌든 대답했다.

실라는 엘러리의 말투에서 금세 못마땅한 기색을 읽었다.

"저는 그게 아쉬워서 이러는 게 아니에요! 찰리가 안타까워서 그러는 거죠. 이 사람이 얼마나 열심히 일했는지 퀸 씨는 모르세요. 저는 그까짓 엄마 돈 한 푼 받든 못 받든 아무 상관 없어요."

찰리가 얼굴을 붉히며 울컥 소리를 질렀다.

"아니, 나도 상관없어요! 우리 엘러리한테 자꾸 그런 인상을 주지 맙시다. 우리가 이것 때문에 얼마나 옥신각신했는지 떠올려봐요, 실라."

"하지만……"

"엘러리, 실라는 자기 엄마만큼 고집이 셉니다. 한 번 이렇다고 생각하기 시작하면 도끼를 가져와도 실라의 머릿속에서 그 생각을 베어낼 수가 없어요."

엘러리가 미소를 지었다.

"좋습니다. 이 모든 것이 전부 내게는 처음 듣는 일들이라는 사실을 염두에 두세요. 자, 이게 맞나요? 만일 어머니의 의향을 거역하고 두 사람이 결혼한다면 어머니는 실라 당신만 쫓아내는 게 아니라 찰리까지 해고해버릴 거란 이야기죠?"

실라는 우울하게 고개를 끄덕였다.

"그리고 찰리, 당신은 직장을 잃게 됩니다. 그런데 당신의 업무는 포츠가에서 일어나는 모든 일들을 돌보는 거라고 하지 않았던가요?"

찰리가 씁쓸하게 말했다.

"그렇죠. 설로의 끝없는 소송과 수백만 달러짜리 신발 사업에 관한 아주 합법적인 법률적 업무 사이에서 나는 엄청난 양의 일을 하고 있습니다. 하지만 우리가 자기 뜻을 거역하면 코닐리아는 아마 다른 곳에 법무를 금방 맡길 겁니다. 그럼 나는 아주 불리해져요. 입에 풀칠하기 위해 근근이 생활비나 겨우 버는 삶을 시작해야 하겠죠. 하지만 실라를 얻기 위해서라면 나는 그럴 각오가 충분히 되어 있어요. 문제는 실라예요."

실라가 말했다.

"그래요, 난 싫어요. 당신의 인생을 망치고 싶지 않아요, 찰리. 물론 내 인생도."

실라는 입을 꾹 다물었고 찰리는 비참한 표정을 지었다.

"당신은 이것 때문에 절 경멸하겠죠, 퀸 씨. 하지만 저희 엄마는 나이가 아주 많이 들었어요. 여기저기 아픈 데가 많은 노파죠. 이니스 선생님도 엄마의 심장은 어쩔 도리가 없대요. 그리고 엄마는 선생님 말씀도 전혀 안 듣고 당신 건강을 돌보지도 않아요. 우리로서도 별 방법이 없고요……. 엄마는 조만간 돌아가실 거예요, 퀸 씨. 몇 주 후, 어쩌면 며칠 후일지도 몰라요. 이니스 선생님이 그랬어요. 저라는 인간은 어떻게 그 소식을 듣고 안도감을 느꼈을까요?"

실라의 푸르고 여린 눈동자가 눈물로 차올랐다.

엘러리는 거기서 인생이 온통 캐러멜 캔디와 장미꽃 잎으로만 이루어지지는 않았다는 사실을, 그리고 이 지구상에서 진정 위대하고 강인한 정신을 가진 존재는 남자가 아니라 여자라는 사실을 보았다.

실라가 코를 훌쩍이며 말했다.

"가끔 전 남자들이 진짜 사랑이란 게 뭔지 모른다는 생각을 해요."

그러고는 찰리를 바라보며 미소를 짓더니 자기 머리카락을 마구 헝클어뜨렸다.

"당신은 멍청이고."

로드스터는 교통정체에 걸려 거북이처럼 천천히 나아갔다. 그동안 차 안에서는 아무도 입을 열지 않았다.

"엄마가 돌아가시면 찰리랑 저는…… 그리고 아빠랑 쌍둥이 오빠들도…… 모두 자유가 될 거예요. 우린 평생을 감옥 속에서 살았어요. 어쩌면 정신병원일지도 모르겠네요. 제 말이 무슨 뜻인지 아마 오늘 저녁에 보시면 알 거예요……. 우리는 자유로워지면 이름부터 브렌트로 돌아가고 싶어요. 그리고 동물원에 갇힌 동물들이 아니라 다시 인간으로 돌아갈 거예요. 설로는 브렌트라는 이름만 들으면 미친 듯이 화를 내요. 그 이름을 끔찍하게 싫어하거든요."

"당신 어머니는 이 사실들을 전부 알고 있습니까?"

엘러리가 얼굴을 찌푸리며 물었다.

"아마 어렴풋이 눈치는 채지 않으셨을까 싶어요."

대꾸하던 실라가 젊은 연인의 팔을 잡았다.

"찰리, 여기서 차 세우고 날 내려줘요."

"왜요?"

찰리가 의아하다는 듯 물었다.

"그냥 내려줘요, 이 답답한 사람! 이미 엄마는 화가 많이 나셨는데 거기다 더 기름을 부으면 안 되잖아요? 난 여기서 택시 잡아서 집에 갈 테니까 당신은 퀸 씨 데리고 먼저 집으로 가요. 그럼 엄마도 고작해야 내가 오는 길에 우연히 당신과 마주쳤다는 생각밖에 못 할 테니까요!"

"칠천 가지 기적의 이름에 걸고 저건 대체 뭡니까?"

로드스터에서 내린 엘러리가 냅다 물었다.

저택은 포츠 가문의 귀중한 소유지를 둘러싼 드높은 무어풍 대문과 철창살로 이루어진 담 안쪽 멀찍한 곳에 세워져 있었다. 건물은 리버사이드 드라이브와 그 너머의 허드슨강을 바라보고 세워져 있었으며 대문과 집 사이로는 풀밭과 나무들로 만들어진 인상적인 원이 자리 잡았다. 자갈돌로 된 찻길이 아치를 이루며 대문에서 저택으로 이어졌다가 다시 대문으로 돌아갔다.

엘러리는 비난 어린 손가락으로 푸른 원 한가운데에 있는 무언가를 가리켰다. 도시풍 서양쥐똥나무들 사이로 인상적인 물건이 눈에 확 띄었다. 곡예사 두 명을 합친 것만큼 크고 코끼리만큼 넓은, 청동으로 된 조각상이었다. 그것은 받침대 위에서 반짝반짝 빛나며 지는 해를 힐끔힐끔 쳐다보고 있었다.

옥스퍼드화의 모습을 본뜬 동상이었다.

바닥까지 늘어뜨린 신발 끈도 청동으로 만들어져 있었다.

그 위에는 우아한 네온사인 글씨로 이렇게 쓰여 있었다.

포츠 신발

어디서나 3.99달러

4. 노파는 자식들에게 빵도 없이
수프만 조금 주었다네

"저녁을 먹기에는 조금 이른 시간 같군요."

찰리가 말했다. 활기찬 목소리가 현관에서 메아리쳤다.

"먼저 집안 분위기부터 돌아볼까요? 아니면 어떻게 할까요?
뭐든지 말씀만 하십시오."

엘러리는 눈을 깜박이며 주위를 돌아보았다. 뉴욕에서 가장
훌륭한 집이 분명했다. 이 건물은 무슨 양식이랄 것이 없었다.
아니, 다양한 양식에서 조금씩 부분적으로 취했고 그중에서는
살짝 고딕풍의 분위기를 곁들인 무어 양식의 비중이 가장 크다
고 해야 옳겠다. 건물은 무지막지하게 컸고, 가구들은 무지막
지하게 묵직해 보였다. 벽에는 수많은 프레스코화 그림으로 가
득했고, 음침하고 보기 흉한 장식품들이 걸려 있었다. 문 옆에
는 비잔티움 기사들이 뻣뻣하게 서서, 자신들과 마찬가지로 이
세상에 존재하지 않는 위협들에 맞서 저택을 지키고 있었다.
금빛으로 번쩍이는 나선계단은 현관에서부터 이 육중한 꿈나
라 같은 세계의 머나먼 천국까지 이어져 있는 듯했다.

"그럼 이 분위기를 아주 조금만 맛볼까요."

엘러리가 말했다. 솔직히 말하면 엘러리는 숨겨진 개집에서
느닷없이 아프간하운드가 뛰쳐나오고, 여러 하인들이 각자 자

기 구역으로 후다닥 뛰어가고, 다갈색 삼베옷을 입은 꼽추와 훌렁 벗겨진 정수리를 가진 사람들이 뛰쳐나와 시중을 들어줄 거라고 반쯤 예상했다. 오싹한 기분으로 그 광경을 기대했지만 엘러리가 본 하인이라고는 집사 차림을 한, 괜히 친근한 척하지만 융통성 없어 보이는 남자 하나뿐이었고 손님맞이는 집사 혼자 다 하는 모양이었다.

"찰리, 저녁 식사를 하기 전에 포츠 집안 사람들이 각자의 거주 구역에서 어떻게 지내고 있는지 아주 살짝만이라도 보여줄 수 있다면 정말 고맙겠는데요."

"꼭 필요한 용건이 있지 않고서야 그 사람들을 굳이 찾아갈 누군가가 나타나리라고는 상상도 못 했습니다만 아마도 그게 당신과 다른 사람들을 구분 짓는 특징이겠죠. 이쪽입니다, 교수님. 어떤 포츠를 제일 먼저 겁줄 수 있을지 한번 봅시다."

계단 꼭대기에는 엄청나게 넓고 고요한 층계참이 있었고, 그 너머로 기다란 홀이 이어졌다. 찰리가 모퉁이를 돌자 거기에는 우스꽝스럽게 생긴 아주 좁은 탑 같은 곳으로 이어지는 입구가 아가리를 떡 벌리고 있었다.

"제대로 도착했습니다. 이제 올라갑시다!"

찰리는 고개를 끄덕이며 말했다.

두 사람은 가파른 나선계단을 올라갔다.

"밖에서는 이런 종탑이 있었는지 전혀 몰랐습니다. 왜 안 보이는 거죠, 찰리?"

"건축상 특이점이죠. 이 탑은 저택 안쪽 공간을 바라보고 있기 때문에 외부 도로에서는 보이지 않습니다."

"어디로 이어지는 길입니까?"

"루엘라의 둥지로 가는 길이죠…… 여깁니다."

찰리는 창살이 끼워져 있는 두꺼운 유리가 박힌 문을 노크했다. 유리 너머로 눈을 휘둥그렇게 뜬 여자 얼굴이 나타났다. 여자는 의심스러운 표정으로 팩스턴 변호사를 훔쳐보고는 뒤로 물러나더니 볼트가 풀렸다. 끽끽 소리를 내며 문이 열릴 때 엘러리는 등골에 찌릿한 느낌을 받았다.

루엘라 포츠는 단순히 비쩍 마르기만 한 정도가 아니었다. 시체 안치소 밖에서는 보기 힘들 만큼, 마치 일부러 인체를 바싹 건조시켜서 미라로 만들어버린 게 아닌가 싶을 정도였다. 게다가 누가 봐도 전혀 보살핌을 받지 못한 모습이었다. 얼룩덜룩하게 회색이 섞인 굵은 밤색 머리카락은 앙상한 목 옆으로 뻣뻣하게 묶여 내려와 있었고, 가닥가닥 뻗친 머리카락들이 눈가 옆에서 대충 헝클어져 있었다. 자기 어머니를 꼭 닮은 두 눈은 엘러리의 관심을 끌었다. 눈동자는 반짝반짝 빛났지만 고통으로 가득 차 있었고, 미간에는 언제나 깊은 탐구를 하느라 생겨난 흔적이 또렷이 새겨져 있었다. 루엘라 포츠는 연구실용 작업복을 입고 있었는데 그것은 마치 수의처럼 루엘라의 몸에 꼭 맞았고, 발에는 잘 늘어나는 가죽끈 샌들을 신고 있었다. 양말이나 스타킹은 신지 않았다. 엘러리는 이 점을 주시했다. 그리고 하지정맥류까지 확인한 뒤 다른 곳으로 시선을 돌렸다.

연구실은 동그란 모양이었다. 안은 어수선한 책상, 증류기, 구부러진 플라스크, 분젠 버너, 엄청난 양의 병으로 가득한 선반, 수도꼭지, 긴 의자, 전기 장치들로 정신이 없었다. 엘러리는 그것들이 도대체 어디다 쓰는 물건인지도 알 수 없었지만 마치 영화 속의 한 장면처럼 인상적인 광경이었다.

"퀸?"

루엘라는 생김새와 마찬가지로 높고 가늘며 새된 목소리로 중얼거렸다.

"퀸이라……."

한층 더 깊게 찌푸린 얼굴 주름은 마치 오래된 칼에 베여 생긴 상처 같았다.

"혹시 멀퀸 제너럴 연구소에 관련된 사람은 아니겠죠?"

"아닙니다, 포츠 양."

긴장한 엘러리가 대답했다.

"당신도 알겠지만 그 사람들은 내 발명품을 전부 흉내 내고 있어요. 다 도둑놈들이에요, 도둑놈들. 그래서 조심해야 할 필요가 있거든요. 이해해줬으면 좋겠네요. 그럼 잠깐 실례 좀 해도 될까요? 저녁 식사 전에 엄청나게 중요한 실험의 결론을 내야 해서요."

"《크림슨 클루》에 나오는 미친 과학자 같지 않아요?"

계단을 내려오는 길에 찰리가 어깨를 으쓱하며 말했다.

"도대체 뭘 발명하고 있는 거죠?"

찰리는 무심하게 대답했다.

"신발 생산에 이용되는 새로운 플라스틱이라고 합니다. 루엘라 말로는 자기가 꿈꾸는 물질은 영구히 존재한다고 하더군요. 한 켤레 사면 평생을 신을 수 있는 신발을 만들고 싶다나 봐요."

"그럼 포츠 신발 회사가 망하는 것 아닙니까?"

"당연하죠. 하지만 루엘라가 평생을 그 연구에 바친다고 해

서 뭐 얼마나 쓸 만한 결과가 나오기나 하겠어요? 이쪽으로 오
시죠, 허레이쇼를 소개해드리겠습니다."

두 사람은 새로운 입구에 도착했다. 찰리는 뒤쪽 벽에 있는
커다란 프랑스식 문으로 엘러리를 안내했다.

찰리는 설명했다.

"이곳은 U 자 구조로 되어 있습니다. 안쪽에는 야외 테라스
와 안뜰, 더 넓은 공터와 허레이쇼의 꿈이 담긴 집 기타 등등이
있지요. 건축가들 몇 명에게 구경시켜 줬는데 하나같이 밤새
처절하게 비명을 질렀다고 하더군요⋯⋯. 아, 저기 스티븐과
소령이 있네요."

"실라의 부친, 그리고 폴리네시아에서 함께 젊은 시절을 보
냈던 친구 말인가요?"

두 친구는 나란히 붉은 뺨을 지닌 나이 든 남자였고, 둘 다
멀쩡해 보였다. 둘은 체커 판을 사이에 두고, 입구 뒤쪽에 바로
있는 작은 서재에 앉아 있었다. 프랑스식 문들이 쭉 이어지는
서재 뒷벽은, 바닥에 판석이 깔려 있고 위로는 지붕이 달린 테
라스를 마주 보고 있었다. 테라스는 아무리 봐도 집 전체 너비
정도는 되어 보였다.

젊은이 두 사람이 현관 입구에서 걸음을 멈추자 체커를 두던
두 남자 중 삐죽삐죽한 회색 콧수염을 가진, 비쩍 마르고 온화
한 눈빛을 가진 남자가 고개를 들더니 이쪽을 곁눈질했다.

"이런, 찰리 아닌가."

남자는 웃으면서 말했다.

"자, 잘 와줬네. 어서 들어와. 어서. 소령, 이 판은 내가 자네
를 와, 완전히 때려눕혔으니까 이제 새, 생각하는 척 그만해."

그와 같이 있던, 고래 같은 눈빛과 덩치를 지닌 남자는 코웃음을 치더니 곰보 자국이 난 얼굴을 문간 쪽으로 돌렸다.

남자가 매정하게 말했다.

"저리 꺼져. 하룻밤을 꼬박 들여서라도 내가 이 사기꾼 새끼를 때려눕혀야겠어."

"그래야지."

스티븐 브렌트 포츠가 다급히 대꾸했다. 그러더니 갑자기 겁먹은 얼굴로 말했다.

"당연히 게임은 끄, 끝까지 해야지, 소령."

팩스턴은 엘러리를 소개했다. 네 남자들은 한동안 잡담을 나누었고, 젊은이 둘은 나이 든 남자 둘이 게임으로 돌아갈 수 있도록 자리를 피해주었다.

찰리가 웃으며 말했다.

"밤이고 낮이고 할 것 없이 항싱 저 상태입니다. 사이좋은 적이죠. 고치는 좀 괴짜 같은 타입이에요. 거만하고, 장소를 가리지 않고 욕설을 퍼붓고, 술을 물처럼 벌컥벌컥 마시죠. 반면 정직한 부분도 있습니다. 그 성품은 충분한 가치가 있죠. 스티븐은 고치가 자기에게 함부로 대해도 그냥 내버려두거든요. 뭐, 그 점에 대해서는 다른 모든 사람들에게도 마찬가지지만요."

두 사람은 현관의 프랑스식 문을 통과하여 넓은 테라스를 가로지른 뒤 푹신한 잔디를 밟으며 걸어갔다. 기하학적으로 설계된 구불구불한 오솔길을 쭉 나아가자 주위를 둘러싼 정원 담벼락의 품에 안긴, 마치 과자 상자처럼 생긴 작은 건물 하나가 나타났다.

"허레이쇼의 별장입니다."

찰리가 설명했다.

엘러리는 숨을 들이마셨다.

"별장이라고요? 설마…… 누군가가 저 안에 살고 있단 말입니까? 저거 신기루 아니에요?"

"다행히도 신기루는 아닙니다."

"그럼 누가 저 집을 디자인했는지 알겠군요."

엘러리의 발걸음이 빨라졌다.

"월트 디즈니!"

마치 동화 속에 나오는 집 같았다. 구부러진 작은 탑, 황금 하프처럼 생긴 앞문, 전혀 통일감 없는 창문들. 건물은 전체적으로 분홍색이었고, 빨간색과 하얀색 줄무늬로 칠해진 덧문이 달려 있었다. 탑 중 하나는 뒤집어진 사탕무 모양이었다. 그것도 터키석 색깔의 사탕무. 작은 굴뚝을 통해 흘러나오는 구불구불한 연기는 녹색이었다. 엘러리는 창피한 줄도 모르고 눈을 비볐다. 하지만 다시 봐도 여전히 녹색이었다.

찰리가 한숨을 쉬며 말했다.

"그건 잘못 본 게 아닙니다. 허레이쇼는 화학약품들을 이용해서 일부러 연기에 색깔이 나오도록 불을 피우거든요."

"도대체 왜죠?"

"녹색 연기가 나는 게 더 재밌다면서요."

"이번에는 오즈의 마법사로군요."

엘러리는 기쁨에 찬 목소리로 말했다.

"어서 들어갑시다, 제발. 난 꼭 저 사람을 만나야겠어요!"

찰리가 하프를 연주하자 문이 흔들리더니 안에서 몸집이 매우 크고 뚱뚱하며, 덥수룩한 빨강 머리가 마치 잔뜩 신이 나기

라도 한 양 삐죽삐죽 솟구쳐 있는 한 남자가 나타났다. 남자는
커다란 눈에 너비가 좁은 금테 안경을 쓰고 있었다. 그 모습을
본 엘러리는 누군가와 닮았다는 생각이 들었다. 최선을 다해
그것이 누구인지 떠올리려 애쓴 결과 엘러리는 겨우 기억해낼
수 있었다. 산타클로스였다. 허레이쇼 포츠는 수염 없는 산타
클로스처럼 생겼다.

"찰리!"

허레이쇼가 소리를 지르더니 변호사의 손을 쥐어짜듯이 움
켜쥐고는 상대의 몸 전체를 흔들어대다시피 했다.

"이 신사분은?"

"엘러리 퀸입니다. 이쪽은 허레이쇼 포츠입니다."

상대가 엘러리의 방문을 너무나 격렬하게 반가워한 나머지
엘러리는 손뼈에 금이 가는 줄 알았다. 허레이쇼는 마치 거인
처럼 힘이 셌으며, 딱히 상대를 기분 상하게 하려는 의도 없이
순수하게 그것을 휘두르는 사람이었다.

"들어와요, 어서!"

집 안 또한 생기가 넘쳤다. 한 차례 안을 둘러본 엘러리는 도
대체 무슨 문제가 있는지 잠시 의아해했다. 그리고 결국 아무
문제도 없다는 결론에 도달했다. 그 방은 열 살쯤 된 어린 소년
에게 잘 어울리는 완벽한 침실이었다. 방 안에는 크고 작은 장
난감과 게임, 과자 상자들, 집짓기 세트, 만들다 만 연, 강아지
와 고양이들, 어린이용 책들이 산더미처럼 쌓여 있는 책상다리
를 갉고 있는 멍청하게 생긴 토끼가 최소한 한 마리 있었다. 허
레이쇼는 크고 따스한 손으로 책상 위에 흩어져 있는, 검은 잉
크로 글자를 쓴 원고지들을 짚고 있었다. 근처에는 거위 깃털

펜도 한 자루 굴러다녔다.

엘러리는 이렇게 유쾌하고 상상력 넘치는 어린이 방을 본 적이 없었다. 그러나 어린이는 도대체 어디 있단 말인가?

찰리가 엘러리의 귀에 속삭였다.

"허레이쇼한테 본인의 인생철학에 대해 설명해달라고 해봐요."

엘러리는 시키는 대로 했다.

"기꺼이 그러죠!"

허레이쇼는 우렁차게 고함을 질렀다.

"자, 퀸 씨. 당신은 성인 남자입니다. 걱정거리도 있고, 책임감도 있어요. 아주 무거운 어른의 삶을 살고 있죠. 그렇지 않나요?"

"아…… 네."

엘러리가 더듬거리며 대답했다.

허레이쇼가 얼굴을 환하게 빛냈다.

"하지만 아주 간단한 일입니다! 자, 여기 앉으세요. 거기 있는 구슬들은 다 바닥으로 치워버리고요. 남자가 인생에서 가장 행복한 시기는 바로 소년 시절이죠. 그 사람이 오하이오의 갈리폴리스 출신인지, 뉴욕의 헤스터 스트리트 출신인지 그런 건 딱히 중요하지 않아요."

엘러리는 눈썹을 실룩거렸다.

"좋아요, 내 예를 들어보죠. 만약 내가 공장에서 구두를 만드는 사람이거나 다른 누군가에게 구두를 만들라고 지시하는 사람, 광고 문구를 작성하는 사람, 막노동자, 아무튼 인간이 인간으로서 살아가기 위해 해야 하는 일들을 하는 사람이었다면 뭐, 나도 퀸 씨나 여기 있는 찰리 팩스턴처럼 항상 걱정스러운 표정으로 돌아다녔을 겁니다."

찰리가 힘없이 미소를 지었다.

"하지만 난 그럴 필요가 없죠. 그래서 나는 연을 날리고, 기차 장난감을 가지고 놀고, 3.6미터짜리 다리와 모형 비행기를 만들고, 슈퍼맨과 헤어브레스 해리 만화책, 탐정소설, 동화, 아동용 시를 읽곤 합니다…… 심지어 직접 쓰기도 하죠."

허레이쇼는 책상에서 눈에 띄게 알록달록한 책 몇 권을 집어 들었다.

"《도그우드 스트리트의 늙고 작은 개》, 허레이쇼 포츠 저. 《보랏빛 위협》, 허레이쇼 포츠 저. 내가 쓴 소년소설이 여기 열두 권은 있습니다."

찰리가 조심스럽게 말했다.

"전부 다 허레이쇼가 자비로 출판한 책들이에요."

허레이쇼는 한껏 행복한 얼굴로 목소리를 높였다.

"지금도 막 걸작을 쓰고 있었던 참입니다, 퀸 씨. 마더 구스의 새로운 현대 버전이죠. 아마 기념비적인 작품이 될 겁니다. 내 말 잘 기억해둬요."

찰리는 허레이쇼의 집에서 나오는 길에 말했다.

"허레이쇼는 심지어 저 집에서 혼자 식사까지 하면서 지낼 정도입니다. 어때요, 엘러리. 허레이쇼 포츠를 보니 어떤 생각이 듭니까?"

엘러리 퀸이 신음했다.

"저 사람은 세상에서 제일 멍청한 얼간이거나, 아니면 이 지구상에 유일하게 살아 있는 제정신 박힌 사람일 겁니다!"

저녁 식사는 마치 할리우드 영화 세트 속에서 엑스트라들이 차려주는 음식을 먹는 것 같았다. 적어도 엘러리의 눈에는 그렇게 보였다. 그것은 엘러리의 인생을 통틀어서 가장 인상적인 식사였다.

식당 천장은 서까래가 숲을 이루고 있었는데 모두 몇 개인지 개수를 세어보려면 크레인을 타고 올라가야 할 정도였다. 모든 것이 하나같이 《걸리버 이야기》 속 거인국 같은 규모를 자랑했다. 물론 그 거인들은 전부 '포츠주의'에서 탄생한 논리적인 결과물이었다. 나무 한 그루를 통째로 가공하여 이 거대한 테이블을 만들려면 최소한 캘리포니아 삼나무 정도는 필요할 터였다. 리넨과 은식기는 지금까지 엘러리가 들어본 물건들 중에서 가장 무거웠고, 그릇은 장엄했으며 길고 가느다란 유리잔은 복잡하게 꼬여 있었다. 식기 진열장은 금방이라도 무너질 것만 같았다. 아무리 정신 나간 자식들을 사랑해마지않는 노파라 하더라도 이 식기들에는 손가락 하나 대지 못하게 할 터였다. 그야말로 풍요의 공간이었다.

로버트와 매클린 쌍둥이는 저녁 식사 자리에 나타나지 않았다. 대신 어머니에게 전화를 해서 지금 사무실에 붙잡혀 있다는 사실을 알렸다.

코닐리아 포츠는 손님을 그리 불쾌하게 대접하지 않았다. 하지만 '퀸 씨'에 대한 모든 것을 알고 싶어 했기 때문에, 엘러리는 이야기를 들으러 온 곳에서 반대로 자기 이야기만 늘어놓고 있는 자신을 발견할 수 있었다. 현재 설로 포츠의 분노와 제정신이 어느 정도인지 가늠하고 싶어도 자기 자신의 화제에서 도통 주의를 돌릴 수 없었기에 엘러리는 의도적으로 짜증을 냈다. 70년 이상 전제군주 노릇을 하며 자기 식대로 살아온 노파는 그런 엘러리를 한참이나 물끄러미 쳐다보다가, 결국 엘러리를 풀어주고 자기 자식들에게로 관심을 돌렸다. 엘러리는 안도한 나머지 씩 웃었다.

실라는 명랑하게 식사를 했다. 명랑해도 너무 명랑했다. 실라의 크리스털처럼 맑은 눈동자에는 수치스럽다는 눈빛이 가득했다. 엘러리는 그것이 실라가 창피를 당하는 장면을 목격한 자신 때문이라는 사실을 잘 알고 있었다.

왜냐하면 코닐리아가 실라를 자기 배로 낳은 딸이 아니라, 마치 괄시받을 만큼 가난한 먼 친척이라도 되는 양 무시했기 때문이었다. 코닐리아는 오로지 루엘라에게만 관심을 가졌지만 루엘라는 어머니의 알랑거리는 아첨 따위는 하나도 들리지 않는 듯 신경도 쓰지 않았다. 비쩍 마른 노처녀는 뚱한 표정으로 말 한 마디 없이 늑대처럼 음식만 먹어치웠다.

이 자리에 스티븐 포츠와 그 친구 고치 소령이 없었다면 정말이지 견디기 힘들었으리라. 하지만 두 친구는 명랑하게 수다를 떨었고, 자신들의 무용담을 들어줄 새로운 사람이 나타났다는 사실을 대단히 기뻐했다. 덕분에 엘러리는 한참이나 천국 같은 파푸아 섬 이야기, 자바 정글 이야기, 남태평양에서 있었던 좋았던 옛 시절 이야기에 붙잡혀 있어야 했다.

설로는 테이블에 책 두 권을 들고 왔다. 그리고 자기 접시 옆에 그 책들을 내려놓고 반짝반짝 빛나는 기쁜 얼굴로 가끔 한 번씩 쳐다보거나 어루만지곤 했다. 찰리 팩스턴이 앉아 있는 자리에서는 책등에 쓰여 있는 제목이 보였지만 엘러리는 보이지 않았다.

"무슨 책이죠, 찰리?"

엘러리가 속삭이듯 물었다.

찰리는 눈을 찡그리며 제목을 살폈다.

"《결투의 역사》라……."

"결투의 역사라고요?"

"다른 한 권은 《총기류 설명서》로군요."

엘러리는 먹던 멜론이 목에 걸릴 뻔했다.

수프가 나올 차례가 되어, 아주 훌륭한 치킨 콩소메를 대접받는 사이 엘러리는 주위를 둘러보고 둘러보고 또 둘러본 끝에 찰리에게 나지막한 목소리로 말했다.

"아무리 봐도 테이블에 빵이 없는 것 같군요. 이유가 뭐죠?"

찰리도 귓속말로 답했다.

"노파 때문이죠. 지금 아주 엄격한 식이 제한을 받고 있거든요. 이니스가 어떤 형태로든 절대 빵을 먹지 못하게 했기 때문에 노파는 집 안에 아예 빵 종류를 두질 않습니다. 뭐가 그렇게 재미있으시죠?"

셜로는 어머니를 향해 열정적으로 결투의 규칙에 대해 설명하고 있었고, 고치 소령이 그 화제에 끼어들어 더욱 넓은 범위에서 그에 관련된 동양의 신비로운 사실들에 대해 떠들어대고 있었다. 덕분에 엘러리는 친구 쪽으로 몸을 기울이고 부드러운 목소리로 다음과 같은 시를 읊을 기회를 얻을 수 있었다.

"어느 노파가 있었지. 신발 속에 사는 노파였다네. 노파에게는 자식이 너무 많아서, 어떻게 해야 좋을지 몰랐다네. 노파는 자식들에게 빵도 없이 수프만 조금 주었다네……."

찰리가 숨을 들이켰다.

"도대체 무슨 얘길 하고 있는 겁니까?"

엘러리가 속삭였다.

"갑자기 어떤 유사성을 발견했거든요. 아마 허레이쇼의 영향인 모양입니다."

그러고 나서 생각에 잠긴 채 자신의 수프를 전부 먹었다.

갑자기 루엘라가 귀뚜라미처럼 높은 목소리로 식사 자리의 대화를 방해했다.

"엄마!"

"왜 그러니, 루엘라?"

큰딸이 부르자 노파의 얼굴에 노골적으로 생기가 도는 모습은 보는 사람이 다 머쓱해질 정도였다.

"플라스틱 실험 때문에 돈이 더 필요해."

"벌써 용돈 다 썼니?"

상황을 깨달은 노파의 입꼬리가 축 처졌다.

루엘라는 또다시 뚱한 표정을 지었다.

"나도 어쩔 수 없었어. 생각처럼 잘 되지 않았는걸. 이번에는 분명 잘 될 거야. 몇 천 정도 더 필요해, 엄마."

"안 된다, 루엘라. 지난번에도 말했잖아……."

마흔네 살 먹은 노처녀가 갑자기 콩소메 접시에 얼굴을 처박고 엉엉 울음을 터뜨리는 모습을 보고 엘러리는 기겁을 했다. 루엘라는 코를 훌쩍이고 숨 가쁘게 흐느껴 울었다.

"치사해! 난 엄마 싫어! 어차피 그 수백만 달러가 다 내 돈이 될 텐데! 내 돈인데 왜 지금 주면 안 된다는 거야? 엄마 죽을 때까지 계속 기다리기만 하라는 거야? 그 안에는 내 위대한 발명품을 절대 완성시키지 못한단 말이야!"

"루엘라."

"나도 몰라! 계속 조르기만 하는 것도 지쳤……."

실라가 불편한 목소리로 끼어들었다.

"언니, 우리 손님 와 있잖아."

"입 다물어라, 실라."

노파가 부드럽게 말했다. 엘러리는 실라의 손가락이 스푼을 꽉 움켜쥐는 모습을 보았다.

"내 돈 줄 거야, 말 거야?"

루엘라가 어머니를 향해 찢어지는 소리로 고함을 질렀다.

"루엘라, 그만 일어나려무나."

"싫어."

"루엘라, 당장 식탁에서 일어나서 침대로 가!"

"나 배고프단 말이야, 엄마."

루엘라가 칭얼거렸다.

"그렇게 갓난아기처럼 굴지 좀 마라. 그러니까 저녁도 못 먹는 거야. 당장 네 방으로 가, 루엘라."

"뭐 이런 끔찍한 늙은이가 다 있어!"

루엘라는 비명을 지르며 발을 동동 굴렀다. 그리고 식탁에서 펄쩍 뛰어 일어나더니 다시 엉엉 울면서 쿵쾅거리며 식당을 나가버렸다.

엘러리는 루엘라를 따라 일어나야 할지, 아니면 실라를 위해 자리에 가만히 앉아 있어야 할지 알 수가 없어 반은 일어서고 반은 앉은 엉거주춤한 자세로 타협을 보았다. 그 점잖지 못한 자세로 엘러리는 혼자 중얼거렸다.

"그리고 자식들을 호되게 매질해서 전부 침대로 쫓아 보냈다네······."

주위 사람들이 자신을 의아한 눈길로 쳐다보는 것을 알아챈 엘러리는 다시 몸을 낮춰 의자에 앉았다. 그리고 궁금하다는 듯이 혼잣말로 중얼거렸다.

"제정신 박힌 사람이 몇 명이나 이 말을 진지하게 받아들여 줄지 모르겠군."

마치 그 말에 대답이라도 하는 듯 실라가 터지려는 울음을 참으며 식당에서 뛰쳐나갔다. 그리고 찰리 팩스턴이 암울한 표정을 짓더니 잠시 후 양해를 구하고는 실라를 따라 나갔다. 스티븐 포츠도 일어섰다. 그의 입술이 분노로 떨렸다.

"스티븐, 식사는 다 끝내야지."

아내가 차분히 말했다.

실라의 아버지는 다시 의자에 주저앉았다.

찰리가 웅얼웅얼 사과하며 돌아왔다. 노파는 찰리를 향해 어둡고 날카로운 시선을 잠시 던졌다. 찰리는 엘러리 옆에 앉아 낮은 목소리로 띄엄띄엄 말했다.

"실라가 미안하다고 전해달라는군요, 엘러리. 난 무슨 일이 있어도 이 미친 정신병원에서 실라를 꼭 구출해내야겠어요!"

"뭘 그렇게 귓속말하는 거지, 찰리?"

코닐리아 포츠가 찰리를 쳐다보았다. 젊은 변호사가 얼굴을 붉혔다.

"실라는 어디 있지?"

"머리가 아프답니다."

찰리가 중얼거렸다.

"그래."

그리고 침묵만이 내려앉았다.

5. 작은 총을 가진 작은 남자가 하나 있었네

로버트와 매클린 형제가 식당으로 들어와 손님을 소개받고 자리에 앉자, 겨우 저녁 식사 분위기가 정상적으로 돌아왔다.

두 사람은 먹지로 복사하기라도 한 듯 완전히 똑같이 생긴 일란성쌍둥이였다. 옷도 비슷하게 입고, 곱슬곱슬한 금발도 비슷하게 빗고, 키와 몸집도 똑같았다. 상냥한 소년 같은 목소리 역시 같았다.

두 사람을 소개한 찰리는 누가 봐도 당황해서 어쩔 줄 모르는 상태였다. 한 번에 두 사람을 구분하는 데 실수하는 바람에 둘 중 한 명이 인내심 있게 고쳐주었던 탓이었다. 쌍둥이는 대화를 나누면서 수프와 닭고기 요리를 엄청나게 빠른 속도로 먹성 좋게 먹어치웠다.

두 사람 다 큰형 설로에게 몹시 화가 난 모양이었다. 설로가 사업 상품에 벌써 백 번도 넘게 간섭했기 때문이었다.

"우리도 그렇게 신경 안 쓸 거예요, 엄마."

쌍둥이 중 하나가 프라이드치킨을 입안 가득 문 채 말했다.

"그게 무슨 말이니, 로버트?"

노파가 침울한 표정으로 말했다. 그나마 노파는 둘을 구분할 수 있는 모양이었다.

"설로 형이 별로 중요하지도 않은 일에 그렇게 참견하지만 않는다면 말이에요."

다른 한 명이 말을 이었다. 따라서 이쪽은 매클린이었다.

"하지만 그러질 않잖아요!"

로버트가 포크를 떨어뜨리며 언성을 높였다.

"로버트, 식사나 하렴."

"알았어요, 엄마."

"하지만 엄마, 설로 형이 또······."

설로가 싸늘한 목소리로 끼어들었다.

"잠깐만. 그럼 도대체 난 뭘 하라는 거야, 매클린?"

매클린이 투덜거리듯 말했다.

"제발 사업에서 손 좀 떼란 소리야, 설로 형. 좋아. 형이 포츠 신발 회사의 부사장이라는 건 사실이지만······."

로버트가 폭발했다.

"형은 자기가 무슨 수억 달러 규모는 되는 커다란 회사를 운영하고 있다고 착각하는 모양인데, 그냥 착각만 하는 거라면 그나마 낫지만······."

"그 아무짝에도 쓸모없는 소송에 집안 돈을 펑펑 낭비하는데 계속 집착하기 위해······."

"중서부 쪽에 낼 예정이었던 신문 광고를 취소시키다니 도대체 무슨 생각이야, 이 정신 나간 멍청아!"

"로버트, 너 큰형한테 그게 무슨 말버릇이니?"

어머니가 화를 냈다.

로버트는 히죽 웃었다.

"저 다 늙은 갓난쟁이 감싸는 것도 슬슬 힘드실걸요, 엄마.

전 아직 할 말 많아요……. 설로가 사업을 얼마나 망쳐놓고 있는지 아시면서…….”

“잠깐, 잠깐, 정말 잠깐만.”

설로가 포동포동한 콧구멍을 부들부들 떨면서 말했다.

“너희 둘의 회사 경영에 대해서라면 나도 얼마든지 할 말 많아! 엄마도 그런 말 한 적 있고! 그렇죠, 엄마?”

“난 저녁 식사 자리에서 이렇게 불쾌한 언쟁을 계속 나누고 싶지 않다, 애들아.”

“저 자식이 내가 사업을 망쳐놨다잖아!”

설로가 핏대를 세웠다.

“그럼 아니란 말이야?”

로버트 포츠가 역겹다는 표정으로 대꾸했다.

“로버트, 그만해.”

쌍둥이 형제가 나지막한 목소리로 말렸다.

“내 말 끊지 마, 매클린! 왜 우린 항상 가만히 앉아서 저 멍청이가 비싼 실수를 저지르는 꼴을 손 놓고 쳐다보고 있다가 뒤처리나 해줘야 하는 거야? 빌어먹을, 난 이제 지쳤다고!”

“로버트, 경고하는데!”

설로가 고함을 질렀다.

로버트 포츠는 분노한 채 말했다.

“경고고 나발이고 알 게 뭐야. 바람밖에 든 게 없는 포대 자루 같은 뚱보 설로 형. 사기꾼, 위선자, 질질 짜기나 하는 얼간이 주제에. 그 멍청한 코를 계속 사업에 처박고 있을 거라면…….”

설로의 얼굴이 백짓장처럼 새하얘졌으나, 동시에 그의 눈에는 교활한 빛이 떠올랐다. 설로는 냅킨을 재빨리 움켜쥐더니 자리에서 벌떡 일어나, 당황한 표정으로 자신을 쳐다보고 있는 로버트에게로 달려갔다. 그러고는 우아하지만 거센 동작으로 남동생의 얼굴에 그 냅킨을 집어던졌다. 로버트가 놀라서 입을 열었다.

"이게 대체 무슨……."

땅딸막한 뚱보 설로가 목소리를 쥐어짜내듯 말했다.

"너는 마지막으로 설로 포츠를 모욕한 사람이다. 동생이든 아니든 상관없어. 나는 내 명예 회복을 원해. 여기서 기다려. 무기를 선택할 수 있게 해줄 테니!"

그러고 나서 설로는 의기양양하게 걸어 식당을 나갔다.

아무리 봐도 지금이 잠시 일어나서 기지개라도 켤 타이밍인 것 같다고 엘러리 퀸은 생각했다.

그러나 설로 포츠가 나가버린 식당 입구 뒤로, 식탁에는 깜짝 놀란 얼굴들만이 즐비했다.

매클린이 멍한 표정으로 말했다.

"도대체 이게 무슨 상황이지? 그 와중에 자기 몫은 싹싹 다 먹어치우고 가버렸네. 아빠, 들었어요?"

스티븐 포츠가 우물쭈물 일어섰다.

"아무래도 내가 가, 가서 설로랑 얘기 좀 해봐야겠다. 매클린……."

매클린이 웃음을 터뜨렸다.

"저건 그냥 미친놈이에요, 완전히 미친놈!"

로버트는 얼굴이 벌게졌다.

"왜 현실을 직시하지 않으시는 거예요, 엄마? 어떻게 그냥 가만히 앉아서 설로가 사업에 계속 참견하도록 내버려두실 수 있어요? 설로가 저질러놓은 온갖 멍청한 짓들을 매클린이랑 제가 다 수습하고 다니지 않았다면 설로는 1년 안에 우리 사업을 완전히 파산시켰을 거라고요!"

"넌 왜 그렇게 설로를 괴롭히는 거니, 로버트? 일부러 그러는 거지!"

"아, 엄마, 제발 좀……."

서로를 힐난하는 분위기가 삽시간에 식탁을 점령했다. 집안 사람들 중에서 유일하게 이 상황을 즐기는 것은 고치 소령 하나뿐이었다. 소령은 파이프를 뻐끔뻐끔 피우며 마치 테니스 매치라도 관전하듯 폭풍처럼 오가는 말들을 구경했다.

난리법석 속에서 찰리 팩스턴이 소리쳤다.

"엘러리, ㄱ 책! 설로는 《결투의 역사》를 읽고 로버트에게 결투를 신청한 게 분명합니다!"

엘러리가 중얼거렸다.

"설마요, 그렇게 심각한 일이겠어요? 진심일 리가요."

그때 설로가 눈을 번쩍이며 식당 안으로 뛰어들었다. 엘러리는 마치 누군가가 손에서 놓친 풍선처럼 벌떡 일어났다.

설로는 권총 두 자루를 휘둘러댔다.

"괜찮습니다, 퀸 씨. 앉으시죠."

설로가 부드럽게 말했다.

엘러리는 자리에 앉았다.

"아주 흥미롭게 생긴 총이군요. 제가 잠시 봐도 되겠습니까, 포츠 씨?"

엘러리가 물었다.

설로는 중얼거리듯 말했다.

"나중에요. 지금은 규칙에 따라 해야 할 일이 있거든요."

엘러리가 눈을 끔벅였다.

"규칙이라고요? 도대체 무슨 규칙 말입니까, 포츠 씨?"

"당연히 결투의 규칙이죠. 나는 내 명예를 되찾을 겁니다, 퀸 씨!"

설로는 얼어붙은 동생에게 다가갔다.

"로버트, 하나 집어. 선택권은 네게 줄 테니까."

로버트의 손이 기계적으로 움직여, 반짝이는 니켈 흉기를 움켜쥐었다. 엘러리는 그것이 스미스 앤드 웨슨의 38구경 리볼버라는 사실을 알아보았다. 그것은 15센티미터 정도 되는, 그리 크지 않은 무기였지만 뻣뻣하게 마비된 로버트의 손 안에서는 마치 기관총처럼 덜덜 떨렸다.

쌍둥이 형제 옆에 앉은 매클린은 똑같이 넋이 나간 표정을 짓고 있었다.

설로는 자기에게 남은 무기를 내려다보았다. 그것은 '포켓 모델'이라 불리는 25구경 콜트 자동권총이었다. 납작하고 작은 그 권총은 고작 11센티미터 정도밖에 되지 않았기에 로버트가 들고 있는 소형 리볼버 옆에서도 마치 장난감처럼 보였다. 설로는 과장된 동작으로 작은 자동권총을 자기 주머니에 집어넣었다.

"퀸 씨, 당신은 이곳에 있는 유일한 외부인이니 부디 제 결투의 입회인이 되어주셨으면 합니다."

"당신의……."

엘러리는 입을 열었지만 무어라 말을 이어야 좋을지 알 수가 없었다.

흥분한 찰리 팩스턴이 재빨리 엘러리에게 귓속말을 했다.

"엘러리, 제발! 그냥 비위를 맞춰줘요!"

퀸 씨는 말없이 고개를 끄덕였다.

설로는 그럴듯한 동작으로 허리를 숙였고 그 모습에서는 일종의 위엄이 느껴졌다.

"로버트, 새벽에 신발 앞에서 보자."

"신발 앞에서……."

로버트가 멍하니 대답했다.

엘러리는 순간적으로 새벽녘에 두 형제가 저택 앞 잔디밭에 있는 그 우스꽝스러운 신발 동상을 향해 각자 다른 방향에서 다가오는 모습을 떠올리고 하마터면 웃음을 터뜨릴 뻔했다. 하지만 설로 쪽을 바라보고 웃음을 꾹 참았다.

"설로, 제발 이런 건……."

매클린이 입을 열었다.

"이 일에 끼어들지 마, 매클린."

설로가 엄격하게 말하자 매클린은 어머니 쪽을 휙 돌아보았다. 하지만 노파는 마치 도자기처럼 가만히 앉아 있기만 했다.

"로버트, 이 총 두 자루에는 각각 탄환이 하나씩 들어 있어. 알겠지?"

로버트는 겨우 고개만 끄덕였다.

"경고하는데 난 죽일 각오로 쏠 거야. 하지만 네가 나를 맞히지 못하거나 그냥 상처만 낸다면 난 내 명예가 지켜졌다고 간주하겠어. 책에 그렇게 쓰여 있으니까."

책에 그렇게 쓰여 있으니까. 엘러리는 멍한 기분으로 그 말을 되뇌었다.

"그럼 새벽에 신발 앞이야, 로버트."

설로가 호루라기 같은 목소리에 경멸을 가득 담아 말했다.

"만약 나타나지 않는다면 너를 찾아내서 발견하자마자 쏴 죽일 거야."

그러고 나서 설로는 마치 발레리노처럼 깡충깡충 뛰며 눈 깜짝할 사이 식당을 떠났다.

짙게 내려앉은 침묵 속으로 실라가 뛰어 들어왔다.

"방금 설로가 웬 총을 들고 자기 침실로 올라가는 걸 봤는데……."

실라는 로버트의 손에서 반짝이는 니켈 무기를 흘끔 쳐다보고는 입을 다물었다.

노파는 가만히 앉아 있었다.

찰리가 일어났다가 주저앉았다가 다시 일어났다.

"아무것도 아니에요, 실라. 그냥…… 설로가 장난친 거예요. 저택 앞 잔디밭에 있는 신발 앞에서 새벽에 결투를 벌이자니, 농담이 아니고서야……."

"결투라고요?"

실라가 자기 오빠를 빤히 쳐다보았다.

로버트는 불안한 목소리로 말했다.

"난 아직도 그게 설로의 괴상한 농담이라고 생각해. 비록 형에게 유머 감각이 없다는 건 하느님도 아실 정도로 유명한 일이지만……."

"왜 여기에 계속 멀거니 앉아 있기만 하는 거야? 빨리 의사 불러! 정신과 의사! 벨뷰에 전화하란 말이야!"

실라가 소리쳤다.

"내가 살아 있는 동안에는 안 된다."

노파가 말했다.

스티븐의 얼굴이 핏기 없이 새하얘졌다. 퀭한 얼굴이 파래졌 다가 다시 하얘졌다.

"당신이 살아 있는 동안?"

스티븐은 아내를 향해 침을 뱉더니 식당에서 나가버렸다. 마 치 수치스러워 견딜 수 없다는 듯······. 엘러리는 불현듯 깨달 았다. 그가 30년 이상 그런 기분으로 살아왔으리라는 사실을.

"너희 모두 성인 아니니?"

노파는 비꼬는 말투로 말했다.

매클린이 입을 열었다.

"엄마, 엄마는 이 미친 짓을 막을 수 있잖아요. 하실 수 있잖 아요, 엄마는. 그냥 설로한테 가서 한 마디만 하시면 돼요. 엄 마만큼은 무시무시하게 두려워하니까······."

노파는 아무 말이 없었다.

"아무것도 안 하실 거예요?"

노파는 식탁을 쾅 내리쳤다.

"너희들 싸움은 너희끼리 해결할 만큼 나이를 먹었잖아!"

"그래요. 우리 착하고 귀여운 설로가 결투를 하고 싶다니까, 우리 착하고 귀여운 설로가 원하는 대로 해줘야겠죠? 네?"

매클린이 화난 얼굴로 웃었다.

어머니는 일어나서 밖으로 나가려 했다.

그러자 실라가 흐느껴 울면서 어머니를 붙잡았다.

"엄만 마음 내키는 일이 아니면 절대 끼어들지 않으셨죠. 그리고 이번 일도 엄마는 별로 끼어들고 싶지 않으신 거예요! 엄만 쌍둥이 오빠들이랑 저한테는 무슨 일이 생기든 아무 관심도 없으셨으니까요, 단 한 번도! 엄마가 사랑하는 설로…… 그 멍청하고 아무짝에도 쓸모없는 미치광이 일이 아니라면! 엄만 설로가 원한다면 우리 셋을 다 죽이도록 내버려두실 생각인가요? 우리 셋을 다?"

노파는 막내딸에게 눈길조차 주지 않고, 대신 엘러리를 쳐다보았다.

"좋은 밤 보내도록 해요, 퀸 씨. 찰리 팩스턴이 왜 당신을 오늘밤 이리로 데려왔는지 난 도통 모르겠지만, 아무튼 우리 집안 모습을 봤으니 입조심을 할 정도의 분별력은 가져줬으면 좋겠어. 외부인이 집안일에 끼어드는 건 난 원치 않아!"

"물론입니다, 포츠 부인."

노파는 고개를 끄덕이고 나서 나갔다.

찰리는 금방이라도 잠길 듯 불안정한 목소리로 물었다.

"당신은 어떻게 생각하죠, 엘러리? 그냥 허풍 아닐까요?"

쌍둥이가 엘러리를 쳐다보았다. 그리고 찰리가, 그리고 실라가……. 엘러리는 문득 고치 소령이 이 자리에 없다는 사실을 알아차렸다. 그 음흉한 늙은 염소는 식당에 웃지 못할 난리가 난 사이 슬그머니 자리를 빠져나간 모양이었다.

엘러리는 냉정하게 말했다.

"아닙니다, 찰리. 난 이게 허풍이나 허세라고 생각하지 않아요. 설로 포츠는 진심입니다. 책에 감화된 것도 맞아요. 하지만

이대로라면 내일 아침 로버트 포츠 씨에게 총알이 날아드는 일을 막을 수 없을 겁니다. 다섯 명이서 머리를 맞대보자고요."

6. 엘러리가 결투의 규칙을 어기다

엘러리는 차분하게 말했다.

"우리가 택할 수 있는 방법은 매우 많지만, 모두 공통적인 문제점을 지니고 있습니다. 공권력에 호소하는 방법이거든요. 설로는 현행범으로 체포될 수 있습니다. 예를 들어 법전에 기록되어 있는 오래된 법률 조항 중 결투 실행을 금지하는 조항이 있을 수 있겠죠. 또는 살인 협박죄로 체포할 수 있습니다. 하지만 내가 여러분의 어머님을 제대로 보았다면, 아마 정식으로 감방에 들어가기도 전에 보석금을 내고 금방 풀려날 겁니다. 그리고 설로는 새로운 불의에 더욱 화를 내겠죠. 설로를 벨뷰에 집어넣고 한동안 관찰하는 방법도 있습니다. 하지만 설로를 정신병원에 집어넣고 계속 묶어두기에 충분한 근거가 있는지는 좀 의심스럽군요……. 아뇨, 강요하겠다는 건 아닙니다."

"로버트를 잠시 다른 지역으로 보내는 방법도 있습니다."

매클린이 제안했다.

"지금 장난해?"

로버트가 버럭 화를 냈다.

"하지만 그러면 설로가 냉큼 따라가겠죠."

실라가 말했다.

"그냥 비위를 좀 맞춰주면 안 됩니까?"

찰리가 얼굴을 찌푸리며 내뱉었다.

엘러리는 흥미롭다는 표정을 지었다.

"그게 정확히 무슨 뜻이죠?"

"결투를 진행시키되, 상황을 좀 부드럽게 만들자는 겁니다."

"찰리…… 바로 그거예요!"

실라가 소리를 질렀다.

"사기를 치자는 거야?"

로버트가 인상을 썼다.

"어떻게 하자는 겁니까, 찰리?"

매클린이 물었다.

"설로는 두 사람이 각자 한 발씩만 쏘면 만족할 거라고 했잖아요? 실제로 각 권총에는 탄환이 한 알씩만 들어 있다고 설로가 말하기도 했고요. 좋습니다. 내일 아침 두 사람이 각자 한 발씩 발포하고 나면, 사실 약협 속에 탄약이 들어 있지 않다는 사실을 그때 알게 되는 겁니다."

엘러리가 신음했다.

"이 놀라운 준법정신……. 이렇게 간단한 해결책이 있을 줄이야! 찰리, 당신은 천재로군요. 악수합시다."

두 사람은 엄숙하게 손을 맞잡았다.

"난 내가 사랑하는 사람이 이 세상에서 가장 합리적인 남자라는 사실을 이미 잘 알고 있었어요."

실라는 웃음을 터뜨렸다. 그리고 찰리에게 키스를 한 뒤, 두 쌍둥이 오빠들을 포옹했다.

"너는 어떻게 생각해, 로버트?"

매클린이 걱정스러운 표정으로 물었다.

희생자가 되기로 예정된 남자가 씩 웃었다.

"매클린, 솔직히 말하면 난 무서워서 죽을 것 같았거든. 하지만 총 두 자루에 장전된 약협을 다 빈 것으로 바꿔치기하면 그 멍청이는 전혀 차이점을 모를 거야."

실라는 집 뒤쪽에 있는 1층 서재로 설로를 유인해서 데리고 들어가, 남자들이 더러운 일을 다 끝낼 때까지 붙잡아두기로 했다.

"이 중에서 제일 더러운 게 내 역할 같네요."

실라는 어두운 목소리로 말한 뒤 설로를 찾으러 나갔다.

매클린은 밖에서 망보기를 자청했다. 실질적으로 총알 바꿔치기를 할 사람은 엘러리와 찰리로 결정되었고, 로버트는 모든 일에서 제외되었다.

10분 후 매클린이 푸른 눈을 반짝이며 보고하러 돌아왔다.

매클린은 설로와 실라가 2층에서 함께 내려오는 모습을 보았다고 열정적으로 보고했다. 둘은 함께 서재로 들어간 모양이었다. 문을 닫을 때 실라가 숨어 있는 쌍둥이를 향해 윙크를 했다는 걸 보니 아무튼 일이 잘 풀린 듯했다.

엘러리는 생각에 잠긴 채 서성거렸다.

"로버트, 리볼버 쏠 줄 알아요?"

"그 빌어먹을 걸 어디다 대고 쏴야 하는지 말만 해요."

"아이코. 그럼 설로는요?"

"쏠 줄 압니다."

매클린이 짧게 말했다.

"세상에. 그럼 결코 실패할 리 없겠군요. 찰리, 그 분노한 복수자의 둥지는 어딥니까?"

쌍둥이는 재빨리 계단을 올라가 자기들 방으로 들어갔다. 찰리 팩스턴과 엘러리가 그 뒤를 따랐고, 찰리는 2층 홀에 단추처럼 쭉 늘어선 수많은 문들 중 하나로 엘러리를 안내했다.

"설로 방인가요?"

찰리는 불안한 듯 주위를 두리번거리며 고개를 끄덕였다.

엘러리는 잠시 방 안 소리에 귀를 기울인 뒤 용감하게 안으로 들어갔다.

천장이 높고 아주 편안해 보이는 거실이 나타났다. 거실은 수많은 생화들과 커다란 안락의자, 책, 그리고 놀라울 정도로 고급스러운 취향의 가구들로 가득했다. 남자 방인지 여자 방인지 알아보기 힘들다는 점을 제외하면 그 방은 누구에게나 수도원처럼 향긋한 평화를 선시해줄 것 같았다.

"왜 당신이 그렇게 설로의 잠재력을 높이 평가했는지 이제야 알겠군요, 찰리. 이걸 전부 본인이 꾸민 건가요?"

엘러리가 물었다.

"네, 전부 다 본인이 한 겁니다. 엘러리, 이제……."

"아주 품위가 있어요. 뭘 읽는지 궁금하군요."

엘러리는 눈으로 책장을 훑었다.

"음, 그래요. 좀 무거워 보이는 페인, 버틀러, 링컨…… 아, 역시! 볼테르가 있군요. 밝은 책 같은 건 전혀 읽지 않을 거라고 생각했지만……."

"엘러리, 제발!"

찰리가 불안한 눈빛으로 문 쪽을 곁눈질했다.

"이런 책들에서 영감을 얻은 게 분명합니다."

엘러리는 생각에 잠긴 채 중얼거리고 나서 설로 포츠의 침실로 이동했다.

침실은 작고 깔끔하며 마치 수도승이 기거하는 방 같았다. 높은 흰색 침대, 다리가 높은 서랍장 하나, 의자 하나, 램프 하나. 엘러리는 이 생각이 물론 편견이라는 사실을 잘 알면서도 그 땅딸막한 남자가 플란넬 잠옷 셔츠를 입고, 좁고 두툼한 가슴에 토머스 페인의 《인간의 권리》를 꼭 끌어안은 채 침대에 민첩하게 기어 올라가는 모습을 쉽게 상상할 수 있었다.

"여기 있군요."

머릿속에 온통 목적밖에 없는 찰리가 말했다.

문제의 콜트 자동권총은 다리 높은 서랍장 위에 놓여 있었다. 엘러리는 무심한 표정으로 그것을 집어 들었다.

"그렇게 위협적으로 보이지는 않는데 말이죠."

"설로 말대로 정말 탄환이 하나 들어 있습니까?"

엘러리는 권총을 조사해보았다.

"네, 정말로 그렇군요. 그 사람 굉장히 정직하네요. 어서 이걸 가지고 나갑시다, 찰리."

엘러리는 콜트 권총을 재킷 속에 슬그머니 집어넣었다. 설로의 방을 나오자 금세 긴장이 풀린 찰리는 다시 은밀히 작전을 짜기 시작했다.

"이 야심한 시각에 대체 어디 가서 빈 약협을 구할 수 있을까요? 가게들은 다 닫았을 텐데요."

복도에서 찰리가 말했다.

엘러리는 대답했다.

"그건 걱정 말아요. 찰리, 이제 그만 아래층으로 내려가서 설로 포츠 씨를 붙잡고 있는 실라에게 가도록 해요. 준비가 다 될 때까지 그 사람이 자기 침실로 돌아오면 곤란하니까요."

"도대체 뭘 하려고요?"

엘러리는 말했다.

"경찰청 본부에 있는 아버지 사무실에 급히 다녀올 생각입니다. 내가 돌아올 때까지 서재에서 절대 떠나면 안 됩니다."

찰리가 아래층으로 내려가자 엘러리는 로버트와 매클린 포츠 형제가 사라진 문 쪽으로 다가가 부드럽게 노크를 했다. 그리고 문이 열리자 엘러리는 자기 생각에 모든 일이 계획대로 다 잘 풀리고 있다고 말한 뒤, 로버트의 스미스 앤드 웨슨 권총을 달라고 요구했다.

"그건 왜죠?"

로버트가 물었다.

"안전을 위해서죠. 이쪽에도 빈 약협을 넣을 생각입니다."

복도에 선 채 엘러리가 미소를 지으며 말했다.

"나는 별로 마음에 안 든다, 엘러리."

경찰청에 도착한 아들에게서 설로 포츠의 엄청난 모험 이야기를 들은 퀸 경감은 불만스러운 표정으로 말했다.

"제정신이 아니야. 세상에, 요즘 시대에 결투라니!"

함께 있던 벨리 경사가 중얼거렸다.

엘러리 역시 이 상황이 제정신이 아니라는 데에도, 용납될 수 없는 일이라는 데에도 동의했다. 하지만 도대체 이 문제를 해결할 더 나은 방법이 어디 있단 말인가?

"난 모르겠다, 난 그냥 마음에 안 들어."

경감은 콜트 권총의 탄창에 빈 약협을 쑤셔 넣으면서 짜증스러운 표정으로 말했다. 그리고 그것을 집어던진 뒤, 이번에는 스미스 앤드 웨슨 권총의 약실 맨 위 칸에 속이 빈 센터파이어 탄을 밀어 넣었다.

벨리 경사가 불평했다.

"그 정신 나간 집안에서 별별 희한한 짓거리를 하는 꼴을 다 보긴 했지만 그래도 이게 무슨 곰 가죽에다 바느질을 하는 상황인지 모르겠군요. 세상에, 요즘 시대에 결투라니!"

엘러리가 항의했다.

"설로의 독침에서 독만 제거하면 그래도 이야기는 원만하게 마무리될 겁니다, 경사님."

아버지가 엘러리에게 권총 두 자루를 건네주며 신음하듯 말했다.

"내가 듣고 싶은 이야기는 이 어이없는 촌극이 빨리 끝나고 다 지나갔다는 거야."

"하지만 아버지, 세상에 장전되지도 않은 빈총을 가지고 무슨 위험한 일이 일어날 수 있겠어요?"

"그래도 총은 총이죠."

센트럴 스트리트의 현자, 벨리 경사가 말했다.

"빈 건 빈 거죠, 경사님."

"잡담 그만들 해! 벨리, 자네하고 나하고 둘이서 그 저택 앞 잔디밭에 있는 신발 뒤에 숨어서 내일 새벽에 설로 포츠가 결투하는 장면을 지켜봐야 할 것 같네. 제발 신께서 자비를 베푸셔서 골치 아픈 일이 일어나지 않게 해주셔야 할 텐데!"

퀸 경감이 쏘아붙이듯 말했다.

엘러리는 거만하게 빛나는 달 밑에서 포츠 저택으로 슬그머니 돌아오면서, 달 말고는 아무도 자신을 본 사람이 없을 거라고 확신했다.

현관에는 아무도 없었다. 엘러리는 집 안쪽으로 다가가 서재에서 들려오는 말소리에 고개를 끄덕인 뒤, 아무 소리도 내지 않고 조용히 계단으로 올라갔다.

몇 분 후 엘러리는 쌍둥이의 방문을 두드렸다. 문은 즉시 열렸다.

"어떻게 됐어요?"

포츠 쌍둥이가 한목소리로 물었다.

둘 다 신경이 잔뜩 곤두선 상태였다. 담배꽁초가 재떨이에서 타고 있었고, 반죽음이 될 만큼 얻어터진 스카치 병 하나가 바닥을 굴러다녔다.

"할 일은 다 했습니다. 속을 비운 약협을 끼운 콜트 권총은 설로의 서랍장 위에 올려놓았고 당신의 스미스 앤드 웨슨은 여기 있어요. 로버트."

"정말 이 망할 놈의 물건으로는 아무도 죽일 수 없다는 거죠?"

"그럼요. 로버트."

로버트는 자신의 침대와 매클린의 침대 사이에 있는 침실용 테이블에 조심스럽게 권총을 내려놓았다.

"그럼 내일 아침에는 아무것도 잘못될 일이 없단 말이죠?"

매클린이 으르렁거리듯 물었다.

"그렇게 걱정 말라니까요. 왜 이렇게 어린애들처럼 굴어요? 당연히 아무것도 잘못될 일 없죠!"

엘러리는 쌍둥이를 남겨두고 기분 좋게 걸어서 아래층 서재로 향했다. 놀랍게도 설로는 전혀 우울한 분위기가 아니라 편안하고 부드러운 표정을 짓고 있었다.

"어서 와요."

설로는 왼손으로 포물선을 그리며 엘러리에게 인사를 건넸다. 오른손에는 젖빛 유리잔이 들려 있었다.

"신사 숙녀 여러분, 내 입회인을 소개합니다. 입회인 없이 결투를 할 수는 없으니 말이죠. 어서 들어와요, 퀸 씨. 지금 우리는 더욱 마음이 잘 맞는 사람들과 함께 대화를 이어갈 가능성에 대해 이야기를 나누고 있었습니다. 제 말이 무슨 뜻인지 아시겠습니까?"

설로가 순진한 미소를 지었다.

"당연히 무슨 말씀인지 알고말고요, 포츠 씨."

엘러리는 미소를 지으며 말했다. 설로가 술 한 방울 마시지 않았을 때보다 한 잔 들어갔을 때 훨씬 멀쩡한 사람일지도 모른다는 사실이 입증된 셈이었다. 엘러리는 완전히 기진맥진한 상태의 실라와 찰리 쪽을 보고는 고개를 끄덕였다.

"분위기가 아주 좋은데요?"

설로가 활짝 웃었다.

"그럼요, 아주 즐겁습니다. 이쪽은 내 입회인입니다, 신사 숙녀 여러분. 아주 훌륭한 분이시지요."

설로는 엘러리의 팔짱을 끼고 서재 밖으로 나가며 구슬픈 찬송가라도 부르는 듯한 목소리로 중얼거렸다.

"먹고, 마시고, 즐겨라. 내일이면 너는 죽고 나는 기뻐할 테니, 이 개 같은 놈, 이……."

설로는 클럽 봉고에 가자고 우겼다. 아무리 설득해도 그를 만류할 수는 없었다. 엘러리는 그저 콩클린 클리프스태터나 아무튼 이스트쇼어에 사는 거칠고 정직하지 못한 다른 클리프스태터 집안 사람들이 오늘 밤만큼은 다른 곳에서 술에 취해 있기를 비는 수밖에 없었다.

시내로 나가는 택시 안에서 설로는 엘러리의 어깨에 기대어 순진하게 잠이 들었다.

"정말 어처구니없는 상황이군요."

찰리 팩스턴이 피식 웃으면서 말했다.

"그렇지 않아요, 찰리! 설로가 이렇게 기분이 좋으니까 어떻게 잘 하면 결투를 취소하게 만들 수 있을지도 몰라요."

실라가 속삭였다.

"글쎄요, 나는 아직 걱정스러운데."

그때 갑자기 설로가 꽥 소리를 지르며 눈을 뜨더니 또다시 슬픈 찬송가를 읊기 시작했다.

엘러리 퀸, 실라 포츠, 그 큰오빠, 그리고 찰리 팩스턴은 죽음의 시계가 째깍째깍 초를 재는 동안 클럽 봉고에서 하룻밤을 보내며, 수많은 사람들 중 잔뜩 들떠 그 안을 활보하는 아가씨들과 잔뜩 긴장한 농담꾼들이 대화상대로 가장 훌륭하다는 사실을 알게 되었다.

다행히도 클리프스태터 씨는 그 속에 섞여 있지 않았다.

엘러리는 자기 생애에서 가장 다정하면서도 설득력 있는 사람이 되기 위해 최선을 다했다. 대화 사이사이에 합리성의 작은 멜로디들을 끼워 넣고, 넘쳐흐르는 술잔을 신에게 바치자고 수없이 제안했다.

하지만 엘러리와 실라, 찰리의 모든 노력은 결국 수포로 돌아갔다. 마치 악마 같은 어느 타이밍에 설로는 술잔을 완전히 내려놓았다. 그리고 결투를 취소하고 그만 로버트와 화해하자는 제안에 설로는 슬픈 미소만 지으며 대꾸했다.

"설명하기가 너무 복잡하군요, 친구들이여."

그러고는 클럽 한가운데에서 가장 눈에 띄게 춤을 잘 추는 여성을 향해 열렬하게 박수를 쳤다.

7. 새벽의 권총

일행은 5시 45분에 리버사이드 드라이브에 있는 포츠 저택 앞
마당에 도착했다. 새벽 공기는 축축한 회색이었고, 별로 쾌활
한 분위기는 아니었다. 이성으로 설명할 수 없는 무언가가 분
명히 존재했다.

이 습한 새벽, 풀밭 위에서 나무들을 파수꾼 삼아 권총 결투
가 이루어질 예정이었다.

세 사람은 모두 지친 상태였지만 헐렁한 비지와 트위드 코트
를 입은 설로는 전혀 그렇지 않았다. 설로는 높은 목소리로 세
사람을 격려했다. 일종의 흥분 상태에 빠진 양, 평소의 높은 목
소리보다도 더욱 높은 목소리였다. 실라와 찰리, 엘러리는 설
로를 따라 간신히 걷는 데만도 벅찼다.

일행은 정문에서 이어지는 보도를 따라 똑바로 걸어, 풀밭을
가로질러 문제의 기상천외한 신발 동상 앞에 도착했다. 동상
위의 '포츠 신발, 어디서나 3.99달러'라고 쓰여 있는 네온사인
글씨는 이른 아침 하늘을 배경으로 아직도 희미하게 빛나고 있
었다.

설로는 동상 너머로 어머니가 소유한 저택의 조용한 창문들
을 올려다보았다.

그러고는 정중하게 말했다.

"퀸 씨, 제 침실에 가시면 높은 서랍장 위에 권총이 있을 겁니다."

엘러리는 망설였지만 결국 허리를 숙이고는 재빨리 집 안으로 들어갔다. 엘러리가 그간 읽었던 모든 결투 이야기 속에서 입회인은 항상 허리를 숙여 인사를 했기 때문이었다.

엘러리가 신발을 돌았을 때, 낮고 당황스러운 경감의 목소리가 들려왔다.

"벨리, 저 친구 진짜 저지를 생각일세!"

벨리 경사가 쉰 목소리로 기막히다는 듯 속삭였다.

"시내에서 이 얘길 하면 아무도 안 믿어줄 겁니다, 경감님. 단 한 명도요!"

두 남자는 곁을 스쳐 지나가는 엘러리를 보고 고개를 끄덕였다. 엘러리 역시 마주 고개를 끄덕였다. 엘러리는 펄쩍 뛰어 첫 번째 계단을 밟으면서 그리 나쁘지 않다고 생각했다. 아니, 솔직히 말하면 꽤 재미있었다. 엘러리는 낭만주의 시대의 선조들이 얼마나 즐거운 인생을 보냈는지 깨달았고, 설로 포츠를 이 세상에 한두 세기 늦게 보내준 조물주의 안배에 지극히 감사하는 마음마저 들었다.

또한 엘러리는 자신이 지금 이렇게 즐거운 기분이 드는 이유가 머리가 어질어질하기 때문이라는 사실을 깨달았다. 밤새 설로에게 스카치를 진탕 먹이려고 애쓰다 덩달아 자신까지 취한 탓이었다. 마법을 부리듯이 잠긴 앞문을 열고 집 안으로 살금살금 들어간 엘러리는 눈앞이 약간 빙빙 도는 듯했다.

다들 어디 갔지? 정말 대단한 집안이야! 형제 둘이 지금 서로 죽고 죽이는 결투를 벌일 예정인데 혈육 중 누구 하나 신경 쓰는 사람이 없고 온통 책임을 회피하며 드르렁드르렁 코나 골고 있으니 참담하기 그지없는 일이었다. 어쩌면 노파는 이미 눈을 뜨고 일어나, 침실 창의 커튼 사이로 작게 보이는 풍경을 내다보며 잔디밭에서 벌어질 몰록의 희생 제물 쇼를 기다리고 있을지도 모른다. 도대체 그 기묘한 모친은 무슨 생각을 하고 있을까?

그리고 스티븐 브렌트 포츠는 어디 갔지? 술에 취해 침대에서 곯아떨어져 있을 게 틀림없다.

엘러리는 현관에서 침실 층으로 이어지는 계단 한가운데에서 갑자기 우뚝 멈춰 섰다.

집 안은 조용했고 새벽녘의 으스스한 침묵과 우중충한 불빛 속의 고요만이 가득했다.

아주 작은 소리 하나 들리지 않았다. 사람 그림자 하나 보이지 않았다. 하지만…… 뭔가가 있나?

아마도 침대 층, 그것도 설로 포츠의 방문 앞을 스쳐 지나간 듯했다. 그건 혹시…… 누군가가 그 두 방에서 나온 게 아닐까?

엘러리는 재빨리 남은 계단을 올라, 발소리를 죽이고 복도에 올라서서 양쪽을 모두 둘러보았다.

아무도 없었다. 다시 침묵이 내려앉았다.

남자인가? 여자인가? 환각인가?

엘러리는 집중해서 귀를 기울였다.

하지만 깊고 깊은 침묵만이 존재할 뿐이었다.

엘러리는 설로의 방으로 들어가 등 뒤로 문을 닫고 눈에 띄는 단서가 없는지 찾아보았다. 하지만 시간도, 눈도, 심지어 옷마저도 부족했다.

그럼에도 불구하고 엘러리는 최선을 다해 기어 다니고, 들여다보고, 틈새를 엿보았다. 결국 어젯밤 자신이 이 방을 마지막으로 방문했다가 나간 후로 누가 이곳에 들어온 흔적은 없다는 결론을 내릴 수밖에 없었다.

작은 콜트 권총은 엘러리가 빈 약협을 끼우기 위해 경찰청에 다녀온 뒤 직접 올려놓았던 높은 서랍장 위에 정확히 그대로 놓여 있었다.

엘러리는 설로의 자동권총을 집어 들고 방을 나섰다.

로버트와 매클린 포츠는 정확히 6시에 나타났다. 두 사람은 신발 동상의 받침대 그림자 뒤에 퀸 경감과 벨리 경사가 숨어 있다는 사실을 알아차리지 못한 채, 신발을 돌아 나와서는 멈춰 섰다.

양쪽 일행은 서로를 엄숙하게 바라보았다.

설로가 자기 남동생들을 향해 허리를 굽혔다.

로버트는 망설이며 엘러리를 흘끗 쳐다보다가 마주 허리를 숙였다. 설로 뒤에서 찰리가 씩 웃으며 머리 위에서 양손을 맞잡았다. 로버트가 알았다는 표시로 왼쪽 눈을 찡긋했다.

하지만 매클린의 표정은 심각했다.

"설로 형, 내 말 좀 들어봐. 이 웃기는 짓거리는 이제 그만 충분하지 않아? 그냥 악수 한 번 하고 모든 일을 원만하게……."

설로는 못마땅한 표정으로 결투 상대의 쌍둥이 형제를 노려보았다.

　그러고는 엘러리에게 말했다.

　"저 신사분의 입회인에게 제 말을 좀 전해줬으면 좋겠군요. 규칙상 결투 당사자끼리의 대화는 그리 바람직하지 않다는 사실을 말이죠, 퀸 씨."

　퀸 씨는 차갑게 말했다.

　"기꺼이 전하겠습니다. 제가 뭘 어떻게 하면 되죠, 포츠 씨?"

　"당신이 제 입회인이자 이 결투 의식의 진행자 역할을 맡아주신다면 대단히 기쁘겠습니다. 조금 특수한 상황이긴 하지만 어느 정도의 융통성은 발휘할 수 있을 거라 생각합니다."

　"아, 알겠습니다."

　엘러리는 다급히 말했다. 임기응변을 발휘해야 해, 퀸 형제. 임기응변을. 머릿속 어딘가에 분명 결투 규칙에 대한 어렴풋한 지식이 들어 있을 거야, 아마도.

　"설로 포츠 씨, 딩신의 무기입니다."

　엘러리가 엄숙한 목소리로 말하며 호두나무 개머리판을 앞으로 향하고 콜트 권총을 설로에게 건넸다.

　설로 포츠는 코트 오른쪽 주머니에 권총을 집어넣었다. 그리고 몸을 돌려 몇 걸음 걸어간 곳에 등을 곧게 펴고 섰다. 오로지 신과 함께하는 고독한 남자. 그의 뒷모습은 그렇게 보였다.

　엘러리는 매클린 포츠를 돌아보고 말을 이었다.

　"제 생각에 그쪽 신사분의 입회인으로는 당신이 지명되어야 할 것 같군요. 만일 결투 당사자들이 직접 하지 않는다면 진행자로서 제가 지명해야겠지요. 어떻습니까?"

　매클린이 대답하기 전에 화난 설로의 목소리가 날아들었다.

　"아닙니다, 아니에요, 퀸 씨. 모욕을 당한 쪽으로서 그 권리는 내게 있습니다."

엘러리에게는 그 말이 전혀 온당하게 들리지 않았다. 마치 사업상의 회의 같았다.

"그리고 난 내 명예를 반드시 되찾을 겁니다."

진행자는 정중하게 물었다.

"하지만 결투 규칙에는 만일 모욕한 쪽에서 사과하면 그 결투는 취소된다는 조항이 있지 않던가요, 포츠 씨?"

로버트가 소리쳤다.

"사과하겠습니다! 이 축축한 풀밭에서 벗어날 수만 있다면 난 무슨 짓이든 다 하겠어요!"

"안 돼요, 안 돼!"

설로가 비명을 질렀다.

"그건 내가 용납할 수 없어! 퀸 씨, 난 명예를 되찾을 거라고요, 내 명예를!"

퀸 씨가 다급히 대답했다.

"알겠습니다. 명예 회복이란 말이죠. 그럼 일단 결투 당사자들은 서로 등을 맞대고 서시기 바랍니다. 여기로 오시죠, 두 신사분. 매클린, 그쪽은 준비되었습니까?"

매클린은 역겹다는 듯 고개를 끄덕였고 로버트는 어젯밤 엘러리가 돌려준 스미스 앤드 웨슨 권총을 주머니에서 꺼냈다. 로버트와 설로는 서로에게 다가갔다. 설로는 방금 전 엘러리가 건네준 콜트 권총을 주머니에서 꺼내 신경질적으로 만지작거렸다. 설로의 얼굴은 창백했다.

"서로 등을 맞대고 서십시오, 두 분."

형제는 서로에게 180도로 등을 돌렸다.

엘러리는 내심 분위기를 즐기면서 엄격하게 말했다.

"열까지 세겠습니다. 제가 숫자 하나를 말할 때마다 두 신사 분께서는 한 걸음씩 앞으로 걸어가십시오. 그러니까 제가 열까지 다 세면 두 분은 서로 반대 방향을 바라본 채로 스무 발짝 떨어져 있는 셈이 됩니다. 이해되십니까?"

설로 포츠는 긴장된 목소리로 대답했다.

"네."

로버트 포츠는 하품을 했다.

"숫자를 다 세고 나면 제가 '돌아'라고 말할 겁니다. 그러면 두 분은 등을 돌려 서로를 바라보고, 무기를 정조준 하십시오. 그때 제가 셋까지 셀 테니, 두 분은 셋에 각자 한 발씩만 발포 하시면 됩니다. 아시겠지요?"

실라가 키득키득 웃었다.

"좋습니다. 그럼 이제 걸어가도록 하겠습니다. 하나, 둘, 셋……."

엘러리가 심각하게 말했다. 그리고 엘러리가 열을 세자 두 남자는 얌전히 걸음을 멈추었다.

"돌아!"

두 사람은 몸을 돌렸다.

설로의 통통한 얼굴이 우중충한 불빛 속에서 축축하게 빛났다. 하지만 입은 고집스럽게 꾹 다물고 있었고, 눈빛은 남동생을 날카롭게 노려보고 있었다. 설로는 콜트 권총을 어깨 높이로 들고 상대를 조준했다. 로버트는 어깨를 으쓱하고는 마주 조준했다.

"하나."

엘러리가 말했다. 그러면서 다급히 이 모든 게 다 틀렸다는 생각이 들었다. 이럴 줄 알았으면 결투에 대해 공부 좀 해놓을 걸. 나 때문에 결투를 다 망쳤다는 사실을 설로가 나중에 알게 되면 재결투를 주장할지도 모르는데.

"둘."

저 끔찍한 동상 뒤에서 경감과 벨리는 무슨 생각을 하고 있을까? 엘러리는 그들 대화의 뒷부분을 듣지 못했다. 엘러리는 동상 뒤로 두 남자의 머리가 조심스럽게 튀어나와 있는 모습을 곁눈질했다.

"셋!"

찢어지는 듯한 총성이 하나 울려 퍼졌다. 설로의 작은 권총 총구에서 연기가 뿜어져 나왔다.

무거운 침묵이 이어지고, 엘러리는 설로 포츠의 얼굴을 호기심에 찬 눈빛으로 쳐다보았다.

설로는 비틀거리고 있었다. 뒤에서 실라가 무어라 중얼거렸고, 찰리 팩스턴이 말했다.

"이게 무슨……."

매클린 포츠는 잔디밭을 응시하고 있었다. 퀸 경감과 벨리 경사가 동상 뒤에서 미친 듯이 팔을 흔들어대며 달려 나왔다.

로버트 포츠가 잔디밭에 얼굴을 처박은 채 엎드려 있었다. 발사되지 않은 스미스 앤드 웨슨 권총이 여전히 그의 손에 들려 있었다.

매클린이 계속 떠들고 있었다.

"로버트, 로버트. 빨리 일어나. 장난 그만 치란 말이야. 제발 그만하고 잔디밭에서 일어나. 그러다 감기 걸려……."

누군가(찰리였다) 여전히 지껄여대고 있는 매클린의 팔을 잡고 한쪽으로 끌어냈다.

"어떻게 된 거냐?"

경감이 믿을 수 없다는 표정으로 물었다.

엘러리는 지워지지 않는, 무릎에 묻은 풀즙 얼룩을 기계적으로 문지르며 몸을 일으켰다.

"이 사람은 죽었어요."

실라 포츠가 정신없이 집 안으로 뛰어갔다. 실라는 어리둥절한 표정으로 여전히 총을 든 채 제자리에 서 있는 설로의 주위를 두렵다는 듯 아주 멀리 빙 돌아갔다.

"심장을 맞았군."

벨리 경사가 숨 가쁘게 말하며 손가락질을 했다. 엘러리는 로버트 포츠 쪽으로 몸을 돌렸다. 옷에 검은색 구멍이 나 있고, 그 주위로 불규칙적인 핏자국이 퍼져 있는 모습은 마치 태양의 코로나를 연상시켰다.

설로는 마치 손을 데기라도 한 듯 권총을 떨어뜨리고 불안정한 걸음으로 걸어갔다.

"거기 서!"

벨리 경사가 소리를 지르며 설로에게로 서둘러 뛰어갔다. 하지만 경사는 금세 멈춰 서서 머리만 벅벅 긁었다.

본래 목소리를 되찾은 경감이 울부짖듯 소리를 질렀다.

"도대체 어떻게! 엘러리, 네가 분명……!"

엘러리는 뻣뻣한 목소리로 말했다.

"로버트의 스미스 앤드 웨슨 권총을 살펴보면 약실 안에 빈 약협이 그대로 들어 있다는 사실을 알 수 있을 겁니다. 로버트는 발사도 하지 않았으니까요. 마찬가지로 설로의 콜트 권총도 장전되어 있지 않았습니다. 최소한 제가 어젯밤 경찰청에서 가지고 돌아와서 설로의 방 서랍장 위에 올려놓았을 때는요. 하지만 누군가, 이 집 안의 누군가예요, 아버지. 누군가가 어젯밤 설로의 권총에 진짜 실탄으로 바꿔 넣은 겁니다!"

"살인이군."

경감이 말했다. 얼굴색이 새하얗게 변해 있었다.

엘러리가 중얼거렸다.

"네. 우리 모두가 목격자이며, 우리 중 그 누구도 멈추기 위해 손가락 하나 까딱하지 않은 살인이죠…… 사실상 우리가 보조하고 우리가 사주한 살인입니다. 누가 총을 쏘았는지는 알아도, 누가 진짜 살인자인지는 아무도 모릅니다!"

2부

8. 가장 중요한 기회의 문제

계획 살인은 마치 신생아와 같다. 첫째로는 정자와 난자가 수정되듯 계획이 촉발되어야 하고, 둘째로는 실제 임신이 되듯 계획이 진행되어야 하며, 셋째로는 분만 과정을 거쳐야만 아이가 태어날 수 있듯 실행에 옮겨야만 계획이 성사될 수 있다.

살인이라는 범죄가 결실을 맺기까지 이 세 단계는 보통 누구의 눈에도 띄지 않고 이루어진다. 살인이 실행되면 수수께끼가 발생하고, 탐정의 역할은 그 핏자국을 되짚어 따라가는 일이다. 탐정은 이 방법으로만 범죄의 아버지가 누구인지를 재구성할 수 있다. 바꿔 말하면 수수께끼를 해결할 수 있다.

엘러리 퀸은 범죄가 이루어지는 과정을 보는 특권을 누린 적이 한 번도 없었고, 만약 그것을 보게 된다 해도 마치 아무 관심도 없는 양 그 과정에 대해 굳이 알려 하지 않았다. 어차피 범죄가 이미 저질러지고, 그것을 피할 수 없었다면 엘러리로서는 처음부터 수수께끼인 편을 선호했기 때문이다. 그래야 문제를 더욱 깊이 파고들어갈 수 있고, 오롯이 진상을 추적함으로써 최종적으로는 자기 힘으로 수수께끼를 설명해낼 수 있으니 말이다.

엘러리는 환히 밝아오는 아침, 노파의 저택에 있는 혈통 좋은 푸른 가문비나무 밑에 서서 깊은 생각에 잠긴 채 아버지와 벨리 경사가 일하러 오는 모습을 지켜보았다. 헤스, 플린트, 피고트, 존슨 및 아버지의 다른 부하 직원들이 속속 도착하고, 무전 보내는 소리와 함께 높은 담벼락 너머의 리버사이드 드라이브에 경찰차들이 몰려들었다. 경찰 소속 사진사가 오고, 지문 감식관이 오고, 뉴욕 주의 부검시관인 새뮤얼 프라우티 박사가 도착하는 모습도 여전히 생각에 잠긴 채 바라보았다. 모두가 여름날 새벽부터 배우자와 자식, 그리고 침대를 떠나게 된 상황 때문인지 언짢은 표정들이었다. 나이 든 프라우티 박사와 퀸 경감이 팔다리를 쫙 뻗은 채 바닥에 누워 있는 로버트 포츠의 시체 양쪽에 자리를 잡은 모습은 마치 뼈 하나를 사이에 두고 으르렁거리는 늙은 개 두 마리 같았다. 늘 그렇듯 그레이트 데인을 닮은 벨리 경사가 그 두 사람 사이에서 낄낄거리기도 하고 그르렁거리기도 하며 서 있었다. 이윽고 시체는 까다로운 프라우티 박사의 감독 아래 현장에서 대충 조달한 들것에 실려 운반되었다. 잠시 후 닥터 왜거너 이니스의 거대한 세단이 경찰 오토바이의 호위를 받으며 요란한 엔진 소리와 함께 도착했고, 닥터는 들것 뒤를 따라 긴 다리로 정신없이 성큼성큼 걸어갔다. 살인 사건에 관한 기술적 세부사항에 대해 부검시관과 협의할 사항이 있는 모양이었다. 모든 사람들이 사라지고 나자 신발 동상 받침대 앞에는 퀸 경감과 아들만이 덜렁 남았다.

공기가 써늘했기에 경감은 몸을 살짝 떨었다.

"우리 할 얘기 있지?"

경감이 말했다.

"네."

엘러리가 말했다.

잠시 뜸을 들인 후 경감이 다시 입을 열었다.

"빨리 끝내는 게 좋겠다. 이제 곧 기자들이 쳐들어올 텐데 그 친구들한테 뭐라고 말해야 할지 정리해야겠어. 솔직히 난 지금 머릿속이 새하얗다."

엘러리는 담배를 문 채 얼굴을 찌푸렸다.

경감은 울적한 표정으로 말을 이었다.

"결투라니……. 내가 결투가 벌어지는 꼴을 그냥 지켜보고 만 있었다니! 그리고 결국 일이 터져버렸잖아. 내 상사한테는 뭐라고 해야 하지? 다른 사람들한테 대체 뭐라고 해야 해?"

엘러리는 한숨을 쉬고는 축축한 잔디 위에 털썩 주저앉았다. 태양은 자꾸만 자신의 눈을 가리려는 구름을 치워버리려 애쓰고 있었다. 거기서 간신히 살아남은 희미한 햇빛이 '신발'의 못생긴 그림자를 허드슨강 쪽으로 드리웠다.

엘러리가 투덜거렸다.

"왜 태양은 항상 필요할 때는 숨어 있고, 아무 쓸모도 없을 때가 되어야 나오는 걸까요?"

"지금 무슨 소릴 하는 게냐?"

엘러리는 미소를 지었다.

"빛이 더 밝았다면 어쩌면 무언가를 볼 수 있었을지도 모른다는 뜻입니다."

"그래. 그런데 그게 무슨 상관이냐, 엘러리? 더러운 짓은 이미 밤에 다 이루어졌는데."

"네, 하지만…… 표현을 바꾸자면, 흘끗 한 번 쳐다보는 것도 중요하다는 뜻이에요. 아버진 모르세요. 사소한 일들이 얼

마나 중요한지. 그리고 빛이 흐리고 우중충하면 세부적인 일들
도 전부 그렇게 보이게 되죠."

엘러리는 다시 침묵에 빠졌다.

경감은 짜증이 나는 듯 고개를 마구 흔들어댔다.

"빛이 있든 없든 문제는 이거야. 어젯밤 내가 경찰청에서 설
로의 자동권총에 빈 약협을 넣은 뒤로 도대체 누가 그것을 실
탄으로 바꿔 넣을 수 있었는가지."

엘러리가 중얼거렸다.

"기회의 문제로군요. 아주 오래된 악마 같은 녀석이죠. 좋아
요. 잠깐만요, 아버지. 그런데 한 가지만 여쭤어볼게요. 탄피
제대로 검사하셨어요?"

"당연하지."

"뭐 이상한 점은 없었고요?"

"전혀 없었어. 범행에 사용된 약협은 평범한 총열 5센티미터
짜리 25구경 자동권총에 사용되는 피터스 '러스틀리스' M. C.
타입이다. 평범한 8분의 7짜리 송판으로 탄도학 실험을 했을
때 약 8센티미터 깊이까지 파고든다고 판명이 난 물건이지. 네
가 경찰청에서 내게 권총을 건네주었을 때, 바로 그 권총 속에
들어 있던 탄약이야."

"정말요?"

경감이 얼굴을 찌푸렸다.

"흥분하지 마라. 그 탄약은 아무 데서나 살 수 있어."

"압니다. 하지만 설로가 사용한 탄약이잖아요, 아버지. 설로
가 가지고 있는 남은 탄약도 체크하셨어요? 어제 콘월 앤드 리
치 상점에서 권총 두 자루를 사면서 함께 구입한 탄약이 분명

해요."

"벨리한테 알아보라고 시켰다."

그리고 바로 그때 벨리 경사가 저택에서 뛰쳐나오더니 몸을 흔들며 잔디밭을 가로질러 신발 쪽으로 다가왔다.

벨리는 버럭 고함을 질렀다.

"도대체 이 쓰레기 같은 집안은 뭡니까? 사람이 죽었는데, 살인이 일어났는데! 집안사람들이라고는 단 한 명도 걱정하는 인간이 없다니! 내가 지금 뭐라고 했습니까? 걱정? 신경 쓰는 사람조차 하나 없어요!"

엘러리가 메마른 목소리로 말했다.

"틀에서 약간 벗어난 가족이긴 하죠, 경사님. 설로가 사용한 탄약은 조사해보셨나요?"

"직접 보지는 못했지만 '리틀 나폴레옹' 본인 말로는 어제 탄약을 다량으로 구매했다더군요. 25구경 자동권총 약협용 탄약이 약간 줄어들었대요. 한 주먹 정도. 하지만 본인은 자기가 어젯밤에 꺼내 쓴 만큼이라고 주장하던데요. 콜트 자동권총에 들어 있던 딱 그만큼. 자긴 도대체 무슨 상황인지 하나도 이해가 안 간다고 투덜거리더군요. '결투잖아요, 안 그래요? 좋아요. 저기 내 동생이 뻗어 있습니다. 그런데 경찰은 여기 뭣 하러 온 겁니까? 전부 합법적이고 공정하게 진행된 일인데!'라면서 말입니다."

경사는 고개를 절레절레 흔들고는 다시 저택 쪽으로 쿵쿵거리며 들어갔다.

엘러리가 중얼거렸다.

"가장 중요한 점은 설로가 이미 남은 탄약을 체크해봤다는 겁니다. 그리고 빈 약협으로 바꿔치기 되었다는 사실은 전혀 모른다는 거죠. 그렇죠, 아버지?"

"그래, 아직은."

"걱정스럽습니다. 전부 합법적이고 공정하지만 걱정스럽기도 해요. 아버지, 아버지가 설로의 무기고에 직접 가셔서 처리하셔야 할 것 같아요. 그건 위험한 물건이에요."

"다람쥐처럼 어디 귀여운 곳에 꽁꽁 감춰놓았다면 찾아내는 것쯤이야 식은 죽 먹기지. 아무도 모르게, 자기 혼자만 아는 곳에. 계속 설로를 감시하고 있으니 잠시 동안은 붙잡아놓을 수 있을 게다. 그 '기회의 문제'로 볼 때는 어떠냐? 이 부분에 대해 확실하게 짚고 넘어가야 할 것 같다. 콜트와 스미스 앤드 웨슨 권총을 가지고 경찰청을 떠난 뒤에 넌 정확히 뭘 했지?"

"즉시 이 집으로 돌아와서 슬그머니 설로의 침실로 숨어들어갔지요. 빈 약협이 장전된 콜트 자동권총을 저녁때까지 원래 있던 자리에 정확히 되돌려놓았어요. 그리고 쌍둥이의 방으로 찾아가서 로버트 포츠에게 빈 약협이 든 스미스 앤드 웨슨을 건네주었습니다."

"설로의 방에 들어갈 때나 나올 때 혹시 누가 널 본 사람은 없었고?"

"맹세할 수는 없지만 전 아무에게도 들키지 않았다고 확신해요."

"하지만 쌍둥이는 알고 있었지?"

"자연스럽게 그렇게 되죠."

"또 누가 알고 있지?"

"찰리 팩스턴과 실라 포츠요. 우리가 권총 두 자루에 든 탄환을 빈 약협으로 바꿔치기하자는 의논을 하고 있을 때 다른 사람들은 이미 다 식당을 나가버렸거든요."

아버지가 신음했다.

"알겠다. 콜트 권총을 설로의 침실에 원래대로 되돌려놓고, 로버트에게 빈 약협이 든 리볼버를 돌려준 다음에는 뭘 했니?"

"쌍둥이의 방을 나와서 아래층 서재로 내려갔어요. 찰리와 실라가 제가 시킨 대로 설로를 거기에 붙잡아두고 있었거든요. 설로는 아주 기분이 좋았죠. 실라는 설로가 제정신을 유지할 수 있게 하기 위해서 계속 술을 먹였어요. 설로는 우리가 모두 밖에 나가서 흥청망청 떠들고 놀아야 한다고 우겼고, 그래서 실제로 우리 넷은 모두 외출했습니다. 넷이 함께 집 밖으로 나와서는 택시를 타고 시내로 나가 하룻밤 내내 이스트 55번가에 있는 클럽 봉고에서 시간을 보냈죠. 그리고 궁전으로 돌아온 건……."

"어디로 돌아와?"

"죄송합니다. 집안사람들이 다 그렇게 부르더군요. 아무튼 오늘 아침 5시 45분에 저택으로 돌아왔습니다."

"네가 설로의 방을 나온 뒤로 그날 밤 설로, 팩스턴, 실라 셋 중 누구라도 설로의 방에 가서 콜트 자동권총에 손을 댈 기회가 있는 사람은 없었니?"

엘러리가 선언했다.

"바로 그 점이 이 사건을 아름답게 만들어주는 부분이죠. 그 셋은 서로 시야 안에 있었고, 손을 뻗어 건드릴 수 있는 범위 내에서 계속 저와 함께 있었습니다. 제가 서재로 걸어 들어간 순간부터 아침에 택시에서 내릴 때까지 쭉."

"돌아온 뒤에는 어땠지? 무슨 일이 일어났니?"

"설로와 찰리, 실라를 잔디밭에 남겨두고 바로 저택 안으로 들어갔습니다. 아버지도 그때 보셨잖아요. 설로가 저한테 가서 권총을 가져오라고 시켰거든요. 그래서 저는 계단을 올라가서……."

엘러리가 갑자기 말을 멈췄다.

"왜 그러냐?"

아버지가 재빨리 물었다.

엘러리가 중얼거렸다.

"지금 생각났어요. 제가 그 나선계단을 올라가서 계단 꼭대기에 도착했을 때, 뭐랄까…… 정확히 들은 건 아니었는데, 누군가인지 무언가인지가 침실 밖 복도에서 움직이고 있다는 사실이 느껴졌어요."

경감이 날카롭게 대꾸했다.

"그래? 뭐였는데? 누구였어?"

"저도 모르겠어요. 그냥 설로의 방문 주위에서 튀어나왔다는 느낌만 받았거든요. 어쩌면 제가 너무 흥분한 바람에 그냥 착각한 건지도 몰라요. 설로의 방에 대해서 골똘하게 생각하고 있었거든요."

"그래서 뭐가 있었다는 거냐, 없었다는 거냐? 아이고, 이 녀석아! 누가 아침 6시에 설로의 방에서 튀어나왔다고?"

"그렇다고도 말할 수 없고, 아니라고도 말할 수 없어요."

"거 참 큰 도움이 되겠구나."

경감이 신음했다.

"그럼 설로의 방에서 총을 갖고 바로 여기 잔디밭으로 돌아온 거냐? 중간에 멈추지 않고?"

"네. 그리고 바로 설로에게 총을 건네주었어요. 설로는 제게서 총을 받자마자 바로 트위드 재킷의 오른쪽 바깥 주머니에 집어넣었고요."

경감은 고개를 끄덕였다. 자기 눈으로도 직접 지켜본 일이었다.

"그리고 결투 신호가 떨어지기 전까지 설로는 총을 두 번 다시 만지지 않았어요. 제가 계속 주시하고 있으니 알 수 있습니다. 그 누구도 무슨 수작을 부릴 수 있을 만큼 설로에게 가까이 다가가지 못했죠."

"맞다. 나도 계속 지켜봤으니까. 즉 콜트 권총에서 빈 약협을 빼내고 대신 실탄을 장전할 수 있는 기회는 오로지 어젯밤뿐이었다는 말이지. 네가 어젯밤 권총을 설로의 방 서랍장 위에 올려놓은 후로 설로가 결투에 쓸 무기를 가져오라며 아침 6시에 너를 이 방으로 올려 보내기까지의 사이. 하지만 그래서 뭐가 어쨌다는 거지? 아무 결론도 나질 않는데!"

경감은 비쩍 마른 양팔을 휘저어댔다.

"이 괴상한 악몽 속에서 누군가가 열 시간쯤 되는 동안에 설로의 방에 숨어들어 탄환을 바꿔놓았다는 말밖에 더 있나!"

"몇 명은 빼야 해요."

엘러리가 말했다.

"뭐? 그건 또 무슨 소리냐?"

"그 누군가 중에서 몇 명은 빼야 한다고요. 정확히 말하면 세 명이죠."

엘러리가 참을성 있게 대답했다.

"제발 제가 좀 알아들을 수 있게 말씀해주시지요, 퀸 선생."

경감이 화를 내며 말했다.

엘러리는 나직한 목소리로 말했다.

"음, 일단 설로는 그 시간 동안 자기 침실로 숨어 들어갈 수 없었어요. 찰리 팩스턴도, 실라 포츠도요. 이 셋은 불가능해요. 이 세 사람은 마지막 의심의 마지막 그림자에서까지 제외되어야 하죠."

"그래, 당연하지. 나는 다른 사람들을 말한 거야."

생각에 잠긴 엘러리가 말했다.

"네. 이번 일은 우리가 실질적으로 범위를 정하고 용의자들을 좁힐 수 있는 사건이에요. 야생동물 같은 다른 포츠 가문 사람들은 모두 범행이 가능한 시간대에 집에 있었고, 그들 중 누군가는 빈 약협을 살상력 있는 탄환으로 바꿔치기할 수 있었죠. 하인들을 제외하면 이 집에는 노파 본인, 남편 스티븐, 늙은 밥벌레 고치 소령, 과학자 루엘라, 쌍둥이 매클린, 그리고 허레이쇼가 있었습니다."

"네가 말한 자고 있던 아들이 그자인가? 그…… 뭐라고 했더라? 그 어디에 사는?"

"아, 네. 동화 같은 별장 말이죠."

엘러리가 뾰로통한 얼굴로 말했다.

"맞아요. 그 꿈같은 집에서 잠들어 있던 현실도피주의 철학자도 범행이 가능해요. 허레이쇼 역시 누구의 눈에도 띄지 않고 안뜰, 야외 테라스, 프랑스식 문을 통과해서 저택으로 소리 없이 침입했다가 다시 같은 길을 거쳐서 돌아갈 수 있습니다."

경감이 혼잣말을 했다.

"그럴듯한 용의자 여섯 명. 나쁘지 않아. 어디 보자, 각자 동기가 어떻게 되는지 알아봐야겠어. 그 악마 같은 늙은 고양이가 눈치채기 전에⋯⋯."

엘러리는 하품을 했다.

"지금은 안 돼요, 아버지. 전 슈퍼맨이 아니라고요. 가끔은 잠을 자줘야 하고, 어젯밤은 정말이지 부어라 마셔라 난리도 아니었어요. 실라랑 찰리도 마찬가지예요. 저희 모두 눈 좀 붙이게 해주세요."

"알았다. 집에 가서 자고, 난 여기 있을 테니 일어나면 이리로 전화해다오."

아들이 말했다.

"어차피 눈 떠도 아버지 바로 옆에 있을 텐데요."

"그게 무슨 말이냐?"

"포츠 신전에 침대 하나 부탁해뒀어요."

경감의 자랑스러운 아들이 말을 이었다.

"설마 아버지는 제가 침대에 눕기 전에 그게 프로크루스테스의 침대인지 아닌지 면밀하게 조사하지 않을 거라고 생각하시는 거예요?"

"그게 누군데?"

"희생자들의 몸을 침대 크기에 맞게 도끼로 잘랐다던 그리스 도둑이요."

엘러리는 또다시 하품을 했다.

경감이 험악한 얼굴로 말했다.

"그런 침대는 필요 없을 것 같다. 내가 보기에 이 사건이 침대 대신 그 역할을 네게 해줄 것 같으니 말이다, 아들아."

"내기하실래요?"

엘러리는 저택 안으로 들어가 잠이 들었다.

9. 벨리 경사의 아슬아슬한 탈출

엘러리는 고양이처럼 잠들었다가 사람처럼 깨어났다. 지각이 돌아오자 엘러리는 부자연스러운 고요함과 부자연스러운 소음을 바로 감지할 수 있었다. 부산스러운 소리로 가득했던 집 안은 고요하기 그지없었고, 텅 비어 있던 잔디밭은 사람들의 웅성거리는 소리로 가득했다.

엘러리는 빌린 침대에서 벌떡 일어나, 저택 앞 잔디밭이 내다보이는 창문 쪽으로 뛰어가서 바깥을 보았다.

쨍쨍한 파란 하늘에 태양은 이미 높이 떠올라 수많은 사람들을 비추고 있었다. 그들이 둘러싸고 있는 신발 동상의 받침대 근처에는 경감이 궁지에 몰린 표정으로 서 있었다. 사람들은 고래고래 소리를 질러댔다.

엘러리는 그제서야 정신없이 옷을 주워 입고 아래층으로 뛰어 내려갔다.

"아버지! 무슨 일이에요?"

엘러리는 달려가면서 고함을 질렀다.

엘러리는 이 무리가 단순한 구경꾼들이 아니라, 쥐꼬리만 한 월급을 받고 열정적으로 일하는—조금만 열정적으로 일하는 게 가능하다면 말이지만—기자와 신문사 카메라맨들이라는 사실을 알아차렸다.

"저기 우두머리가 나왔네!"

"저 사람은 그래도 뭐라고 말 좀 하겠지."

"도대체 뭐가 어떻게 된 거요, 탐정 선생?"

"당신 아버지는 갑자기 윗입술이 딱딱해지는 병에 걸렸어."

"아랫입술이라고 그렇게 관대하지도 않아!"

"잠깐만요, 여러분. 도대체 왜 그렇게 흥분한 거죠?"

"여기서 아침 6시에 대체 무슨 일이 있었습니까?"

엘러리는 쾌활하게 고개를 가로젓고 나서 사람들을 밀치고 나아갔다.

경감이 엘러리를 붙잡았다.

"엘러리, 제발 이 의심 많은 유물론자 놈들한테 사실을 말해주지 않겠니? 내 말은 한 마디도 안 믿는구나. 빨리 진실을 말해서 내가 저 사람들에게서 벗어나 일하러 갈 수 있도록 해주렴. 제발 좀 도와다오!"

"신사 여러분, 이 말은 사실입니다."

엘러리 퀸이 말했다.

웅성거림이 멈췄다.

"사실이래."

이윽고 기자 하나가 목소리를 낮춰 말했다.

"진짜로 생생하게 벌어진 14캐럿짜리 결투란 말이야?"

"바로 여기, 신발 밑에서?"

"스무 걸음 떨어져서 총을 겨누는 그런 짓이 벌어졌다고?"

"벨벳 바지까지 갖춰 입었으면 완전히 미치고 팔짝 뛰겠군!"

"글쎄, 설로는 분명 그 형편 없는 낡은 트위드 정장을 입었을 텐데."

"그리고 불쌍한 로버트 포츠는 베이지색 개버딘 바지를……
퀸 경감이 했던 말이 그거 아닌가?"

"아냐, 난 차라리 벨벳 바지가 나은 것 같아."

"원 세상에……."

"이봐, 잭. 아무리 쓰레기 같은 자네 독자들이라 해도 이 어
처구니없고 황당한 이야기는 안 믿겠어!"

"독자들이 믿든 말든 무슨 상관이야? 난 돈 받았으니까 그냥
기사를 쓰는 것뿐이지."

"글쎄, 난 보스하고 얘길 좀 해봐야겠는데."

"친구들, 잠깐만. 저기 노파가 온다."

노파는 한쪽에 닥터 이니스를, 다른 한쪽에는 토머스 벨리
경사를 대동하고 저택 정문에서 나타나 대리석 계단 쪽으로 걸
어갔다.

두 남자는 각기 다른 방식으로 노파에게 애원하고 있었다.

기자와 카메라맨들은 뻔뻔하게도 퀸 부자를 버리고 노파에
게 우르르 몰려갔다. 눈 깜짝할 사이 그들은 잔디밭을 건너가,
계단 바로 아래에 장사진을 쳤다.

"눈부신 영웅들이군."

엘러리가 중얼거렸다. 눈을 가늘게 뜨고 노파를 바라보는 엘
러리는 왠지 불안한 기분이 들었다.

노파의 얼굴에는 단 한 점의 슬픔도 드리워져 있지 않았다.
존재하는 감정이라고는 분노뿐이었다. 뱀 같은 눈은 바싹 말라
있었다. 파충류 안구 특유의 모양과 빛깔이 그대로 담겨 있는

눈이었다.

"내 집에서 당장 나가!"

노파가 고함을 질렀다.

카메라맨들이 카메라를 높이 치켜들었다. 기자들은 노파를 향해 질문 공세를 퍼부어댔다.

만약 저 용감무쌍한 뉴스 탐험가들에게 눈치가 있다면, 젊은 아들의 피비린내 나는 죽음은 무심하게 받아들이는 대신, 그 현장에서 일시적인 주거침입이 일어났다는 사실에 대해 더욱 히스테릭한 태도를 보이는 늙은 여자 앞에서는 몸을 움츠리고 도망치는 게 좋지 않을까 하고 엘러리는 생각했다. 그런 여자라면 무슨 짓이든 못 할 게 없을 테니.

경감이 말했다.

"오늘 처음 듣는 목소리로군. 우리도 저쪽으로 가는 게 좋겠다. 금방 노발대발할 거야."

퀸 부자는 다급히 저택 쪽으로 향했다.

하지만 두 사람이 계단 근처에 도착하기도 전에 코닐리아 포츠는 분노를 터뜨렸다. 그것도 전혀 예상치 못한 방식의 폭발이었다.

화가 난 노파는 모이주머니를 쑥 내민 비둘기처럼 제자리에 가만히 서서 자신을 괴롭히는 무리들을 노려보고 있었다. 순간 노파의 손이 주름진 태피터 스커트 자락 속으로 쑥 들어가더니 눈 깜짝할 사이 리볼버 한 자루를 꺼냈다.

터무니없는 일이었지만 실제로 벌어진 상황이었다. 일흔 살먹은 노파가 수많은 남자들을 향해 리볼버를 겨누고 있었다.

누군가가 화난 목소리로 말했다.

"아니······."

하지만 금세 모두가 조용해졌다.

총열*이 긴 리볼버가 태양 아래에서 푸른 불꽃을 뿜었다. 모든 시선이 그쪽으로 모였다.

닥터 이니스가 재빨리 뒷걸음질을 쳤다. 노파의 반대편에서 벨리 경사가 넋 나간 표정을 짓고 있었다. 엘러리는 경사가 무표정한 얼굴로 깡패 다섯 명을 맨손으로 때려잡아, 순서대로 깔끔하게 바닥에 한 줄로 눕혀 놓은 모습을 본 적이 있다. 하지만 빅토리아 여왕처럼 생긴 70대 노인이 묵직한 리볼버를 휘두르는 광경과 거기에 따르는 문제는 아무리 벨리 경사라 해도 당혹스러울 수밖에 없었다.

"설로가 갖고 있는 총들 중에서 하나 꺼내 온 거야."

경감이 괴로운 표정으로 말했다. 두 눈은 갈고리발톱처럼 방아쇠에 고정되어 있는 노파의 손가락에 머물러 있었다.

"그러니까 노파는 설로가 그걸 다 어디에 감췄는지 안다는 뜻이지. 아무리 나라도 이런 혼란스러운 난장판 속에서는 정말이지 미쳐버릴 것 같군."

"누가 가서 말려야 해요."

엘러리가 불안한 표정으로 말했다.

"네가 자원하겠니?"

대답이 없자 아버지는 싸구려 여송연에 불을 붙이고는 제대로 빨아들이지도 않고 연기를 내뿜은 뒤 목소리를 높였다.

"포츠 부인, 그 끔찍한 것을 내려놓고······."

"그 자리에서 꼼짝도 하지 마!"

---

* 총알이 발사되는 대롱 부분을 가리킨다.

노파가 경감을 향해 험악하게 말했다. 경감은 애당초 제자리에서 움직일 기색조차 보이지 않았기 때문에 그 말에 깜짝 놀랐다. 노파는 몸을 돌려 자신만 뚫어져라 쳐다보고 있는 기자들을 향해 말했다.

"당장 내 집에서 나가라고 했어."

노파는 휘청거리며 리볼버를 흔들어댔다.

열정적이고 눈치 없는 카메라맨 하나가 카메라를 들고 몰래 취재진을 향해 총을 겨누는 코닐리아 포츠의 사진을 찍으려 했다. 무언가가 터지는 소리가 나긴 했지만, 그것은 카메라 안이 아니라 밖에서 나는 소리였다. 빗나간 탄환이었다. 탄환은 카메라 렌즈의 한구석을 스치고 튕겨져 나와 잔디밭 속에 처박혔지만, 거기에는 성인 남자들 한 무리가 계단 아래에서 후다닥 도망쳐 몇 미터 떨어진 곳에 있는 튼튼한 신발 동상 뒤에 다시 모이게 히는 놀라운 힘이 있었다.

"미쳤군, 미쳤어."

경사는 쉰 목소리로 닥터 이니스에게 말했다.

코닐리아 포츠는 신발 뒤에 웅크리고 있는 남자들을 향해 찢어지는 목소리로 고함을 질렀다.

"나가! 이건 우리 집안 일이야! 그 더러운 신문에 한 줄도 내지 마! 썩 꺼져!"

경감이 잔뜩 지친 목소리로 말했다.

"피고트, 헤스. 자네 동료들 어디 있나? 저 사람들 호위해서 내보내."

머리 몇 개가 여러 그루의 나무들 뒤에서 슬그머니 튀어나왔다. 전부 덩치 큰 남자들의 머리였다. 심지어 부끄럽게도 그 머리들은 전부 퀸 경감의 부하 형사들에게 달려 있었다.

경감이 말했다.

"어서들 나와. 저 여자가 아무리 발버둥 쳐봐야 자네들을 죽이기밖에 더 하겠나? 그러려고 월급 받는 거 아냐? 이 용감한 사람들을 빨리 밖으로 내보내라고!"

형사들은 얼굴을 붉히며 모습을 드러냈다. 엘러리는 수많은 남자들이 허둥지둥 정신없이 저택 대문 밖으로 빠져나가는 광경, 그리고 그들 옆을 호위하는 사복형사들 역시 마찬가지로 죽어라 뛰는 모습을 흥미롭게 지켜보았다. 몇 초 후 희미하게 연기를 내뿜는 리볼버의 총열에서 발포되는 푸른 불꽃을 지켜보고 있는 사람은 계단 위의 세 명과 잔디밭에서 길을 약간 벗어난 두 명밖에 남지 않았다.

"암, 이래야지."

노파가 만족스럽게 말했다.

"그런데 당신들은 뭘 멍하니 서 있는 거지?"

총열이 또다시 흔들렸다.

"부인."

경감이 앞으로 걸어 나서며 말했다.

"거기 서, 퀸 경감."

퀸 경감은 멈춰 섰다.

"딱 한 번만 말하지. 두 번은 말 안 해. 난 당신 필요 없어. 수사할 필요도 없고. 경찰도 필요 없고, 외부에서 끼어드는 그 어떤 참견도 원치 않아. 내 아들의 죽음은 내가 알아서 해. 그리고 내가 농담하는 거라고 생각한다면……."

엘러리가 정중하게 말했다.

"포츠 부인."

노파는 엘러리를 날카롭게 쳐다보았다.

"젊은이, 아직도 쓸데없이 이 주위를 얼쩡거리고 있었군. 원하는 게 뭐야?"

"지금 부인이 처한 입장을 인식하고 계십니까?"

"내 입장은 내가 알아서 해!"

엘러리가 안타까운 목소리로 말했다.

"애석하게도 그렇지 않습니다. 부인의 입장은 부인의 충동적인 아들 설로에게 좌우돼버렸죠. 아니면 이 혐오스러운 범죄를 실행하기 위해 설로를 어리석은 도구로 사용한 누군가일지도 모르지만요. 부인은 지금의 입장에서 절대 벗어날 수 없습니다. 아무리 리볼버를 휘두르고, 협박을 하고, 언성을 높이더라도 말이죠. 포츠 부인, 아주 잠시만이라도 생각해보신다면 부인은 지금 벨리 경사에게 그 리볼버를 건네고, 살인자를 잡는 일을 업으로 삼는 사람들에게 일을 맡기고 집 안으로 들어가실 입장이라는 사실을 금세 알게 되실 겁니다."

얼떨결에 지목된 벨리 경사는 신경질적으로 흠칫 놀라더니 헛기침을 한 번 했다.

"움직이지 마."

코닐리아 포츠가 날카롭게 말했다. 경사는 어설프게 웃으며 말했다.

"누구요, 저 말입니까, 포츠 부인? 전 그냥 반대편 다리로 무게중심을 바꾸려던 것뿐인데요."

노파는 뒤를 돌아보며 리볼버를 더욱 꽉 움켜쥐었다.

"내 말 못 들었어? 나가. 이니스, 당신도!"

의사가 창백한 얼굴로 말했다.

"자, 포츠 부인. 퀸 씨의 말이 옳다는 건 부인도 잘 아실 겁니다. 게다가 이런 흥분 상태는 부인의 심장에 좋지 않아요. 자꾸 이러시면 저도 책임을 질 수가……."

노파는 쏘아붙이듯 말했다.

"웃기는 소리. 내 심장은 내가 알아서 해. 난 정말 당신 때문에 미칠 것 같아, 닥터 왜거너 이니스. 당신 같은 걸 주위에 두다니 대체 나도 내가 무슨 생각이었는지 모르겠네."

닥터 이니스는 등을 곧게 펴고 섰다.

"자, 마지막으로 말하겠어. 당신들, 순순히 여기서 나갈 거야? 아니면 내 말이 진심이라는 사실을 증명하기 위해서 당신들 둘 중 하나를 꼭 쏴야겠어?"

퀸 경감이 말했다.

"벨리, 총 빼앗아."

"아버지……."

엘러리가 입을 열었다.

"알겠습니다. 경감님."

벨리 경사가 말했다.

여러 가지 일이 모두 한꺼번에 일어났다. 닥터 이니스는 벨리 경사에게 길을 피해주기 위해 깜짝 놀랄 정도로 민첩하게 몸을 옆으로 비켰다. 벨리 경사는 노부인을 향해 조심스럽게 접근했다. 그리고 노부인은 자신에게 다가오는 경사를 향해 리볼버를 겨누려 했다. 동시에 잔디밭에 서 있던 엘러리는 제자리에서 펄쩍 뛰어올라 계단 쪽으로 몸을 내던졌다. 그때 앞문이 열리고 여러 개의 눈들이 밖을 내다보았고, 잔디밭에 있던 퀸 경감은 캥거루처럼 계단을 두 개씩 뛰어오르며 주머니에서 크고 무거운 만년필을 집어던졌다.

정확히 리볼버가 발포된 바로 그 순간 엘러리, 만년필, 코닐리아 포츠는 한곳에서 충돌했다. 만년필은 떨리던 노파의 손에 명중했다. 엘러리는 노파의 다리에 부딪쳐 넘어졌고, 벨리 경사의 모자에 맞은 총알은 마치 새처럼 모자를 물고 멀리 달아나버렸다.

리볼버는 쿵 소리와 함께 포치에 떨어졌다.

벨리 경사가 냉큼 권총 쪽으로 몸을 날리며 믿을 수 없다는 표정으로 중얼거렸다.

"나를 쐈어. 나를 쐈다고! 빌어먹을, 하마터면 머리를 맞을 뻔했잖아! 머리를!"

몸을 일으킨 경사는 권총을 움켜쥔 채 코닐리아 포츠를 보며 숨을 헐떡거렸다.

엘러리는 일어나서 몸을 툭툭 털었다.

"죄송합니다."

그러고는 퀸 경감과 닥터 이니스에게 붙잡힌 채 발버둥을 치는 분노한 노부인을 향해 말했다.

"당신들 다 고소할 거야!"

노파가 째지는 비명을 질렀다.

"그만 들어가십시오, 포츠 부인. 그만 진정하지 않으면…… 심장이……."

닥터 이니스가 노파의 팔을 비틀며 중얼거렸다.

"다 고소할……."

퀸 경감이 자신의 이마를 철썩 때렸다.

"우리를 고소하겠다고!"

경감은 호통을 쳤다.

"플린트, 피고트, 존슨! 당장 이 미치광이를 집 안으로 데리고 들어가! 숨어 있지 말고 당장 나와, 이 겁쟁이 배신자들 같으니! 우리를 고소하겠다고? 우리를 고소해? 벨리!"

"예?"

모자만 멍청히 들여다보고 있던 벨리 경사가 자신을 쳐다보는 시선 쪽으로 고개를 돌렸다.

경감은 으르렁거리듯 말했다.

"설로는 권총 열네 자루를 샀다고 했어. 그리고 우리는 그중 세 자루를 가지고 있지. 아침에 결투할 때 썼던 두 자루, 그리고 그 엄마가 슬쩍 가지고 나온 한 자루. 나머지 열한 자루를 당장 찾아 와! 못 찾으면 돌아올 생각도 하지 마! 마지막 한 자루까지 반드시 찾아!"

"알겠습니다, 경감님."

벨리 경사가 중얼거렸다. 경사는 닥터 이니스와 발버둥치는 노파를 따라 집 안으로 어기적어기적 들어가면서 아직도 이해가 안 된다는 듯 계속 고개만 절레절레 저었다.

𝟭𝟬. 카인의 표식

모든 생물은 잠이 들면 깨어나기 마련이고, 도살자만큼 고기를 진심으로 감사하며 먹는 사람도 없는 법이다.

엘러리는 갑자기 자신이 생명을 유지하고 싶은 열망에 시달린다는 사실을 깨달았다. 자신은 낮잠을 자며 잠시 쉬고 있었고, 로버트 포츠는 시내에 있는 프라우티 박사의 부검 테이블에 드러누워 있었다. 엘러리는 지독하게 배가 고팠다.

엘러리는 식당으로 향하며 하인을 찾아 두리번거렸다. 그러나 가다가 마주친 첫 번째 사람은 앞문을 향해 현관을 바삐 가로지르던 플린트 형사였다.

"경감님은 어디 계시죠, 퀸 씨?"

"밖에요. 혹시 뭐가 잘못되기라도 한 겁니까, 플린트?"

"잘못됐죠!"

플린트는 얼굴을 찌푸렸다.

"경감님이 저한테 '플린트, 허레이쇼 포츠 좀 감시하고 있어'라고 하셨어요. '안뜰에 있는 분홍색 팝콘 판잣집 같은 데서 사는 놈 말이야'라고요. '나는 그 염소 같은 놈한테는 가까이 다가가기 싫거든'이라면서요. '그 나이에 구슬치기나 하고 노는 인간이니 그냥 어린애 장난하는 기분으로 자기 형 권총에 실탄을 몰래 집어넣을 수도 있을 거야'라고요. '아마 권총이 시끄럽게 팡 터지는 걸 좋아할 거야'라면서…….”

엘러리가 말했다.

“제발 짧게 해주세요. 지금 배고파죽을 것 같습니다. 도대체 문제가 뭐죠?”

플린트 형사는 대답했다.

“그래서 전 허레이쇼를 감시했어요. 눈알이 빠질 때까지 보고 또 봤죠. 그리고 제가 뭘 봤는지 아세요?”

플린트는 또다시 이맛살을 찌푸렸다.

“뭘 보셨는데요?”

“아시잖아요. 지금 동생이 죽어서 시내에 시체가 나가 있다고요. 젊은 친구가, 아직 창창한 나이에…… 죽었는데. 살해를 당했는데. 온 집 안에 경찰이 가득한데. 저택 전체가 난장판이 됐는데! 그런데 허레이쇼는 겁을 먹기를 하나요, 손톱을 깨물면서 돌아다니기를 하나요, 침대에 뛰어들어서 이불을 뒤집어쓰고 부들부들 떨기를 하나요, 울기를 하나요, 히스테릭한 자기 엄마를 달래기를 하나요, 그 빌어먹을 죽일 놈의 살인자를 찾아내서 복수를 하겠다고 소리 지르길 하…….”

엘러리는 자리를 떠나려 했다.

“잠깐만요!”

플린트가 재빨리 엘러리를 붙잡았다.

“저 아직 얘기 안 끝났어요, 퀸 씨.”

“저는 지금 기아에 시달리고 있죠.”

엘러리가 부드럽게 말했다.

“하지만 이 얘기 꼭 들으셔야 해요. 도대체 허레이쇼가 형으로서 하는 게 뭔가요? 맙소사. 그냥 자기가 직접 지었다는 그 밸런타인데이 초콜릿 상자 같은 정원 집의 책상에 가만히 앉아서 저한테 이렇게 말했다고요. 마치 친구 대하기라도 하듯! '형사님, 그 이야기는 제게 새 어린이 책에 대한 꿀처럼 달콤한 영감을 주는군요'라는 거예요. 거기엔 보…… 보…….'"

"보편적이요?"

엘러리가 활기를 띠며 물었다.

"맞아요. 보편적인 소년성 코드가 파괴에 주는 어떤…… 뭐라고 하는데 솔직히 무슨 말인지 못 알아들었어요. 스페인어라도 하는 것 같더라고요. '아무튼 어린이 책에는 언제나 잘 맞는 주제죠. 형사님이 허락하신다면 잠깐 앉아야겠습니다'라더군요. '10대 초반 소년들을 위한 액션 넘치는 스티븐슨 스타일의 모험담에 대해서 메모를 좀 해야 할 것 같아서요. 목숨을 건 두 형제의 결투에 기초한 이야기 말이죠'라면서요. 그러고는 그 거대한 뚱보가 글쎄 웬 닭털 같은 걸 하나 집어 들고는 마치 자기 인생이 걸린 일이라도 되는 양 뭔가를 열심히 써내려가지 뭐예요? 그러다 갑자기 쓰기를 멈추더니 절 쳐다보더군요. '당연히 17세기 배경이죠' 하더니 다시 열심히 씁디다. 그러다가 또 멈추고 날 쳐다봐요. '플린트 씨, 찬장에 사과와 생강설탕조림, 쿠키가 있습니다'라더군요."

플린트 형사는 교활한 표정으로 주위를 둘러보았다.

"설마 그게 그 형편없는 놈이 책 써서 번 돈으로 사다놓은 음식이겠어요?"

그러고는 귓속말로 그렇게 속삭였다.

"아무튼 이게 내가 퀸 경감님한테 할 이야기입니다. 퀸 씨,

이건 당신도 무너뜨리지 못할 이론이에요!"

"요 앞에 나가면 세상에서 제일 늙었지만 아직 살아 있는 고 정관념 파괴자를 볼 수 있을 겁니다."

엘러리는 한숨을 쉬고 나서 서둘러 걸어갔다.

실라와 찰리 팩스턴은 식당에 앉아 샐러드로 차려진 점심을 앞에 두고 가벼운 입맞춤을 나누고 있었다.

"아, 가지 마세요."

실라가 재빨리 말했다.

"가려던 건 아닙니다. 음식이 이렇게나 가까운 곳에 있는데요."

엘러리가 들어왔다.

"아, 커틴스!"

정강이가 긴 집사가 벌벌 떨면서 모습을 드러냈다.

실라가 가느다란 목소리로 말했다.

"커틴스는 우리 집에서 일할지 말지 고민하고 있어요, 퀸 씨. 당신이 커틴스한테 상황에 대해 이야기 좀 해줘요."

엘러리는 커틴스를 바라보며 말했다.

"지금은 이 집과 집 안에 있는 모든 사람들이 경찰의 감시하에 있는 상황입니다, 커틴스. 그리고 아무리 봐도 당신이 요란하게 울려 퍼지는 경찰 경보를 떨쳐낼 수 있을 정도로 발이 빠르지는 않을 것 같으니, 지금 당신이 해야 할 일은 내가 뭘 좀 먹을 수 있도록 바로 준비해주는 일이라고 충고하고 싶군요."

"알겠습니다."

커틴스는 중얼거리듯 말한 뒤 재빨리 식당을 나갔다.

실라가 힘없는 목소리로 말했다.

"저는 아직도 충격에서 벗어날 수가 없어요. 로버트 오빠의 죽음을 받아들이기에는 아직도 머리가 너무 굳어 있나 봐요. 죽었다니……. 폐렴에 걸려 죽은 것도, 교통사고로 죽은 것도 아니고, 결투를 하다가 설로의 총에서 발사된 총을 맞고 죽었다니. 어떻게 그렇게 어리석은 죽음을 맞을 수가 있어요!"

실라는 갑자기 식탁 위로 몸을 숙였다. 충격을 받아 놀란 채 앉아 있는 찰리 팩스턴 쪽은 쳐다보지도 않았다.

"실라가 약혼을 취소하고 싶다고 합니다."

찰리가 작은 소리로 말했다.

엘러리는 쾌활하게 대답했다.

"글쎄, 그걸 무슨 거대한 천재지변처럼 받아들이지는 말아요, 찰리. 여자에게는 마음을 바꿀 권리가 있는 법이죠. 그리고 당신은 뉴욕이라는 정글을 방랑하는 종족들 중 가상 잘생긴 표본은 아니니까요."

실라가 재빨리 말했다.

"그것 때문이 아니에요. 난 아직도……."

실라는 입술을 깨물었다.

엘러리는 찰리의 버터 바른 빵 접시에서 빵 한 조각을 슬그머니 집어 들며 물었다.

"그게 아니라고요? 그럼 무엇 때문이죠?"

실라는 대답하지 않았다.

찰리는 소리를 질렀다.

"이것 때문에 헤어질 수는 없어! 난 도저히 여자들을 이해 못 하겠어요! 어떤 여자가 지금 몹시 곤란한 상황에 처해 있어

요! 그럼 당연히 내 두 팔로 끌어안아 주기를 원해야 하는 것
아닙니까? 그런데 왜 포옹 대신 나를 밀어내는 거죠? 키스도
못 하게 하고, 미래의 행복을 공유할 수도 없게 하고…….”

엘러리가 나지막이 말했다.

“모든 사실에는 대신 설명할 수 있는 방법이 수도 없이 많죠.
어쩌면 당신이 어제 점심에 마늘을 먹어서 그런 건지도 모릅니
다, 찰리.”

실라는 무심코 미소를 짓더니 절망에 빠진 목소리로 말했다.

“제발, 그것 말고 나를 위해 당신이 해줄 수 있는 일은 없어
요.”

찰리가 쓰디쓴 목소리로 말했다.

“불쌍한 로버트가 살해당했다는 이유 때문인가요? 만약 우
리 아버지가 침대가 아니라 교수대에서 돌아가신다면 당신은
그때도 날 떠나겠군요?”

“솔직히 말해요, 실라.”

퀸 씨가 부드럽게 말했다.

“좋아요, 말할게요!”

실라의 보조개가 깊어졌다.

“찰리, 난 항상 우리 결혼을 미루는 이유를 엄마가 돈 한 푼
주지 않고 날 내칠 것이기 때문이라고 말했지만 그래선 당신
에게 공평한 일이 아니겠죠. 그래요, 난 솔직하지 못했어요. 늘
엄마가 나한테 줄 한두 푼이 아까운 척했죠! 당신과 함께라면
단칸방에 살아도 행복할 텐데.”

젊은 변호사는 당황했다.

“그게 아니었다고요? 그럼 도대체 타당한 이유가 뭔데요?”

"찰리, 우리 가족을 봐요. 설로 오빠, 루엘라 언니, 허레이쇼 오빠……."

"잠깐만요."

"당신도 이 끔찍한 사실을 계속 무시하면서 도망칠 수는 없어요. 모두 미쳤다고요. 누구 하나 빠짐없이."

실라의 목소리가 높아졌다.

"어떻게 내가 내 형제들과 같은 기질을 갖고 있지 않다고 확신할 수 있겠어요? 그걸 내가 어떻게 알겠어요?"

"하지만 실라, 그 사람들은 당신의 온전한 오빠와 언니가 아니잖아요. 설로와 허레이쇼, 루엘라는 이부형제인데."

"우리는 모두 같은 엄마에게서 태어났어요."

"당신도 잘 알고 있잖아요. 그들은 당신 어머니가 아니라 자기들 아버지에게서 물려받았다는 걸. 뭘 물려받았는지는 모르겠지만, 아무튼 그건 당신 핏속에는 한 방울도 없어요. 그리고 스티븐한테는 아무런 문제도……."

실라가 찢어질 듯한 목소리로 말했다.

"그걸 내가 어떻게 아냐고요! 우리 엄마를 봐요. 다른 사람들하고 같아 보여요?"

"당신 어머니에게는 아무 문제도 없어요. 그냥 평범하고 흔한, 고집 센 노파일 뿐이에요. 실라, 그렇게 흥분하지 마요. 그냥 어린애처럼 광기가 무서워서 그러는 거지……."

실라가 사납게 말했다.

"난 내가 누구인지 확실히 알기 전까지는 당신과 결혼할 수 없어요, 찰리. 그리고 이젠 집안에 살인자까지 있는데……."

실라는 벌떡 일어나 도망쳐버렸다.

상처 받은 표정으로 실라의 뒤를 쫓아가려는 찰리를 향해 엘러리가 재빨리 말했다.

"안 돼요, 찰리. 잠깐 나랑 같이 여기 있읍시다."

"실라를 이렇게 보낼 수는 없어요!"

"아뇨, 그래야 해요. 잠깐 혼자 있게 내버려둬요."

"이건 말도 안 됩니다! 실라한테는 아무 문제도 없어요. 브렌트 핏줄 중에는 문제 있는 사람이 아무도 없단 말이에요. 스티븐, 실라, 로버트, 매클린……."

"실라의 공포에 대해 이해해줘요, 찰리. 실라는 지금 극단적으로 신경질적인 상태잖아요. 천성적으로 그렇게 예민한 사람이 아니라 해도 여기 살다 보면 노이로제가 올 수밖에 없고요."

"좋아요, 그럼 이 빌어먹을 사건을 빨리 해결해줘요. 그래야 내가 실라를 이 정신병원에서 데리고 나간 뒤 상식을 좀 주입시켜줄 수 있을 테니까!"

"최선을 다하겠습니다, 찰리."

엘러리는 생각에 잠긴 채 오늘 처음으로 자신의 굶주림을 누그러뜨려 줄 치킨 샐러드를 바라보다가, 문득 그것이 자신이 항상 끔찍하게 싫어하던 음식이라는 사실을 깨닫고 짜증이 났다.

퀸 경감과 벨리 경사가 식탁으로 쿵쾅거리며 들어왔을 때 엘러리는 의자에 푹 기대어 앉아 마치 시커먼 연통처럼 담배를 뻐끔뻐끔 피워대고, 찰리는 손톱만 깨물고 있었다.

"쉿, 엘러리는 지금 생각하는 중이에요."

찰리가 속삭였다.

"당연히 그렇겠지, 아닐 리가 있나?"

경감이 쏘아붙이듯 말했다.

"그럼 이것에 대해서도 좀 생각해줬으면 좋겠네. 벨리, 그거 보여줘."

갑자기 쿵 소리가 나는 바람에 엘러리는 깜짝 놀라서 고개를 들었다. 벨리 경사가 식탁에 리볼버와 자동권총 무더기를 묵직하게 내려놓은 참이었다.

"아니, 이런. 셜로의 무기고를 탈탈 털어 오셨군요?"

"내가 찾았어요. 수고했다는 말 한 마디라도 좀 해주지 그래요?"

벨리 경사가 입을 삐죽 내밀었다.

"광대의 역할이 늘 그렇지 뭐."

퀸 경감이 으르렁댔다.

"아들아, 문제가 있다. 여기 있는 이 무더기 중에 두 자루가 비어."

"열네 자루가 아니라고요?"

엘러리는 고민에 빠진 표정을 지었다. 장서가의 영혼을 지닌 엘러리는 책 한 권이 잘못 꽂혀 있으면 짜증이 났고, 두 권이면 미칠 것 같은 기분이 들곤 했다.

"직접 세어봐라."

엘러리는 개수를 세어보았다. 총 열두 자루가 있었다. 그 속에는 셜로의 25구경 콜트 자동권총과 로버트의 짤막한 스미스 앤드 웨슨 38구경 리볼버, 그리고 코닐리아 포츠가 벨리 경사를 거의 쏘아 죽일 뻔했던 총열이 긴 리볼버도 있었다. 해링턴 앤드 리처드슨의 22구경 '트래퍼 모델'이었다.

"셜로는 뭐라고 하던가요?"

찰리가 물었다.

경사가 말했다.

"말도 안 되는 소린데 이해할 수 있겠습니까? 셜로도 자기는 열네 자루를 샀다고 하고, 총포류 가게에서도 그렇다고 하더군요. 그리고 총을 어디다 뒀는지는 아무도 모르고 자기만 안답니다. 그래서 내가 물었죠. '그럼 총 두 자루는 어딜 갔는데? 잠깐 데리고 나가서 산책이라도 시켰나?' 그랬더니 그놈이 글쎄 나를 미친놈처럼 처다보지 뭡니까!"

엘러리가 물었다.

"이거 어디서 찾으신 거죠?"

"침실에 있는 탄약상자들 속에 가짜 옷장이 하나 있던데, 거기서 나왔습니다."

찰리 팩스턴이 지긋지긋하다는 듯 말했다.

"아, 거기였군요. 거기라면 누구나 다 아는 곳입니다. 셜로는 이 집을 처음 지었을 때부터 가짜 옷장 속에 물건들을 숨겼거든요. 직접 그 옷장을 설치한 것도 본인이고요. 온 집안 식구들이 다 아는 일입니다."

"그럼 노파가 해링턴 앤드 리처드슨 권총을 가지고 나오는 일도 아주 쉬웠겠군."

퀸 경감이 자리에 앉아 잘게 찢은 닭고기가 들어 있는 샐러드 볼 속으로 손을 집어넣으며 말했다.

"루엘라도, 허레이쇼도, 그 누구에게도 기회는 있었어. 진실은 총 두 자루가 없어졌다는 것, 그리고 그걸 찾아내기 전까지 나는 한숨도 못 잘 거라는 사실이야. 이렇게 괴물들이 우글거리는 집 안에서 총이 제멋대로 돌아다니고 있다니!"

엘러리는 식탁 위의 무기들을 가만히 들여다보더니 갑자기 메모장과 연필을 가져와서 무어라 열심히 쓰기 시작했다.

이윽고 엘러리가 말했다.

"목록입니다. 이게 우리가 갖고 있는 무기들이에요."

엘러리의 메모장에는 열두 자루의 무기들이 쭉 적혀 있었다.

1. 콜트 포켓 모델 자동권총(살인 무기)
   25구경

2. 스미스 앤드 웨슨 리볼버(로버트의 무기)
   38구경

3. 해링턴 앤드 리처드슨 트래퍼(코닐리아의 무기)
   22구경

4. 아이버 존슨 안전형 해머리스 자동권총
   32구경 득수

5. 슈마이저 안전 포켓 모델 자동권총
   25구경 자동

6. 스티븐스 '오프 핸드' 싱글 숏 타깃
   22구경 롱 라이플

7. I. J. 챔피언 타깃 싱글 액션
   22구경

8. 스토거 루거(재도색)
   구경 7.65밀리미터

9. 마우저 뉴 모델(10숏 탄창)
   구경 7.63밀리미터

10. 하이 스탠더드 해머리스 자동 쇼트

22구경

11. 브라우닝 1912

구경 9밀리미터

12. 오트기스

구경 6.35밀리미터

"그래서 뭐가 어쨌다는 거냐?"

경감이 물었다.

아들은 항변했다.

"별거 없죠. 이 권총들의 제조사가 전부 다르다는 사실만 빼면요. 덕분에 추적 조사가 훨씬 쉬워질 겁니다. 경사님, 콘월 앤드 리치에 전화해서 설로가 구입한 총 열네 자루의 정확한 목록을 알려달라고 하세요."

"이미 피고트가 하고 있습니다."

"좋습니다. 설로의 없어진 장난감 두 개가 어디 있는지 반드시 알아내야 해요."

경감이 건조한 목소리로 말했다.

"탐정 놀이를 하면서 로버트 포츠가 어쩌다 살해당하게 됐는지에 대한 동기도 생각해봐야 해. 네가 말했던 그 뭐냐, 거시기는 이미 알고 있으니 말이다…… 그래, 기회."

찰리가 중얼거렸다.

"도대체 누가 로버트를 그런 식으로 죽이고 싶어 했는지 도저히 상상도 안 갑니다. 설로라면 몰라도요. 로버트가 설로를 항상 괴롭히긴 했으니까요. 하지만 우리 모두 설로가 저지른 짓이 아니라는 사실을 알고 있죠."

경사가 신음했다.

"내가 본 것 중에서 가장 비현실적인 사건이에요. 분명 총을 쏜 놈이 있는데 그놈이 살인자가 아니라니. 그나저나 이 치킨 샐러드 나쁘지 않군요."

퀸 경감은 얼굴을 찌푸렸다.

"핵심은 누군가 로버트 포츠를 죽이고 싶어 했다면 그 이유가 있다는 건데. 어쩌면 이유를 먼저 찾아내면 범인이 따라올지도 모르지. 넌 무슨 아이디어 없냐, 엘러리?"

엘러리가 어깨를 으쓱했다.

"찰리, 당신은 가족 변호사잖아요. 코닐리아 포츠의 유언장에 뭐 관련된 조항 없습니까?"

찰리는 불안한 표정을 지었다.

"잠깐만요, 엘러리. 노파는 지금도 팔팔하게 살아 있어요. 유언 당사자가 살아 있는 경우 유언장 내용은 변호사와 의뢰인만의 비밀이라서……."

경감이 지긋지긋하다는 듯 말했다.

"기가 막히는군. 됐다, 엘러리. 우리가 노파한테 가서 직접 물어보자."

"그 전에 방탄조끼를 착용하고 가시는 편이 좋을 겁니다!"

벨리 경사가 입안 가득한 치킨 샐러드를 꿀꺽 삼키고 난 뒤 외쳤다.

11. '행위에서 동기를 추론하라'

"잠깐만요, 퀸 경감님."

닥터 왜거너 이니스는 얼굴이 핼쑥했지만 그래도 어느 정도 자신의 역할을 회복한 듯했다. 코닐리아 포츠의 거실에서 이니스는 키가 크고 실력 있는 주치의의 모습을 유지하고 있었다.

"부인은 좀 어떻습니까?"

엘러리 퀸이 물었다.

"신경은 많이 안정되었지만 심장은 아직도 심각하게 두근거리고 있고, 맥박도 계속 높아질 것 같습니다. 신사분들, 제발 협조를 좀……."

"비키시오, 닥터."

경감은 그렇게 말했다. 세 사람은 노파의 침실로 들어갔다.

그 방은 '예술'이라는 이름으로 지나간 우아한 옛 시대에 만들어진, 도금된 사랑의 환상으로 가득한 빅토리아풍의 네모난 방이었다. 모든 것이 '형식'의 싸늘한 마비에 걸려 뒤틀려 있었고 모든 것이 비싸고 흉물스러워 보였다. 텐트 스티치 자수가 놓인, 쿠션이 유난히 부풀어 오른 의자에는 장식 달린 덮개가 씌워져 있었다. 어떤 남자가 나이 든 아내와 함께 이 방을 공유한 흔적이라고는 눈을 씻고도 찾아볼 수 없었다.

침대는 미래의 고고학자들이 보면 뛸 듯이 기뻐할 만한 물건이었다. 모서리는 곡선이고, 침대머리보다 발치 쪽이 좁은 타원형을 띠고 있었다. 발을 올려놓는 받침대는 따로 없었고 침대머리는 양옆으로 갈수록 높이가 낮아지긴 했지만 중간에 끊어지지 않고 옆으로 쭉 뻗은, 조각이 새겨진 하나의 판이었다. 엘러리는 그로테스크한 외양을 제외하고서라도 도대체 이런 걸 왜 만들었는지 궁금했다. 그때 엘러리는 침대에 앞다리가 없다는 사실을 알아차렸다. 침대의 발치 부분은 바닥에 직접 닿은 상태였다. 그리고 머리 쪽은 두껍고 끝이 뾰족한 나무 블록으로 고정되어 높이 치켜들려 있었다. 침대는 앞으로 기울어 있었지만 스프링과 매트리스는 일정한 높이를 유지할 수 있도록 예술적으로 설계된 모양이었다. 놀랍게도 엘러리가 잠시 동안 침대 주인이 아니라 침대에만 시선을 빼앗길 정도였다.

엘러리는 문득 그 이유를 알아차렸다.

침대는 여성용 옥스퍼드화 모양이었다.

노파는 하얀 머리에 레이스 달린 나이트캡을 쓰고 실크 이불을 배 위로 덮은 채 침대에 누워 있었다. 푹신한 분홍색 베개 여러 개로 몸을 받친 상태였고, 허벅지 위에는 휴대용 타이프라이터가 놓여 있었다. 자판 위로 원하는 키를 찾아 더듬더듬 움직이던 손가락은 키를 찾자마자 성급하게 두들기곤 했다.

노파는 네 남자들에게 눈길도 주지 않았다. 검은 눈동자는 오로지 타이프라이터에 끼워진 종이에만 고정되어 있었다.

"포츠 부인, 제가 말씀드렸잖습니까."

닥터 이니스가 언짢은 목소리로 말했다. 조심스러운 눈빛을 천장 쪽으로 돌리던 이니스는 석고로 된 두 큐피드가 서로 포옹하고 있는 괴로운 광경을 마주치고는 재빨리 시선을 낮췄다.

"입 닥쳐, 이니스."

일행은 노파의 이해하기 힘든 작업이 다 끝날 때까지 기다렸다.

노파는 마지막 키를 누른 뒤, 타이프라이터에서 하얀 종이를 찢어냈다. 그러고는 재빨리 훑어본 뒤, 파리를 쫓는 늙은 암캐처럼 고개를 짧게 끄덕이고 나서 부드러운 심이 들어 있는 굵은 연필 쪽으로 손을 뻗었다. 종이에 서명을 한 노파는 타이프라이터 주위에 있던 비슷한 인쇄용지들을 집어 들고 마찬가지로 서명을 한 뒤 비로소 고개를 들어 남자들을 쳐다보았다.

"내 침실에서 뭣들 하고 있는 거지?"

"질문할 게 있습니다, 포츠 부인."

퀸 경감이 입을 열었다.

"좋아. 어차피 피할 수 없는 일이란 건 알고 있어. 하지만 잠시 기다리도록 해. 찰리!"

"네, 포츠 부인."

"내가 방금 친 서류들이야. 바로 확인해."

노파가 서명된 종이 다발을 떠넘기자 찰리는 그것들을 받아 들고 정중하게 훑어보았다. 그리고 마지막 장에서 찰리의 눈이 커졌다.

"저보고 포츠 신발 회사의 주식을 몽땅 팔라고 하시는 겁니까? 전부 다요?"

"서류에 그렇게 적혀 있잖아, 안 그래?"

노파가 날카롭게 말했다.

"네, 맞습니다. 포츠 부인, 하지만……."

"언제부터 내가 너한테 모든 걸 다 설명했지? 넌 돈 받고 시키는 대로만 하면 돼. 그대로 해."

찰리가 항의했다.

"전 그럴 수 없습니다. 부인은 지금 자제력을 잃으셨어요!"

"나중엔 그렇게 되겠지만, 지금은 아냐."

노파의 입술이 뒤틀렸다.

"내 아들 로버트는 회사의 실질적인 우두머리였지. 지금은 내가 어떻게든 막아보려고 애쓰고 있지만, 그 애의 죽음과 그에 관련된 스캔들은……."

노파의 목소리가 딱딱해졌다.

"포츠 회사의 주가를 떨어뜨리게 될 거야. 스캔들을 막지 못한다면 최소한 그걸 이용하는 수밖에 없지. 주식이 더 떨어지기 전에 지금 미리 팔아버리는 방법으로 말이야. 오늘 아침에는 84로 개장했어. 72를 치면 전부 되사도록 해."

찰리는 넋이 나간 표정을 지었다.

노부인이 빽 소리를 질렀다.

"뭐 하느라 그렇게 멍하니 서 있어? 내 말 안 들려? 당장 가서 중개인들한테 전화해!"

찰리는 짧게 고개를 끄덕였다. 그리고 엘러리의 옆을 스쳐 지나가면서 속삭였다.

"정말 대단한 노파 아닙니까, 퀸 씨? 자기 아들의 죽음을 이용해서 몇 백만 달러의 이득을 취할 생각인 거예요!"

그러고 나서 젊은 변호사는 쿵쿵거리며 걸어 나갔다.

닥터 이니스는 노파 위로 몸을 기울여 청진기로 진찰을 하고는 고개를 저었다. 그리고 맥을 재보고는 또 고개를 저은 뒤 타이프라이터를 빼앗고는 고개를 젓고, 마지막으로 앞뜰 잔디밭이 보이는 창가 쪽으로 물러나서는 계속 고개를 가로저었다.

"이제 질문받을 준비 되셨습니까, 부인?"

퀸 경감이 공손하게 물었다.

"그래. 꾸물거리지 말고 어서 해봐."

"꾸물이라니!"

경감의 날카로운 눈이 번득였다.

"친애하는 포츠 부인, 제가 법 집행관으로서 당신을 지금 당장 살인미수 혐의로 감옥에 집어넣을 수도 있다는 사실을 알고는 계십니까?"

경감은 부드럽게 언성을 높였다.

노파는 고개를 끄덕였다.

"물론. 하지만 그러지 않았잖아."

"그러진 않았죠! 포츠 부인, 경고하겠는데⋯⋯."

노파가 버럭 화를 냈다.

"웃기지 마! 내 집에서는 당신한테 내가 제일 쓸모 있을걸. 당신이 나한테 호의를 베푼다고 생각해선 곤란해, 퀸 경감. 난 당신 같은 사람들을 잘 알아. 남의 일에 툭하면 끼어들고, 참견하기 좋아하고, 언론의 관심을 받고 싶어서 안달이 난 인간들이지. 이번 사건을 맡은 것도 뭔가 받아먹을 게 없을까 싶어서 쫓아온 게 분명해."

"포츠 부인!"

"지긋지긋해. 내 아들의 죽음이 사고라는 소리를 하게 만들려면 내가 무슨 말을 해야 하지?"

엘러리는 재미있다는 듯 아버지를 바라보며 손으로 입을 가리고 기침을 했다.

하지만 경감은 미소만 지을 뿐이었다.

"포츠 부인, 부인은 포커 게임의 명수로군요. 자기가 두려워하는 단 한 가지를 덮기 위해서 모순되는 말과 행동을 그렇게 잔뜩 늘어놓을 수 있다니 말이죠. 그럼 전 참견하지 않을 테니, 어디 할 테면 해보십시오. 일단 서로를 이해하는 게 먼저겠군요. 저는 누가 부인의 아들 로버트를 죽였는지 알아내는 데 최선을 다하겠습니다. 부인이 원하는 것 역시 마찬가지겠지만, 부인은 워낙 고집스러운 탓에 자기 방식대로만 일을 진행하려합니다. 그러나 아시다시피 모든 카드는 제가 쥐고 있습니다. 자, 협조하든 안 하든 그건 부인이 선택할 문제입니다. 하지만 내가 사건을 계속해서 조사하는 걸 막지는 못할 겁니다."

노파는 경감을 노려보았다. 경감 또한 마주 노려보았다. 이윽고 노파는 시무룩한 얼굴로 실크 이불 밑에서 어린 소녀처럼 꼼지락거렸다.

"얘기 안 할 거면 나가. 알고 싶은 게 뭐지?"

경감은 얼굴에 딱히 의기양양한 기색 없이 냉큼 물었다.

"유언장 내용이 뭡니까?"

엘러리는 구두 단추 같은 노파의 눈에 떠오른 날카로운 빛과 움찔하는 턱을 놓치지 않았다.

"아, 그거 말이지. 신문에 내지 않겠다고 약속만 한다면 얼마든지 말해줄 수 있어."

"약속하겠습니다."

"젊은이, 당신은? 이 사람 아들 맞지?"

엘러리는 노파를 똑바로 바라보았다. 노파는 고개를 돌려 닥터 이니스 쪽을 바라보았다. 의사의 등은 마치 벽 같았다.

노파는 차갑고 단호한 목소리로 말했다.

"내 유언장에는 세 가지 조항이 있어. 첫째, 내가 죽으면 내 재산은 살아 있는 자식들에게 모두 균등하게 분배된다."

"그리고요?"

퀸 경감이 재빨리 물었다.

"둘째, 내 남편 스티븐 포츠는 현금과 추후 들어올 수입을 불문하고 아무 지분도 받지 않는다. 탈락. 한 푼도 없다."

노파의 턱이 또다시 파르르 떨렸다.

"그 사람하고 고치를 내가 33년 동안이나 먹여 살렸잖아. 그걸로 충분하지 않겠어?"

"계속하시지요, 포츠 부인."

"셋째, 나는 포츠 신발 회사의 이사장이다. 내가 죽은 뒤 새로운 이사장은 이사회에서 선출한다. 이사회는 살아 있는 내 자식들로 구성되고, 나는 특별히 공장 매니저인 사이먼 언더힐에게 한 표를 던지도록 요구한다. 이 마지막 문장이 법적으로 효력이 있는지는 솔직히 잘 모르겠지만 말이야."

노파는 기이하기 짝이 없는 유머 감각이 어렴풋이 드러나는 말을 덧붙였다.

"하지만 굳이 이 문제를 법적으로 해결하려 하진 않을 거야. 내 말은 평생 법이었고, 내가 죽은 후에도 법일 테니까. 그게 전부야. 이제 신사 여러분, 썩 나가."

"정말 괴상한 여자야."

일행과 함께 코닐리아 포츠의 방을 나오면서 엘러리는 중얼거렸다.

"경찰이 해결할 문제가 아니다. 세계 최고의 정신과 의사를 불러와야 해."

아버지가 한숨을 쉬며 말했다.

찰리 팩스턴이 현관을 통해 위층으로 뛰어 올라왔다. 세 남자들은 위층 복도에서 멈춰 섰다.

"이니스가 부인과 같이 있나요?"

찰리가 숨을 헉헉 몰아쉬며 물었다.

"그렇다네. 그 친구 월급 많이 받겠지, 찰리?"

경감이 재미있다는 듯 물었다.

"연 단위로 상담료를 지불하죠. 단위가 엄청납니다. 상당히 많이 받죠."

경감은 앓는 소리를 냈다.

"노파가 우리에게 유언장 내용에 대해 말해줬네."

엘러리가 낄낄 웃었다.

"아버지가 부인 때문에 아주 진땀을 빼셨죠. 그런데 찰리, 부인은 유언장을 평소에 어디에 보관해둡니까?"

"다른 중요한 서류들과 함께 전부 침실에 두죠."

"몇 분 전에 부인이 타이프라이터로 친 그 서류들 보고 뭐 새로운 사실 알아낸 것 없어요, 찰리?"

"아뇨, 전혀. 한때는 단어에 관한 수많은 지시를 놓고 부인과 의견 충돌이 벌어진 적도 있어요. 부인은 자기가 어떤 일에 대해 말했다고 주장했지만 난 그게 완전히 딴 얘기라는 사실을 엄청나게 잘 알고 있었거든요. 그래서 그것 때문에 한참 평행선을 달렸고, 난 서명된 지시와 문서로 작성된 양식을 원한다고 주장했죠. 부인과 내가 서로 의견을 같이한 건 그때가 유일했습니다. 그 이후로 노파는 모든 서류를 휴대용 타이프라이터로 작성하고, 항상 부드러운 연필로 서명하곤 합니다."

경감은 이 말을 깡그리 무시했다.

"자기 남편, 그러니까 스티븐 브렌트 포츠라는 사람한테는 단 한 푼도 안 줄 거라고 하더군. 그게 법적으로 유효한 일인가, 찰리? 나는 여태껏 이 주의 법률상 남편은 아내의 재산 중 3분의 1을, 그리고 살아 있는 자식들이 나머지 3분의 2를 가져간다고 알고 있었는데."

변호사가 고개를 끄덕였다.

"요즘은 그렇죠. 하지만 그건 1930년 8월 31일부터 유효해진 규정입니다. 그 날짜 전에는 남편이 법적으로 아내의 유산을 한 푼도 상속받지 못하는 게 가능했거든요. 그리고 노파의 유언장은 1930년 8월 31일보다 앞서 작성되었기 때문에 법적으로 가능한 일입니다."

엘러리가 날카롭게 물었다.

"왜 실라의 부친이 상속에서 제외된 겁니까?"

찰리 팩스턴은 한숨을 내쉬었다.

"당신은 그 늙은 악마에 대해 아직 잘 몰라요, 엘러리. 비록 코닐리아 포츠가 스티븐 브렌트와 결혼을 하긴 했지만 스티븐은 바뀐 성을 제외하면 노파의 마음속에서 이전이나 이후나 단한 번도 순수한 포츠 집안사람이었던 적이 없습니다."

"그냥 편의상의 결혼이었군?"

경감이 무심하게 말했다.

"그런 셈이죠. 자식들은 절반이 노파에게서 비롯되었으니 포츠 집안사람이 될 수 있습니다. 하지만 스티븐은 아니죠. 설로가 유난히 포츠라는 이름에 집착한다고 생각하셨죠? 그게 어디서 나왔겠습니까? 노파예요. 노파가 설로의 머릿속에 그 인식을 거의 세뇌시키다시피 했거든요."

"그 늙은 마녀의 재산은 대체 얼마나 되나?"

찰리는 얼굴을 찌푸렸다.

"정확하게 말하긴 힘듭니다, 경감님. 하지만 상속세와 기타 등등을 제외하고 대충 계산해보면 종합적으로 약 3천만 달러쯤 된다고 할 수 있겠군요."

엘러리가 침을 꿀꺽 삼켰다.

경감도 숨을 들이켰다.

"그렇다면 로버트 포츠가 살아 있을 경우 노파의 여섯 자식들은 똑같이 5백만 달러씩 물려받는다는 말이 되는군?"

아들이 신음했다.

"말도 안 되는 계산이네요. 루엘라 같은 여자한테 5백만 달러나 상속되다니!"

찰리가 말했다.

"허레이쇼도 잊으면 안 됩니다. 설로도 마찬가지죠. 5백만 달러가 있으면 설로는 엄청난 양의 총기를 사들일 거예요."

경감이 생각에 잠긴 채 말했다.

"로버트가 탈락됐으니 이제 재산은 5등분될 테고, 그럼 각자 6백만 달러씩 상속받겠어. 로버트가 죽은 덕분에 포츠 집안의 상속자들은 각자 백만 달러씩 더 받게 됐네!"

경감은 손을 비볐다.

"여기서 잠깐 정리 좀 해보자고. 유력한 용의자로는 코닐리아, 남편 스티븐, 고치 소령, 루엘라, 허레이쇼, 매클린……."

엘러리가 고개를 끄덕였다.

"총알을 바꿔 넣을 수 있었던 기회가 있는 사람들은 그들뿐이죠."

경감이 히죽 웃었다.

"좋아, 코닐리아부터 시작하자. 나도 신에 맹세코 어머니가 자기 자식을 죽일 거라고 진지하게 생각하진 않지만, 일단 가족 내에서 가능성이 있는 사람을 생각하면 포함되지."

찰리가 고개를 가로저었다.

"부인이 로버트를 미워했던 건 사실입니다. 스티븐과의 결혼에서 얻은 세 아이들은 늘 싫어했으니까요. 하지만 그래도 살인이라니……."

"저도 그 의견은 별로 와 닿지 않는군요."

엘러리가 얼굴을 찌푸리며 말했다.

"노파가 정말로 머리가 돌지 않고서야."

경감이 말했다.

"전 부인이 제정신이라고 생각해요, 아버지. 좀 별난 사람이긴 하지만 그래도 정신은 말짱해요."

"그래, 아무튼 이론적으로 노파에게도 증오라는 동기가 있어. 자, 그럼 다음으로 남편인 스티븐은 어떻지?"

찰리가 항의했다.

"전 스티븐에게는 아무런 동기도 없다고 생각합니다. 애당초 유언장에서도 제외되었고……."

엘러리가 끼어들었다.

"그런데 코닐리아의 유언장 내용을 집안사람들 모두가 다 알고 있나요?"

찰리는 고개를 끄덕였다.

"부인은 그 점에서는 거침이 없었으니까요. 아마 모두 다 알고 있을 겁니다. 아무튼 스티븐은 1센트도 못 받는 처지이기 때문에 상속자 수를 줄인다고 해서 재정적으로 무슨 이득을 보진 못합니다. 따라서 그 사람에게는 아무런 동기도 없어요."

엘러리가 지적했다.

"스티븐 브렌트 포츠는 완벽하게 제정신인 사람이고, 완벽하게 제정신인 사람이 자기 아들을 그렇게 냉정하게 죽이진 않죠. 이 사실도 간과해서는 안 됩니다."

"나는 스티븐이 로버트를 사랑했다고 생각합니다. 심지어 매클린이나 실라보다도 더. 난 정말이지 스티븐이 로버트를 죽일 이유가 전혀 없다고 봐요."

"그 늙은 비렁뱅이 고치는 어떻지?"

경감이 물었다.

"로버트의 죽음에서 재정적으로 아무런 이득도 못 보는 입장이죠."

"글쎄요, 누군가에게 매수되었다면 어떨까요?"

엘러리가 생각에 잠긴 채 말했다.

경감은 깜짝 놀랐다.

"너 지금 농담하는 거냐?"

엘러리는 미소를 지었다.

"갑자기 고치에 대해 어떤 멋진 생각이 떠오르네요. 이렇게 생각하니 그 사람에게도 범행 가능한 동기가 생기는군요."

"그게 뭔데?"

"지금은 명확하게 설명하기 힘들어요. 저도 아직 사건의 음색에 완전히 익숙해지지 않았고요…… 마치 오페라 같은 음색이네요. 무슨 지적인 확신이 있는 건 아니에요. 그냥 어설프게 추측하고 있을 뿐이죠. 하지만 아버지, 고치의 성장 배경에 관한 보고서를 좀 봤으면 좋겠어요."

"전보 몇 개 보내놓으마…… 자, 다음은 루엘라다."

경감이 자신의 턱을 철썩 때렸다.

"루엘라가 자기 실험실에서 하는 '실험' 때문에 돈이 많이 필요하다고 소리 지르는 걸 너도 들었다고 했지? 그때 엄마가 그 말을 어떻게 거절했지?"

"제 눈에는 루엘라가 자기 엄마를 죽일 충분한 동기가 있어 보이던데요. 로버트 말고요. 하지만 로버트의 죽음에서 루엘라도 얻게 되는 이득이 있다고 생각해요."

엘러리가 대꾸했다.

"그리고 허레이쇼. 영원히 자라지 않는 소년……."

찰리가 앓는 소리를 내며 끼어들었다.

"아아, 허레이쇼는 돈에 아무 관심이 없습니다. 그리고 아마 로버트하고는 일 년에 열 마디도 안 할걸요. 뭐 이득을 보기야 하겠지만, 제 생각에 허레이쇼가 이 사건의 배후에 있는 인물 같지는 않습니다."

엘러리는 아무 말도 하지 않았다.

"그리고 그 쌍둥이, 매클린이랬나?"

경감이 물었다.

찰리가 경감을 빤히 쳐다보았다.

"매클린이요? 로버트를 죽여요? 말도 안 됩니다."

"기회가 있었잖아."

경감이 주장했다.

"동기가 대체 뭔데요, 경감님?"

엘러리가 느릿느릿 끼어들었다.

"좀 의아하게 느껴지긴 하겠지만, 매클린 또한 다른 누구보다도 로버트를 죽일 만한 이론적 동기를 갖고 있긴 합니다."

"어떻게 그런 생각을 할 수가 있어요?"

분노한 찰리가 말했다.

엘러리는 미소를 지었다.

"그렇게 화내지 말아요, 찰리. 그냥 추측일 뿐입니다. 쌍둥이 모두 포츠 신발 회사의 부사장이라고 하지 않았던가요?"

찰리는 고개를 끄덕였다.

"노파가 죽으면…… 닥터 이니스의 말에 따르면 앞으로 얼마 안 남았다고 했죠? 아무튼 그때 누가 사업상 가장 큰 이득을 보겠습니까? 당연히 이 집안에서 유일하게 실질적으로 사업에 관여하고 있는 쌍둥이겠죠."

엘러리는 어깨를 으쓱했다.

"난 그냥 그럴듯해 보이는 예를 하나 들었을 뿐입니다. 쌍둥이 형제가 죽으면 매클린은 어머니가 죽으면서 마지못해 유산을 물려주었을 때 회사를 독점할 수 있겠죠."

찰리가 도저히 믿지 못하겠다는 표정으로 말했다.

"그러니까 매클린이 회사를 독차지하고 싶은 마음에 로버트를 죽였다 이 말입니까?"

경감이 날카롭게 말했다.

"내 귀에는 그것도 충분히 그럴듯한 동기로 들리는군."

엘러리는 무어라 말하기 위해 입을 열었지만, 마침 벨리 경사가 쿵쿵거리며 계단을 올라오는 바람에 그냥 입을 다물었다.

경사가 지겹다는 듯 말했다.

"포기했습니다. 부하들이랑 같이 이 집을 통째로 샅샅이 뒤졌지만 결국 잃어버린 권총 두 자루는 나오지 않았습니다. 심지어 노파의 방까지 수색했는데 말이죠. 노파는 싫어서 야단법석을 떨긴 했지만 아무튼 계속 찾아봤는데요, 어디 있는지 도무지 모르겠습니다."

"콘월 앤드 리치 상점에 연락해서 없어진 두 자루의 총이 어떤 종류인지 물어봤나?"

경감이 물었다.

벨리는 조심스럽게 주위를 둘러보았다. 위층 복도는 썰렁하고 조용하기만 했다.

"어디 보자. 열세 번째 권총은 25구경 콜트 포켓 모델 자동권총……."

"그건 오늘 아침에 설로가 결투할 때 쓴 바로 그 총인데요?"

엘러리가 날카롭게 말했다.

"그리고 열네 번째는 총열 5센티미터짜리 스미스 앤드 웨슨 38구경……."

벨리가 고개를 끄덕였다.

"로버트 포츠가 갖고 있던 그 총이잖아!"

경감이 굳어졌다.

경사는 침울한 얼굴로 고개를 가로저었다.

"맞습니다, 경감님. 어떻게 된 일인지 모르겠지만 없어진 두 자루가 글쎄 오늘 아침 결투에 사용된 바로 그 두 자루와 완전히 똑같은 놈들이더라고요!"

12. 시체의 중요성

매클린은 어쩔 줄을 모르는 상태였다. 대부분의 시간 동안 매클린은 태어난 이후 줄곧 로버트와 함께 공유했던 방에 가만히 앉아 허공만 바라보고 있었다. 매클린은 멍한 상태도 아니었고, 슬픔에 빠져 있지도 않았다. 몸속을 흐르던 생명의 물이 전부 흘러나가 버린 양 텅 비어 있었다. 방을 나오고 싶을 때면 매클린은 몸을 가만히 두지 못하고 정처 없이 집 안을 돌아다녔다. 마치 무언가를 찾아다니는 듯했다.

실라는 오빠와 대화를 나누고 차가운 손을 잡아주며 함께 시간을 보냈다. 하지만 매클린은 고개만 가로저었다.

"아빠한테 가줘, 실라. 아빤 네가 필요할 거야. 난 괜찮아."

"하지만 매클린 오빠……."

"넌 이해 못 해."

"그래, 이해 못 해! 자기 스스로를 신경쇠약으로 몰아넣고 있는 사람을 어떻게……."

매클린은 실라의 윤기 있는 머리카락을 쓰다듬었다.

"난 나를 아무 데도 몰아넣지 않아. 어서 아빠한테 가, 실라. 날 좀 내버려둬."

실라 역시도 혼란과 갈등에 빠져 있었던 탓에 벌떡 일어나

소리를 질렀다.

"지금 무슨 일이 생겼는지 몰라? 하필이면 하고많은 사람들 중에 매클린, 난 오빠가…… 오빠의 쌍둥이가……."

매클린이 푸른 눈을 들었다. 실라는 그 속에서 활활 타오르는 분노를 보고 울음을 터뜨리며 뛰쳐나갔다.

오빠보다 아빠가 자신을 더 필요로 한다는 말은 사실이었다. 스티븐 포츠는 이전보다 더욱 겁을 집어먹은 채, 지나가는 사람들 앞을 가로막고 더듬더듬 사과를 늘어놓으며 집 안을 허우적거리고 다녔다. 고개를 기우뚱하고 다니는 모습은 어딘가 먼 곳에서 나는 소리를 듣고 있는 듯 보이기도 했다. 실라는 아버지를 정원으로 데려가 산책시키고, 음식을 먹이고, 내셔널 지오그래픽 잡지를 읽어주고, 라디오 프로그램의 다이얼을 맞춰주고, 침대에 밀어 넣었다. 스티븐은 맨 위층의 남는 방 중 하나에서 잠들곤 했다. 그는 아무 설명도 없이, 왕족처럼 장엄한 코닐리아 포츠의 침실을 함께 쓰는 일을 오랫동안 거부해왔다.

고치 소령은 스티븐에게 어설프게 다가가려 했지만 이번만큼은 스티븐도 자신의 덩치 큰 친구에게서 위안을 얻을 수 없었다. 스티븐은 낡은 체커 판을 보자마자 고개를 설레설레 저으며 입을 꾹 다물었다. 그리고 커다란 손수건으로 콧물을 닦고, 입을 다물고 눈을 깜박이고 엉엉 울었다. 고치 소령은 담배 저장실과 술 상자를 탈탈 털고, 빈 체커 판을 가만히 곱씹으며 아래층 서재에서 더욱 많은 시간을 혼자 보냈다.

이윽고 검시실에서 풀려난 로버트 포츠의 시체는 맨해튼 땅에 묻혔다. 그 후 형제인 매클린과 아버지 스티븐 모두 귀를 닫고 아무 말도 듣지 않으려 했다. 죽음 그 자체보다도 매장 행위가 진정한 최후의 상징이기 때문이었다.

그 후 둘은 더욱 생생한 목소리를 들었다. 특히 매클린이 그
랬다.

성미 급한 부검시관, 새뮤얼 프라우티 박사는 수천 구의 시
체들을 아무렇지도 않게 대하는 기이한 인물로 유명했다.

"시체는 그냥 시체인데 뭐."

프라우티는 사후경직을 막기 위해 시체의 배 위에 올라타고
앉아 사투를 벌일 때나, 처참하게 박살이 난 발바닥에 성냥으
로 불을 붙이면서 그렇게 말하곤 했다. 그럼에도 불구하고 프
라우티는 새 중산모를 쓰고 로버트 포츠의 장례식에 참석했다.

퀸 경감은 어리둥절한 표정을 지었다.

"자네 지금 여기서 뭐 하는 건가, 박사?"

"이제 그 시체에서 벗어나게 되어서 후련하다고 생각하고 계
실 줄 알았는데요. 어쩌다 여기까지 오신 겁니까?"

요즘 들어 계속 궁지에 몰린 표정만 짓고 있는 벨리 경사가
물었다.

프라우티 박사는 멋쩍은 표정으로 대답했다.

"우스운 이야기이긴 한데, 저도 평소에 시체들한테 그렇게
친절하진 않거든요. 그런데 이 친구는 이상하게 마음에 들었
습니다. 잘생긴 젊은이인 데다가, 저랑 한 번도 싸운 적도 없
고……"

엘러리가 깜짝 놀랐다.

"박사님과 싸운 적이 없다고요?"

"그래, 그렇다네. 장의사들이라면 다 알 거야. 시체들 중에는

유난히 반항하는 친구들이 있고, 또 고분고분 협조를 잘 해주
는 친구들이 있지. 물론 내 마음같이 안 되는 경우가 대부분이
야. 그런데 이 포츠라는 젊은이는 내가 원하는 대로 모든 협조
를 해줬네. 그러니 내 마음에 쏙 든 것도 당연한 일이지."

프라우티 박사는 엘러리가 아는 한 처음으로 얼굴을 붉혔다.
"최소한 내가 해줄 수 있는 일은 이 친구가 고이 묻히는 모습
을 지켜보는 것뿐이야."

벨리 경사는 중얼중얼 혼잣말을 하면서 뒷걸음질을 쳤다.

해가 진 후 프라우티 박사는 알려진 사실 이외에 로버트 포
츠의 사인에 관한 다른 사실은 발견되지 않았다고 말했다.

흥미로운 사실은 매장 자체에 있었다. 뉴욕 시 법규에는 맨
해튼 안에 죽은 자를 매장하는 일을 금지하는 조항이 있었다.
하지만 오래된 시 교회 공동묘지 몇 군데는 그 법규에서도 예
외 취급했기 때문에 성기신 규제에도 불구하고 아직 시체 매장
이 가능했다. 대부분의 경우 이런 예외는 유서 깊은 명문가로
한정되곤 했다.

세인트 프랙스드 교회에 그런 묘지가 있었다. 포츠 저택에서
북쪽으로 몇 블록 떨어진 교회로 부지가 푹 꺼지고, 좁고 작은
곳이었다. 그곳에서는 누런 이빨 같은 오래된 묘지들이 아직도
대지라는 잇몸 위로 불쑥불쑥 튀어나와 있었고, 나머지는 지하
묘지여서 밖에서는 눈에 띄지 않았다.

코닐리아 포츠가 세인트 프랙스드 교회에 어떻게 압력을 넣
었는지는 아직도 수수께끼로 남아 있다. 본시 출신이 뉴잉글랜
드 쪽 가문의 방계이기 때문에 그곳에 묻힐 권리가 있고, 그것
을 자식들에게 물려주었다는 이야기도 있었다. 아무튼 무슨 수

작을 부렸는지는 모르지만 노파는 자신의 권리를 주장할 수 있는 적법한 서류를 가지고 있었고, 따라서 아들 로버트 포츠는 그곳에 묻혔다.

비번인 경찰들도 장례식에 참석했다.

찰리 헌터 팩스턴은 점점 야위기 시작했다. 엘러리는 그 수척해져가는 모습을 관찰하기에 가장 좋은 위치를 차지하고 있었는데, 젊은 변호사가 퀸 부자의 아파트로 피난을 와서는 멸종 위기의 버팔로처럼 어쩔 줄 모르고 집 안을 배회했기 때문이었다.

"실라가 내 말을 들어주기만 한다면 얼마나 좋을까요, 엘러리."

"안 그럴 겁니다. 그러니 포기하고 술이나 한 잔 더 해요."

"왜죠?"

"요즘 일 때문에 많이 힘들지 않은가요, 찰리?"

"무슨 일 말입니까? 설로는 요즘 보도될 만한 고소를 하고 다니지도 않는데요. 부하 직원들은 모두 포츠 회사의 통상 업무를 하고 있고요. 세금과 재산 문제로 씨름하는 중이죠. 빌어먹을, 다 꺼져버리라고 해요. 내가 원하는 건 실라뿐인데!"

"한 잔 더 해요."

"그러죠."

두 남자는 퀸 부자의 아파트를 담배 연기, 얼음 양동이에 가득 꽂은 스카치 병, 그리고 로버트 포츠 살인 사건에 대한 끝없는 대화로 가득 채웠다. 알고 있는 사실이 몇 가지 없으니 미칠 노릇이었다. 로버트는 죽었다. 누군가가 결투 전날 밤 로버트의 형 설로의 빈방에 몰래 들어가 설로의 25구경 콜트 권총에서 빈 약협을 빼내고 대신 실탄을 채워 넣었다. 아마 그 실탄은 설로의 침실 은닉처에서 슬쩍해 온 것으로 추정되지만, 실험실 테스트로는 확고한 결론을 이끌어내는 데 실패했기 때문에 확신할 수 없다. 빼낸 빈 약협이 어디 갔는지에 대해서는 아무도 모른다.

찰리가 말했다.

"화장실에 넣고 물을 내려버린 게 아닐까요? 아니면 허드슨 강에 던져버렸든가."

엘러리가 언짢은 표정을 지었다.

"찰리, 혹시 누군가가 총알을 왜 바꿔치기했는지에 대해 생각해본 적 있어요?"

"네?"

"그러니까 범인이 아는 한, 결투 전에 설로의 침실에 있던 콜트 자동권총은 이미 장전이 되어 있는 상태였잖아요. 우리야 내가 그 총을 시내로 슬그머니 가지고 나가서 아버지한테 실탄을 빼고 빈 약협으로 바꿔달라고 했으니 그렇지 않다는 사실을 알지만요. 우리는 그 사실을 알았어요. 하지만 범인이 그걸 어떻게 알았을까요? 사실을 알고 있었으니 침실로 몰래 숨어 들어가서 아버지가 탄창에 끼워 넣은 가짜 총알을 빼고 진짜 총알을 넣었다는 말이 되죠. 어떻게 생각해요?"

"도저히 모르겠습니다. 당신과 실라, 쌍둥이, 내가 식당에서 의논하는 걸 우연히 들은 사람이 있었던 게 아닐까요?"

"엿들었다?"

엘러리는 어깨를 으쓱했다.

"일단 포츠 저택으로 가봅시다, 찰리. 내 머리는 오늘 아무짝에도 쓸모가 없지만 아버지가 뭔가 발견했을지도 몰라요. 오늘은 아버지한테서 하루 종일 아무 연락이 없군요."

두 사람은 저택 앞 잔디밭 신발 동상 근처에서 실라와 스티븐을 발견했다. 늙은 스티븐은 낙담한 태도로 동상 받침대에 털썩 주저앉아 있었고, 실라가 날카로운 목소리로 무어라 말하고 있었다.

엘러리와 찰리 팩스턴이 온 것을 알아차린 실라는 하던 이야기를 멈췄다. 스티븐은 다급히 붉어진 눈을 문질렀다.

엘러리가 미소를 지었다.

"안녕하세요. 바람이라도 쐬러 나오셨나요?"

"아, 안녕하시오. 새, 새로운 소식이라도 있소?"

스티븐 포츠가 더듬더듬 물었다.

"안타깝게도 없습니다, 포츠 씨."

스티븐이 잠시 눈을 깜박거렸다.

"나, 나를 그렇게 부르지 말아요, 제발. 내, 내 이름은 브렌트요."

스티븐은 뻣뻣한 입술로 말을 이었다.

"그, 그때 코, 코닐리아가 시키는 대로 성을 바꾸지 말았어야 했는데."

"안녕하세요."

실라가 퉁명스럽게 말했다. 찰리는 너무 굶주린 나머지 영양실조가 악화된 사람처럼 실라를 응시했다.

"죄송하지만, 저랑 아빠는 이만……."

엘러리가 말했다.

"알겠습니다. 그런데 저희 아버지는 여기 계시나요?"

"몇 분 전에 경찰청으로 돌아가셨어요."

"실라……."

찰리가 쉰 목소리로 말했다.

"안 돼요, 찰리. 그만 가요."

스티븐 포츠가 속이 타는 목소리로 말했다.

"실라, 그렇게 어, 어린애처럼 굴면 못써. 찰리, 자네와의 결혼을 포기하다니 그, 그런 멍청한 짓은 그냥 잊어버리라고 내가 실라한테 계속 말을……."

"고맙습니다, 포…… 브렌트 씨! 실라, 들었어요? 당신 아버지께서도……."

"이제 그만해요."

실라가 말했다.

"실라, 사랑해요! 나랑 결혼해서 이 집에서 나가요!"

"난 아빠 곁에 있을 거예요."

스티븐이 흥분해서 말했다.

"그, 그러면 안 돼! 실라, 네 젊은 시절을 나, 나 때문에 낭비하면 안 된다. 찰리랑 결혼해서 이 집을 나가도록 해."

"아니에요, 아빠."

엘러리는 풀밭에 주저앉아 풀잎을 하나 뽑아 들고 그것만 물끄러미 들여다보았다.

"아빠랑 매클린 오빠랑 저, 셋이 꼭 붙어 있어야 해요. 반드시. 괜히 우리 문제에 찰리를 끌어들여서 이 사람 인생까지 망칠 수는 없어요. 전 마음을 정했어요."

실라는 찰리를 휙 돌아보았다.

"엄마가 당신을 해고하고 다른 변호사를 구하면 좋겠네요!"

젊은 변호사가 씁쓸한 목소리로 말했다.

"실라, 당신은 날 이런 식으로 밀어낼 수 없을 겁니다. 난 알아요, 당신이 날 사랑한다는 사실을. 난 전혀 신경 쓰지 않아요. 당신 주위를 맴돌고, 따라다니면서 괴롭히고, 사다리를 타고 올라가서 당신 방 창문을 들여다보고, 비둘기 편에 연애편지를 매달아 보낼 겁니다. 난 포기하지 않을 거예요, 달링."

실라는 찰리를 끌어안고 울었다.

"사랑해요, 찰리…… 사랑해요, 사랑해요!"

불행한 찰리는 실라에게 키스할 수 있는 기회를 잃은 바람에 깜짝 놀랐다.

실라는 찰리의 가슴에 손을 얹고 밀어낸 뒤, 아버지에게로 달려가 팔을 잡고 질질 끌다시피 하며 안으로 들어갔다.

찰리가 입을 벌리고 쳐다봤다.

엘러리는 잘게 찢은 풀잎을 집어던지고 풀밭에서 일어났다.

"이해하려 하지 말아요, 찰리. 자, 이제 주위를 돌아다니면서 혹시 뭐 찾아낼 게 없는지 살펴봅시다."

13. 설로 포츠, 이 땅의 공포

무언가를 발견한 두 사람은 아래층 서재 출입구에서 멈춰 섰다.

서재 중앙에는 익숙한 게임 테이블과 거기에 딸린 의자 두 개가 있었다. 테이블에는 체커 판이 놓여 있었고, 불꽃 튀는 게임이 진행 중이었다.

고치 소령이 한쪽 의자에 웅크리고 앉아 있었다. 가무잡잡한 넓은 턱을 주먹 위에 얹고, 호전적인 눈빛으로 체커 판을 응시하고 있었다.

하지만 다른 쪽 의자는 비어 있었다.

갑자기 늙은 해적이 빨간 체커 말을 판 중앙에 놓았다. 그러더니 잔뜩 기뻐하며 자기 허벅지를 철썩 때렸다.

소령은 금세 의자에서 펄쩍 뛰어올라 테이블을 반 바퀴 빙돌아 반대쪽 의자로 가서 앉더니, 다시 암갈색 체커 판을 잡아먹을 듯 들여다보았다. 소령은 화가 난 듯 고개를 절레절레 젓고는 검은 말을 움직인 뒤, 다시 일어나서 테이블을 돌아 원래 있던 자리로 가서 앉았다. 그리고 승리에 찬 표정을 지으며 빨간 말을 움직여, 검은 말 세 개를 뛰어넘어 성공적으로 검은 말 쪽 진영에 침투시켰다.

소령은 등받이에 등을 기대고 가슴을 내밀며, 의기양양하게 굵은 팔로 팔짱을 꼈다.

이때 엘러리가 헛기침을 했다.

고치는 팔을 내리며 주위를 둘러보았다. 불그레한 뺨이 시커멓게 물들었다.

그가 버럭 소리를 질렀다.

"난 이런 거 싫어해! 몰래 훔쳐보기나 하고 말이야! 그건 교활한 마오리족 놈들이나 쓰는 속임수야. 난 그런 짓 절대 안 해, 선생. 내 말 알겠어?"

엘러리가 사과했다.

"죄송합니다. 들어와요, 찰리. 고치 소령님하고도 대화를 나눠보는 편이 좋겠어요."

"아, 찰리. 자네였나?"

으르렁거리던 고치 소령의 태도가 누그러졌다.

"요즘 눈이 영 나빠져서 말이야. 예전하곤 달라. 기술적으로 무슨 문제가 있는 모양이야."

찰리가 얼떨떨한 표정으로 말했다.

"여기 있는 퀸 씨는 누가 로버트를 죽였는지 알아내기 위해 저희를 도와주고 계시는 분입니다. 소령님."

"아, 그거야 뭐. 셀로가 죽인 거잖아?"

소령은 테라스 쪽으로 난 프랑스식 문들 중 하나를 통해 침을 탁 뱉었다.

엘러리는 한숨을 쉰 뒤 설명했다.

"셀로는 그냥 방아쇠를 당겼을 뿐입니다. 그 콜트 권총은 원래 비어 있어야 하거든요, 고치 소령님. 하지만 그렇지 않았죠.

누군가가 밤새 그 총에 실탄을 장전해둔 겁니다."

고치 소령은 턱을 긁적였다.

"음, 글쎄. 어디서 뭐가 끓고 있다는 소린지 당췌 모르겠군. 하지만 설로는 자기가 그 괴상한 짓거리로 로버트를 정정당당하게 죽였다고 생각하고 있는데."

엘러리가 안타까운 목소리로 말했다.

"아마 설로 스스로도 지금 혼란에 빠져 있을 겁니다. 소령님, 당신이 로버트를 죽였나요?"

고치가 또다시 조용히 침을 뱉었다.

"나? 이봐, 무슨 소리야. 선생, 난 너무 늙었어. 그야 뭐 한 40년, 45년 전에는 여기저기서 실컷 죽이고 다니긴 했지만 말이지."

소령은 갑자기 낄낄 웃었다.

"원 없이 죽였어, 나하고 스티븐하고. 옛날에는."

"스티븐이요?"

찰리는 회의적인 표정이었다.

"뭐, 스티븐은 그때도 사람 죽이는 데 별 관심은 없었어. 그건 나도 인정해. 그냥 날 따라했을 뿐이야. 나를 마치 큰형처럼 여기고 늘 우러러보곤 했거든. 그 원주민 놈들의 칼에서 내가 스티븐을 몇 번이나 구해줬는지 몰라. 덕분에 스티븐은 한 번도 배에 칼을 맞은 적이 없지. 피를 너무 많이 보면 힘들어했어. 늘 총을 좋아하긴 했지만."

"아…… 그 모든 인간 도살의 행위들은 어디서 자행된 겁니까, 소령님?"

엘러리가 공손하게 물었다.

"니카라과, 솔로몬제도, 자바섬. 한번은 우루과이에 간 적도 있었지."

"용병이셨군요?"

소령은 어깨를 으쓱했다.

"이미 그렇게 말한 것 같은데."

"두 신사분께서는 남태평양과 말레이시아에서 젊은 시절을 함께 보냈다고 하지 않으셨나요?"

"아, 그랬지. 우리는 어디든 다 다녔어. 스티븐하고 나하고, 수많은 지옥에서 살아 돌아왔지. 한번은 바타비아에서 있었던 일인데……"

엘러리가 황급히 말했다.

"네, 네, 알겠습니다. 그런데 소령님. 그날 저녁에는 어디 계셨죠? 결투 전날 밤 말입니다."

"침대에 있었네. 푹 잤지. 찰리, 체커 한 판 하고 갈 텐가?"

찰리는 입속으로 중얼중얼 거절의 뜻을 표했다.

엘러리는 신중하게 담뱃불을 붙이며 물었다.

"그런데 소령님, 혹시 결혼하신 적 있으십니까?"

고치 소령이 입을 떡 벌렸다.

"뭐? 내가? 결혼? 세상에, 없네."

"그렇다면 혹시 누가 로버트 포츠를 죽였는지 짚이는 데는 없으십니까?"

"그 늙은 앨버트로스도 와서 나한테 똑같은 질문을 하더만. 없네, 전혀 모르겠어. 난 내 일 말고는 전혀 신경 안 쓰는 성질이라서 말일세, 친구. 그냥 각자 자기 방식대로 살아가는 것 아니겠나? 난 그렇게 생각해. 그런데 자네 정말 체커 안 할 테야,

찰리?"

　찰리는 탑의 문을 노크했다. 루엘라의 비쩍 마른 얼굴이 창살 끼워진 유리창 너머로 나타나더니 두 사람을 향해 히죽 웃었다. 그러고는 재빨리 실험실 문을 열고, 실험 도구가 가득한 굴속으로 둘을 맞아들였다. 너무나 광기 넘치고 열광적인 환영 때문에 엘러리는 머리를 부딪쳐 혹이 나고 말았다.

　"들어와요! 여기까지 와주다니 정말 기뻐요. 세상에서 가장 놀라운 일이 벌어지고 있거든요! 봐요, 여기⋯⋯."

　루엘라는 계속 떠들어대며 두 방문자들을 자신의 작업 테이블로 떠밀어 데리고 가서는, 바다 괴물 같은 죽은 빛깔의 끈끈한 회녹색 물질이 가득 들어 있는 커다란 도자기 냄비를 보여주었다. 실험실 구석구석에 배어 있어서 도저히 피할 수 없는 지독한 악취가 바로 거기서 나고 있었다.

　"이게 뭡니까, 포츠 양?"

　루엘라는 주위를 둘러보더니 목소리를 낮추고 말했다.

　"내가 만든 플라스틱이에요. 이제 목표에 거의 도달한 것 같아요, 멀퀸 씨. 정말이에요. 당신은 교양 있는 사람이니까 그 누구에게도 이 사실을 말하지 않을 거라 믿어요. 물론 경찰에게도요. 난 경찰을 신용하지 않거든요. 그 사람들은 모두 기업에 고용되어 있고, 위세를 부리며 무기를 들고 쳐들어와서 내 플라스틱을 빼앗아갈 수 있잖아요. 그럼 난 속수무책으로 당하는 수밖에 없죠. 당신 아버지가 그 키 작은 경감님이라는 건 나도 알지만, 찰리가 당신은 경찰 부서하고 아무런 관계도 없다는 사실을 알려줬어요. 그래서⋯⋯."

엘러리는 루엘라를 진정시켰다.

"하지만 포츠 양, 당신은 연구를 계속하기 위해 더 많은 자금이 필요할 텐데요. 얼마 전 저녁에 당신 어머니가 거절하는 걸……."

루엘라의 야윈 얼굴이 분노로 일그러졌다.

"진짜 창피한 줄도 모른다니까요!"

루엘라는 침을 뱉었다.

"뭐, 늘 그렇죠. 위대하고 이타적인 과학자들은 기적을 완성시키기 위해 모든 고난과 장애를 견뎌야 해요. 괜찮아요, 엄마의 탐욕은 날 막을 수 없어요. 언젠가는 엄마도 후회할 거예요. 언젠가 루엘라 포츠라는 이름이……."

즉 루엘라가 이 악취 심한 실험실에서 고통스러운 분투를 이어가고 있는 어둠의 원동력은 코닐리아 포츠, 설로 포츠, 심지어 허레이쇼 포츠마저도 조종하고 있는 바로 그것이었다. 영광스러운 이름에 대한 찬양과 옹호. 이름……. 엘러리는 더 훌륭한 동기는 없을까 하는 생각이 들었다.

엘러리는 루엘라에게 괜한 경계심을 심어주지 않기 위해 조심하며 몇 가지 퉁명스러운 질문을 던졌다. 그녀는 결투 전날 밤 실험실에서 플라스틱 연구를 하고 있었다. 밤새 혼자서.

"난 혼자 있는 걸 좋아하거든요, 멀퀸 씨."

루엘라는 앙상한 얼굴에 미소를 지으며 말했다.

그리고 그 말이 마치 어두운 분위기라는 시종들을 기차에 실어 오기라도 한 듯 루엘라는 갑자기 열정을 잃고 시들해졌다. 시무룩한 표정을 지은 루엘라가 말했다.

"시간을 너무 많이 낭비했네요. 이제 뭐 더 물어볼 것이 없다면…… 난 내 일을 마저 해야겠어요."

"물론입니다, 포츠 양."

엘러리는 문 쪽으로 향했다. 찰리는 이미 문 앞에 서서 손톱만 물어뜯고 있었다.

"아, 그런데요."

엘러리가 갑자기 뒤를 돌아보며 말했다.

"혹시 여기에 총 같은 건 두지 않으십니까? 저희는 지금 이 집안에 있는 모든 총들을 회수하고 있거든요, 포츠 양. 당신의 남동생 로버트에게 일어난 끔찍한 사건 이후……."

"난 총을 싫어해요."

루엘라가 몸을 부르르 떨며 말했다.

"총알도 없고요?"

"당연히 없지요."

루엘리의 눈동자가 도자기 냄비 속의 거무숙숙한 물질 위에서 왔다 갔다 했다.

갑자기 루엘라가 말했다.

"아, 총. 그래요, 다들 와서 나한테 그거에 대해 묻더군요. 그 덩치 큰 사람…… 아무개 경사라고 했던가요? 그 사람이 쳐들어와서 내 실험실을 완전히 뒤집어놓고 갔어요. 난 내 플라스틱을 가운 속에 숨기는 수밖에 없었어요……."

루엘라의 목소리가 점점 작아졌다.

엘러리와 찰리는 우울한 기분으로 자리에서 도망쳤다.

두 남자가 루엘라의 탑에서 내려오고 있는데 마침 닥터 이니스가 코닐리아 포츠의 방에서 걸어 나오는 모습이 보였다.

"아, 닥터. 포츠 부인은 좀 어떠시죠?"

"좋지 않아요, 퀸 씨. 아주 좋지 않아. 심장 기능이 현저하게 떨어지고 있어요. 할 수 있는 건 다 해봤지만 소용이 없습니다. 방금 피하주사를 놓고 나오는 길입니다."

이니스가 속이 타는 표정으로 말했다.

"혹시 최고 전문의를 데려오는 건 어떨까요, 닥터 이니스?"

찰리가 제안했다.

닥터 이니스는 마치 한 방 얻어맞은 표정으로 찰리를 쳐다보다가 차갑게 말했다.

"물론 원한다면 얼마든지 그럴 수도 있죠. 하지만 설로 포츠 씨는 나를 전적으로 신뢰하고 있습니다. 먼저 설로 씨와 의논을 하고 나서……."

찰리가 짜증난다는 표정으로 말했다.

"닥터, 제발요. 닥터가 최선을 다하고 계신다는 건 저도 압니다. 전 그냥 나중에 누가 우리보고 최선을 다하지 않았다고 트집을 잡을 게 싫어서 그래요. 간호사를 붙이는 건 어떨까요?"

닥터 이니스는 기분이 조금 나아진 듯했다.

"부인이 간호사들에게 어떻게 대하는지 당신도 알지 않습니까? 얼마나 성질을 부리고 짜증을 내겠어요? 그러면 심장에 더 해롭습니다. 이 집에 있는 그 나이 많은 여자도……."

"브리짓이요?"

"그래요, 그 사람. 그 사람이면 충분해요."

닥터 이니스는 고개를 절레절레 저었다.

"팩스턴 씨, 지금 부인의 심장 상태는……. 우리가 심장에 대해 아는 바가 거의 없기 때문에 할 수 있는 일도 한정되어 있다고 봐야 해요. 부인은 노령이고, 스스로 몸을 상당히 혹사하며 살아왔죠. 요 며칠 동안의 흥분 상태 때문에 지금 부인의 심장은 위험할 정도로 약해져 있습니다. 난 솔직히 부인의 심장이 앞으로 그리 오래 버틸 수 있을 것 같지 않군요."

"안타까운 일입니다."

엘러리는 염려가 담긴 말투로 말했다.

닥터 이니스는 단 한 번도 누군가가 코닐리아 포츠의 죽음을 안타까워할 거라고는 생각해보지 못했다는 표정으로 깜짝 놀라며 엘러리를 쳐다보았다.

"그래요, 안타깝죠. 자, 이제 두 신사분들에게는 미안하지만 난 약국에 전화해서 강심제를 더 주문해야겠습니다."

닥터는 그렇게 말하고 나서 우아하게 성큼성큼 걸음을 서둘렀다.

두 사람은 출입구를 통해 아래층으로 내려와, 테라스와 안뜰로 이어지는 프랑스식 문으로 향했다. 엘러리는 지나쳐 가는 도중 서재 쪽은 거의 쳐다보지도 않았다. 고치 소령이 여전히 두 의자 사이를 왔다 갔다 하며 혼자 체커를 두고 있었기 때문이었다.

찰리 팩스턴이 한숨을 쉬며 물었다.

"허레이쇼한테 가는 겁니까?"

"이제 남은 사람이 없잖아요."

"루엘라보다도 더 수확이 없을 겁니다. 엘러리. 그냥 시간 낭비예요."

"나도 슬슬 그런 생각이 듭니다. 게다가 아버지도 이 모든 일들을 다 똑같이 하셨고, 아무런 소득도 얻지 못했다고 하셨죠."

두 사람은 문간에서 멈춰 서서 정원 너머에 있는 알록달록한 별장을 바라보았다.

"난 아주 미묘한 저주에 걸린 채로 태어난 게 틀림없어요. 세상에서 제일 무계획적인 인간이라 해도, 본인에게는 반드시 행동의 근거가 있을 거라고 믿으면서 살아온 걸 보니 말이죠. 그리고 이번에는…… 허레이쇼에게 걸린 것 같군요."

허레이쇼 포츠의 건장한 덩치가 작은 집 뒤에서 나타났다. 긴 사다리를 짊어지고 있는 허레이쇼의 짧고 뻣뻣한 붉은 머리털이 햇빛을 받아 천사의 후광처럼 빛났다. 허레이쇼는 지저분한 즈크 천 바지를 입고, 뚱뚱한 배에는 너덜너덜한 밧줄을 묶었으며 낡아빠진 샌들을 신고 있었다. 땀을 뻘뻘 흘리는 바람에 상의가 흠뻑 젖은 상태였다.

"도대체 지금 뭘 하는 거죠?"

"지켜봅시다."

허레이쇼는 가까이에 있던 굵직한 플라타너스 나무줄기에 사다리를 세웠다. 그 위로 기어 올라가자 사다리의 삐걱거리는 소리가 정원을 건너 사방으로 울려 퍼졌다. 허레이쇼의 모습이 낮은 가지들 사이로 사라지고, 뚱뚱한 장딴지도 아등바등 위로 올라가 보이지 않게 되었다.

두 남자는 의아한 기분으로 가만히 기다렸다.

갑자기 두 다리가 나무들 사이에서 덜렁덜렁 나타났다. 허레이쇼가 의기양양한 얼굴로 다시 모습을 드러냈다. 한 손으로는 연의 살을 덥석 움켜쥐고 있었다. 뚱보는 조심스럽게 나무에서 내려왔다. 그러고는 별장 입구로 열심히 뛰어가서, 터질 듯한 여러 개의 주머니들 중 하나에서 커다란 노끈 뭉치를 꺼내

망가진 연 끝에 묶으려 애썼다. 잠시 후 연은 다시 원래 모습을 되찾았고, 엘러리와 찰리는 몇 미터 떨어진 곳의 문간에 서서 코끼리처럼 거대한 붉은 머리 남자가 와 하는 소리를 지르며 정원을 가로질러 뛰어가 미키 마우스 모양의 연을 지구라는 별의, 미국이라는 나라에 있는, 뉴욕이라는 도시의 리버사이드 드라이브에 부는 바람에 용감하게 날리는 모습을 즐겁게 지켜보았다.

"난 당신이…….."

엘러리가 몸을 돌려 집 안으로 들어가는 모습을 보고 찰리가 말했다.

엘러리는 신음했다.

"아뇨, 아무 소용 없습니다. 그냥 허레이쇼가 연과 색색의 동화책이 가득한 생강 빵으로 만든 집에서 살도록 내버려두는 게 낫겠어요. 동화의 세계 속에 머리끝까지 흠뻑 젖어 있는 걸 보니 저 사람은 살인 같은, 어른들이 매일 겪는 업무에는 큰 도움이 안 될 것 같아 보입니다."

"내가 지금까지 겪은 사건들 중 가장 희한한 사건입니다."

다시 현관 쪽으로 돌아가면서 엘러리가 투덜거렸다.

"보통 수사를 할 때 이 사람 저 사람 붙잡고 질문을 하다 보면 어딘가에서는 힌트를 얻게 되죠. 진실을 말하지 않으면 최소한 거짓말은 하니까요. 물론 진실보다 거짓말을 더욱 자주 듣게 되지만요. 하지만 포츠 집안의 판타지 같은 이 상황 속에서는 아무것도 없어요! 여기 사람들은 자기가 무슨 소리를 하는지도 몰라요. 꼭 에스페란토어로 대답하는 것 같아요. 내 평생 이렇게 이른 단계에서 낙심한 건 처음입니다."

"내가 왜 여기서 실라를 데리고 나가고 싶어 하는지 이제 알 겠죠?"

찰리가 차분하게 물었다.

"잘 알겠네요."

대답하던 엘러리가 갑자기 멈춰 섰다.

"저게 뭡니까?"

두 사람은 나선계단 아래에 서 있었다. 계단 위쪽에서 때리고, 비명을 지르고, 가구를 부수는 등 격렬한 분노에 찬 난리법석 소리가 들려왔다. 즐거워하는 울림은 전혀 없었다. 위층에서 일어나는 일이 살인이 아니라면 최소한 살의가 담긴 폭행과 구타임이 분명했다.

엘러리는 갑자기 다시 젊어지기라도 한 듯 계단을 뛰어 올라갔다. 폭행은 행동이고, 행동은 그 정도를 측정할 수 있다. 이 윽고 무언가가 부서지는 소리가 뚜렷하게 들렸다. 계단 아래에서는 고치 소령이 서재 밖으로 놀란 얼굴을 내밀었다. 두 젊은이가 계단을 뛰어 올라가는 모습을 보고, 위층에서 들리는 소리를 감지한 소령도 벨트를 조이며 벌떡 일어나 뛰쳐나왔다.

엘러리는 소리가 나는 쪽으로 향했다. 그곳은 매클린 포츠의 방이었다.

매클린과 그의 큰형이 침실이 있는 층에서 서로 멱살을 잡고 바닥을 구르며 싸우고 있었다. 두 사람은 쌍둥이의 침대에 쿵쿵 부딪혔고, 침실용 탁자와 램프가 바닥에 자빠지고 깨지는 등 난장판이었다. 매클린의 셔츠는 다 찢어지고 오른뺨에는 평행으로 난 상처가 네 줄 있었으며 거기서 피가 줄줄 흘렀다. 설로의 뺨은 피투성이였고, 벌써 멍이 보랏빛으로 변해가는 중이었다. 몸싸움을 하는 두 사람 모두 서로에게 커다란 소리로 욕설을 퍼붓고 있었다. 둘 다 맨손으로 상대를 죽이기라도 할 기세였다. 젊고 체력도 좋고 동작도 더 빠른 매클린은 거의 목표를 이루기 직전이었고, 설로는 공허한 표정이었다.

엘러리는 매클린을 바닥에서 끌어내어 꽉 붙잡았다. 찰리는 설로를 덮쳤다. 퉁퉁 붓고 시커멓게 멍이 든 눈꺼풀 안쪽에서, 설로의 작은 눈이 어수선한 침실을 가로질러 증오의 빛을 내뿜었다.

"네가 내 동생을 죽였어!"

매클린은 엘러리에게 구속당한 채 발버둥 치며 고함을 질렀다.

"이 냉혈한 살인자! 반드시 이 빚을 갚게 할 거야, 설로! 내가 교수형을 낭하는 한이 있더라도!"

설로는 자신을 무섭도록 꽉 잡고 있는 찰리의 손에서 애써 벗어나 허둥지둥 일어났다. 그리고 눈꺼풀이 붓고 멍이 들어 앞이 제대로 보이지 않는 상태에서도 헐렁한 트위드 정장을 추스르기 시작했다.

실라와 스티븐이 옆에서 따라 들어오는 고치 소령을 무시하고 정신없이 뛰어 들어왔다. 소령은 구경꾼으로 남게 될 모양이었다.

"매클린 오빠, 무슨 일이야?"

실라의 눈이 커졌다.

"혹시 설로가……."

실라가 덤벼들자 설로는 몸을 움츠렸다.

"이번에는 매클린 오빠까지 죽이려고 했어? 진짜?"

실라는 비명을 질렀다.

스티븐이 말을 더듬었다.

"매클린, 너, 너, 얼굴이…… 오, 온통 피투성이잖아!"

매클린이 숨을 헐떡이며 말했다.

"빌어먹을 저 자식의 계집애 같은 손톱 때문이에요. 저 자식은 심지어 싸움마저도 남자답게 하질 못한다니까요, 아빠."

그러고는 엘러리를 밀쳐냈다.

"난 괜찮습니다. 고마워요."

설로는 기괴한 소리를 냈다. 설로의 얼굴에 붓거나 핏자국이 없는 부분은 죽은 사람처럼 새하얗게 질려 있었다. 통통한 뺨이 신경질적으로 부풀었다 쭈그러들었다 했다. 설로는 찢어진 입술을 핥지 않으려 애썼다. 얼굴에 극심한 고통이 어렸다.

설로가 바지 뒷주머니에서 손수건을 꺼내, 천천히 펼쳐서는 한쪽 모퉁이를 손가락으로 쥐고 남동생 쪽으로 걸어갔다.

설로는 매클린의 찢어진 뺨으로 그 손수건을 집어던졌다.

모든 사람들이 마치 꿈이라도 꾸는 듯한 기분으로 설로의 목소리를 들었다.

"너는 마지막으로 나를 모욕했어, 매클린. 로버트를 죽인 것과 똑같은 방식으로 널 죽일 거야. 오로지 피로만 씻을 수 있는 모욕이니까. 내일 새벽에 신발 앞에서 만나자. 총 두 자루를 더 사 와야겠어. 경찰이 내 총들을 몽땅 가져가버렸거든. 퀸 씨, 다시 한 번 나를 위해 그 영광스러운 역할을 해주실 수 있겠습니까?"

그리고 사람들이 충격에서 미처 헤어나기도 전에 설로는 방에서 나갔다.

매클린이 소리를 질렀다.

"좋아, 나가고말고! 총 가져와, 설로! 당장 가져와! 이 겁쟁이 살인자!"

엘러리, 찰리, 고치 소령 일동은 매클린을 강제로 잡았다. 스티븐 포츠는 의자에 털썩 주저앉아 몸부림치는 아들을 절망적인 표정으로 바라보았다.

"매클린 오빠, 오빤 지금 자기가 무슨 소리를 하고 있는지 몰라. 그만해, 제발. 아빠, 어떻게 좀 해주세요. 찰리…… 퀸 씨, 제발 이런 일이 두 번 다시 일어나지 않게 해주세요. 세상에…… 미칠 것 같아요……."

실라가 흐느껴 울었다.

겁에 질린 실라의 모습을 보고 매클린도 정신을 차린 모양이었다. 몸부림치기를 멈춘 매클린은 자신을 붙잡고 있는 사람들의 팔을 흔들어 전부 풀어버렸다. 그리고 몸을 뒤틀어 자기 침대로 가서 손으로 얼굴을 가린 채 벌렁 누웠다.

엘러리와 찰리는 실라를 끌고 가다시피 해서 방 밖으로 데리고 나왔다.

"그 미친놈이…… 매클린 오빠를 죽일 거예요. 로버트 오빠를 죽인 방식으로 똑같이. 퀸 씨, 제발 설로를 멈춰주세요. 체포해주세요…… 어떻게든 해주세요!"

"진정해요, 실라. 아무 일도 일어나지 않을 거예요. 두 번째 결투는 없어요. 약속할게요."

찰리가 우는 실라를 데려간 뒤, 엘러리는 잠시 동안 매클린의 방 밖에 우두커니 서 있었다. 스티븐 포츠는 무기력하게 중얼거리는 목소리로 아들을 달래려 애쓰고 있었다. 고치 소령의 귀에 거슬리는 큰 목소리가 무용담과 회상이 반반 섞인 추억을 이야기하고 있었다. 보르네오에서 사고를 겪었을 때, 어떻게 무릎과 나이프를 예술적으로 이용하여 젊은 시절의 보다 가치 있는 자기 목숨을 구했는지에 대한 이야기였다.

매클린은 조용했다.

엘러리는 절망적인 기분으로 머리카락을 헝클이며 아래층으로 내려가 아버지에게 전화를 걸었다.

14. 매클린이 수수께끼를 풀다

노파는 그날 저녁 심장 발작을 일으켰다. 엘러리는 아주 잠깐 꾀병이 아닌지 의심했다. 하지만 다급히 불려 온 닥터 이니스가 진찰을 한 뒤 엘러리가 자신의 냉소적인 의심을 털어놓자, 의사는 말없이 그에게 자신의 청진기를 건네주었다. 섬세한 증폭기에 귀를 기울인 엘러리는 모든 의심을 지우고, 닥터 이니스가 한 번도 들어보지 못한 칭찬을 퍼부었다. 만일 이 파크 애비뉴의 파스퇴르가 헐떡거리고, 가끔 멈추고, 벌썩벌썩 뛰고, 다시 미친 듯 달려 나가는 장기가 기능 정지를 일으키지 않을 수 있게 한다면 정말이지 훌륭한 사람일 거라는 이야기였다.

코닐리아 포츠는 높은 베개를 베고 숨을 몰아쉬며 누워 있었다. 입술은 보랏빛이었고, 움푹 들어간 눈이 고통을 호소했다. 숨 한 번 쉴 때마다 마치 귀한 공기를 몸 전체로 힘겹게 빨아들이기라도 하려는 듯 가슴이 위아래로 들썩거렸다.

닥터 이니스는 엘러리가 보는 앞에서 바쁘게 피하주사를 놓았다. 엘러리는 숨을 쉬려 발버둥치는 노파의 분투를 잠시 지켜보다가 몇 분 후 발끝으로 살금살금 방을 나왔다.

엘러리는 노파의 방 밖에서 플린트 형사를 발견했다.

"죽었나요?"

플린트가 희망에 찬 어조로 물었다. 엘러리가 고개를 가로젓자 플린트도 고개를 저었다.

"경사님한테서 메시지를 받아 왔습니다. 지금 설로를 미행하는 중이시랍니다."

"설로가 집을 나갔어요?"

엘러리가 재빨리 물었다.

"몇 분 전에요. 벨리 경사님이 진드기처럼 딱 붙어서 바짝 쫓아가고 계시긴 하지만요."

엘러리는 생각에 잠긴 채 말했다.

"아마 권총 두 자루를 사기 위한 모험을 떠난 것 같은데요. 설로가 돌아오면 제게 바로 알려주실 수 있겠습니까, 플린트 형사님?"

그러고 나서 매클린의 방으로 들어갔다. 고치 소령은 커다란 저택의 어느 구멍으로 들어가버렸는지 모습이 보이지 않았지만 스티븐 포츠는 여전히 아들의 침대 위로 몸을 기울이고 있었고, 실라와 찰리도 그곳에 있었다.

"왜 다들 내 주위를 맴도는 거예요?"

엘러리가 들어오는데 매클린이 무기력한 목소리로 그렇게 말하고 있었다. 죽은 로버트의 쌍둥이 형제는 그저 천장만 바라보며 누워 있었다.

"난 괜찮아요. 애처럼 취급하지 않아도 돼요. 정말 괜찮아요, 아빠. 가서 주무세요. 절 좀 내버려두시고요. 자고 싶어요."

"오빠, 설마 무슨 어리석은 짓이라도 하려는 건 아니지?"

실라가 오빠의 손을 꽉 잡았다.

"그놈이 결투를 원하잖아, 그놈이 또 결투를 벌일 거야."

스티븐은 마디가 튀어나온 손으로 카드 섞는 시늉을 했다.

엘러리가 말했다.

"여러분, 포츠 부인에게 심장 발작이 일어났다는 사실은 알고 계십니까?"

잔인하지만 도움이 되는 말이었다. 사람들의 얼굴에 떠오른 놀람과 희망, 그리고 천천히 이쪽을 돌아보는 매클린의 표정을 보니 그렇게 잔인한 말도 아닌 듯했다.

실라와 스티븐은 밖으로 뛰쳐나갔다.

찰리와 엘러리가 매클린 포츠를 재우고 나니 시각은 자정이 넘어 있었다. 두 사람이 겨우 매클린의 방을 나와 문을 조용히 닫았을 때, 복도에서 그리 멀지 않은 곳에 있는 코닐리아 포츠 역시 깊은 잠에 빠져 있었다. 실라와 스티븐이 닥터 이니스와 함께 지친 얼굴로 노파의 방을 나오는 모습이 보였다.

의사가 짧게 말했다.

"상태는 많이 좋아졌습니다. 아마 이번 발작은 무사히 넘기실 겁니다. 놀라운 사람이에요. 하지만 제가 몇 시간 정도는 더 곁에 붙어 있어야 할 것 같군요."

의사는 손을 흔들고는 환자에게로 돌아갔다.

엘러리는 실라와 스티븐을 침대로 보냈다. 두 사람 다 몹시 피로한 상태였다. 그리고 이 부녀보다 별반 더 나을 것 없어 보이는 찰리도 빈방을 하나 차지하고, 엘러리에게도 쉬기를 권한 뒤 실라의 뒤를 따라 터덜터덜 걸어갔다.

엘러리는 위층에 혼자 남아, 담배를 피우고 줄줄이 늘어선 조용한 방문들 앞을 왔다 갔다 하면서 꽤 긴 시간을 보냈다.

　새벽 1시 10분, 설로 포츠가 집으로 돌아왔다.

　엘러리는 설로가 비틀비틀 계단을 올라오는 소리를 듣고, 재빨리 탑 계단 입구로 몸을 숨겼다. 설로는 휘청거리며 엘러리를 지나쳐 갔다. 손에는 불길해 보이는 포장된 꾸러미를 들고 있었다. 복도를 어슬렁거리던 설로는 이윽고 자기 방을 제대로 찾아 들어갔다.

　잠시 후 벨리 경사가 발소리를 죽이고 위층으로 올라왔다.

　"총을 사 온 건가요, 경사님?"

　"네. 웨스트 스트리트 아래쪽에 있는 전당포에 총을 사러 가길래 늙은 빈대를 시켜서 따라 들어가게 했지요."

　벨리는 설로의 방문을 쳐다보았다.

　"큰 거 두 자루예요. 직접 안으로 들어가서 그게 뭔지 알아내지는 못했어요. 그랬다가는 내 빈대까지 잃어버릴 가능성이 있거든요. 아무튼 잠수함도 가라앉힐 정도로 무거워 보였어요."

　"왜 이렇게 늦으셨죠?"

　"설로가 오는 길에 술집에 들렀거든요. 곤드레만드레 취할 정도로 마셨어요. 덩치는 작은데 꽤 마시던걸요."

　경사가 낄낄 웃었다.

　"설로 포츠는 오늘 밤 절대 결투를 벌이지 못할 겁니다. 그건 확신합니다. 저 친구가 나를 가지고 논 게 아니라면 그냥 잠이나 처자겠죠."

　"잘하셨습니다, 경사님. 일단 설로가 잠들 때까지 기다리도록 하죠. 그리고 설로의 방에 들어가서 저 꾸러미를 몰래 가지고 나오는 게 좋겠습니다."

　"알겠습니다, 마에스트로."

10분 후 벨리 경사는 설로의 방에 몰래 들어가 엉성하게 포장된 꾸러미를 품에 안고 나왔다.

경사가 히죽 웃었다.

"아주 쿨쿨 잘 자고 있더군요. 옷도 안 벗고 침대에 털썩 누워서 물소처럼 드르렁드르렁 코를 골며 잠들어 있습니다. 이제 뭘 하면 되겠습니까?"

엘러리가 대답했다.

"첫째로 그 꾸러미를 저한테 주시고요, 둘째로는 가서 주무시면 됩니다. 내일은 아마 엄청난 하루가 될 것 같으니까요."

벨리는 하품을 한 뒤 계단을 내려갔다. 엘러리는 벨리가 현관에 있는 푹신한 의자에 앉아 기지개를 켠 뒤 모자를 눈까지 푹 눌러 쓰고 두 손을 단단한 배 위에 포개는 모습을 지켜보았다. 거대한 덩치가 의자 등받이에 깊이 기대는 소리가 들렸다.

엘러리는 꾸러미를 풀었다. 커다란 싱글 액션 45구경 콜트 리볼버 두 자루가 들어 있었다. 서부의 승리에 중요한 역할을 했던 바로 그 무기였다.

"세상에, 6연발!"

엘러리는 그 어마어마한 권총을 집어 들어 무게를 가늠해보고 나서 설로가 정말 이 총을 쏠 수는 있을지 의아한 기분이 들었다. 모양과 손잡이의 크기는 건장한 남자의 억센 손에나 적합하지, 설로 포츠처럼 작고 통통하며 하얀 손을 가진 사람이 다룰 수 있는 물건이 아니었다. 두 자루 다 실탄이 장전되어 있었다.

엘러리는 꾸러미를 다시 묶고 나서 발밑에 내려놓은 뒤 나선 계단의 맨 꼭대기 단에 웅크리고 앉았다.

새벽 2시 30분, 닥터 이니스가 노파의 방에서 하품을 하며 나왔다.

"부인은 밤새 주무실 겁니다, 퀸 씨. 마지막으로 놓은 피하주사는 코끼리도 재울 수 있거든요. 그럼 잘 자요."

"안녕히 주무십시오, 닥터."

"아침 일찍 오겠습니다. 부인은 이제 위험하지 않아요."

닥터 이니스는 아래층으로 터덜터덜 내려갔다.

엘러리는 설로의 새 무기들을 들고 자리에서 일어나 소리 없이 층을 둘러보며 돌아다녔다.

이윽고 모든 사람들이 다 잠들어 있거나 최소한 자기 방에 있다는 사실을 확인한 엘러리는 맨 위층의 빈 침실을 하나 골라서 들어갔다. 그리고 설로의 무기 꾸러미를 품에 꼭 안은 채 침대에 누워 곯아떨어졌다.

새벽 6시 정각, 아름다운 아침노을의 불그스름한 황금빛이 집 안으로 비쳐들 즈음 설로 포츠가 포츠 궁전을 뛰쳐나와 신발 아래로 달려 내려왔다.

그리고 멈춰 섰다. 한 무리의 사람들이 설로를 기다리고 있었다.

퀸 경감, 벨리 경사, 실라와 스티븐, 찰리 헌터 팩스턴, 사복형사 여섯 명, 그리고 엘러리 퀸이었다.

"내 총!"

설로가 엘러리의 손에 들린 꾸러미를 보고는 안도하며 환한 표정을 지었다.

"내가 얼마나 놀랐는지 아세요? 당신이 내 입회인으로서 모든 일에 신중을 기할 거라는 생각을 미처 못 했네요, 퀸 씨."

설로가 실크 손수건으로 이마를 문지르며 말했다.

엘러리는 대답하지 않았다.

"결투 준비는 다 됐나요, 신사 여러분?"

퀸 경감이 아침의 첫 궐련을 다 피운 뒤 바닥에 침을 탁 뱉었다.

"결투 같은 건 일어나지 않을 거요, 포츠 씨. 내 말 이해하겠소? 당신을 위해서 말하는 거요. 결투는 없소. 결투의 시대는 이미 지나간 지 오래거든. 그리고 계속 결투를 하겠다고 우기고 싶다면 법정에 가서 해요, 당신 말을 들어줄 판사는 많을 테니까. 자, 어떻게 하겠소? 교양 있는 사람답게 동생과의 싸움을 이쯤에서 접을 테요, 아니면 내가 체포 영장을 발부해 와야겠소?"

실로는 눈을 깜박였다.

"엘러리, 매클린이라는 친구 데리고 내려와라. 어젯밤에 네가 전화로 그랬잖니, 그 친구가 설로를 죽이겠다고 협박했다고 말이야. 데리고 내려와서 이 멍청한 사태를 수습해야지."

엘러리는 고개를 끄덕이고 집 안으로 돌아갔다. 실내는 고요했다. 아직까지 하인들도 일어나지 않은 듯했다. 닥터 이니스는 15분 전에 도착해서, 몇 시간 전 이 집을 나갈 때와 마찬가지로 터덜터덜 걸어 코닐리아 포츠의 방으로 들어갔다.

엘러리는 매클린의 방 앞에 도착했다. 조용했다.

"매클린?"

대답이 없었다. 엘러리는 문을 열었다.

매클린은 턱까지 이불을 덮고 누워 있었다. 젊은이가 침대에 누워 있는 평화로운 광경이었다. 하지만 젊은이의 두 눈은 크게 떠져 있었다.

엘러리의 눈 또한 떠졌다. 아주 크게. 엘러리는 재빨리 침대로 뛰어가 이불을 벗겼다.

어젯밤 매클린 포츠는 쌍둥이 형제의 죽음에 얽힌 수수께끼를 풀었다. 형제를 죽인 범인이 이곳에 찾아왔고, 매클린은 놀란 눈빛으로 상대를 쳐다보았다. 그리고 범인은 자신의 본성을 드러내는 강력한 흔적을 남기고 갔다. 매클린의 심장에 박힌 한 발의 총알을.

엘러리는 심장이 쿵쿵 뛰는 것을 느끼며 제자리에 우두커니 서 있었다. 마음속에서 점점 커져가는 분노가 느껴졌다. 그리고 갑자기 냉정해졌다. 엘러리는 눈을 가늘게 떴다.

매클린이 베고 있는 베개에 화약이 탄 자루와 총알구멍이 나 있었다.

그리고 매클린의 얼굴에도 이상한 흔적이 있었다. 길고 가느다란 파란 자국, 마치 채찍에 맞기라도 한 듯한 자국이었다.

죽은 로버트의 빈 침대에는 표면에 띄엄띄엄 얼룩이 보이는 그릇이 하나 놓여 있었다. 엘러리는 쿵쿵 냄새를 맡아보고, 손끝으로 조심스럽게 별 특징 없는 표면을 건드려보았다.

식은 치킨 수프였다.

엘러리는 주위를 한 바퀴 둘러보았다. 방금 전에 자신이 들어온 문……. 그 옆에 마부들이 자기 말을 길들일 때 쓰는 채찍이 하나 놓여 있었다.

그리고 근처에는 눈에 익은 작은 리볼버가 있었다.

3부

15. 그리고 자식들을 호되게 매질해서 전부 침대로 쫓아 보냈다네

뉴욕 주의 부검시관 새뮤얼 프라우티 박사는 시가를 뻐끔뻐끔 피우며 눈을 가늘게 뜬 채 매클린 포츠의 시체를 훑어보고는 지저분한 잇새로 말을 뱉었다.

"나도 일하면서 별 기상천외한 꼬락서니들을 다 봤지만 포츠 네 집안의 광기는 정말이지 이해의 범주를 넘어서는군요. 이젠 투덜거리고 싶지 않습니다. 오히려 매력적이기까지 하네요."

퀸 경감이 쓰디쓴 표정으로 매클린의 시체를 내려다보며 화를 냈다.

"도대체 어디가 그렇게 매력적인지 나한테도 설명 좀 해봐, 프라우티."

프라우티 박사는 생각에 잠긴 표정으로 말했다.

"얼굴에 난 이 흔적 말입니다. 아주 도발적이에요. 아마 이 행동의 기저에는 프로이트가 있을 것 같군요."

"누구요?"

벨리 경사가 물었다.

엘러리가 끼어들었다.

"지그문트의 어두운 부분이 기저에 깔려 있을지도 모르죠, 박사님. 하지만 가엾은 매클린의 얼굴에 난 흔적에 대해서라면 더욱 가까운 해안가에서 대답을 찾을 수 있을 것 같습니다."

"자네 그게 무슨 말인가, 엘러리?"

프라우티 박사가 얼굴을 찌푸리며 물었다.

"별로 대단한 건 아니에요, 박사님."

포츠 저택은 조용했다. 정신없이 소용돌이치고 엉망진창으로 날뛰던 진흙탕은 이제 새로운 국면으로 접어들며 안정되었다. 엘러리가 매클린을 발견했을 때 시체는 자기 침대에 누워 있었다. 탄도학 실험을 하느라 시내로 가지고 나간 무기만 빼면 방 안에는 딱히 달라지거나 바뀐 물건도 없었다.

사진사와 지문 감식관들이 왔다 갔다 했다. 모두 자기 의무에 따라 기록을 남기는 데 여념이 없었다. 사진은 장면의 시각적 기억을 영원히 보존할 수 있고, 지문은 일상적인 생활과 그렇지 않은 흔적을 구분하는 데 이용된다. 그들은 퀸 경감이 이미 알고 있는 이야기를 했다. 하녀들이 마지막으로 청소한 뒤 희생자의 방에 방문한 사람은 반드시 자신의 지문을 방에 남겼을 것이며, 이 방에 오지 않은 사람의 지문은 발견되지 않을 테지만 매클린 포츠를 죽인 범인이 손에 장갑을 끼고 있었다면 지문이 나오지 않을 수도 있다는 뻔한 이야기였다.

엘러리는 이 이론에 귀가 솔깃했다.

"권총과 채찍, 그리고 수프 그릇에서 지문이 나오지 않았다는 건 범인이 장갑을 꼈거나 혹은 자신이 묻힌 지문을 아주 신중하게 닦았다는 사실을 시사하죠."

어차피 지문은 있으나 없으나 별 대단한 단서도 되지 않았고 증거로서의 가치도 없었다.

"이 친구는 언제 죽었지, 닥터?"

경감이 물었다.

"새벽 3시에서 4시 사이입니다."

"그러니까 한밤중 말이죠?"

매사를 단순화하기 좋아하는 경사가 냉큼 물었다.

"이 탄환은 베개를 관통했어요."

엘러리가 화약 탄 자국과 총알구멍을 가리키며 말했다.

"그래서 아무도 총 쏘는 소리를 듣지 못한 거로군."

경감이 고개를 끄덕였다.

엘러리가 곰곰이 생각하며 말했다.

"범인이 이곳에 몰래 들어온 게 새벽 3시에서 4시 사이일 거예요. 매클린의 머리가 베개에서 미끄러져 내려왔거나, 아니면 베개 한구석을 베고 잠들어 있었기 때문에 범인은 베개를 쉽게 빼낼 수 있었겠죠. 아마 매클린은 총알이 발사되기 1, 2초 전까지도 잠에서 깨지 않았을 것 같네요. 안 그랬으면 반항한 흔적이 있었을 텐데 전혀 없잖아요."

"베개를 빼다가 깨웠을지도 모르죠."

벨리가 말했다.

엘러리는 고개를 끄덕였다.

"충분히 가능한 이야기입니다. 하지만 웬 얼굴이 자기 위로 고개를 숙이고 있어도 가만히 쳐다보는 것 말고는 달리 할 수 있는 일이 없었겠죠. 바로 살해당했을 테니까요."

프라우티 박사가 몸을 부르르 떨었다.

"인간들이란……."

퀸 경감은 도덕성에는 큰 관심이 없었다. 마음속에는 압박감만이 존재했다.

"그리고 총을 쏜 뒤, 범인은 베개를 다시 매클린의 머리 밑으로 쑤셔 넣었다……."

엘러리가 중얼거렸다.

"깔끔한 성격인 거죠. 정말 인간들이란……."

"그리고 채찍을 집어서 죽은 매클린의 얼굴을 후려친 건가? 일의 순서가 그렇게 되나, 박사?"

프라우티가 푸른 상처 자국을 보며 말했다.

"네. 채찍질을 당한 건 죽기 전이 아니라 죽고 난 바로 다음입니다. 거의 몇 초 후라고 볼 수 있겠군요. 범인은 총을 떨어뜨리고 채찍을 집어서 시체를 때렸습니다. 제 생각에는 베개를 되돌려놓기 전에 때린 것 같군요, 리처드."

퀸 경감이 고개를 절레절레 저었다.

"난 도저히 이해가 안 돼."

경사가 굵은 목소리로 우렁차게 밀했다.

"하지만 퀸 씨는 이해했겠죠. 이런 쪽은 특기 분야 아닙니까, 퀸 씨?"

엘러리는 노골적인 조소에 반응하지 않았다.

경감이 신음했다.

"그리고 또 한 가지 문제는 수프 그릇이야. 이 미친놈이 설마 한밤중에 매클린과 함께 야식이라도 먹을 생각이었던 건가?"

경사가 대꾸했다.

"자기가 먹으려고 가져온 게 아닐 수도 있죠. 어쩌면 이 젊은이 먹으라고 가져다준 건지도 모릅니다. 그러면 매클린은 일어나서 이렇게 말했을 겁니다. '도대체 새벽 네 시에 내 침실에서 뭐 하는 거야, 이 개새끼야!' 그 경우 범인은 수프 그릇을 보여주고 이렇게 말하는 겁니다. '결투 전에 배라도 채우라고 수프를 가져왔어. 결투 전에 먹기로는 치킨 수프가 최고지.' 희생자의 신뢰를 얻기 위해서 말이죠. 그리고 그다음은? 빵! 이렇게 해서 닭 한 마리를 더 죽인 겁니다."

경사는 얼굴이 시뻘게진 채 잠시 아무 말이 없다가 고집스럽게 말을 이었다.

"아무튼 전 그렇게 생각합니다."

경감이 부드럽지만 사나운 목소리로 말했다.

"내가 야식이라고 말한 건 말이야, 이 범행 현장이 너무 어처구니가 없다는 걸 대충 표현하려다 보니 나온 말일세. 광기, 미친 짓. 엘러리, 뭐 비슷한 말 더 없냐? 벨리, 제발 입 좀 다물고 있어!"

"알겠습니다, 알겠어요."

엘러리가 중얼거렸다.

"경사님 가설에서 희한한 점은 잘못된 부분이 아니라 옳은 부분에 있어요."

경감은 아들을 빤히 쳐다보았고, 벨리는 의아한 표정을 지었다.

엘러리가 다급히 덧붙였다.

"아, 그 가설이 맞았다는 게 아니에요. 당연히 틀렸죠. 하지만 올바른 노선을 타고 있어요. 논리적인 가설이라는 뜻입니다. 부조리 위에 합리성을 세우려 애쓴 흔적이 보여요. 그리고 그건 정확히 옳아요, 아버지."

"자네 때문에 더 혼란스러워지고 있는 것 같은데, 엘러리."

프라우티 박사가 말했다.

"전혀요. 수프 그릇을 여기로 가지고 온 건 범인이 맞아요. 왜냐하면 제가 어젯밤 매클린이 잠든 걸 보고 이 방을 나올 때까지는 여기 없었거든요. 그리고 더 중요한 건, 범인은 완벽하게 논리적인 이유에 따라 수프를 가지고 왔어요."

경감이 비웃었다.

"먹으려고? 아니면 매클린 포츠에게 먹이려고?"

"아뇨, 먹기 위해서 이리로 가져온 게 아니에요, 아버지."

"그럼 왜?"

"저 채찍을 가져와서 사용한 것과 같은 이유죠. 그런데 채찍은 누구 건가요, 아버지? 주인은 찾으셨어요?"

"매클린 본인 물건이더라."

경감이 어정쩡하게 만족스러운 표정을 지으며 말했다. 그 얼굴에는 이렇게 쓰여 있었다. 자, 이제 이 손톱만 한 진주 같은 정보에서 어디 한번 신실을 발견해봐라!

"수프랑 그릇은요?"

"부엌에서 가져왔어. 그 요리사, 이름이 뭐였더라. 아무튼 아무개 부인 말에 따르면 항상 냉장고에 치킨 수프를 넣어둔다고 했다. 노파가 먹고 싶어 하니까."

벨리 경사가 꿋꿋하게 말했다.

"그리고 이 범인은 흉악 범죄를 일으키기 전에 아래층 부엌으로 내려가서, 그릇을 꺼내서 냉장고에 있던 차가운 수프를 담은 다음 살금살금 걸어서 위층으로 올라왔죠. 가지고 올라올 때 그릇이 찰랑거려서 수프가 계단에 한두 방울쯤 튀었을 겁니다. 차가운 수프라."

벨리는 생각에 잠겼다.

"혹시 젤리처럼 굳은 수프나 뜨거운 수프라면 몰라도, 그냥 차가운 수프라면……."

경감이 짜증을 냈다.

"쓸데없는 생각은 그만하게, 벨리. 빨리 시내로 가서 탄도학 실험이 어떤 결과가 나왔는지 알아보자고. 가자, 엘러리."

프라우티 박사는 엘러리에게 "원래는 직책상 관련이 있는 사람한테만 해야 하는 이야기일세. 이 운 좋은 친구야"라고 말한 뒤 마지못해 자리를 떴다.

"저 시체를 운반용 침대에 실어서 안치소로 데려가 정해진 검시를 하게 되겠지만, 어차피 새롭게 더 발견될 사실도 없겠네. 입에는 수프나 독을 먹은 흔적이 없고 사인은 심장에 박힌 38구경 탄환이 전부야. 이 살인 사건은 그게 전부일세. 난 절대 장례식에 참석 안 할 거야."(프라우티 박사 퇴장.)

퀸 경감과 그 아들은 추후 의논을 하기 위해 물러나기 전, 저택을 다시 한 번 구석구석 둘러보았다.

침울한 산책이었다. 실라는 울지도 않고 멍하니 긴 의자에 기대 누워 자기 방 천장만 올려다보고 있었다. (그 모습을 보니 엘러리는 방 몇 칸 너머에 있는, 지금은 호흡을 멈춘 채 같은 자세로 누워 있는 실라의 오빠를 떠올리지 않을 수 없었다.) 찰리 팩스턴은 계속 실라의 손을 어루만지고 있었고, 퉁퉁 부은 두 눈은 불안한 빛을 띤 채 상대의 무표정한 얼굴에 고정되어 있었다. 안에서는 스티븐의 목소리가 들렸다. 더듬거리지도 않고, 사랑과 위안이 가득 담긴 목소리였다.

퀸 부자가 들어갈 때도 스티븐은 계속 말하고 있었다.

"실라, 아가야. 자포자기해선 안 돼. 그래, 매클린은 죽었어. 죽었지. 살해당했어. 하지만 그렇다고 우리가 뭘 해야 하니? 자살? 그냥 이렇게 누워서 죽어야 할까? 실라, 우린 싸워야 해. 우리만 있는 게 아니잖니. 경찰이 우리 편이야. 찰리도 네 여, 옆에…… 있어줄 거지, 찰리?"

스티븐이 찰리의 옆구리를 쿡 찔렀다.

"사랑해요, 실라."

실라의 차가운 손을 어루만지면서 찰리가 할 수 있는 말은 그게 전부였다.

늙은 스티븐은 절망적인 목소리로 말했다.

"실라, 계속 그렇게 누워 있지만 말고. 의사 불러줄까?"

"됐어요."

실라가 힘없는 목소리로 대답했다.

"네가 그렇게 기운이 없으면 내가 부르마. 하, 하나가 아니라 둘이라도 불러야겠어. 내가 너를 계속 귀찮게 할 거야. 실라, 제발. 그렇게 우울해하지만 말고 아빠한테 말 좀 하렴!"

퀸 경감과 엘러리는 들키지 않고 살그머니 물러났다. 나오면서 경감이 말했다.

"저게 그 소심한 남자였다니 아무도 못 믿을 거야. 이 집의 수많은 사람들 중에서 그래도 배짱이 있는 편이군. 그런데 그 고치라는 악당은 어디 있지?"

"방에서 낮잠 자고 있대요. 벨리 경사님이 그러시던데요."

엘러리는 실라의 차갑고 얼어붙은 얼굴을 떠올리고 괴로워하면서 말했다.

"낮잠을 자?"

"스티븐이 가서 자라고 했대요. 그 밥벌레 같은 사람, 그래도 친구의 고통과 친구 아들의 두 번째 죽음을 동시에 겪고 아마 지금쯤 마음속으로 굉장히 슬퍼하고 있지 않을까 싶어요. 저는 그 사람 좋아요."

"좋아? 좋긴 개뿔이! 그 둘의 우정이 눈물 나게 아름답든 말든 그게 무슨 상관이야? 난 이 사건을 빨리 해결하고 망할 놈의 도구를 사서라도 내 머릿속에서 다 쥐어뜯어 잊어버리고 싶어! 도대체 왜 고치를 자라고 내보낸 거야?"

열변을 토하던 경감은 수상쩍다는 표정으로 말했다.

"고치가 스티븐을 너무 걱정해서 그런가 봐요. 어쩌면 스티븐 브렌트 포츠가 생각하기에 그게 고치의 가장 적절한 휴식인지도 모르죠."

"고치는 그냥 술이나 퍼마시고 있을 거야. 할 짓이 뻔해. 아니면 줄담배를 뻑뻑 피우고 있겠지. 난 그 늙은 해적 놈 마음에 안 들어."

경감이 쉰 목소리로 말했다.

"별일 아니에요, 아버지. 그냥 자기 마음에 드는 아늑한 항구를 발견해서 거기에 따개비처럼 딱 달라붙어 있는 것뿐이잖아요. 그런데 소령에 대한 보고서는 아직인가요?"

"아직 안 왔다."

부자는 상아탑에서 루엘라를 사냥하고, 날개를 달고 날아가서 구름 속에 있는 허레이쇼의 집을 방문하고, 궁전으로 돌아와 설로를 찾아갔다.

루엘라는 도자기 냄비로 바다 괴물을 만들고 있었다.

허레이쇼는 여전히 깃펜을 놀려 더욱 위대한 마더 구스를 써내고 있었다. 예전보다 열정이 깃든 모습이었다.

그리고 설로는 명예로운 일을 하려 했으나 일개 기사로서는 어쩔 도리가 없는 권력에 눌려 포기하게 된 정의로운 사람처럼 쿨쿨 잠들어 있었다. 천사의 날개 같은 베개에서는 알코올 냄새가 진동했다.

아무것도 바뀐 것이 없었다. 허레이쇼 포츠가 자기가 쓰던 시에서 고개를 들고 표현한 말 외에는.

"이 집에 한 사람이 줄었네."

경감은 위층 코닐리아 포츠의 거실에 앉아 닥터 이니스와 언쟁을 벌이고 있었다. 경감은 죽은 사람의 어머니와 이야기를 나눠야겠다고 주장했고, 닥터 이니스는 마찬가지로 경감이 죽은 사람의 어머니와 이야기를 나누게 허락해줄 수 없다고 고집을 부렸다.

닥터 이니스가 딱딱하게 말했다.

"가장 최근에 벌어진 사건에 대해 언급하지만 않는다고 약속하신다면 들여보내 드리겠습니다, 경감님."

경감이 대꾸했다.

"약속은 무슨 황달 걸린 간에다가 약속을 하라는 거요? 당신 말마따나 그 '가장 최근에 벌어진 사건'에 대해 말할 수 없다면 대체 내가 부인한테 가서 무슨 말을 하라는 겁니까?"

"죄송합니다. 하지만 부인은 환자입니다. 다른 아들이 죽었다는…… 또 다른 끔찍한 소식을 들으면 정말로 심장에 큰 충격을 받아 돌아가실지도 모릅니다."

"글쎄요, 닥터. 난 그럴 것 같지 않은데요."

경감은 심술궂게 말했지만, 결국은 언쟁을 포기하고 엘러리와 함께 서재로 내려왔다.

노신사가 한숨을 내쉬며 말했다.

"앉아라, 아들아. 넌 항상 기괴한 사건을 비뚤어진 시각으로 바라보곤 했지. 이번 사건에 대해서는 어떤 방식으로 희한하게 해석하고 있니? 난 이제 지쳤다."

"전 별 쓸모가 없는 녀석인데요."

엘러리가 비아냥거리듯 말했다.

"알았다. 그래서 대체 무슨 생각을 하고 있는데?"

"로버트, 매클린, 삶과 죽음과 진정으로 무능한 인간은 어떤가. 실라……. 아버지는 무슨 생각 하시는데요?"

"난 도대체 뭘 생각해야 좋을지도 모르겠다. 이 정신 사나운 사람들은 항상 수많은 문제를 끌어안고 있다가 툭하면 법정에서 난리를 피우곤 했지. 별것도 아닌 일을 크게 부풀려서. 하지만 이젠 살인이라니! 심지어 연달아 둘이나……. 혹시 보이지 않는 곳에서 무슨 문제가 계속 썩어가고 있었던 건 아닐까? 부글부글 끓고 있던 마그마가 폭발한 게 아닐까? 정말로 그런 게 아닐까?"

"또 다른 살인 사건이 벌어질 거라고 생각하세요?"

경감은 고개를 끄덕였다.

"어쩌면 수많은 사람들을 죽이게 될 계획의 시작에 불과할지도 몰라. 그게 그렇게 나쁜 일 같지는 않지만."

그리고 시무룩하게 덧붙였다.

"기왕이면 젊고 유망한 두 젊은이 말고 저 미치광이들부터 시작했으면 얼마나 좋아."

"그러게요."

엘러리가 암울하게 말했다.

"그러게요? 할 말이 그것밖에 없냐? 그래, 그럼 죽은 매클린 포츠의 얼굴에 나 있던 그 이상한 채찍 자국 이야기나 하자. 그건 내가 보기에는 순수한 증오의 표출이었어. 사이코패스가 한 짓 같았지. 내 생각에 그 치킨 수프는 네가 위층에서 벨리한테 늘어놓았던 황당한 장광설하고는 아무 상관 없이 그냥 미친놈의 소행 같다."

엘러리는 참을성 있게 말했다.

"하지만 얼굴을 채찍으로 때리고 치킨 수프 그릇을 남겨놓고 간 행동을 설명하긴 쉬워요, 아버지. 아까도 말씀드렸다시피 범인은 두 가지 행동을 똑같은 이유 때문에 한 거예요."

"시체를 채찍질하고, 수프를 놓고 간 게?"

경감은 고개를 절레절레 저었다.

"제발 그 이유가 뭔지 설명 좀 해봐라."

"네."

엘러리는 잠시 입을 다물었다가 갑자기 터무니없는 행동을 시작했다. 엄숙한 표정으로 동요를 부르기 시작한 것이었다.

"어느 노파가 있었지. 신발 속에 사는 노파였다네. 노파에게는 자식이 너무 많아서, 어떻게 해야 좋을지 몰랐다네. 노파는 자식들에게 빵도 없이 수프만 조금 주었다네. 그리고 자식들을 호되게 매질해서 전부 침대로 쫓아 보냈다네."

이윽고 엘러리는 머리 뒤로 손깍지를 끼고 아버지를 찬찬히 바라보았다.

아버지의 눈이 새로 나온 쿼터 동전만큼 커졌다.

엘러리는 차분히 말을 이었다.

"신발 속에 사는 노파…… 또는 신발을 팔아서 번 돈으로 세운 집에 사는 노파. 그리고 심지어 앞뜰 잔디밭에는 문자 그대로 아주 훌륭한 신발이 있어요. 자식도 너무 많았죠. 그래요, 여섯 명이나! 그리고 노파가 자기 자식들에게 뭘 어떻게 해야 좋을지 몰랐다는 사실은 누가 봐도 알 거예요. 그 모든 잔인하고 기이한 행동들은 본인의 좌절과 무력감을 상징하죠."

경감이 중얼거렸다.

"노파는 자식들에게 수프만 조금 주었다네……. 매클린의 방에 있던 치킨 수프!"

아들이 무감동한 목소리로 그 뒤를 이었다.

"빵도 없이…… 이 중요한 우연을 간과해서는 안 됩니다. 혹시 닥터 이니스가 포츠 부인에게 빵을 먹지 못하도록 금지했다는 사실을 모르셨나요? 당연히 식탁에는 빵이 한 조각도 오르지 않았어요."

"그리고 자식들을 호되게 매질해서!"

"네, 최소한 매클린은 매질을 당했네요. 그리고 침대로 쫓아보냈다는 것도 말이 돼요. 매클린은 침대에서 살해당했으니까요. 이제 아시겠어요?"

얼굴이 시뻘게진 경감이 펄쩍 뛰었다.

"세상에, 말도 안 돼. 난 모르겠다! 도대체 누가 이런 헛소리를 믿어!"

엘러리가 한숨을 쉬었다.

"하지만 이미 믿으시잖아요. 아버진 벌써 이 이야기에 마음이 움직이셨어요. 이 집에는 미친 사람들이 많고, 아무리 봐도 마더 구스 동요에 따라 연쇄적인 범죄가 일어나고 있어요. 생각해보세요. 미친 사람들이 이성적으로 범죄를 저지르겠어요? 그럴 리가요. 미친 사람들은 미친 범죄를 저지르게 되어 있다고요. 마더 구스 살인……. 결국 아버지는 이 두 살인 사건의 광기를 믿으실 수밖에 없다고요. 어느 교활한 두뇌가 광기 어린 분위기를 일부러 조성하거나 아니면 이미 존재하는 분위기를 이용해서 진실을 가리고 있다는 사실을 정말 모르시겠어요? 그 광기의 커튼은 이성일 수밖에 없죠."

경감이 안도의 한숨을 내쉬었다.

"알았다, 알았어. 그래, 납득했다. 물론이지. 이건 제정신인 놈이 한 짓이야. 미친놈이 아니라."

"물론 꼭 그렇다는 건 아니에요."

경감이 입을 떡 벌렸다.

엘러리는 미소를 지었다.

"우린 아직 모르잖아요. 전 그냥 가능한 가설들을 설명하고 있는 것뿐이에요. 논리가 얽혀 있는 한, 충분히 광인의 작품이라고도 생각할 수 있어요."

"난 네가 정신을 차렸으면 좋겠다."

경감이 짜증스럽게 말했다.

엘러리는 어깨만 으쓱했다.

"검사님한테 설명할 수 있는 가설도 잔뜩 있기는 해요."

"그럼 어서 말해봐, 어서!"

"좋아요, 우선 이성적인 가설부터 진행할게요. 제일 먼저 떠오르는 게 뭔가요?"

경감이 재빨리 말했다.

"당연히 허레이쇼 포츠를 주목해야지. 그놈이 현대식 마더 구스를 쓰고 있으니 말이다."

엘러리는 웃었다.

"아버지도 보셨군요, 안 그러시는 척하더니 은근슬쩍."

"불 보듯 뻔한 일이야. 정신 멀쩡한 인간이 저지른 범죄라면 당연히 허레이쇼에게 자기 이부동생들을 죽였다는 누명을 씌울 테니까."

"물론이죠."

"허레이쇼가 누명을 썼다면…… 그 친구는 무슨 일이 벌어지고 있는지 제대로 알지도 못할 텐데!"

엘러리는 얼굴을 찌푸리며 말했다.

"그렇게 단정 내리지 마세요. 허레이쇼는 가식적인 인간이에요. 아마 본인이 말한 것보다 훨씬 많은 걸 알고 있을 거예요."

"이번에는 또 무슨 소리냐?"

"그냥 추측해보는 거예요, 아버지. 그 사람도 바보가 아니에요. 허레이쇼는 평범한 사람과 달리 독특한 인생을 살고 있고, 어른들의 문제에 관련되면 쉽게 겁을 집어먹곤 하지만 그래도 사건에 대해서는 분명히 잘 알고 있을 겁니다. 절 믿으세요."

경감이 투덜거렸다.

"이런 아무짝에도 쓸모없는 놈. 알았다. 알든 모르든 일단 허레이쇼가 누명을 썼다고 치자. 그럼 우리는 모두 허레이쇼가 이번 사건을 꾸몄다고 생각할 거야. 따라서 허레이쇼는 죄가 없지."

"꼭 그렇지만은 않을 거라니까요."

엘러리가 말했다.

"자꾸 그렇게 한 가지 관점에 집착할래?"

경감은 이성을 잃고 버럭 소리를 질렀다. 얼굴은 시뻘겋게 상기된 채였다.

자포자기한 경감이 다시 입을 열었다.

"이 녀석아, 우리가 아는 건……."

"혹시 수학과 무슨 관련이 있다는 생각은 안 드세요?"

엘러리가 물었다.

"수학? 당연히 관련이 있지! 자식 여섯 명이 다 살아 있을 때는 노파가 죽고 난 후 한 명당 5백만 달러씩 받게 돼. 로버트 포츠가 죽어서 다섯 명이 됐고. 이제 매클린이 죽었으니 네 명이 남았다. 3백만 달러를 4로 나누면 한 명당 750만 달러가 되지. 그러니까 쌍둥이의 죽음이 의미하는 건 살아남은 네 명의 자식들에게 각자 250만 달러씩 더 가게 된다는 뜻이잖아!"

엘러리가 투덜거렸다.

"전 겨우 250만 달러 더 받는다고 그렇게 흥분할 것 같지도 않은데 말이죠. 이미 5백만 달러씩이 보장되어 있다면 더욱 그렇고요. 아, 아마 제 생각이 틀렸을지도 몰라요. 절 가난한 남자의 자식으로 태어나게 한 건 결국 아버지의 잘못이잖아요."

천우신조로 그때 벨리 경사가 들어왔다.

쿵쿵거리며 들어온 벨리는 고치 소령이 제일 좋아하는 의자에 백 킬로그램짜리 몸뚱이를 털썩 내던지고는 하품을 했다.

"뭔데!"

야윈 몸뚱이 안에서 갈 곳 없는 분노의 폭풍을 겨우 감당하고 있던 경감이 짜증을 냈다.

경사가 퀭한 얼굴로 말했다.

"제가 뭘 했을 것 같으십니까? 순서 상관없이 말씀드리면 호통만 버럭버럭 치고 왔지요. 순서대로 말씀드리면……."

"도대체 무슨 순서를 말하는 건가?"

"탄도학 실험이요."

"자네 여기가 무슨 그랜드 스트리트에 있는 터키탕 남자 휴게실인 줄 알아? 빨리 보고해!"

"알겠습니다, 경감님."

벨리는 피곤이 싹 가신 표정으로 벌떡 일어났다.

"경위 말에 따르면 위층에서 발견된 권총은 명백한 살의를 가지고 매클린 포츠를 죽음에 몰아넣은 바로 그 권총이라고 합니다."

경감이 엘러리를 향해 양손을 벌려 보였다.

"새로운 뉴스 아니냐? 그 총이 바로 그 총이었어. 그래, 확실히 진보가 있구나! 다른 건 없나?"

경사가 우울하게 말했다.

"그게 전부입니다, 경감님. 도대체 뭘 기대하셨나요? 설마 경위가 살인자의 이름까지 알아맞히기를 바라신 건 아닐 텐데요."

엘러리가 끼어들었다.

"정확히 어떤 종류의 총인가요, 경사님? 전 제대로 보질 못했는데요."

"스미스 앤드 웨슨의 총열 5센티미터짜리 38구경 리볼버입니다. 스미스 앤드 웨슨 38구경 약협이 들어가는……."

엘러리가 죄는 듯한 감탄사를 내뱉었다.

아버지는 깜짝 놀랐다.

"왜 그러냐? 어디 아파?"

엘러리는 펄쩍 뛰었다.

"아프냐고요? 아버지, 설로가 콘월 앤드 리치 상점에서 산 열네 자루의 총 생각 안 나세요? 그런데 집 안에는 열두 자루 밖에 없다고 하셨잖아요! 두 자루가 없어졌는데, 그 두 자루는 로버트와 설로가 결투에서 사용한 총들과 똑같은 종류였다면 서요! 가게의 판매 목록에 따르면 없어진 두 자루 중 하나가 38 구경 스미스 앤드 웨슨이라고 하지 않으셨어요? 어젯밤 매클린 포츠를 살해하는 데 사용된 흉기가 38구경 스미스 앤드 웨슨이라고요!"

한참이 지난 후 경감은 질식할 듯한 표정으로 말했다.

"벨리, 본청에 있는 경위한테 전화해서 매클린 포츠 살해에 사용된 권총의 일련번호를 좀 알아다 주게. 그리고 콘월 앤드 리치 상점도 조사해서 없어진 스미스 앤드 웨슨 권총의 일련번호 알아봐. 지금 당장, 어서."

경감의 점잖은 말에 당황한 채로 벨리 경사는 비틀비틀 걸어 나갔다.

5분 후 벨리는 매클린의 목숨을 빼앗은 스미스 앤드 웨슨 권총이 바로 사라진 그 스미스 앤드 웨슨 권총과 같은 물건이라는 정보를 가지고 돌아왔다.

없어진 권총 두 자루 중 한 자루가 발견되었다.

퀸 경감이 투덜거렸다.

"선명해진 것 같기도 하고 더 아리송해진 것 같기도 하고. 아무튼 이제 로버트를 죽인 살인자가 왜 설로의 열네 자루 권총 중 두 자루를 가지고 갔는지 그 이유는 알게 됐군. 둘 중 하나, 스미스 앤드 웨슨 권총을 이용해서 두 번째 범죄를 저지를 작정이었던 거야."

"매클린 살인 사건 말이죠."

단순하게 말하기 좋아하는 벨리가 끼어들었다.

엘러리는 중얼거렸다.

"얼핏 보기에는 그럴 수도 있겠죠. 하지만 그렇다면 왜 총을 굳이 두 자루 훔친 걸까요?"

벨리의 표정이 흐려졌다.

"우리 일처리가 느슨했다는 말입니까?"

그러자 상관이 버럭 소리를 질렀다.

"당연히 느슨했고말고! 총 두 자루가 없어졌고 그중 하나가 살인에 사용되었으니, 살인자는 지금 다른 한 자루를 가지고 또 다른 살인을 준비하고 있다고 생각하는 게 타당하지 않아?"

엘러리가 중얼거렸다.

"세 번째 살인. 모든 증거들이 가리키고 있습니다. 없어진 총뿐만 아니라……."

그러고는 고개를 절레절레 흔들었다.

"그럼 반드시 사라진 마지막 권총…… 콜트 25구경 자동권총을 찾아내야 한다는 말이군요. 아니면 꿈속에서 낚시질이나 하든가."

경사가 신음하며 말했다.

"없어진 세 번째 콜트 권총을 찾는다고 반드시 세 번째 살인을 막을 수 있는 건 아닙니다. 여기엔 아킬레스 같은 사람이 아무도 없으니 누군가를 죽이려고 작정하기만 하면 화살이 없어도 방법은 얼마든지 있죠. 하지만 없어진 콜트 권총을 찾으면 그걸 누가 숨겼는지에 대한 단서는 얻을 수 있을 겁니다. 당연히 찾아내야 합니다. 지금 당장."

그러자 경사가 불평했다.

"도대체 어디서요? 맙소사, 난 내 부하들을 데리고 이 뻐꾸기 둥지 같은 집을 샅샅이 뒤지고 잔디밭까지 다 찾아봤습니다. 조끼 주머니에도 들어가는 조그만 콜트 권총을 찾겠다고 이 집과 부지를 다 뒤지려면 경찰 열두 명이서 24주는……."

경감이 말했다.

"벨리, 총 찾아 와."

16. 그리고 아무도 없었다

하지만 벨리 경사는 총을 찾아내지 못했다. 벨리 경사뿐만 아니라 플린트 형사, 피고트 형사, 헤스 형사, 존슨 형사, 그리고 그 동료들도 모두 찾지 못했다. 짜증이 났거나, 별 관심이 없거나, 기겁한 표정으로 집 안 곳곳을 뒤졌지만 끝가지 총은 나오지 않았다.

포츠 저택의 건물과 부지 전체를 다 수색하는 소득 없는 탐험이 끝나기까지는 며칠이 걸렸고, 몇 가지 재미있는 것들이 발견되기는 했다. 예를 들면 허레이쇼의 별장 뒤에 묻혀 있던 스페인식 가죽조끼 주머니에 크고 뒤틀린 동전들이 가득 들어 있는 것을 보고 엘러리는 스페인의 옛 은화를 발견했다며 기뻐했지만, 허레이쇼는 자신이 진짜 스페인 '보물'을 몇 년이나 모아서 턱에 쇠랜턴과 단검을 끼고 일주일 내내, 그것도 한밤중에 어떻게 파묻었는지 아느냐며 소리를 질러댔다. 허레이쇼는 가만히 있지 않을 거라고 붉으락푸르락 화를 내며 자신의 즐거움을 망친 경찰들에게 욕설을 퍼부었고, 두 번째 콜트 포켓 모델 25구경 자동권총은 여전히 유실물 연옥에 갇힌 채였다. 욕을 얻어먹은 경찰들은 아픈 발을 질질 끌고 사라졌고 허레이쇼는 머리에서 김을 풀풀 뿜으며 해적 조끼를 다시 파묻었다.

퀸 경감은 혼자서 차분하게 화를 내고 있었지만, 거기에는 다른 이유가 있었다.

매클린은 세인트 프랜스드 교회의 가족묘지에 묻혔다. 네 블록짜리 네모진 구역 하나에 장례식을 위한 밧줄이 둘러졌다. 도로 교통이 모두 통제되었으며 저지선에 선 경찰들은 근육을 뽐냈다.

그 커다란 집에 누운 채 어렵사리 심장 발작에서 회복된 코닐리아 포츠는 아들의 죽음을 알게 되었다.

노파가 상황을 눈치챈 것은 아들의 장례식 날 아침이었다.

침대에 일어나 앉은 노파는 큰 소리로 하녀를 불렀다. 자신과 거의 비슷할 정도로 나이가 든, 브리짓 코니벨리라는 이름의 닥터 이니스가 싫어하던 여자였다. 허리가 굽고 말할 때마다 잇새로 바람이 새는 브리짓은 노파의 권위를 무시하고 닥터 이니스에게 전화를 걸었다. 이니스는 얼굴이 창백해진 채 말을 더듬거리며 폭풍처럼 뛰어왔다. 말도 안 되는 일이었다. 이건 자신에게 책임이 있는 일이었다. 환자는 합리적으로 행동해야 했다. 노파가 매클린을 위해 할 수 있는 일은 아무것도 없었다. 이니스는 노파가 침대를 떠나는 일을 금지했다.

이 모든 상황에 대해 노파는 아무 대꾸도 하지 않았다. 대신 조용히 침대를 기어 나와 브리짓에게 욕설을 퍼부었다. 브리짓은 몸을 움츠리고 종종걸음을 치며 주인의 욕조에 물을 채웠다.

노파의 방 밖에서 보초를 서던 형사에게서 이 소식을 들은 경감의 얼굴이 음험한 기쁨으로 환해졌다.

"아직도 얘기하면 안 되지요?"

경감은 닥터 이니스에게 그렇게 묻고 나서, 노파의 방으로 성큼성큼 들어갔다.

짧고 씁쓸한 질답이 이어졌다. 노파는 이번 일에 대해 거의 아무 말도 하지 않았고, 실제로 뱉은 말은 날카로우면서도 신랄했다. 아무도 자신에게 말해주지 않았다. 스스로 '알았다'. 그리고 자신은 매클린의 장례식에 참석할 것이다. 주 민병대도 자신을 막지는 못한다. 그러니 늙은이가 옷 좀 입게 당장 꺼져라, 멍청아.

경감은 밖으로 나갔다.

"귀여운 아들 설로가 슬그머니 엄마한테 흘렸을 수도 있겠군. 정말 미치겠네!"

경감은 끙끙거렸다.

코닐리아 포츠는 버터 덩어리 같은 코끝만 내밀고 온몸을 숄로 둘둘 두른 채, 닥터 이니스와 브리짓 코니벨리의 부축을 받으며 궁전을 나왔다. 노파의 표정 또한 우울한 흥미를 끌었다. 노파는 눈물 한 방울 흘리지 않았고, 장의사의 조수가 관 뚜껑을 덮기 전 아들의 얼굴을 쳐다보지도 않았다.

엘러리는 세인트 프랙스드 교회에서 노파를 흥미롭게 관찰했다. 엘러리가 자기 귀로 직접 들은, 힘겹게 버둥거리고 쌕쌕거리던 그 늙은 심장은 일주일 안에 연달아 벌어진 두 아들의 죽음에도 꿈쩍하지 않는 듯했다……. 노파는 아침부터 한 대 맞은 표정으로 충격에 빠져 있는 실라나 자기 남편 스티븐, 고치 소령 쪽은 쳐다보지도 않았다. 다른 자식들이 참석하지 않았다는 데도 딱히 놀라지 않았다.

집으로 돌아가자 브리짓은 노파의 옷을 벗기고 침대에 눕혔

다. 노파는 눈을 감고 닥터 이니스에게 자신을 잠들게 하는 무
언가를 부탁했다.

이윽고 노파는 잠이 들었지만, 자는 동안에도 계속 끙끙 앓
았다.

모든 일이 다 끝난 뒤 경감이 말했다.

"자, 그럼 이제 우린 뭘 어떻게 해야 하나?"

"저도 알고 싶네요, 아버지."

"너도 당황스럽니?"

아들이 어깨를 으쓱했다.

"전 이 사건이 해결 못 할 문제라고는 생각하지 않아요. 어딘
가에 분명 의미가 있을 거예요. 우리가 할 일은 그걸 찾아내는
거죠."

경감이 두 손을 들었다.

"네가 모르면 나도 모르는 거야, 엘러리. 우리가 여기서 할
수 있는 일은 이 사람들을 바짝 관찰하면서 얼마 안 되는 단서
들을 따라가는 것밖에 없구나. 집에나 가자."

매클린의 장례식이 끝나고 며칠 후 엘러리는 아침 식사 시간
에 방문객 두 명을 맞았다.

우선 실라 포츠의 변화를 보고 엘러리는 깜짝 놀랐다. 얼굴
은 반쪽이 되었으며 푸른 눈은 거의 검푸른 색이 되었고 흠뻑
젖은 상태였다. 눈구멍 밑에는 페인트 붓으로 칠하기라도 한
듯 시커멓게 그늘이 져 있었다.

찰리 팩스턴 역시 야위고 해쓱한 얼굴이었다. 그 눈빛은 마
치 출구 없는 복잡한 미로에 갇힌 듯 괴로워하는 실라의 부담

과 고통을 공유하고 있었다.

경감은 마침 출근하려던 참이었으나, 두 젊은이의 초췌한 얼굴을 보고는 본청에 전화를 걸어 좀 늦겠다는 사실을 알린 뒤 다시 교묘하게 손님을 대접하는 집주인 자리로 돌아갔다.

"어머니는 좀 어떠신가요?"

경감은 얼굴에 조심스러운 걱정의 기색을 띠며 실라에게 물었다.

"엄마요? 그냥 똑같아요."

실라는 애매하게 대답했다.

"자, 실라. 그렇게 힘들어하지 말고 엘러리와 경감님에게 다 말씀드려요."

옆에서 긴장하던 찰리가 명랑한 목소리로 말했다.

실라가 피로한 목소리로 말했다.

"전혀 힘들지 않아요, 찰리. 당신도 알잖아요. 난 가끔 당신 때문에 굉장히 피곤해지곤 해요. 지금까지 내가 계속 울기만 했다는 사실은 알지만, 난 어린애가 아니에요. 그러니 나아질 수 있어요. 더 나은 방향으로요. 가만히 보기만 해요."

실라는 찰리가 무어라 대답하기 전에 재빨리 퀸 부자 쪽을 돌아보고 말했다.

"전 계속 생각했어요, 퀸 씨……"

"그냥 엘러리라고 부르시죠."

엘러리가 말했다.

"엘러리. 전 계속 생각하고, 그리고 봐왔어요. 지금 일어나고 있는 일 속에 끔찍한 계획이 숨어 있다는 걸요."

"그래요? 무슨 계획 말이죠?"

실라는 눈을 감았다.

"처음에는 너무 충격을 받아서 제대로 생각조차 할 수가 없었어요. 그렇게…… 신문에나 날 법한 살인이라니. 절대 자기한테 일어날 거라고는 상상할 수 없잖아요. 그런 이야기는 신문이나 탐정소설에서나 일어나는 일이고, 사람들은 그걸 읽으면서 역겨움이나 동정으로 몸부림치곤 하죠. 하지만 결국은 아무 의미도 없어요."

"맞는 말입니다."

"그런데 제게 일어났어요. 온 집 안에 경찰들이 득실거리고, 사랑하는 사람이 죽어서 누워 있죠. 평생을 함께했던 사람이…… 갑자기 악마가 되었어요. 주위에 저를 쳐다보는 눈길이 너무 많아졌어요. 친한 사람, 싫어하는 사람…… 그러면서 전 차츰 죽어가는 거예요. 수천 번을. 말도 안 되는 일이라고 생각하지만 실제로 일어난 일이에요. 그리고…… 로버트가 죽었을 때 전 아무것도 믿을 수가 없었어요. 혼란스럽기만 하고, 정말이지 무엇 하나 실제로 일어난 일 같지 않았어요. 그냥 영화 속을 걸어 다니는 기분이었어요. 그런데 매클린이……."

실라는 다급히 손으로 얼굴을 가렸다.

찰리가 실라를 위로하려 다가왔으나, 엘러리가 고개를 젓자 찰리는 몸을 돌려 퀸 부자의 집 창문 밖 아래로 보이는 조용한 거리 쪽으로 시선을 돌렸다. 하지만 그 눈에는 아무것도 비치지 않는 듯했다.

퀸 경감은 우는 실라를 날카롭게 응시했다.

잠시 후 실라는 가방 속을 더듬어 손수건을 꺼냈다.

"죄송해요."

227

실라가 코를 훌쩍거렸다.

"요즘은 완전히 수도꼭지가 되어버린 기분이에요."

실라는 힘차게 코를 팽 풀고 나서 손수건을 다시 집어넣고는 의자 등받이에 기대 앉아 약간 미소까지 지었다.

퀸 경감이 말했다.

"계속하시지요, 포츠 양. 아주 흥미로운 개인사로군요."

실라는 멋쩍은 표정이었다.

"왜 이렇게 엉뚱한 소리만 늘어놓는지 모르겠네요…… 제가 하고 싶은 말은 그러니까, 매클린이 죽은 이후로 계속 생각했어요. 저희 집안에서 두 건의 살인이 일어났는데, 누가 죽었죠? 로버트랑 매클린이잖아요. 제 쌍둥이 오빠들."

푸른 눈이 번득였다.

"엄마가 첫 번째 결혼에서 낳은 세 자식이 아니라…… 그 미친 사람들이 아니라! 브렌트의 핏줄만 죽어가고 있어요. 브렌트의 핏줄…… 제정신인 사람들만이."

찰리가 헛기침을 했다.

"난 끝까지 말할 거예요, 찰리. 불을 보듯 뻔한 일이에요. 우리, 브렌트 형제들이 하나씩 하나씩 죽어가고 있어요. 처음에는 로버트, 다음에는 매클린…… 그다음은 저희 아빠나 저일 거예요. 찰리, 이건 사실이에요. 당신도 알고 있잖아요! 우리 둘 중 하나가 다음 리스트에 오를 거라는 사실을. 그리고 아빠가 먼저 당하고 나면 전 유일하게 남은 브렌트의 핏줄이 되고, 다음 희생자는 제가 되겠죠."

이성을 잃은 찰리가 소리를 질렀다.

"도대체 왜? 난 이해가 안 돼요, 실라!"

"이유가 뭐든 무슨 상관이겠어요? 돈, 증오, 아니면 단순한 광기……. 나도 이유는 몰라요. 하지만 지금 내가 여기에 앉아 있다는 것만큼이나 확고한 사실이에요. 그리고 당신도 충분히 잘 알고 있잖아요, 찰리! 퀸 씨와 경감님은 모르신다 하더라도 당신은 충분히……."

"포츠 양."

경감이 입을 열었다.

"브렌트라고 불러주세요. 그 끔찍한 이름으로는 두 번 다시 불리고 싶지 않아요."

"알겠습니다, 브렌트 양."

엘러리와 아버지는 시선을 교환했다. 실라의 말이 옳았다. 그들 역시 세 번째 살인을 염려하고 있던 차였다. 물론 거기에는 더욱 큰 이유가 존재했다. 사라진 자동권총 말이다.

경감은 앞쪽 창문으로 다가갔다. 그리고 잠시 후 말했다.

"브렌트 양, 이쪽으로 오시겠습니까?"

실라는 잔뜩 지친 얼굴로 방을 가로질러 경감 옆에 가서 섰다. 햇볕이 내리쬐고 있었다.

경감이 말했다.

"저길 봐요. 아니, 길 건너. 저 아파트 직원용 출입구 앞. 뭐가 보입니까, 브렌트 양?"

"덩치 큰 남자가 담배를 피우고 있어요."

"그럼 몇 미터 너머, 암스테르담 애비뉴 쪽을 봐요. 뭐가 보이죠?"

의아한 표정의 실라가 말했다.

"남자 두 명이 탄 차가 있는데요."

경감이 미소를 지었다.

"브렌트 양, 저 건물 사이 통로에 있는 남자와 차에 타고 있는 두 남자는 당신이 어딜 가든 계속 뒤를 쫓아다니도록 지시받은 형사들이에요. 당신은 결코 저들의 시야에서 벗어날 수 없습니다. 집 안에 있을 때는 다른 형사들이 언제나 당신을 주시하고 있죠. 당신 아버지도 마찬가지입니다. 브렌트 양, 우리가 완전히 위험에서 벗어났다고 확신하기 전까지는 그 누구도 당신과 당신 아버지에게 접근할 수 없어요."

실라는 얼굴을 붉혔다.

"제가 너무 뻔뻔했네요, 경감님. 전 정말 몰랐어요. 그래도 말씀 듣고 나니 마음이 놓이네요. 아빠에게도 신경 써주셔서 감사해요. 하지만 경찰 한 부대가 저희를 24시간 내내 둘러싸고 있거나, 아니면 경찰청에 있는 모든 사람들이 저희를 호위해준다 하더라도…… 늦든 빠르든 결국 살해당할 거예요. 창을 뚫고 들어온 총알 한 발, 문 주위를 노리는 손길로도……."

경감이 말을 가로막았다.

"그렇지 않아요. 절대 그런 일이 벌어지지 않는다고 내가 장담하죠!"

찰리가 말했다.

"당연히 그럴 리 없잖아요, 실라. 정신을 좀 차려요. 나랑 어디 바람이라도 쐬러 같이 나갑시다. 리츠 호텔에 가서 점심을 먹고, 콘서트라도 보러 가요. 어디든 당신 기분 전환이 될 만한 데를……."

실라가 힘없이 미소를 지으며 고개를 가로저었다.

"고마워요, 찰리. 당신은 정말 좋은 사람이에요."

그리고 침묵이 내려앉았다.

"실라."

실라가 엘러리를 휙 돌아보았다. 엘러리의 눈에는 감탄의 빛이 반짝였고, 실라는 얼굴을 살짝 붉혔다.

"마음속에 뭔가 구체적인 생각이 있군요. 아주 훌륭한 정신입니다."

엘러리가 건조하게 물었다.

"무슨 생각을 하고 있죠?"

실라가 우울한 목소리로 말했다.

"그 사람들 전부 다 정신병원에 넣어버리고 싶어요."

찰리가 질겁했다.

"실라! 당신 친어머니를요?"

"엄만 날 싫어해요, 찰리. 그리고 머리에 문제가 있죠. 만약 엄마가 결핵에 걸렸다면 난 엄마를 애리조나로 보낼 거예요. 같은 경우 아닌가요?"

"하지만 아무리 그래도……."

찰리가 힘없이 말했다.

실라가 부르짖었다.

"내가 무슨 괴물이라도 되는 것처럼 말하지 마요! 당신들 중 그 누구도 나만큼 우리 엄마를 잘 알지 못하잖아요. 만약 엄마 마음속에 있는 계획에 도움이 된다고 생각하면 엄만 나를 기쁜 마음으로 죽일 거예요. 엄마의 두뇌는 완전히 뒤틀려버렸어요! 엄마랑 설로, 허레이쇼, 루엘라가 전부 어딘가에 갇혀 있지 않는 이상 난 안전하다는 생각을 할 수가 없다고요! 당신이 날 어떻게 생각하든 그런 건 아무 상관 없어요!"

실라는 주저앉아서 다시 울음을 터뜨렸다.

엘러리가 부드럽게 말했다.

"우리도 이미 그 계획을 고려해봤습니다."

실라가 깜짝 놀라 고개를 들었다.

"당연하죠. 우린 그 어떤 사소한 사실도 절대 간과하지 않아요, 실라. 하지만 당신 어머니를 정신병원에 집어넣기에는 법적 근거가 너무 부족하다는 걸 찰리가 말해줄 겁니다. 설로, 루엘라, 허레이쇼요? 그 사람들은 더 어려울걸요. 당신 어머니가 소유한 모든 재산을 마지막 한 푼까지 써가면서 싸울 게 뻔하잖아요. 시간도 오래 걸리고 승산도 없는 일입니다. 만일 그 사람들이 정신의학적으로 실제 결핍이 있다면, 아마 기껏해야 경계선 성격장애 정도일 거라고 생각해요. 하지만 실제로 그 사람들이 누군가에게 해를 끼칠 수는 있죠. 그래서 우린 아직 포츠 일가 중 누군가를 정신병원에 넣는다는 생각을 버리지 않았습니다. 나중에, 이 사건이 끝나고 난 후에 언젠가는 말이죠. 지금 하려고 들면 누군가에게 강제로 그 일을 떠맡겨야 하는데 가능성도 낮고 너무 위험하기까지 해요."

퀸 경감이 차분하게 말했다.

"그리고 그 사람들을 감옥에 넣는 방법도 있어요. 당연히 그 생각도 해봤습니다. 일단 중요 참고인으로서 체포할 수는 있거든요. 아니면 다른 혐의를 씌울 수도 있고요. 하지만 여기 있는 찰리도 변호사니까 잘 알겠지만, 그 방법으로는 그들을 영구히 잡아넣을 수 없습니다. 결국은 당신 어머니가 돈을 써서 풀려나게 할 테니까요. 자, 다시 시작점으로 돌아왔군요. 앞으로 한 걸음 나서기 위해서는 더 많은 증거가 필요합니다, 브렌트 양."

"최신형 수의를 주문하는 것 말고 다른 방법은 더 없나 보네요."

실라가 창백한 얼굴에 미소를 띠며 말했다.

"실라, 제발! 그런 말 좀 하지 말아요!"

찰리가 고함을 질렀다.

경감이 말을 이었다.

"모든 일들이 잘 돌아가고 있어요. 그 사람들은 모두 24시간 감시하에 있고, 우리는 진실에 다가갈 일말의 단서라도 얻을 수 있지 않을까 싶어 사건의 배경을 캐내는 데 최선을 다하고 있습니다. 그래요, 물론 사소한 실수가 벌어질 수도 있죠."

경감이 음산한 어조로 덧붙였다.

"브렌트 양이 오늘 낮에 바나나 껍질을 밟고 미끄러져서 목이 부러질 수도 있고요."

찰리가 화를 냈다.

"그만하세요, 경감님. 실라 얼굴이 새파래진 게 안 보이십니까? 경찰이 할 수 있는 한 최선을 다하고 있다는 사실은 저도 알지만……."

"입 다물게, 찰리."

경감이 말했다.

엘러리는 아버지를 쳐다보았다. 이것은 안건에 없었던 이야기였다. 찰리는 충격을 받았다.

"찰리가 실라를 어디 멀리 데리고 가는 건 어떨까요? 위험이 끼칠 만한 범위를 벗어난 곳으로요, 아버지."

엘러리가 순진하게 말했다.

경감의 얼굴이 붉으락푸르락하다 못해 시커멓게 변했다.

"안 된다, 안 돼. 절대로 주 밖으로 나가선 안 돼, 엘러리!"

엘러리는 바로 꼬리를 내렸다. 정말 그랬다.

실라가 무기력한 얼굴로 말했다.

"난 아무 데도 안 갈 거예요. 아빠를 떠날 순 없어요. 아빠가 자기 집을 절대 떠나지 않을 거라는 말씀을 제가 안 드렸군요. 아빠 당신이 나이가 많이 들었기 때문에 어디로 도망치기도 힘들다고 하세요. 저보고는 떠나라고 하셨지만 당연히 저도 그럴 수 없죠. 어떻게 아빠를 두고 가요? 그게 더 절망적인 상황 아닌가요?"

엘러리가 미소를 지었다.

"아닙니다. 이 모든 상황에 종지부를 찍어줄 수 있는 사람이 단 한 명 있어요."

"뭐? 누구 말이냐?"

경감은 믿을 수 없다는 표정으로 말했다.

"코닐리아 포츠죠."

"노파 말입니까?"

찰리가 고개를 절레절레 흔들었다.

"하지만 퀸 씨……."

실라가 입을 열었다.

엘러리가 가로막았다.

"엘러리라고 부르라니까요. 봐요, 실라. 당신 어머니는 포츠 궁전의 제왕이자 법이에요. 최소한 첫 결혼에서 낳은 세 자식들에게는요. 황당한 생각이긴 하지만, 만일 부인이 최후통첩을 발표해줄 수만 있다면……."

실라가 쓸쓸한 표정으로 말했다.

"엄마가 로버트와 설로의 결투를 말리지 않는 모습 봤잖아요. 엄마는 그냥 브렌트의 씨앗을 전부 죽이고 싶은 거예요. 자기만의 비뚤어진 방식으로 그게 이루어지는 모습을 보며 기뻐하고 있다고요. 불쌍한 매클린의 장례식에 참석한 것도 그 모습을 보고 흡족해하기 위해서였다고요! 이건 시간 낭비예요, 엘러리."

찰리가 중얼거렸다.

"난 모르겠네요. 당신 어머니를 변호해주려는 건 아닌데, 그건 말이 좀 심한 것 같아요. 내 생각엔 엘러리 말이 맞는 것 같은데요. 부인은 이 모든 일에 종지부를 찍어줄 수 있고, 부인이 그렇게 하도록 만드는 건 우리한테 달렸어요."

"갑자기 생각났는데."

경감이 불쑥 말했다. 경감이 다른 생각을 하고 있었던 건 분명했다.

"브렌트 양의 어머니는 살아 있는 한 온 집안을 쥐고 흔들 수 있지. 놈들은 자기 어머니가 시키는 대로 할 테고…… 글쎄, 한번 해볼 가치는 있을 것 같은데."

17. 노파는 어떻게 집으로 돌아왔나

일행은 저택의 진입로에서 닥터 이니스와 마주쳤다. 의사는 노파의 진찰을 위해 차를 운전해서 오던 참이었다.

그들은 함께 들어갔다.

경감은 부하들을 날카롭게 둘러보고, 자기가 본 모습에 만족했다. 그리고 변호사를 대동한 채 헛기침을 하며 계단을 올라갔다.

실라는 계속 말했다.

"그래봤자 아무 소용 없을 거라니까요."

목소리조차 무기력했다.

나선계단 꼭대기에서 엘러리는 닥터 이니스에게 말했다.

"닥터, 포츠 부인은 지난번 심장 발작과 매클린의 죽음을 아주 훌륭하게 견뎌내셨죠. 앞으로의 예후는 어떻게 보십니까?"

닥터 이니스는 어깨를 으쓱했다.

"퀸 씨, 아무나 부인 같은 심장을 갖고 있는 건 아닙니다. 우린 아직 인간의 체력이나 생존 의지에 대해 잘 모르지만, 제 생각에 부인이 살아 있는 건 오로지 본인이 살고자 하는 의지 때문이에요. 다른 이유는 없습니다. 그렇지 않고서야 사실상 부인의 심장은 몇 년 전에 기능이 정지되었어야 합니다."

"부인과 자유롭게 대화를 나눌 수 없을까요? 묻고 싶은 건 딱 하나뿐입니다, 닥터. 사실은 오래전에 물어봤어야 할 내용이긴 하지만요. 그래서 지금 수사 상황이 지지부진한 거고요."

의사는 또다시 어깨를 으쓱했다.

"나는 집 안에 있는 사람들을 똑같이 통제하려 애쓰고 있습니다. 모든 의학적 증거를 볼 때 부인께는 절대적 안정이 필요하고, 흥분은 절대 금물입니다. 최대한 짧게 끝내주십시오."

"그걸로 충분합니다."

실라가 난폭하게 말했다.

"엄만 영원히 살 거예요. 아마 우리가 다 죽은 후에도 살아 있을걸요."

닥터 이니스가 의아한 표정으로 실라를 쳐다본 뒤, 일행은 함께 코닐리아 포츠의 방 앞으로 향했다. 이니스는 뭐라 말하고 싶은 듯했으나 퀸 경감이 부드럽게 문을 노크했기 때문에 그냥 입을 다물었다. 방 안에서는 아무 대답이 없었으므로 경감이 문을 열자 일동은 모두 거실로 들어갔고, 닥터 이니스는 침실 문을 열었다.

"포츠 부인."

닥터 이니스가 노파를 불렀다.

노파는 평소와 다름없이 커다란 베개 두 개를 끼고 침대에 누워 있었다. 눈은 뜨고, 입은 벌린 상태로, 머리에는 레이스 달린 나이트캡을 비뚜름하게 쓰고 있었다.

실라가 비명을 지르며 뛰쳐나갔다. 찰리도 소리를 지르며 실라를 뒤쫓았다.

늙은 브리짓이 말했다.

"신의 부르심을 받은 거예요. 한 시간 반 전에 벨을 울려 나를 불러서는 혹시 실수로라도 안에 들어오지 말라고 그랬거든요. 부인도 이제야 겨우 편히 쉴 수 있겠네요. 부인이 항상 얼마나 혼자 있고 싶어 했는지 나는 다 지켜봤으니……. 하느님과 천국의 성인들 곁에서 겨우 편히 홀로 지낼 수 있겠어요. 하지만 나 같은 비참한 죄인도 과연 그럴 수 있을까요? 형사님, 제가 아는 건 이게 전부예요. 세상에, 하느님……. 죽었다니…… 그 노파가 죽었다니! 꼭 세상의 종말 같아요."

퀸 경감이 차갑게 말했다.

"시체 가지고 장난칠 생각 마시오, 닥터."

"누가 장난을 친다는 겁니까?"

닥터 이니스가 날카롭게 대꾸했다.

"경감님이 나보고 진찰하라고 해서 진찰하고 있는 겁니다. 이 사람은 내 환자였고, 내가 돌보는 중에 죽었으니 당연히 난 시체를 볼 권리가 있어요! 사망진단서에도 서명을 해야 하고……."

엘러리가 지친 목소리로 끼어들었다.

"자, 여러분. 그만하시죠. 닥터 이니스, 코닐리아 포츠는 자연적으로 사망한 건가요? 아니면 이 죽음에 무슨 다른 근거가 있나요? 제가 알고 싶은 건 그겁니다."

"자연사요, 퀸 씨. 심장이 정지한 겁니다. 그게 전부예요. 약 한 시간 전에 사망했습니다."

"자연사라……."

경감이 콧수염을 쥐어뜯으며, 아무 소리 없이 누워 있는 통통한 시체를 쳐다보았다. 금방이라도 피가 콸콸 뿜어져 나오기를 기대하는 듯한 표정이었다.

"지난주의 흥분과 압박을 결국 견디지 못한 겁니다. 이렇게 될 거라고 난 분명 경고했어요."

닥터 이니스는 모자를 집어 들더니 냉담하게 말한 뒤 나가버렸다.

경감이 나직이 말했다.

"하지만 닥터 이니스, 프라우티 박사가 당신이 검진한 내용들을 체크할 거요. 뭔가를 감추려고 든다면 결코 신이 가만히 있지 않을 거야! 엘러리, 넌 뭐 하냐?"

엘러리가 짜증스러운 표정을 지었다.

"범죄 현장을 둘러보고 있었다고 말하고 싶지만 이 장면을 범죄 현장이라고 볼 수는 없겠어요. 그저 방문을 오랫동안 미뤄왔던 죽음의 천사가 드디어 찾아왔을 때, 코닐리아 포츠가 쓰고 있던 무언가를 찾아냈다고 설명할 수 있겠군요."

"쓰고 있던 것?"

경감이 재빨리 다가왔다.

엘러리는 침대 옆 받침대 위에 놓여 있는 휴대용 타이프라이터를 가리켰다. 케이스가 바닥에 있는 모습을 보니 코닐리아는 타이프라이터에 커버를 채 씌우기도 전에 죽은 모양이었다. 침실용 탁자에는 다양한 크기의 용지와 봉투들이 든 커다란 상자가 있었고, 경첩 달린 뚜껑이 뒤로 젖혀진 상태였다.

"그래서 뭐 어쨌다는 거야?"

경감이 얼굴을 찌푸리며 말했다.

엘러리는 죽은 여인의 오른손을 가리켰다.

침대보 속에 거의 파묻혀 있었기 때문에, 경감은 보기 쉽도록 손을 살짝 끌어냈다. 그리고 눈앞의 광경을 보고 경감은 미간을 찌푸렸다.

코닐리아 포츠의 오른손에는 밀봉이 되어 있는 커다란 봉투가 들려 있었다. 침대 옆 상자 속에 들어 있는 봉투들과 똑같은 물건이 분명했다.

경감은 시체의 뻣뻣한 손에서 잽싸게 봉투를 빼앗아 들고 빛에 비춰 보았다.

표면에는 타이프라이터로 이렇게 쓰여 있었다.

마지막 유언

그 아래에는 부드러운 연필심으로 큼직하게 갈겨 쓴 서명이 적혀 있었다.

코닐리아 포츠

"실라를 달래고 왔습니다."

심란한 표정의 찰리 팩스턴이 뛰어 들어왔다.

"이게 대체 무슨 일이죠? 살인인가요, 엘러리?"

"닥터 이니스 말로는 자연사라고 하더군요."

경감이 멍한 표정으로 말했다.

"난 프라우티 박사가 확신해주기 전까지는 못 믿겠군. 찰리, 여기 우리가 방금 코닐리아의 손에서 찾아낸 유언장이 있네.

분명 예전에 이미 작성한 유언장이 있다고 하지 않았나?"

찰리가 얼굴을 찌푸리며 봉투를 받아들었다.

"네, 있죠. 설마…… 새 유언장을 작성한 건 아니겠죠?"

엘러리가 말했다.

"그건 아닐 것 같군요. 찰리, 혹시 부인이 자기 유언장 원본을 가지고 있었나요?"

"그럼요."

"평소에 어디다 넣어두는지 압니까?"

"탁자 서랍에요. 침대 오른쪽에 있는."

엘러리는 서랍을 열어보았다. 안은 비어 있었다.

"봉투에 들어 있었습니까? 아니면 그냥 종이만 덜렁 들어 있었습니까?"

"내가 마지막으로 봤을 때는 봉투에 들어 있지 않았어요."

"그렇다면 이건 새 유언장이로군요. 곁의 타이핑과 서명도 새로 했을 테고요. 아마 자신이 곧 죽게 될 거라고 예감한 부인은 서랍에서 기존의 유언장을 꺼내서 봉투에 타이핑을 하고, 타이프라이터를 옆으로 치운 뒤 연필로 서명을 하고서 죽기 직전에 봉투에 넣고 봉인한 거라고 설명할 수 있겠네요."

"도대체 왜?"

경감이 중얼거렸다.

엘러리는 눈썹을 치켜올렸다.

경감은 어깨만 으쓱했다.

"장례식이 끝나고 유언장이 개봉되면 그때는 이유를 알 수 있겠지."

경감은 찰리 팩스턴에게 봉인된 유언장을 건네주고 안전하

게 보관해달라고 당부했다. 그러고 나서 일행은 노파를 침대에
남겨두고 방을 나왔다.

이리하여 코닐리아 포츠는 죽었다. 브리짓 코니벨리가 흐느
끼며 말했던 것처럼 다른 주인을 모르는 이 저택의 수많은 고
용인들에게는 이 일이 세상의 끝이나 다름없었다. 또한 누렇게
빛바랜 기억의 한 페이지를 가지고 있는 사람들에게도 한 왕조
의 끝처럼 여겨졌다. 그러나 이 뻣뻣한 시체와 생전에 가장 가
까웠던 사람들에게는 아무것도 아니었다.

노파의 죽음에서 가장 독특한 점은 바로 그 부분이었다.

자식들은 아무도 신경 쓰지 않았다. 모친이 사랑한 자식들
도, 모친이 싫어한 실라도. 실라는 시체를 보고 제일 처음 비명
을 지른 뒤, 심장을 압박하던 어떤 응어리가 싹 빠져나간 기분
이 들었다. 실라는 부끄러웠고, 두려웠으며 안도했다.

실라는 자기 방에서 혼자 휴식을 취했다. 실라의 방 밖에서
는 플린트 형사가 5센트짜리 엽궐련을 피우며 누군가가 마구
갈겨 적은 보고서를 읽고 있었다.

아내를 잃은 남편은 조용히 자기 친구 고치 소령을 불렀다.
그리고 버번위스키 두 병과 위스키 잔 두 개를 가지고 방으로
들어가 문을 단단히 닫았다.

몇 시간 후 잔뜩 들뜬 두 사람은 목청 닿는 데까지 타히티 해
변의 노래를 불러대고 있었다.

18. 누가 상주를 하지? "나야!" 비둘기가 말했네

프라우티 박사는 이렇게 한 집안에서 연달아 사건이 일어난다면 차라리 뉴욕 주 검시관 사무실을 그만두고 포츠 집안 전속 장의사로 취직하는 게 낫겠다고 말했다.

"점점 이 집안사람들이 친숙하게 느껴진다니까."

프라우티 박사는 아침에 퀸 경감에게 코닐리아 포츠의 시체에 관한 검시 보고서를 건네주면서 엘러리에게 말했다.

"이번에는 노파로군. 이 여자는 완전히 싸움꾼이야. 나한테도 툭하면 시비를 걸곤 했지. 자기 두 아들 로버트와 매클린하고는 전혀 달라. 엄청난 말썽꾸러기라니까. 뭐 하나 하기가 너무 힘들어."

아침을 먹던 엘러리는 눈을 감고 중얼거렸다.

"그래서 검시 결과는 어떤데요, 프라우티 박사님?"

프라우티가 대답하기 전에 경감이 먼저 말했다.

"아, 결국 자연적인 원인으로 사망했군. 최소한 이 거지 같은 보고서에는 그렇게 쓰여 있어."

프라우티 박사가 물었다.

"고약한 늙은이 같으니, 뭐가 그렇게 심술이 나는 거요? 그집 주소에서 살인은 이미 충분히 나지 않았습니까? 살인이 아니라 실망스러워요?"

퀸 경감이 투덜거렸다.

"어차피 죽을 거였으면 이 빌어먹을 사건에 조금이나마 단서라도 남겨주고 죽었어야지 말이야. 자연사라니! 나 참. 됐네, 자넨 빨리 시체 안치실로나 돌아가."

프라우티 박사는 화난 표정을 짓더니 "오오, 비열한 배은망덕이여. 그대는 독사의 이빨이라⋯⋯" 하고 중얼거리며 나가버렸다.

이제 포츠 사람들과 신발, 결투, 실험실, 영원히 자라지 않는 소년들, 그들 모두가 사는 희한한 집에 대해서 읽은 여러분은 아주 놀라운 이야기 한 가지를 믿어야 한다.

믿기 어려운 일이지만 노파가 한때는 어린아이였고 바커스 포츠라는 이름의 기괴한 남자와 결혼하여 그 성에 영혼을 빼앗기게 된 소녀였다는 사실, 그 후 왕조를 건설하고 피라미드를 세워 마치 여왕처럼 정점에 군림했다는 사실, 기괴한 자식 셋을 낳고 양심의 가책에 저항하며 엄청난 간계로 그 자식들을 지키면서 평생을 살았다는 사실, 오로지 세 자식들만을 위해 살았고 그 셋만을 위해 집을 지었으며 그 셋 외의 모든 사람들에게는 무자비하게 행동했다는 사실, 셋을 위해 거짓말을 하고 타인을 상처 입히고 자신이 가진 모든 물질적 재산을 아낌없이 낭비했다는 사실, 교육 시설에 맡기지 않고 자기 손으로 야단치고 양육하고 돌봤다는 사실─한 번도 사랑한 적도 없고 잔인하게 살해당했음에도 불구하고 그 죽음보다 자신의 신성한 집안에 외부인들이 무단 침입했다는 사실에 더욱 진노했던 노파가 세인트 프랙스드 교회의 공동묘지에, 아들들 옆에 묻힐 때 그토록 사랑했던 자식들 중 누구도 찾아오지 않았다는 사실— 그것만으로도 충분하지 않은가?

엘러리 퀸은 노파의 장례식 때 참석한 사람들의 면면을 보고 깜짝 놀랐다. 노파의 매장 행위 그 자체에는 큰 관심이 없었다. 자연적인 원인으로 죽었으니 그저 평안히 잠들기만을 바랄 뿐이다. 하지만 그 자궁에 얹혀살던 세 원시인들이란…… 정말이지 혼란스럽기 짝이 없다!

엘러리는 순서대로 생각해보았다.

우선 루엘라.

루엘라에게 노파는 자기 인생의 레버를 앞발로 꽉 쥐고 있는 늙은 분홍빛 여신이었다. 벌을 내리고, 부정하고, 지배하는 여신. 그랬다, 노파는 딸을 사랑하려 애썼다. 하지만 루엘라에게 사랑이란 무엇이었을까? 기니피그의 짝짓기(루엘라가 지치지 않고 오랫동안 관찰할 수 있는 가장 흥미로운 실험이다). 사랑은 거추장스러운 방해물이었다. 인생의 신성한 종교의식이 이루어지는 성전과 루엘라 사이에는 시커먼 나무로 된 벽과 복잡하게 꼬인 깊은 골이 자리하고 있었다. 사랑 따위는 관심도 없었다.

루엘라는 지식이라는 이름의 성별 없는 신에게 충성을 다했다. 그 신전에는 감수성이 끼어들 틈이 없었다. 거세당한 모든 존재들처럼 그것은 근엄하고, 잔인하고, 초월적이었다. 루엘라는 리버사이드 드라이브에서 세인트 프랙스드 교회로 향하는 장례 행렬을 자신의 탑 위에서 내려다볼 수도 있었겠지만, 엘러리는 과연 루엘라가 그때 한창 풀고 있던 꾸러미에서 과연 고개를 들긴 했을지 의문이었다.

어머니가 죽고 나서 장례식을 치르기까지 사흘 동안 과학자 루엘라는 완전히 과학 실험에만 미쳐 있었다. 자신을 숨도 쉬지 못하게 움켜쥐고 있던 억센 모성의 앞발에서 풀려난 기쁨으로 미친 듯했다. 이젠 자신에게 잔소리할 늙은 분홍빛 여신도 사라졌다. 대신 존재하는 건 팔이 여러 개 달린 전화기, 지니의 램프가 한없이 가져다줄 수 있는 이 세상의 모든 풍족한 실험실 용품들뿐이었다.

장비들이 수도 없이 쏟아져 들어왔다. 전기오븐, 증류기, 새로운 시험관이 하나 가득 꽂혀 있는 받침대, 엔진, 냉장고, 파란 화학약품, 벽돌, 노란색, 은색, 빨간색, 다양한 색깔, 수많은 색깔……. 루엘라는 자신의 어머니가 영원히 리버사이드 드라이브를 떠나던 그날 종일 정신없이 상자를 뜯고, 상자들 위로 기어 다니고 있었다.

다음은 허레이쇼.

엘러리는 허레이쇼가 마음에 들었다. 허레이쇼는 엘러리의 눈에 일종의 현상이자 신화적인 존재처럼 보였다. 엘러리는 허레이쇼가 그 푸들푸들 떨리는 살집을 끌고 포츠 저택 부지 내에서 바지런하게 이런저런 일들을 하는 모습에 끊임없이 놀랐다. 마치 타임스 빌딩의 움직이는 뉴스 광고판 위에서 히죽 웃으며 타임스 스퀘어를 내려다보는 실레노스 같기도 했고, 고대의 차고에서 타이어를 갈고 있는 헤파이스토스 같기도 했다.

허레이쇼와 죽음 사이에는 아무런 친분 관계도 없었다. 허레이쇼는 죽음을 초월했다. 허레이쇼는 노쇠하여 찾아오는 자연사마저도 차마 범접하지 못할 젊음 그 자체였다.

엘러리와 찰리 팩스턴에게서 어머니가 죽었다는 소식을 들은 허레이쇼는 눈썹 하나 까딱하지 않았다.

"이봐요, 신사분들. 죽음은 환상이에요. 우리 엄마는 그 집에 아직 있을 거예요. 침대에 누워서 온갖 것들에 짜증을 내고 있겠죠."

허레이쇼는 천으로 만든 장난감 개구리 인형을 공중에 집어던졌다가 어설프게 도로 받으며 굵은 목소리로 말했다.

"엄만 항상 무언가에 짜증을 내요. 자꾸 그러면 심장에 안 좋을 텐데 말이에요."

찰리가 고함을 질렀다.

"아니 세상에, 허레이쇼! 부인이 그 집에 없다는 사실을 직접 확인해보러 갈 생각조차 없다는 거예요? 부인은 지금 영안실의 딱딱한 침대 위에 누워 있고 며칠 후에는 차가운 흙 속에 묻히게 될 텐데!"

허레이쇼는 너그러운 웃음을 지었다.

"친애하는 찰리, 죽음은 환상이라니까요. 우린 모두 살아 있으면서 또한 죽어 있어요. 어렸을 때는 살아 있지만 나이를 먹고 점점 자라나면서 죽게 되죠. 어쩌면 당신도 지금 죽어 있는지도 모르죠. 스스로가 삽으로 판 구멍 속에 묻혀 있다는 사실을 깨닫지 못할 뿐. 당신도 마찬가지고요."

허레이쇼가 엘러리를 향해 윙크하며 말했다.

"자, 땅속 깊은 곳에 누워서 묻히는 겁니다!"

"정말 장례식 안 갈 거예요?"

찰리가 말문이 막힌다는 듯 물었다.

허레이쇼가 대답했다.

"당연히 안 갑니다. 아주 멋진 새 연을 날려야 하거든요. 정말 굉장하죠!"

그러고는 새빨갛고 큰 사과 하나를 집어 들고 우적우적 베어 먹으며 정원을 향해 즐겁게 달려갔다.

장례 행렬이 지나갈 때, 허레이쇼도 그 모습을 보았다. 보았음이 분명했다. 왜냐하면 허레이쇼는 외벽에 앉아 머리 위로 툭 튀어나온 단풍나무 가지에 엉킨 멋진 새 연의 연줄을 풀고 있었기 때문이었다. 그리고 재빨리 살집 있는 등을 돌려, 연도 집어던지고 벽에서 뛰어내렸다. 허레이쇼는 대담하게 "파란 옷의 소년아, 와서 뿔피리를 불려무나"*를 흥얼거리며 자신의 설탕 덩어리 같은 집으로 폴짝폴짝 뛰어갔다.

보다시피 허레이쇼는 죽음을 믿지 않는다.

마지막으로 설로.

이 땅의 공포, 설로는 그날 가장 용감한 악당이었다. 설로는 괴로운 상황에서 남자답지 못한 슬픔을 감추지 않았다. 설로는 통통한 가슴에 코냑 병을 끌어안고 자기 방에 틀어박혀 통곡을 했다. 이것이 바로 진정 남자다운 남자의 방식이었다. 어머니가 돌아가셨다. 신이 어머니를 돌봐주시리라. 신사분들, 하지만 그 아들은 혼자 있게 해달라. 추모하기 위해.

엘러리는 그 후로 일어난 일들에 비춰 설로의 생각들을 짚어 보았다. 혹시 설로의 생각이 여왕은 죽고 왕만이 살아남아 장수하는 바그너의 라이트모티프처럼 흘러가는 건 아닐까 싶기도 했다. 엘러리는 장례식이 끝나자마자, 설로가 코냑 병을 끌어안고 남자답고 고독하게 보낸 시간 동안에 계획한 대로 어머

* 유명한 마더 구스의 한 구절

니의 여왕 가운을 빼앗아 입고 냉큼 그 옥좌를 차지하는 왕정
주의자가 아닐지 의심하기도 했다.

하지만 살인자 설로는 자기 어머니의 장례식에 참석하지 않
았다. 충분히 생각할 시간을 갖기에는 너무나 많은 일들을 겪
기도 했다.

노파여, 이것이 당신의 마지막 고통이다. 당신이 사랑한 자
식들은 당신에게 등을 돌렸고, 당신이 미워하던 자식은 당신의
무덤 앞에서 눈물을 흘리고 있다.

실라는 아무 말도 하지 않고 울기만 했다. 찰리 팩스턴과 스
티븐 브렌트가 양옆에서 실라를 부축해주었다. 실라는 울었고
스티븐 브렌트는 울지 않았다. 스티븐은 아무런 감정도 읽을
수 없는, 위스키에 취해 붉어진 눈으로 관이 무덤에 들어가는
모습까지 지켜보았다.

허레이쇼의 낡은 재킷을 입은 고치 소령은 집안사람들 중에
서 유일하게 장례식에 잘 어울리는 태도를 취하고 있었다. 소
령은 자주 재채기를 하면서도 결코 품위를 잃지 않았고, 술주
정뱅이 특유의 방식으로 노파의 죽음을 애도했다. 흙이 관 위
로 덮이자 소령은 실제로 눈물을 보이기까지 했다. 허레이쇼의
재킷 소매 뒤쪽으로 슬며시 눈물을 훔쳤으니 말이다. 그러나
어리석은 기자 하나가 소령에게 도대체 어느 군에 소속된 소령
인지, 또 그 직위를 어디서 얻었는지에 대해 질문하는 우를 범
했다. 고치 소령은 결국 군인답지 못하게 기자를 발로 걸어차
고 말았다. 덕분에 한바탕 혼란스러운 시간이 지나갔다.

엘러리에게도, 또 경감에게도 낯선 사람이 한 명 있었다. 뉴

잉글랜드 사람 특유의 뾰족한 얼굴과 무언가를 주의 깊게 관찰하는 듯한 부드러운 눈빛을 지닌, 수수하지만 자리에 맞게 잘 차려입은 어느 노신사였다. 실라는 그를 언더힐 씨라고 불렀다. 언더힐 씨는 일하는 사람의 손을 지니고 있었다. 찰리 팩스턴은 포츠 공장을 운영하는 사람이라며 언더힐 씨를 퀸 부자에게 소개해주었다.

언더힐 씨가 말했다.

"저는 코닐리아가 어렸을 때부터 알고 지냈습니다, 경감님. 항상 자신의 두 발로 서고자 하는 아가씨였죠. 흠잡을 데 없는 사람이라고 하진 못하겠지만, 그래도 저한테는 참 잘해주었어요. 코닐리아가 죽은 것을 보니 정말 안타깝고 슬픕니다."

언더힐 씨는 장례식에서 사람들이 곧잘 그러듯, 유난히 과장스럽게 코를 풀었다.

사진 촬영은 허락되지 않았다. 장황한 추도 연설도 없었다.

그저 감시하는 경찰 부대 너머로 지나가는 사람 몇 명이 호기심 어린 시선만 던진 장례식이었다.

"드디어 노파가 집으로 돌아왔군요."

엘러리는 무덤지기가 마지막 한 삽의 흙을 던져 넣는 모습을 보며 중얼거렸다.

"무슨 말이냐?"

경감은 멍하니 경찰 부대 너머의 얼굴들을 바라보며 물었다.

"아무것도 아니에요, 아버지."

"네가 뭐라고 중얼거린 줄 알았다. 뭐, 아무튼 그건 됐고."

경감은 자신의 재킷을 팽팽하게 당겨 편 뒤 한숨을 쉬며 말했다.

"포츠 저택으로 가서 유언장 읽는 걸 한번 들어보자꾸나. 누가 알겠니? 혹시 무슨 중요한 말이라도 적혀 있을지."

19. 여왕은 유언을 남겼네

설로는 마치 왕의 상징이라도 되는 양 코냑 병 주둥이를 움켜 쥔 채 위층에서 내려왔다.

"서재로 오라고요?"

다리를 번쩍 들어 올리며 걷던 설로가 찢어질 듯한 목소리로 소리를 질렀다.

"그래요, 서재 말이죠. 알겠습니다. 아주 좋아요. 적절한 장 소네요."

그러고는 실라가 자신보다 앞서 서재에 들어갈 수 있도록 씩 씩하게 몸을 비켜주었다.

"장례식에서는 모든 일이 다 무사히 진행됐겠지, 우리 예쁜 동생."

설로가 물었다.

실라는 품위 있는 혐오감을 드러내며 설로의 옆을 스치고 지 나갔다. 설로는 음흉하게 눈을 가늘게 뜨며 혀를 쯧쯧 차고는, 또다시 근엄하게 다리를 높이 치켜들며 문지방을 넘어 서재 안 으로 들어갔다.

"다른 사람들은 아, 안 오나?"

스티븐 브렌트가 물었다.

"사람을 두 번이나 보냈는데 안 오네요."

찰리 헌터 팩스턴이 말했다.

"그 사람들을 뭐 하러 불러요?"

실라는 소리를 지르더니 얼굴을 살짝 붉히며 고개를 숙이고 자리에 앉았다.

"그래도 한 번 더 부릅시다."

퀸 경감이 말했다.

커틴스가 불려 왔다.

"네, 저는 팩스턴 씨의 메시지를 분명 루엘라 아가씨와 허레이쇼 도련님에게 직접 전달했습니다."

찰리가 짜증 섞인 목소리로 말했다.

"한 번 더 전달해요. 한없이 기다리고 있을 수는 없잖아요. 5분 안에 다녀와요, 커틴스."

집사는 허리를 숙이고 나서 미끄러지듯 나갔다.

아무도 입을 열지 않고 가만히 기다렸다.

늦은 오후, 서쪽으로 기우는 해는 팰리세이즈 협곡 위에서 점점 빛을 잃어가고 있었다. 프랑스식 문을 통해 서재 안으로 칼날을 드리운 햇빛은 책등의 금박을 가르고, 실라의 머리카락 위에서 흔들리고, 설로의 코냑 표면에 칠해진 금빛 찌꺼기들을 쿡쿡 찔러댔다. 주위를 둘러보던 엘러리는 자신이 자연을 그렇게 어색한 태도로 바라본 적이 한 번도 없다는 사실을 깨달았다. 이 방 안에 날카로운 반짝임이 존재할 리 없었다. 모든 것이 탁한 갈색에, 슬픔과 칙칙함으로 가득해야 했다.

엘러리는 설로에게로 관심을 돌렸다. 설로는 여전히 눈을 우스꽝스러울 정도로 가늘게 뜨고 있었다. 마치 자신이 이곳의 주인이라고 말하기라도 하는 듯했다. 내 분노를 조심하라, 끔찍한 재앙이 내릴지니. 여왕은 죽었다. 새로운 왕이 등극했으니 순종적인 신하가 되라! 노예여, 어서 유언장을 읽으라. 네 주인이 기다리고 있다.

갑자기 설로가 사람들을 둘러보며 싱글벙글 웃었다. 실라를, 이 자리가 불편한 눈치인 초췌한 얼굴의 스티븐 브렌트를, 조용히 지켜보고 있는 언더힐 씨를, 마치 가장 가느다란 미노스 산 실로 자기 자신을 이 집과 집안사람들에게 묶어놓기라도 한 듯 구석에 불편하게 앉아 있는 고치 소령을, 노파의 일을 맡아 할 때 자주 쓰던 서재 한구석의 서랍 달린 작은 책상 너머에 지친 얼굴로 서 있는 찰리 팩스턴을. 하지만 신경질적으로 봉인된 봉투를 툭툭 두드리고 있는 퀸 경감은 그의 관심 밖에 있었다. 퀸 부자로 말할 것 같으면 사람들에게서 잊힌 채 문간 근처에 서서 모든 것을 지켜보고 있었다.

아무도 입을 열지 않은 채, 코닐리아 포츠가 처음으로 장만했던, 북쪽 동네의 '정식' 집에서 힘겹게 끌고 왔던 커다란 마호가니 괘종시계만이 고요 속에서 끈기 있게 시간을 새기고 있었다.

커틴스가 다시 문간에 나타났다.

"루엘라 아가씨는 지금 그 어떤 것에도 방해받고 싶지 않다고 하십니다. 아주 중요한 실험에 몰두해 계신 것 같았습니다. 허레이쇼 도련님은 참석할 수 없어서 미안하다는 전갈을 보내셨습니다. 지금 시를 쓰고 계신데, 자칫하면 영감을 잃을 것 같다고 하시더군요."

커틴스는 반대편 벽을 보고 말했다.

실라는 몸서리를 쳤다.

"알겠습니다, 커틴스. 문 닫아주세요."

찰리가 말했다.

커틴스는 다시 물러났다. 경감은 그가 문을 확실히 닫았다는 사실을 확인했다. 찰리가 봉인된 봉투를 집어 들었다.

"잠시만요."

퀸 경감이 책상 쪽으로 걸어가 설로를 바라보며 말했다.

"포츠 씨, 내가 왜 여기 있는지 압니까?"

설로는 의아한 표정으로 눈만 깜박거리다가 환한 표정을 지었다.

"친구로서 와주셨군요. 슬픈 일을 겪은 저희 집안의 친구로서요."

"아닙니다, 포츠 씨. 이 집에서 일어난 두 건의 살인 사건 책임자로서 온 겁니다. 두 건 모두 아주 골치 아픈 사건이고, 우리가 그 사건에 대해 아는 바는 거의 없죠. 심지어 동기마저도 모릅니다. 그래서 나는 당신 어머니의 유언장에 관심을 갖고 있는 겁니다. 이해했습니까?"

설로는 몸을 움츠리며 겁먹은 목소리로 물었다.

"저한테 그런 얘기는 왜 하시는 거죠?"

왕은 도망쳐 숨어버렸다.

"당신이 이 집안의 최고 연장자이자 가장이기 때문입니다, 포츠 씨."

설로는 다시 가슴을 폈다.

"그러니 난 당신이 모든 일에서 공명정대하길 바랍니다. 이 봉투—경감은 찰리에게서 봉투를 받아들었다—는 위층에서 당신 어머니가 죽었을 때 손에 들고 있었던 물건이죠. 보시다시피 굳게 밀봉되어 있습니다. 우리는 아직 이 봉투를 뜯어보지 않았습니다. 겉에 코닐리아 포츠의 유언장이라고 쓰여 있고 서명도 되어 있지만, 우리는 이것을 뜯어보기 전까지 이게 몇 년 전에 작성했다는 기존의 유언장인지 아니면 죽기 직전에 새로 타이핑하고 서명한 유언장인지 아직 모릅니다. 만일 새 유언장을 작성했다면 부인이 누군가를 증인으로 세우고 거기에 서명을 했겠지만, 집 안에 그런 일을 겪은 사람이 없다고 하니 아마 기존의 유언장으로 추정할 수 있습니다. 옛날 유언장이든 새 유언장이든 이건 부인의 유언장이고, 난 그 누구도 당신 또는 유언장 속에 언급된 사람을 속이지 않았다는 사실을 확실히 해두고 싶습니다. 내 말 이해했나요?"

설로가 술병을 흔들어대며 당당하게 말했다.

"예, 예, 물론이죠. 정말 친절하시군요."

경감은 마음에 안 든다는 듯 헛기침을 하며 유언장 봉투를 책상 위로 집어던지고 나서 다시 부드럽게 말했다.

"포츠 씨, 내 말 명심해야 합니다. 이 방 안에는 지금 들은 말을 절대로 잊어버리지 않을 목격자들이 많거든요."

그리고 엘러리의 곁으로 돌아온 경감은 찰리 팩스턴에게 신호를 보냈다. 찰리는 다시 봉투를 집어 들고 한 귀퉁이를 찢은 뒤 흔들었다.

뒷면이 파란 서류 한 장이 책상 위로 떨어졌다.

찰리가 그것을 집어 들며 말했다.

"이건 예전 유언장입니다, 경감님. 날짜와 공증인의 서명이 적혀 있네요. 경감님 맞았어요. 부인은 예전 유언장을 봉투에 넣고 우리에게 줄 준비를 했던 겁니다. 이게 뭐지?"

접혀 있던 코닐리아 포츠의 유언장들 사이에서 겉봉에 타이프라이터로 몇 줄이 적혀 있는 작은 봉투가 툭 떨어졌다. 찰리는 봉투 겉에 쓰여 있는 말을 큰 소리로 읽었다.

"내 유언장이 발표되고 포츠 신발 회사의 새 이사장이 선출된 후 개봉할 것."

찰리는 작은 봉투를 뒤집어 보았다. 마찬가지로 봉인되어 있었다.

찰리가 어떻게 해야 하느냐는 듯 퀸 부자 쪽을 쳐다보았다.

부자는 열의 어린 눈빛으로 작은 봉투를 이리저리 살펴보았다.

"같은 타이프라이터로 쳤군."

"맞아요, 아버지. 그리고 큰 봉투와 같은 상표예요. 두 사이즈 다 위층 침실의 탁자에 놓여 있던 문구 상자 속에 들어 있었어요."

"그래서 죽기 전에 커다란 봉투 위에 타이핑을 한 거로군!"

"네. 일단 종이에 타이프라이터로 뭐라고 적은 뒤 그것을 작은 봉투 속에 넣고, 작은 봉투와 탁자 서랍 속에 들어 있던 유언장을 큰 봉투 속에 함께 넣은 거죠."

엘러리가 고개를 들어 친구를 바라보았다.

"찰리, 우선 유언장 공식 낭독부터 하는 게 좋겠습니다. 이 작은 봉투를 정식으로 빨리 열어야 해요. 그래야 이 사건의 핵심을 찌르는 단서를 얻을 수 있을 것 같다는 예감이 뼛속 깊이 느껴지고 있거든요."

찰리 팩스턴은 유언장을 큰 소리로 빠르게 읽었다.

경감이 유언장 내용에 대해 물었을 때 퀸 부자가 노파의 입에서 직접 들은 내용과 별반 다를 바 없었다.

본인 말대로 거기에는 세 가지 굵직한 조항이 있었다.

본인이 죽었을 경우 모든 합법적 빚과 세금, 그리고 장례식 비용을 제외한 나머지 재산은 '내 살아 있는 자식들이' 균등하게 나누어 가진다.

'두 번째 결혼으로 얻은 남편' 스티븐은 '현금과 추후 들어올 수입을 불문하고' 아무 지분도 받지 않는다.

포츠 신발 회사의 이사회에서 새로운 이사장을 선출하는 선거는 본인이 죽은 후 즉시, 또는 장례식이 끝나자마자 바로 진행된다.

현재 이사회는 포츠 집안사람들(스티븐 브렌트 포츠를 제외하고)로 구성되어 있다. 새 이사회는 같은 멤버에 공장 최고 책임자인 사이먼 브래드포드 언더힐을 추가하고, 그 또한 다른 사람들과 마찬가지로 한 표를 행사할 권리를 가진다.

"이 조항은 유언자로서의 내 권한만 가지고는 강요할 수 없지만(찰리 팩스턴이 계속 읽었다), 나는 특히 내 자식들에게 이 조항을 따르기를 요구한다. 언더힐은 내 자식들 중 그 누구보다도 사업에 대해 잘 알고 있다."

그 외에도 사소한 조항들이 몇 가지 더 있었다.

리버사이드 드라이브에 있는 포츠 집안의 부동산은 '지정된 상속자들'의 공동재산으로 한다.

내 옷들은 전부 태운다.

내 성경책, 틀니, 결혼반지는 '내 딸 루엘라'에게 남긴다.

그것이 전부였다.

자선단체에 보내는 구호금이나 늙은 브리짓 및 다른 하인들에게 남겨주는 재산, 대학이나 교회에 보내는 기부금에 대한 언급은 전혀 없었다.

본인의 딸 실라와 아들 로버트, 매클린에 대한 구체적인 언급도 없었다. 물론 고치 소령도.

셀로 포츠는 관대한 표정으로 귀 기울여 듣고 있었다. 두 눈은 반쯤 감기고, 찰리가 문장 하나하나 읽을 때마다 마치 '암, 그렇지. 그렇고말고'라고 맞장구치기라도 하듯 고개를 계속해서 끄덕거렸다.

"틀니라……."

경감이 중얼거렸다.

찰리는 유언장을 다 읽은 뒤 다시 봉투 속에 집어넣으려 하다가, 갑자기 의아한 표정을 지으며 종이를 꺼내더니 소리를 질렀다.

"여기…… 마지막 장의 유언 당사자와 공증인들의 서명 뒤에 유언 보충서가 있습니다. 뭐라고 적혀 있고, 타이프라이터로 코닐리아 포츠라고 서명이 되어 있는데요……."

대충 훑어보던 찰리의 눈이 커졌다.

엘러리가 물었다.

"왜 그래요? 어디, 나한테도 좀 보여줘요, 찰리."

"제가 읽어드리겠습니다."

찰리가 우울하게 말했다. 그 으스스한 목소리에 앉아 있던 셀로는 등을 곧게 폈고, 다른 사람들은 의자에서 몸을 반쯤 내밀었다.

"이렇게 적혀 있군요. '유언장 낭독을 마친 후 바로 이사회 회의를 열 것. 가능한 한 빨리 포츠 신발 회사의 새 이사장을 뽑고 나서 유언장 봉투 속에 첨부되어 있는 봉인된 봉투를 뜯을 것.'"

엘러리가 안달이 난 목소리로 물었다.

"그건 우리도 아는 얘깁니다. 작은 봉투 겉봉에 사실상 그것과 똑같은 말이 타이프라이터로 적혀 있었잖아요."

찰리가 긴장된 목소리로 말했다.

"잠깐만요. 아직 안 끝났습니다. 이렇게 이어집니다. '작은 봉투 속에 들어 있는 진술은 누가 내 아들 로버트와 매클린을 죽였는지 경찰에 알려줄 것이다.'"

20. 노파 이야기

퀸 경감이 방 반대편에서 펄쩍 뛰어 달려왔다.

"그 봉투 이리 줘!"

경감은 봉투를 낚아채서 꽉 움켜쥐고 마치 누가 자신에게서 그것을 빼앗아 가기라도 할 듯 눈을 번득였다.

"엄만 알고 있었나 보네요?"

실라가 의아한 목소리로 말했다.

"네 엄마가 알고 있었다고?"

스티븐이 외쳤다.

고치 소령은 흥분한 얼굴로 턱을 문질러댔다.

설로는 의자 팔걸이를 덥석 움켜잡았다.

문간에 서 있던 엘러리는 딱히 동요하지 않았다.

퀸 경감이 버럭 고함을 질렀다.

"그 빌어먹을 이사회 회의인지 뭔지 빨리 여시오! 그걸 열지 않으면 일이 진행되지 않을 테니! 빨리, 어서 끝내버리라고. 난 지금 당장 이 봉투를 뜯어 봐야겠으니까!"

경감은 낄낄 웃으며 봉투를 유심히 들여다보았다.

"알고 있었어. 그 마녀 같은 여자가 모든 것을 다 알고 있었어! 기가 막혀서 원!"

그러고는 찰리를 향해 으르렁거렸다.

"내 말 안 들렸나? 빨리 끝내라고!"

찰리는 "아, 네, 네, 경감님"으로 추정되는 기묘한 옹알이를 입속으로 중얼거리다가 금세 고개를 저었다.

"경감님, 전 이사회와 아무 관계가 없습니다. 힘도 없고 권한도 없어요."

"그럼 누군데? 당장 말해!"

"누구에게 책임이 있는지는 금방 알 수 있습니다. 설로예요. 코닐리아가 이사장이었는데 지금은 죽었고, 로버트와 매클린은 부사장이었는데 둘 다 죽었죠. 그러니 유일한 간부는 설로밖에 남지 않았습니다."

설로가 겁을 집어먹은 채 일어섰다.

경감이 다급히 말했다.

"좋아요, 포츠 씨. 거기 가만히 서 있지만 말고 이사회를 어서 소집해서 후계자 지명을 시작해요. 아니면 뭐 정해진 순서가 있으면 그대로 하시고."

설로가 다가왔다.

"난 내 의무가 뭔지 알고 있어, 찰리. 내가 거기 앉아야 하니 자리를 좀 비켜줘."

찰리는 어깨를 으쓱하고는 실라 옆으로 가서 앉았다. 실라는 찰리의 손을 잡긴 했지만 찰리 쪽을 쳐다보지는 않았다.

책상 뒤로 이동한 설로는 문진 하나를 집어 들어 책상을 쾅 때렸다.

그러고는 헛기침을 하며 말했다.

"지금부터 이사회를 소집하겠습니다. 우리 모두 알다시피 사랑하는 어머니가 돌아가셨고…….”

“헌화는 사절합니다.”

퀸 경감이 말했다.

설로가 얼굴을 붉혔다.

“퀸 경감님, 괜히 일을 더 어렵게 만들지 마십시오. 매사는 절차에 맞게 품위를 지키며 진행되어야만 하니까요. 자, 이제 첫 번째 문제는…….”

설로는 잠시 말을 멈추더니 매섭고 짜증 섞인 목소리로 말을 이었다.

“사이먼 브래드포드 언더힐에 관한 문제입니다. 그는 이 이사회의 정식 멤버가 아니었는데…….”

언더힐은 무척이나 슬픈 미소를 지으며 말했다.

“하지만 이젠 그렇게 됐네, 설로. 자네도 알다시피 코닐리아가 요청했으니까.”

설로가 얼굴을 찌푸리며 다시 헛기침을 했다.

“예, 예, 압니다, 언더힐. 저도 다른 방향으로는 단 한 번도 생각해본 적 없어요.”

설로는 갑자기 책상 뒤 의자에 털썩 주저앉았다. 거의 몸이 떨어져 내릴 듯한 기세였다. 설로는 옆에 있는 의자에 놓아두었던 코냑 병을 애타게 쳐다보았다.

몇 번 더 헛기침을 하던 설로가 이윽고 근엄하게 말했다.

“이 회의의 정족수가 채워진 것 같군요. 나는 포츠 신발 회사의 이사회 회장에 입후보하겠습니다.”

설로가 갑자기 기이한 짓을 했다. 자리에서 벌떡 일어나 책상 앞으로 돌아 나오더니 빈 의자를 향해 이렇게 말한 것이다.

"저 스스로를 추천했습니다."

그러고는 오만하게 고개를 끄덕인 뒤 다시 책상 뒤로 돌아가서 의자에 앉았다.

"다른 후보 없습니까?"

얼굴에 보조개가 깊이 팬 실라가 벌떡 일어났다.

"난 더 이상 못 참겠어! 당신한테 간식 매점 하나 제대로 경영할 능력조차 없다는 사실을 모든 사람들이 다 알고 있는데 매년 수백만 달러를 벌어들이는 사업을 독점하겠다고?"

"뭐야? 무슨 소리야?"

흥분한 설로가 외쳤다.

"당신은 1년 안에 회사를 망치고 말 거야. 실제로 회사를 경영한 건 내 오빠들, 로버트 오빠랑 매클린 오빠였고 당신은 손가락 하나 까딱하지 않았잖아! 괴상한 실수들이나 저지르고 다녔지! 그런데 자기 스스로를 이사장으로 추천한다니!"

스티븐이 말을 더듬으며 끼어들었다.

"시, 실라. 너무 그렇게 화, 화내지 마라……."

"아빠도 아시잖아요! 쌍둥이 오빠들 중 한 명이라도 살아 있었다면 당연히 엄마 회사의 새 우두머리가 되었을 거라는 사실을! 알고 계시잖아요!"

설로가 겨우 입을 열었다.

"실라, 네가 여자만 아니었으면……."

실라가 신랄하게 말했다.

"알아. 나한테 결투를 신청했겠지. 하지만 결투의 시대는 이제 지나갔어요, 포츠 씨. 당신이 회사를 무너뜨리게 내버려두진 않을 거야. 만약 아빠가 이사회 멤버였다면 아빠를 추천했겠지만…….”

“스티븐을?”

설로는 깜짝 놀란 얼굴로 양아버지를 쳐다보았다. 마치 그렇게 존재감 희미한 사람이 자신의 특권을 빼앗아 갈 거라는 가능성은 단 한 번도 고려해보지 않았다는 표정이었다.

실라가 고함을 질렀다.

“하지만 그럴 수 없으니까 난 언더힐 씨를 추천하겠어. 언더힐 씨, 제발요. 언더힐 씨는 그래도 사업에 대해 잘 알고 계시잖아요. 신발 만드는 법도 아시고, 회사에서 제일 오래 일한 분이기도 하시고, 회사 지분도 갖고 계시고…….”

설로가 이번에는 비쩍 마른 노신사를 향해 놀란 표정을 들이댔다.

하지만 언더힐은 고개를 가로저었다.

“정말 고맙구나, 실라. 하지만 난 그 추천을 받아들일 수가 없어. 난 외부인이잖니. 네 어머니가 이 사업을 가족 안에서 굳건히 지키기 위해 얼마나 노력했는지…….”

설로가 기운차게 고개를 끄덕였다.

“맞습니다. 언더힐은 이제 사업에 코끝도 들이밀지 못할 거예요. 언더힐이 이사장이 되는 건 내가 허락 못 합니다. 해고부터 시켜버릴…….”

갑자기 노신사의 얼굴에 핏기가 돌아왔다.

“그건 나도 가만히 있지 못하겠군, 설로. 나도 보고만 있을 수 없어. 실라, 마음을 바꿨다. 그 추천을 받아들이마. 원 세상에!”

경감이 발을 구르며 소리쳤다.

"봉투 좀 봅시다! 제발 이 코미디 뮤지컬 같은 짓거리 좀 작작 하고 빨리 끝내요!"

설로가 절망적인 표정을 짓더니 갑자기 고함을 질렀다.

"잠깐!"

그러고는 허둥지둥 서재에서 뛰쳐나갔다.

설로가 사라지는 바람에 봉투 개봉이 지체되자 경감은 거의 울기라도 할 것 같은 표정이었다. 경감은 봉인된 봉투를 애처롭게 바라보고, 시계를 보고, 벨리 경사를 보내 '그 새대가리 같은 설로란 놈이 위층에서 대체 뭘 하고 있는지' 알아보게 시키고, 끝내는 가만히 서서 아무 일도 안 한다는 이유로 엘러리를 은근히 나무라기까지 했다.

"가만히 좀 지켜보세요, 아버지."

엘러리가 대답할 수 있는 말은 그게 전부였다.

이윽고 설로가 돌아와 회의가 재개되었다. 설로는 의기양양한 표정이었다. 뒤따라 들어온 벨리 경사의 가슴 주머니는 무언가가 들어 있는지 불룩했다. 벨리는 경감에게 속삭였다.

"종이요, 무슨 종이입니다. 종이를 마구 흔들면서 온 집 안을 뛰어다니던데요."

설로가 씩씩하게 말했다.

"회의 재개합니다. 다른 후보자 추천 없습니까? 없나요? 그럼 손을 들어서 각자 한 표씩 행사하도록 하죠. 후보자는 사이먼 브래드포드 언더힐과 설로 포츠입니다. 우선 언더힐 씨에게 법적인 한 표를 던질 사람은 손을 드세요."

손 두 개가 올라왔다. 실라와 언더힐이었다.

"언더힐 씨 두 표입니다."

설로가 자신의 입술을 때렸다.

"자, 그리고 내가 여기……."

주머니에서 밀봉된 봉투 두 개를 꺼냈다.

"이사회에 참석하지 않은 다른 멤버들, 즉 루엘라 포츠와 허레이쇼 포츠의 부재 투표를 받아 가지고 왔습니다. 제가 대리로 개봉하도록 하죠."

실라의 얼굴이 새파래졌다.

설로는 서명이 된 봉투들 중 하나를 개봉했다.

"루엘라 포츠, 설로 포츠에게 한 표."

그러고는 업신여기는 태도로 루엘라의 표를 집어던지더니 두 번째 봉투를 열었다.

"허레이쇼 포츠, 설로 포츠에게 한 표."

이윽고 설로가 승리에 찬 얼굴로 통통한 손을 치켜들었다.

"언더힐 두 표, 설로 포츠 세 표입니다. 설로 포츠가 한 표 차이로 포츠 신발 회사의 이사회 회장으로 선출되었습니다."

설로는 책상을 내리쳤다.

"회의 중단합니다."

실라가 혐오로 가득한 비명을 질렀다.

"안 돼! 안 돼!"

찰리가 실라의 어깨를 잡았다.

퀸 경감이 앞으로 걸어 나왔다.

"끝났소? 그럼 이제 겨우 우리 일을 시작할 수 있겠군. 엘러리, 봉투 열어라!"

엘러리는 코닐리아 포츠가 남긴 봉투를 레터 나이프로 천천히 뜯었다. 이 편지는 포츠가 살인 사건의 마지막 단서가 될 것이다. 틀림없이 범인의 이름이 적혀 있을 테니 말이다. 이 사실이 왜 자신을 그렇게 짜증나게 하는지 엘러리는 정확히 알 수 없었지만, 아마 가장 명백한 이유는 범인의 이름을 지목하는 일이 엘러리의 전매특허였기 때문이리라.

이사회 선거에 넋이 나가 있던 탓에 모두가 작은 봉투의 존재를 잊고 있었다. 그러나 엘러리가 한 장의 긴 타이프라이터 용지를 펼쳐서 훑어보는 동안, 방 안에는 괘종시계의 초침 소리만이 울려 퍼졌다.

"어떠냐?"

경감이 고함을 지르듯 물었다.

엘러리는 평탄한 목소리로 말했다.

"코닐리아 포츠가 쓴 서류입니다. 본인이 죽은 날 낮에 작성되었군요. 정확히 말하면 3시 35분입니다. 내용 읽겠습니다."

나, 코닐리아 포츠는 정상적인 정신을 가지고 있으며 내 신체를 자유롭게 움직일 수 있으나, 심장 질환으로 얼마 지나지 않아 죽을 것이라는 사실을 알고 있다. 부디 바라건대 신이 내가 저지른 짓을 용서해주시기를 바라며 다음과 같은 내용을 작성한다.

나는 세상에 내 행동을 판단해줄 것을 요구하지 않는다. 세상은 어차피 자신들이 자격 있는 배심원이라도 되는 양 나를 규탄할 테고, 그들의 선고는 편견에 차 있을 것임을 나는 알고 있다.

오로지 어머니만이 모성이 무엇인지 알 수 있다. 모성이란 약한 아이를 사랑하고, 강한 아이를 싫어하는 법이다.

나는 항상 내 자식 설로, 루엘라, 허레이쇼를 사랑했다. 그 아이들은 원래 그렇게 불쌍해서는 안 될 아이들이었다. 모든 것이 아이들의 아버지, 내 첫 남편에게서 물려받은 기질이다. 첫 남편이 사라지고 나서 나는 바로 그 사실을 알게 되었다. 따라서 그를 단 한 번도 용서한 적 없다. 그저 일찍 죽어서 썩어 없어졌기만을 바랄 뿐이다. 나는 그의 성을 취하여 큰 재산을 모았다. 그가 나와 내 자식들에게 주었던 것보다 훨씬 많은 재산을.

내 자식들은 언제나 나를 필요로 했고, 난 언제나 아이들의 힘과 방패가 되어주었다.

두 번째 결혼에서 태어난 아이들은 나를 필요로 하지 않았다. 나는 쌍둥이가 독립적이고 굳건한 아이들이었기 때문에 그 애들을 싫어했다. 실라 역시 마찬가지였기 때문에 싫어했다. 그 아이들의 존재 자체가 바커스 포츠와의 결혼이 얼마나 어리석은 비극이었는지를 상기시켜주곤 했다. 이 아이들은 건강하고, 잘 웃고, 똑똑하고, 제정신이었기 때문에 나는 아이들이 어렸을 때부터 싫어했다.

나 코닐리아 포츠는 쌍둥이 아들들 로버트와 매클린을 죽였다.

경찰이 설로 포츠의 권총에 넣은 빈 약협을 꺼내고 살상력 있는 실탄으로 바꿔 넣은 사람은 나였다. 설로의 은닉처에서 해링턴 앤드 리처드슨 리볼버를 꺼내 신문기자들에게 총을 쏴 집에서 쫓아낸 사람도 나였다. 나는 나중에 설로의 다른 총들 중 하나를 훔쳐서 경찰의 눈을 피해 숨겨놓았다가 한밤중에 내 아들 매클린의 침실로 가져가 그를 쏘아 죽였다. 그리고 채찍질도 했다.

나는 괴물이라고 불리게 되겠지. 세상이 내게 돌을 던지든 말든 아무 상관 없다. 어차피 난 죽었으니까.

모든 범죄들은 내 자유의지로 행한 일이며, 이것이 이 범죄의
끝이다. 나는 내 창조주 앞에서 신의 질문에 답할 것이다.

엘러리는 똑같은 어조로 계속 말을 이었다.

"이 편지에는 부드러운 연필로 갈겨쓴 필적으로 '코닐리아
포츠'라는 서명이 되어 있습니다, 아버지. 큰 봉투와 유언장에
각각 되어 있는 노파의 다른 서명과 비교해봐야겠네요."

방 안은 고요했다.

엘러리는 고개를 들고 선언했다.

"이 고백서에 되어 있는 서명은 코닐리아 포츠 본인의 글씨
가 맞습니다."

실라는 고개를 뒤로 젖히고 한없이 웃음만 터뜨리며 숨을 헐
떡였다.

"정말 다행이네요! 난 기뻐요, 엄마가 범인이었다니! 엄마가
죽어서 정말 기뻐요. 이제 난 자유예요. 아빠도 자유고, 우린
안전해요. 더 이상의 살인은 벌어지지 않겠죠? 더는 사람이 죽
어나가지 않을 거예요. 이제 더는……."

찰리 팩스턴은 울음을 터뜨리는 실라를 끌어안았다.

경감은 코닐리아 포츠의 유언장과 고백서, 그리고 봉투 두
개를 아주 신중하게 챙겼다.

"기록용이야."

경감은 앓는 소리를 냈다. 피곤해 보이긴 했지만 그래도 안
심한 얼굴이었다. 경감은 텅 빈 서재 안에서 실라가 앉아 있던

뒤집어진 의자, 책상, 경쾌한 햇빛을 받아 반짝이는 책등들을 둘러보았다.

"드디어 끝났다, 엘러리. 정신 나간 포츠네 집안 사건은 이제 다 끝났어. 장례식장에서 밤샘할 때 작살난 아이리시 위스키 박스처럼."

경감은 한숨을 내쉬었다.

"처음부터 끝까지 완전히 엉망진창이었구나. 해방돼서 정말 다행이다."

엘러리가 짜증스러운 표정으로 말했다.

"정말 해방됐다고 생각하세요?"

경감이 경직되었다.

"뭐? 아직 해방이 안 됐다는 소리냐?"

"네, 아버지."

"부탁이니 허풍 그만 떨어라. 아직도 만족을 못 했어?"

경감은 신음했다.

"결말이 애매하게 났는데 어떻게 만족을 해요?"

"제대로 말해봐!"

엘러리는 담배에 불을 붙였다. 그리고 맛없다는 표정으로 천장을 향해 연기를 내뿜었다. 책상에 앉아 있는 두 다리가 게으르게 흔들렸다.

엘러리는 얼굴을 찌푸리며 말했다.

"한 가지 신경 쓰이는 점이 있어요. 정말 안 그랬으면 좋겠는데 자꾸 마음에 걸려요. 제발 제 두개골 속에서 그 내용을 지워 없애버렸으면 좋겠어요."

"그게 뭔데?"

아버지는 반쯤 두려운 표정으로 물었다.

"없어진 총 한 자루를 아직 못 찾았잖아요."

4부

21. 두 사람의 두통

포츠 사건은 끝났지만 기이하게도 불만의 겨울이 찾아왔다. 범인의 자백도 발표됐고, 부패한 신문들이 희희낙락 사건을 보도했으며, 늙은 연쇄살인범의 시체는 안치소에서 나와 네모진 땅속에 묻혔다. 타블로이드 신문들은 다시 비축해두었던 '현실과 픽션 속의 유명한 살인 사건들'을 연재하기 시작했다. 거기에는 헤롯왕과 레이디 맥베스를 연상시키는 내용이 담겨 있었다. 그런데도 엘러리는 불만스러웠다.

어느 타블로이드 신문에서는 노파의 카툰을 실었다. 노파가 한 손에 연기가 피어오르는 권총을 들고 있고, 발밑에는 온몸을 뒤틀며 괴로워하는 아들들이 누워 있는 그림 아래 재치 있는 문구가 적혀 있었다. '매를 아끼는 자는 그의 자식을 미워함이라(잠언 13장 24절).' 그리고 조금 더 점잖은 신문기사다운 글이 다음 인용구와 함께 이어졌다. '순진한 아기들이 단단한 창 위에서 온몸을 뒤틀고 있었다(퍼시 비시 셸리, 〈매브 여왕〉 6장).'

하지만 엘러리는 이 피 묻은 발자국의 훈장이 주어져야 할 작가는 따로 있다고 생각했다. 여섯 명의 아이들이 주위에서 굴러다니는 가운데 신발 속에 들어 있는 노파를 맨 처음으로 그렸던 장난스러운 노동당 신문의 만화가 말이다. 엘러리는 여섯 아이들 중 둘을 검은 펜으로 커다랗게 엑스 자 치고, 이 상황을 설명해주는 4행시를 하나 지었다.

> 어느 노파가 있었지. 신발 속에 사는 노파였다네.
> 노파에게는 자식이 너무 많아서, 어떻게 해야 좋을지 몰랐다네.
> 노파는 자식들을 도살하기 시작했다네. 한 명, 한 명.
> 오직 죽음만이 노파를 막을 수 있었다네.

코니아일랜드의 밀랍 인형 박물관 작업실에서는 이미 작업이 시작되었다. 매클린 포츠가 진한 붉은색 덩어리로 흥건한 침대에 누운 채 죽음의 고통으로 괴로워하고, 모친은 통통한 체구에 풍성한 검은 옷을 입고 검은 숄을 두르고 보닛을 쓰고 턱 밑에서 끈을 묶은 차림으로, 마치 악마에 씐 몸집 작은 빅토리아 여왕처럼 흡족한 표정을 띤 채 시체를 내려다보는 장면이었다.

노파의 고백이 보도된 그날 오후 리버사이드 드라이브에 면한 담벼락 너머에서 계란 몇 개가 저택 안으로 날아들어 신발 동상에 부딪혀 깨졌다.

설로 포츠의 침실 창문에도 돌이 날아와 유리를 깨뜨리는 바람에 설로는 입술이 새하얘진 채 치안 유지 및 보호를 호소하러 경찰에 쫓아갔지만, 돌을 누가 던진 건지 찾아내지 못해 결국 애들 장난으로 마무리되었다.

퀸 경감의 수많은 부하들은 며칠 만에 겨우 사건에서 풀려나 자식들을 보러 갈 수 있었다. 벨리 경사의 아내는 그의 커다란 두 발이 피로를 풀 수 있도록 겨자 목욕을 준비하고, 아스피린과 사랑이 가득한 침대로 남편을 밀어 넣었다.

하지만 퀸 부자의 집만은 예외였다. 보통 사건이 하나 끝나고 나면 퀸 경감은 농담도 하고, 열정을 바쳐 최선을 다해 일한 스스로의 노고를 치하하기 위해 5센티미터 두께의 스테이크를 주문해서 걸신들린 듯 먹어치우곤 했다. 하지만 지금은 식사도 거의 하지 않고, 누가 말을 걸면 날카롭게 노려보기만 했다. 엘러리에게는 심술궂은 태도를 취했으며 사무실에서 뚱한 얼굴로 평상시 하던 업무에만 열중했다.

엘러리 역시 의욕이 해수면 밑으로 가라앉은 상태였다. 그 어떤 일에도 관심이 가지 않았고, 음악에서도 흥미가 느껴지지 않았다. 엘러리는 노파와 여섯 자식 사건 때문에 잠시 제쳐두고 있던 추리소설 집필로 돌아갔다. 하지만 사건의 그림자는 여전히 드리워져 있었고, 엘러리의 상상 속 꼭두각시 인형들과 그들의 대사 위로 자꾸만 묵직한 영향을 끼쳤다. 포츠 사건이 마음속에서 영영 지워지지 않을 것만 같았다. 엘러리는 황당한 생각들을 떨쳐내기 위해 잠을 청했다.

하지만 하루하루 시간이 지나 리버사이드 드라이브에 있는 저택은 평범한 집으로 돌아갔고 신문에서도 새로운 자극적인 사건들을 다루게 되었다. 포츠 집안 사건은 이미 범죄의 역사 속으로 사라지고, 미래에 출간될 범죄 서적 속에서 한 문단 분량이나 혹은 각주 정도로만 다뤄지리라.

코닐리아 포츠의 고백이 공식적으로 발표되고 사건이 종료된 지 3주쯤 지난 어느 날 아침, 퀸 경감은 경찰청에 갈 채비를 하고 있었다. 아직도 아침 식사를 하고 있는 아들을 향해 잘 다녀오겠다는 인사를 건넨 뒤 밖으로 나가려던 경감이 갑자기 뒤를 돌아보고는 말했다.

"엘러리, 어제 오후에 네덜란드령 동인도제도에서 전보가 한통 왔다."

"네덜란드령 동인도제도요?"

엘러리는 무심한 표정으로 달걀 요리에서 고개를 들며 말했다.

"바타비아 말이야. 그 동네 경찰청 대표인지 뭔지 하는 사람한테서 전보가 왔어. 내가 지난번에 고치 소령에 대해 질문하는 전보를 보내지 않았냐? 그 답장이다."

"아!"

엘러리는 스푼을 내려놓았다.

"그 지역에는 고치 소령에 대한 기록이 전혀 없다더구나. 아마 너도 알고 싶을 것 같아서…… 그래도 한 가지 궁금증은 해결해야지."

"기록이 없다고요? 그 사람에 대한 서류 같은 게 하나도 없단 뜻인가요?"

"그래, 하나도 없어. 그 수다쟁이 늙은이에 대해 들어본 적도 없다고 적혀 있더라."

경감은 콧수염을 빨아들였다.

"그렇게 많은 내용은 아니었어. 내가 그쪽에 의뢰한 정보도 이름과, 젊은 시절 거기서 지냈다던 나이보다 대충 마흔 살 이상 많은 남자에 대한 묘사뿐이었지. 실제로 거기 갔는지 어떤지도 모르지만. 하기야 이름이 무슨 문제냐? 고치가 그냥 그런 부류의 다른 늙은이들과 마찬가지로 자기가 네덜란드령 동인도제도에서 한 가닥 했다고 우겨대는 거짓말쟁이일지도 모르는데."

엘러리는 담배에 불을 붙이고 성냥을 바라보며 얼굴을 찡그렸다.

"수고하셨어요, 아버지."

경감은 잠시 머뭇거리다가 돌아와서 다시 자리에 앉아, 부끄럽기라도 한 듯 모자를 눈 위까지 푹 눌러 썼다.

"포츠 사건은 이제 다 끝났다, 아들아. 하지만 한 가지 물어볼 게 있는데……."

"뭔데요, 아버지?"

"우리가 동기에 대해서 얘기했을 때 네가 이 늙은 소령에게도 가능한 동기가 있다고 말한 적이 있었지. 비록 지금은 그렇게 중요하지 않을지도 모르지만……."

"그리고 이렇게도 말했죠. 어설픈 추측에 불과하다고요."

경감이 화를 냈다.

"자꾸 겸손한 척 하지 마라. 도대체 어떤 생각인 거냐?"

엘러리는 어깨를 으쓱했다.

"우리가 포츠 저택에서 노파의 권한으로 이 살인을 멈출 수 있다고 이야기를 나누다가 그녀의 시체가 침대에 누워 있는 모습을 발견한 날 기억나세요?"

"그래. 왜?"

경감이 입술을 핥았다.

"같이 계단을 올라가면서 닥터 이니스에게 제가 포츠 부인에게 묻고 싶은 건 딱 한 가지 질문뿐이라고 말했던 일도 생각나세요?"

"그래. 그 질문이 뭐였지?"

엘러리는 참을성 있게 말했다.

"제가 묻고 싶었던 건, 부인이 첫 번째 남편을 다시 만난 적이 있느냐는 질문이었어요."

퀸 경감이 숨을 들이켰다.

"'첫 번째' 남편? 바커스 포츠 말이야?"

"누가 또 있겠어요?"

"하지만 바커스 포츠는 죽었어."

"법적으로 사망한 거죠, 아버지. 생물학적인 죽음과는 다른 문제잖아요. 이 사건을 마주하다가 어느 순간 갑자기 바커스 포츠가 아직 팔팔하게 살아 있을지도 모른다는 생각이 떠올랐어요."

"흐음."

경감은 잠시 말이 없다가 입을 열었다.

"난 그 생각은 미처 못했다. 하지만 내 질문에 대답한 건 아니잖니. 도대체 고치 소령이 갖고 있었던 살인 동기가 뭔데?"

"이게 아버지 질문에 대답한 거예요."

"그러니까 바커스 포츠가…… 고치 소령이라고……?"

경감은 웃음을 터뜨렸고, 너무 웃어서 흘린 눈물을 잽싸게 닦으며 목이 멘 목소리로 말했다.

"사건이 끝나서 정말 다행이다. 일주일만 더 끌었으면 너 스스로 경력에 먹칠했다고 사람들이 수군거렸을 거다."

아들이 침착하게 중얼거렸다.

"웃고 싶으신 만큼 실컷 웃으세요. 전 분명 어설픈 추측이라고 말씀드렸어요. 하지만 반대로 생각해보면 또 그렇지 않다고

생각할 이유도 없지 않나요? 고치가 포츠 1세일지도 모르잖아
요."

"그럼 난 리처드 2세다."

아버지가 킬킬 웃으며 말했다.

엘러리는 중얼거리듯 말했다.

"지금 생각해보면 그때는 꽤 매력적인 고찰이라고 생각했던
것 같아요. 코닐리아 포츠는 남편이 7년 동안 실종된 후 그가
죽었다고 공표하고, 스티븐 브렌트와 결혼했죠. 스티븐에게는
고치 소령이라는 친구가 있었어요. 부인이 마지막으로 첫 번째
남편을 본 지가 너무 오래 되기도 했고, 얼굴 생김새도 절묘하
게 바뀐 탓에 알아보지 못한 거죠. 하지만 어느 날 갑자기 코닐
리아는 고치 소령이 바커스 포츠라는 사실을 알아차리게 됩니
다! 따라서 코닐리아는 중혼을 한 셈이죠. 아무튼 참 당혹스럽
네요. 상황이요."

"기가 막히는군."

"그리고 제일 큰 문제는 고치 소령에게 이 저택이 너무나 편
안한 둥지였다는 거죠. 굳이 손을 흔들고 작별할 이유도 없잖
아요. 심지어 친구가 자기 부인의 새 남편인데, 그 새 남편은
자기에게 전적으로 의지하고 있고요. 코닐리아는 덫에 걸린 거
죠……. 그때는 이 가설이 꽤 그럴듯해 보였어요, 아버지. 지
금이야 터무니없게 느껴지지만요. 찰리 팩스턴이 제게 그 노파
의 일생에 대해 이야기해주었을 때도, 코닐리아가 왜 고치 소
령을 자기 집에 살게 해주었는지에 대해서는 자세히 알지 못하
는 모양이더라고요. 뭐, 당연한 일이지만요. 아마 이유는 그것
때문이 아니었을까요? 고치를 자기 옆에 묶어놓기 위해? 그렇

지 않으면 코닐리아는 법적으로 브렌트와 결혼한 상태가 아닌 셈이니 자기 자식들, 평판, 사업까지도……."

경감이 성급히 끼어들었다.

"잠깐만. 이런 어처구니없는 이야기를 듣고 있는 것 자체가 어리석은 짓 같긴 하지만 아무튼 고치가 포츠 1세라고 치자. 그럼 도대체 고치가 쌍둥이를 죽일 동기는 뭐지?"

엘러리가 꿈꾸는 듯한 표정으로 말했다.

"서로 결코 떨어지지 않는 두 친구가 한 여자의 두 남편이고, 한집에 같이 살면서 영원히 끝나지 않는 체커 게임을 되풀이하는……. 네? 아, 고치의 동기요? 글쎄요, 아버지. 지난번에 포츠 집안사람들이 한 번에 한 명씩 제거되고 있다는 말에 우리모두 동의했잖아요. 그리고 누가 제거됐죠? 실라 브렌트가 바로 지적했죠. 제정신인 사람들만 죽어가고 있어요. 브렌트의 핏줄들 말이에요."

"그래서?"

"그러니까 포츠 1세가 고치 소령이라는 사람이 되어 돌아왔다고 해요. 그럼 자기를 계승한 포츠 2세를 증오하게 되지 않겠어요? 그 두 사람이 남태평양 산호섬에서 얼마나 오랫동안 우정을 쌓았는지는 이참에 별로 중요한 문제가 아닐걸요."

"허……."

경감이 중얼거렸다.

"그러면 자연스럽게 코닐리아 포츠와 스티븐 브렌트 사이에 태어난 세 명의 자식들도 증오하는 마음이 들지 않겠어요? 원래 자신의 재산이어야 할 몇 백만 달러가 실라, 로버트, 매클린에게 돌아가는 모습을 보고 분개하지 않을까요? 그리고 뒤늦게 태어난 세 아이들의 존재가 앞서 태어난 자기 자식들, 즉 세 명청이 설로, 루엘라, 허레이쇼의 안전을 위협한다고 생각하게 되지 않을까요? 이 모든 원인들 때문에 바커스 포츠 고치는 분노를 곱씹으며 계획을 세우다가 결국은 화를 못 이기고 자신의 피를 물려받지 않은 아이들을 하나씩 죽여버리는 일을 실행에 옮기게 된 거죠. 로버트, 매클린, 실라, 그리고 최후에는 스티븐 브렌트마저도? 잊지 마세요, 아버지. 고치가 포츠라면 그 역시 제정신은 아니에요. 세 아이들이 그 사실을 충분히 증명해주고 있잖아요."

경감은 고개를 절레절레 저었다.

"노파가 먼저 고백해준 덕분에 네가 그런 얼토당토않은 가설을 주위에 떠벌리고 다니지 않을 수 있게 된 게 얼마나 고마운 일인지 모르겠다."

"노파의 고백……."

엘러리가 기묘한 말투로 그 말을 되뇌었다.

"노파의 고백에 무슨 문제라도 있는 거냐?"

경감이 자세를 고쳐 똑바로 앉았다.

"네? 제가 거기에 대해 무슨 말 했나요?"

"네 말투가……."

엘러리가 미소를 지었다.

"통풍이 있어서 그래요. 온천욕이라도 하러 가야겠네요."

경감은 아들에게 쿠션을 집어던졌다.

"그러고 보니 유언장과 고백서를 팩스턴에게 보낸다고 하고 깜박 잊었다. 복사본을 보관해두긴 했지만, 그 설로란 놈…… 설로란 놈이! 가족 기록용에 필요하다면서 고백서를 내놓으라지 뭐냐…… 아이고, 아들아."

경감은 문간에서 머리만 들이밀고 히죽 웃었다.

"제발 부탁이니 고치가 바커스 포츠라는 그 헛소리는 절대 어디 가서 누구한테 늘어놓지 마라."

엘러리는 날아왔던 쿠션을 아버지에게 도로 집어던졌다.

그날 아침 엘러리에게 문학의 길은 좋은 의도로만 포장되어 있었다. 엘러리는 가만히 앉아서 근 한 시간 동안 한 자도 쓰지 못한 채 타이프라이터를 노려보기만 했다. 그리고 이윽고 무언가 쓰기 시작하자마자 툭하면 일어나는 기계적인 문제가 또 발생했다는 사실을 알아차렸다. 원래 쳐야 하는 키보다 하나 왼쪽에 있는 키를 치는 기묘한 습관 때문이었다. 엘러리가 원래 쓰려던 문장은 '레키의 오른쪽 팔꿈치에는 피로 물든 줄무늬가 있었다'였다. 그러나 실제로 쓴 글을 보니 더 흥미롭긴 했지만 통 이해가 가지 않는 문장이 타이핑되어 있었다. '애ㅏ누ㅏㅕ움/ㅂㅎㄷ 청/듀타내뭄 창ㅎ ㅠㅇ줌 붕ㅠ무ㅏ더 나/ㄱ노/ㄱ저,' 이랬다가는 독자들에게 불공평한 부담만 더 주게 된다. 그래서 엘러리는 용지를 뜯어내고 새로 쓰기 시작했다. 그러나 이번에는 레키의 오른쪽 팔꿈치에 난 피로 물든 줄무늬에 별다른 의도를 넣지 않기로 했기 때문에 또다시 처음으로 돌아가는 수밖에 없었다. 모든 서투른 타이프라이터 사용자들에게 저주 있으라!

엘러리는 정말로 속기사를 하나 두어야겠다고 생각했다. 자신에게는 벅차기만 한, 이런 산만하고 기계적인 일들을 모두 맡길 수 있게. 금발의 속기사…… 아니, 빨간 머리. 몸집이 작고 활발한 성격. 하지만 합리적인 타입. 씹다 버린 껌 같아서는 안 된다. 유익한 것으로 가득한 작고 따스한 상자 같으면 좋겠다. 물론 순수하게 속기사 일에 유익한 것 이야기다. 어느 작가의 속기사가 겉보기에 썩 못나야 할 이유도 없지 않은가? 사실 바라보는 즐거움이라는 것도 있는 법인데. 예를 들어 실라 브렌트처럼. 실라 브렌트……

엘러리가 뒤통수를 손으로 받친 채 얼굴에 자조적인 미소를 띠고 말썽꾸러기 타이프라이터를 쳐다보며 30분쯤 앉아 있는데 현관문 벨이 울렸다.

방문객을 확인한 엘러리는 죄책감을 느꼈다.

"찰리!"

"안녕하세요."

찰리 팩스턴이 침울하게 말했다. 그리고 방 건너편에 모자를 걸어놓고는 경감 전용 안락의자에 털썩 주저앉았다.

"스카치 소다 없나요? 나 정말 힘들어죽겠어요, 엘러리."

"당연히 있죠."

엘러리가 재빨리 말했다. 그리고 바쁘게 손님 대접 준비를 하며 곁눈질로 찰리의 상태를 살폈다. 찰리는 초췌한 얼굴이었다.

"왜 그래요? 스스로가 평범한 삶을 살아가고 있다는 사실을 입증하는 게 그렇게 힘든가요, 찰리?"

찰리는 힘없이 미소를 지었다.

"최근 한 달 동안 살인이 일어나지 않았다는 건 사실이죠. 지루합니다!"

"자, 여기요. 그러고 보니 고백의 날 이후로는 통 얼굴을 못 봤군요."

"고백……? 아, 그날 말이군요."

찰리는 받아 든 잔을 노려보았다.

"너무 바빠서 정신이 없습니다. 포츠 신상 주위로 수많은 외판원들이 들끓지 못하도록 막느라 말이죠. 재산에 관한 사소한 법적 문제들이 너무 많아서 다 다루기도 힘들 정도예요."

"예상했던 것보다 더 많은가요?"

"훨씬요."

"그래봤자 몇 백만 안 되죠?"

"네, 그 정도 푼돈이죠."

"실라는 좀 어때요?"

찰리는 한동안 아무 말이 없다가, 푹 꺼진 눈을 들었다.

"그게 내가 오늘 여기 온 이유 중 하나입니다."

"실라한테 무슨 나쁜 일이 생긴 건 아니겠죠?"

엘러리가 재빨리 물었다.

"나쁜 일이요? 아닙니다."

찰리는 퀸 부자의 집 거실을 서성거리기 시작했다.

"아, 그럼 당신과 실라 사이의 일이 잘 안 풀리고 있다…… 뭐 그런 일인가요?"

"좋게 말하면 그렇죠."

엘러리가 중얼거렸다.

"그렇다면 나를 결혼식에 초대하려고 온 거로군요."

찰리가 쓰디쓴 표정으로 내뱉었다.

"결혼식이요? 내 평생에 결혼식장 제단이 이렇게 멀게 느껴지기는 처음입니다. 내가 '식 언제 치를까요?' 하고 말할 때마다 실라는 울면서 자긴 두 번이나 살인을 저지른 죄인의 딸이고, 아무리 죽었다 해도 내게 살인자의 사위라는 오명을 씌우고 싶지 않다는 바보 같은 소리만 한다고요. 난 실라를 그 빌어먹을 집에서 끌고 나올 수조차 없어요. 나이 든 스티븐을 떠날 수도 없고, 스티븐은 자기가 이 집을 나가기에는 너무 나이가 많다고 우기고…… 희망이 없어요, 엘러리."

"정말이지 실라를 이해할 수 없군요."

엘러리가 중얼거렸다.

"거긴 아직도 정신병원 같아요. 심지어 이젠 단속하고 야단을 쳐줄 노파도 없으니 상태가 더 나빠졌죠. 루엘라는 쓸모도 없고 비싸기만 한 기구들을 사들여 온 집 안을 가득 채우고 있고…… 분명 저러다 언젠가는 집을 폭파시키고 말 겁니다! 심지어 전부 외상으로 구입하는데도 불구하고 노파의 죽음이 알려진 이후로 장사꾼들은 루엘라에게 큰 재산이 상속될 걸 알고 있으니 원하는 물건은 무엇이든 다 손에 넣을 수 있죠.

그리고 설로는 마치 횃대 위에 선 수탉처럼 모든 사람들 위에 군림하고 있어요. 식탁의 제일 상석에 앉아서 잘난 척하며 스티븐과 고치 소령에게 이래라저래라 하고 있죠. 그렇지 않아도 그 집은 정말 고통스럽기 짝이 없는……."

엘러리가 말했다.

"내 말은 그냥 실라를 이해할 수 없다는 겁니다. 실라의 태도가 내가 아는 여성이라는 개념과 완전히 모순되기 때문에 너무 충격적으로 느껴진다고요. 찰리, 분명 어딘가에 잘못된 부분이 있어요. 그게 뭔지 찾아내는 일은 당신에게 달렸습니다."

"당연히 잘못됐죠. 실라가 나랑 결혼을 안 한다니!"

"그거 말고요, 찰리. 뭔가 다른…… 아, 정말 궁금한데……

혹시⋯⋯."

엘러리는 생각할 시간을 벌기라도 하려는 듯 드문드문 말을
끊으며 중얼거리다가, 이윽고 상쾌한 얼굴로 말했다.

"친애하는 내 허풍선이 친구, 내가 할 수 있는 충고는 포기하
지 말라는 겁니다. 실라는 싸워서 얻어낼 가치가 있어요. 솔직
히 말하면⋯⋯."

엘러리는 한숨을 쉬었다.

"난 부러울 정도입니다."

찰리가 놀란 표정을 지었다.

엘러리가 슬픈 미소를 지었다.

"새벽의 결투를 벌일 필요는 없어요. 약속하지요. 실라의 연
인은 당신이니까요, 찰리. 하지만 그래도⋯⋯."

찰리가 웃음을 터뜨렸다.

"난 당신의 충고를 얻으러 왔는데요, 뭐 존 올던* 같은 거!"

미소가 옅어졌다.

"이봐요, 엘러리. 난 요즘 정말 비참하다고요. 내 시야 안에
한한 일이긴 하지만, 나보다 실라에게 더 가까이 다가갈 찬스
가 있는 사람이 나타날 것 같아서요."

"실라는 당신을 사랑합니다. 당신이 할 일은 인내심과 이해
심을 갖는 것뿐이에요. 이제 사건도 끝이 났으니⋯⋯."

서성거리던 찰리가 걸음을 멈췄다.

"엘러리."

"왜요?"

---

* 1620년 영국을 떠나 신대륙 미국으로 항해해 간 청교도 선박 메이플라워호의 탑승자. 미국 동부의 플리머스
에서 주도적으로 다양한 역할을 맡아 했다.

"내가 오늘 여길 찾아온 또 다른 이유가 바로 그거예요."

"당신이 오늘 여길 찾아올 이유가 또 있었나요?"

찰리가 목소리를 낮췄다.

"난 사건이 끝났다고 생각하지 않아요."

엘러리는 "아" 하는 말만 내뱉더니 앉을 자리를 찾아다니는 개처럼 주위를 둘러보았다. 하지만 앉는 대신 찰리에게 대접했던 음료를 섞어서 자기가 들이켰다.

"앉아요, 팩스턴 형제. 그리고 이 신부에게 다 털어놔요."

"최근에 든 생각이 있는데……."

"생각은 언제나 유익하죠."

"두 가지 생각이 머릿속을 통 떠나지 않아요. 밤에 잠도 잘 수 없을 정도로……."

"그래요?"

엘러리는 자신이 지난 3주 동안 불면증을 겪었다는 이야기는 하지 않았다.

"노파의 고백 기억나요?"

"물론이죠."

엘러리는 건조한 말투로 말했다.

"노파의 말 중 한 문장이 자꾸만 이상하게 느껴집니다."

찰리가 느리게 대답했다.

"어떤 문장 말인가요?"

"총에 대해 쓴 말이요. 첫 번째 살인이 일어난 날, 자기가 설로에게서 해링턴 앤드 리처드슨 리볼버를 슬쩍해서 신문기자들을 위협했다고 했잖아요. 하마터면 벨리 경사님을 죽일 뻔하고……."

"네, 그랬죠."

"그리고 그다음에는 이렇게 쓰여 있어요. '나는 나중에 설로의 다른 총들 중 하나를 훔쳐서 경찰의 눈을 피해 숨겨놓았다가 한밤중에 내 아들 매클린의 침실로 가져가 그를 쏘아 죽였다'라고요."

"그래서요?"

"설로의 다른 총들 중 하나!"

찰리가 소리를 질렀다.

"하지만 엘러리, 없어진 총은 두 자루예요!"

엘러리는 자신이 마치 한 번도 그런 생각을 해본 적 없다는 듯한 얼굴로 말했다.

"그렇군요! 그런데 그게 무슨 의미인가요, 찰리?"

젊은 변호사가 부르짖었다.

"정말 모르겠어요? 아직도 발견되지 않은 그 두 번째 총은 대체 어떻게 된 거냐고요! 어디 있죠? 누가 갖고 있죠? 만약 그게 아직도 그 집에 있다면 실라가 위험한 것 아닙니까?"

"그건 무슨 말이죠?"

"설로, 루엘라, 허레이쇼! 그 미치광이들 중 하나가 그 집안에 있는 브렌트의 씨를 말려버리겠다는 노파의 대학살극을 잇겠다고 생각할 수 있잖아요. 지금 그 셋에게는 못 할 짓이 없어요, 엘러리. 그 셋은 노파와 마찬가지로 실라와 스티븐을 싫어합니다. 어쩌면 더 싫어할 수도 있어요. 어떻게 생각해요?"

엘러리가 나지막이 말했다.

"나는 그것보다 더 황당한 가설도 생각해봤어요. 계속해요,

찰리. 사실 나도 최근 3주 동안 오로지 그 사건만 생각했지만, 나와는 상관없는 일이었기 때문에 차마 나서지 못했습니다."

"나도 폭발할 것 같았어요! 도저히 머릿속에서 이 생각을 떨쳐낼 수가 없었다고요. 다른…… 가설, 의혹, 뭐 어떻게 불러도 상관없어요. 아무튼 다른 생각이 있어요. 이 생각 때문에 정말 미쳐버릴 것 같습니다."

엘러리는 위로가 담긴 표정으로 말했다.

"말해봐요."

"노파는 자기가 죽을 거라는 사실을 알고 있었어요, 엘러리. 고백서에서도 그렇게 말했죠."

"그랬죠."

"만약 노파가 자신의 소중한 아가들 중 하나가 쌍둥이를 죽였다고 생각했다고 쳐요. 머지않아 찾아올 자신의 죽음을 예감한 노파가 그 오명을 스스로 뒤집어쓴다고 한들 뭐 손해 볼 게 있겠습니까?"

"그러니까 그 말은……."

찰리가 딱딱한 표정으로 말했다.

"내 말은 노파의 고백이 허위 진술일지도 모른다는 겁니다, 엘러리. 어쩌면 노파는 그냥 미친 자식들 중 하나를 감쌌을지도 모르죠. 그렇다면 그 집 안에는 여전히 살인자가 살아서 돌아다니고 있다는 뜻이 돼요."

엘러리는 스카치 소다를 벌컥벌컥 마셨다. 그리고 잔을 내려놓고는 말했다.

"친애하는 내 탐정 동료, 그건 내가 봉투를 뜯고 노파의 고백을 보자마자 제일 먼저 한 생각입니다."

"그럼 당신도 내 생각에 동의한다는 말인가요?"

엘러리가 느릿느릿 말했다.

"당연히 동의하죠. 심지어 개연성도 있습니다. 난 코닐리아 포츠가 두 아들을 죽였다고 생각하지 않아요. 하지만……."

엘러리는 어깨를 으쓱했다.

"찰리, 우리의 의심은 코닐리아 포츠의 서명이 들어 있는 이 고백서를 결코 이길 수 없어요……. 젠장!"

"갑자기 왜 그래요?"

엘러리는 펄쩍 뛰었다.

"내 말 좀 들어봐요, 찰리! 노파는 우리가 시체를 찾아내기 한 시간쯤 전에 죽었어요. 만일 시체가 혼자 거기 누워 있는 동안 누군가가 침실에 들어갔다고 생각해봐요. 문은 잠겨 있지 않았잖아요. 누군가가 그 고백서를 현장에서 타이핑할 시간이 있었단 말이에요. 편리하게도 침대 바로 옆에 놓여 있었던 타이프라이터로!"

찰리가 입을 딱 벌렸다.

"설마 엘러리, 누군가…… 진짜 살인자가 고백서를 위조했을 수도 있단 말인가요? 그 생각은 못 해봤는데!"

하지만 찰리는 금세 고개를 절레절레 저었다.

엘러리가 짜증 섞인 목소리로 말했다.

"내가 진짜 그렇게 생각한다는 말이 아니에요. 그런 일이 가능했다는 거지! 가능성, 가능성! 이 빌어먹을 사건을 다루면서 내가 한 말은 온통 그것뿐이에요. 모든 일들이 다 가능하다는 말! 그런데 왜 고개는 가로젓는 겁니까?"

찰리가 우울한 목소리로 말했다.

"노파의 서명 때문에요, 엘러리. 당신이 다른 서명들하고 직접 비교해봤잖아요. 유언장에 있는 서명, 큰 봉투에 있는 서명하고요. 그리고 고백서의 서명과 필적이 똑같다고 했죠."

엘러리가 중얼거렸다.

"거기에는 문제가 있어요. 나도 인정합니다. 재빨리 훑어보기만 했을 뿐이에요. 어쩌면 아주 정밀한 판독을 요하는, 아주 솜씨 좋은 위조 서명이었을지도 모르죠. 미리부터 똑같을 거라고 넘겨짚은 인간의 고정관념을 노린 함정! 엘러리, 멍청한 짓은 이제 그만 안타까워하고 주먹을 날릴 차례야!"

"그 서명들을 다시 한 번 비교해볼까요?"

"당연하죠."

엘러리는 찰리의 어깨를 두드리고는 의논을 시작했다.

"찰리, 우리가 사건 초반에 노파에게 유언장 내용에 대한 질문을 하기 위해 침실을 찾아갔을 때를 떠올려봐요. 내 기억에 그때 노파는 당신에게 한 뭉텅이의 서류를 줬죠. 거기에 본인이 평소 자주 쓰던 부드러운 연필로 서명하는 모습을 봤어요. 그 서류들은 지금 어디 있죠?"

"전부 저택에 있습니다. 서재의 책상 아래쪽 서랍에요."

"그 서류에 본인의 진짜 서명이 있을 겁니다. 그건 맹세할 수 있어요. 자, 갑시다."

"저택에요?"

"네. 하지만 먼저 경찰청에 들러서 고백서 원본을 챙기자고요, 찰리. 어쩌면 이 수수께끼들 중 하나의 가설이 제 모습을 드러낼지도 모르니까요!"

22. 메네 메네 데겔 우바르신

저택에는 평소와 다름없이 하인들밖에 없었다. 그래서 두 사람은 바로 서재로 직행했고, 엘러리는 문을 닫은 뒤 두 손바닥을 비비며 말했다.

"자, 어서 시작합시다. 서명된 서류를 꺼내요."

찰리는 책상 양쪽에 달린 서랍들을 뒤지기 시작했다.

"만약 없어졌으면 해고인데…… 아, 여기 있군요. 이제 뭘 어떻게 해야 하죠?"

엘러리는 바로 대답하지 않고, 만족스러운 얼굴로 서류들을 팔랑팔랑 넘겨보았다.

"대국과 동맹을 맺은 기분이군요. 오늘 날씨가 아주 좋지 않나요?"

"뭐라고요?"

"조용히 해요, 친구. 그리고 워즈워스가 추천했던 것처럼 '조용한 눈동자들을 수확'합시다."

"당신이 지금 기분이 아주 좋다는 건 잘 알겠군요."

찰리가 투덜거렸다.

"미안합니다. 요 3주 동안 지하 감옥에 갇혀 있다가 겨우 밖에 나와서 신선한 숲 속 공기를 마신 남자가 된 기분이어서요.

희망이 보여요. 찰리. 이게 바로 희망이에요."

"도대체 무슨 희망이요? 실라를 더 위험에 빠뜨릴 요소가 아니고요?"

"진실에 다가갈 수 있다는 희망이죠."

엘러리가 말했다.

그러고는 가까운 창가로 다가갔다. '동맹을 맺은 대국', 태양이 창가를 환하게 비추고 있었다. 대조적으로 서재는 어두침침했다.

"완벽합니다."

엘러리는 유리창에 서류를 대고 그 위에 고백서를 겹쳐 각각의 종이에 되어 있는 서명이 서로 포개지게끔 한 뒤 결과를 유심히 살펴보았다.

"아니네요."

두 서명은 누가 봐도 같은 사람의 필체였지만 특정 글자들의 모양과 길이가 아주 미세하게 달라서, 겹쳐놓고 보니 희미하게 차이가 났다.

엘러리는 변호사에게 서류를 건네주었다.

"다른 서류도 줘봐요, 찰리."

찰리는 당황한 표정이었다.

"지금 도대체 뭘 하는 겁니까?"

"다르네요."

엘러리가 말했다.

"이것도 아니에요. 다음 것도 줘보시죠, 팩스턴 씨."

이윽고 한 뭉치의 서류들을 다 비교해본 뒤 지친 엘러리는 확신에 찬 목소리로 말했다.

"혹시 이 속에서 포츠 신발 회사의 주식이 72로 떨어졌을 때 되팔라는 지시가 적힌 서류를 좀 찾아줄 수 있겠습니까?"

"당신이 이미 봤잖아요!"

"아무튼요."

찰리는 서류 더미를 뒤져 문제의 서류를 찾아내서 엘러리에 게 건네주었다. 엘러리는 다시 한 번 유리창에 대고 고백서와 그 서류를 겹쳐보았다.

"봐요, 찰리. 당신 보기에 어때요?"

"서명 말인가요?"

"네."

그 부분을 들여다보던 찰리는 놀란 목소리로 말했다.

"차이가 없네요!"

"그렇죠."

엘러리는 종이를 내렸다.

"바꿔 말하면 주식 매도 지시 서류의 서명과 고백서의 서명 이 완벽하게 일치한다고 할 수 있죠. 글씨의 모양과 크기에 아 주 세밀한 차이조차 없습니다. 직선은 직선끼리, 곡선은 곡선 끼리. 두 서명이 완전히 서로의 복사본 같습니다. 쌍둥이 로버 트와 매클린처럼요. 소문자 아이(i) 위의 점마저 똑같은 위치에 찍혀 있어요."

"그렇다면 서명이 실제로 일치하는 서류는 주식 매도 지시 서류 하나뿐이라는 겁니까?"

찰리가 쉰 목소리로 말했다.

"그래서 여기 있는 서류들을 전부 다 비교해본 겁니다. 그 점을 확신하기 위해서요. 맞습니다, 그것 한 장뿐입니다."

"그러니까 그 말은……."

"불 보듯 뻔한 일이죠! 누구도 자기 이름을 완벽히 똑같은 방식으로 두 번 쓸 수는 없어요. 과학적인 사실입니다. 같은 사람의 서명이라도 사소한 부분에서 차이가 생기기 마련이고, 수백만 가지의 샘플을 비교해보면 더 잘 알 수 있죠. 찰리, 우린 지금 포츠 사건에서 새로운 사실을 알아낸 겁니다!"

"이 두 개의 서명 중 하나가 위조라는 거죠?"

"그렇죠."

"둘 중 어느 것이 위조인가요?"

"봐요, 찰리. 노파는 우리가 보는 앞에서 이 주식 매도 지시 서류에 서명을 했어요. 그러니 이 서명이 진짜인 거죠. 따라서 고백서의 서명이 가짜라는 말이 되고요."

"누군가가 이 서류를 훔친 뒤 가짜 고백서를 만들고, 고백서 맨 마지막에 이 서류의 서명을 대고 따라 그렸다는 말인가요?"

"그렇게 하지 않고서야 이토록 완전히 똑같은 서명이 나올 리가 없죠. 맞아요, 찰리. 주식 매도 지시 서류는 노파가 모든 지시를 내린 후로 계속 서재 책상 서랍 속에 있었으니……."

찰리가 중얼거렸다.

"그렇죠. 그날은 여기저기 전화할 일이 너무 많아서 서류들을 그냥 서랍 속에 넣어뒀어요. 평소처럼……."

"그러니 이 집 안에 있는 사람이라면 누구나 그 서류들을 가지고 나와서 서명 위조에 사용할 수 있었다는 뜻이죠. 환한 유리창 위로 주식 서류를 올리고, 그 위에 고백서를 겹치면 햇빛 덕분에 종이가 반투명하게 비쳐 보이니까요."

"그리고 이 집 안에는 노파가 쓰던 연필이 잔뜩 굴러다니고 있고요⋯⋯."

"게다가 노파의 침실에 숨어들어가서 휴대용 타이프라이터로 고백서를 작성하고 그걸 유언장 맨 뒤에 슬그머니 끼워 넣는 일은 어린애 장난이나 다름없죠. 이 모든 과정이 노파가 혼자 침대에서 숨을 거둔 뒤 우리, 그러니까 당신과 실라, 아버지, 내가 침실에 들어가 시체와 그 손에 들린 커다란 봉투를 발견하기까지의 사이에 일어난 일이 분명해요. 범죄를 저지를 수 있는 시간이 한 시간이나 있었고, 실제 범행은 몇 분이면 충분하니까요."

엘러리는 전화기 쪽으로 갔다.

"뭐 하려고요?"

"저희 아버지의 심장에 기쁜 소식을 전해드려야지요."

엘러리는 경찰청에 전화를 걸었다.

"뭐라고?"

경감이 기운 없는 소리로 물었다.

엘러리는 했던 말을 반복했다.

잠시 아무 말이 없다가 아버지가 대꾸했다.

"그러니까⋯⋯ 그러니까 그 사건이 다시 시작된단 소리냐?"

"그것 말고 무슨 다른 의미가 또 있겠어요, 아버지? 고백서의 서명은 베낀 글씨라는 사실이 드러났으니, 코닐리아 포츠는 그 고백서를 작성한 게 아니라는 말이 돼요. 따라서 노파는 범행을 자백하지 않았다는 말이죠. 그러니 우린 누가 포츠 쌍둥이를 죽였는지 아직 몰라요. 네, 안타깝게도 그 사건은 다시 시작됐어요."

경감이 중얼거렸다.

"어렴풋이 예감은 했다만…… 알았다, 벨리 경사랑 같이 최대한 빨리 그쪽으로 가마."

전화를 내려놓고 뒤를 돌아본 엘러리의 눈에, 문에 기대고 서 있는 실라가 보였다. 찰리가 입술을 핥고 있었다.

"당신 아버지한테 하는 얘기 다 들었어요."

실라가 말했다.

"실라!"

"잠깐만요, 찰리."

엘러리는 서재를 가로질러 손을 뻗었다. 실라의 손은 차갑지만 단단했다.

"당신도 알다시피 실라, 난……."

"난 괜찮아요, 고마워요."

실라는 완벽하게 이성적이었다. 엘러리에게서 손을 빼낸 실라는 그의 손을 다시 꽉 잡았다.

"충격을 받거나 놀라서 히스테리를 부리는 일은 이제 다 지나갔어요, 엘러리."

"일이 이렇게 될 거라는 예감을 하고 있었군요?"

"네, 아마 본능이었나 봐요."

실라는 심지어 웃기까지 했다. 그리고 부드러운 표정으로 찰리를 돌아보았다.

"이게 내가 집을 떠나지 않으려 버텼던 이유예요, 찰리. 정말 모르겠어요?"

찰리가 중얼거렸다.

"난 모르겠네요. 정말 아무것도 모르겠어요!"

"불쌍한 찰리."

엘러리는 그 모습을 감탄하며 바라보았다.

실라는 어쩔 줄 몰라 하는 연인에게 키스했다.

"당신은 아직 많은 것들을 이해하지 못했군요, 내 사랑. 난 오랫동안 너무 겁쟁이였어요. 이젠 아무도 나를 두렵게 할 수 없어요."

실라는 턱을 뒤로 젖혔다.

"알아요. 누군가 날 죽이려 한다는 거. 하지만 난 도망치지 않을 거예요. 도대체 이 비통한 사건이 어떤 결말을 내는지 똑똑히 지켜보겠어요."

23. 나무에 열린 열매

이리하여 포츠 저택에는 또다시 먹구름이 드리워졌고, 그림자는 마치 고양이처럼 그들 사이로 남몰래 스며들었다.

견디기 힘든 분위기였다. 사람들은 거기서 벗어나기 위해 안뜰이 보이는 테라스 쪽으로 이동했다.

판석이 깔린 바닥과 무어풍 기둥, 담쟁이덩굴과 꽃, 풀밭과 키 큰 나무들이 내다보이는 아름다운 풍경이었다.

햇볕도 편안했다. 일행은 따뜻하게 데워진 철제 의자에 앉아 퀸 경감과 벨리 경사를 기다렸다. 실라는 찰리 옆에 바짝 붙어 앉아 있었다. 두 사람은 손을 꼭 맞잡고 있었다. 얼마 후 졸음을 이기지 못한 실라의 머리가 찰리의 어깨 위로 떨어졌다.

테라스에 앉아 있으면 이 인공적인 풍경 속에서 모든 선과 악을 한꺼번에 볼 수 있다니 정말 신기한 일이라고 엘러리는 생각했다. 엘러리의 앞으로 뻗은 오솔길은 제라늄 화분과 조가비 더미로 그리 불쾌하지 않게 가로막혀 있었고, 그 너머에는 허레이쇼가 사는 오즈의 마법사 같은 집이 있었다. 설탕 옷을 입힌 달콤한 환상의 짜릿한 맛이 담긴 혼란스러운 꿈같은 풍경이었다. 그 주위로는 깔끔하게 정돈된 잔디밭과 평화롭고 건강한 나무들이 늘어서 있었고, 마찬가지로 보기 좋은 모습이었다. 그런 분위기였으니 엘러리는 아무리 매력적인 모습이어도, 굳이 실라와 찰리 쪽을 쳐다보지 않기로 했다.

하지만 루엘라의 탑은 완전히 달랐다. 이 우아한 정원에 허락도 없이 그림자를 드리우고 있었고, 총안이 잘못 난 꼭대기 뾰족탑은 마치 포위군 앞에 맞서고 있는 듯했으며 거기에 달린 깃발은(엘러리는 그런 게 있는 줄 지금에서야 처음 알았다) 모형 흉벽 위에서 시무룩하게 펄럭거렸다. 엘러리는 그 삼각 깃발을 흥미롭게 바라보았으나 도대체 어떻게 생긴 깃발인지 알아볼 수 없었다. 그때 산들바람이 불어와 아주 잠깐 깃발을 펼쳐준 덕분에 겨우 전체 디자인이 보였다.

그것은 여성용 옥스퍼드화 그림이었다. 그리고 그림을 가로질러 '포츠 신발'이라는 글씨가 수수하게 적혀 있었다.

짜증이 난 엘러리는 혼잣말을 했다.

"저건 그로테스크한 것도 아냐. 그냥 취향이 저급할 뿐이지. 저 깃발이나 잔디밭에 있는 신발이나 다 똑같아."

엘러리는 몸을 돌려, 자기가 앉아 있는 곳에서도 보이는 거대한 신발 앞코 쪽을 노려보았다. 나머지 부분은 저택 건물에 가려 보이지 않았다. 돌아보니 '포츠'까지만 보였다. 네온사인 글씨가!

엘러리는 코닐리아 포츠가 어떻게 유언장에 자기 묘비에 대해 한 마디도 남기지 않을 수 있었는지 궁금해졌다. 아마도 노파는 세인트 프랙스드 교회가 그 심심한 공동묘지에 묘비 사이즈의 여성용 버몬트 옥스퍼드화 모양 대리석 세우기를 거부하리라는 사실을 내다본 게 아닐까.

스티븐 브렌트와 고치 소령은 안뜰 잔디밭 한구석에 세운 커다란 녹색 파라솔 테이블 밑에서 체커 두는 데 열중하고 있었다. 둘은 자기들 근처에 실라, 찰리, 엘러리가 나타났다는 사실조차 알아차리지 못했다.

새들이 고대의 멜로디를 노래하는 가운데 엘러리는 눈을 감고 깜박 잠이 들었다.

"자나?"

엘러리는 깜짝 놀라 벌떡 일어났다. 아버지가 불만스러운 표정으로 자신을 날카롭게 노려보고 있었다. 그 뒤에는 육중한 덩치의 벨리 경사가 공격적인 표정으로 서 있었다. 실라와 찰리도 일어나 선 채였다. 스티븐과 소령이 열심히 체커를 두던 잔디밭에는 파라솔 테이블과 철제 의자 두 개만이 달랑 남겨져 있었다.

"많이 지루하신가 봅니다, 퀸 선생?"

경감이 물었다.

엘러리는 펄쩍 뛰었다.

"죄송해요, 아버지. 너무 평화로워서 그만……."

"평화롭다고!"

경감은 얼굴이 시뻘겋게 달아올랐고, 벨리 경사는 땀을 뻘뻘 흘리고 있었다. 센터 스트리트에서 여기까지 정신없이 뛰어온 모양이었다.

"그게 무슨 가당찮은 소리야! 빌어먹을 그놈의 사건이 아직도 해결이 안 됐다면서!"

벨리 경사가 굵고 낮은 목소리로 으르렁거렸다.

"그럼 또 없어진 권총을 찾아서 이 집을 뒤져야 한다는 말입니까? 바로 어젯밤에 마누라한테 꼭 악몽에서 깬 기분이라고 말했는데……."

"네, 네, 맞아요. 그 총이에요, 경사님."

엘러리가 무심하게 말했다.

벨리의 모루 같은 턱이 밑으로 빠졌다.

"전부 다 찾아봤어요. 네모난 블록 전체를 거의 뒤집어엎다시피 했다고요! 이봐요, 마에스트로. 총 찾고 싶으면 본인이 직접 찾아요!"

퀸 경감이 끙 소리를 내며 주저앉았다.

"벨리, 그만하게. 그 고백서와 주식 서류는 어디 있나? 이리 내봐라."

경감은 엘러리가 했던 것과 똑같이 햇빛 속에 서명 두 개를 겹쳐 들고 비교해보았다.

"의심의 여지가 없군. 대고 그린 게 맞아."

그리고 두 장 다 자기 주머니에 구겨 넣었다.

"내가 가져가야겠다. 이제부터는 증거품이야."

"누구를 증거하는 물건인데요?"

벨리 경사가 문법도 틀려가면서 비웃듯이 으르렁거렸다.

이때 허레이쇼 포츠가 이 장면에 등장한다. 허레이쇼는 자기가 사는 동화 같은 집 뒤편에서 이제는 친숙하게 느껴지기까지 하는 사다리를 들고 나타났다. 뒤뚱뒤뚱 걸어 본인의 별장과 파라솔 테이블 사이에 있는 키 큰 플라타너스 나무 쪽으로 다가간 허레이쇼는 나무줄기에 사다리를 걸쳐놓고 타고 올라가기 시작했다.

"저 인간은 또 뭘 하고 있는 거야?"

경감이 물었다.

"또 연이 걸렸나 보죠."

실라가 우울하게 대답했다.

"연이라고요? 아직도 연을 날리고 놉니까?"

엘러리가 눈을 끔벅거렸다.

"당신이 여기서 꾸벅꾸벅 낮잠을 자는 사이에 허레이쇼가 오두막에서 빠져나와 연을 날렸는데 그러다 저 큰 나무에 걸렸거든요. 그러니까 아마 연을 가지러 올라가는 걸 겁니다."

찰리가 설명해주었다.

사다리는 허레이쇼의 몸무게를 버티지 못하고 휘청거렸다.

찰리가 비꼬듯 말했다.

"허구한 날 저런 짓이나 하고 놀고 있으니 문제죠. 사람이 제 나이에 맞게 행동해야지……."

"그만!"

엘러리가 고함을 질렀다.

모두가 기겁을 하고 놀랐다. 엘러리가 끔찍한 공포에 찬 비명을 지르고 나서 젖 먹던 힘을 다해 잔디밭 너머의 플라타너스 쪽으로 뛰어간 탓이었다.

"멈춰요, 허레이쇼!"

엘러리는 또다시 소리쳤다.

허레이쇼는 계속 올라갔다.

경감이 아들 뒤를 쫓아 뛰어갔다. 벨리도 자기가 왜 이러는지 모르겠다는 표정으로 경감 뒤를 쫓아 뛰어갔다. 실라와 찰리 역시 그 뒤를 따랐다.

"엘러리, 도대체 뭘 그만 멈추라는 거냐? 저 친구는 그냥 나무 위로 올라가고 있을 뿐이잖아!"

경감이 소리를 질렀다.

"마더 구스!"

엘러리는 속도를 늦추지 않고 고개만 뒤로 돌려 외쳤다.

"뭐라고?"

경감도 고함쳤다.

"사다리가 부러질지도 몰라요! 허레이쇼는 덩치가 크고 뚱뚱해서 '험프티 덤프티가…… 담에서…… 떨어졌네…….'"

경감은 허탈한 듯 웃고는 잔디밭 위에서 달리기를 멈추었다. 엘러리는 여전히 허레이쇼에게 소리를 지르며 뛰어가고 있었고, 허레이쇼는 여전히 그 말을 무시하고 올라가고 있었다.

엘러리가 플라타너스 뿌리 근처에 도착했을 때 허레이쇼는 머리 위로 뻗은 높은 가지 속으로 들어가 거의 모습을 감추었다. 반쯤 찢어진 채 나무에 걸린 연을 아등바등 빼내느라 씨근덕거리며 숨을 몰아쉬는 소리가 들렸다.

"조심해요, 포츠 씨!"

엘러리가 소리를 질렀다.

"엘러리, 너 정말 미쳤니?"

경감이 숨을 헐떡이며 다가왔다. 벨리, 실라, 찰리는 몇 걸음 뒤에 있었다. 모두 공포에 질린 얼굴들이었다. 하지만 나무 위에서는 허레이쇼가 열심히 자기 할 일을 하고 있었고 사다리는 멀쩡했으며, 딱히 엘러리가 흥분할 만한 요소는 없었기 때문에 세 사람은 어리둥절한 표정을 지었다.

"포츠 씨, 조심하라고요!"

엘러리가 고개를 쭉 빼며 소리를 질렀다.

"뭡니까?"

허레이쇼의 유쾌한 얼굴이 벌겋게 물든 채 나뭇잎이 무성한 가지 두 개 사이로 나타나더니 활짝 웃었다.

"아, 안녕하세요. 좋은 친구들이여! 하필 연이 나무에 걸려서요. 금방 내려갈게요."

엘러리가 애원했다.

"제발 내려올 때 발밑 조심해요. 체중을 전부 기대기 전에 반드시 한 걸음 한 걸음 확인하면서 내려와야 합니다!"

약간 뾰로통해진 허레이쇼가 대꾸했다.

"도대체 왜 그래요? 사다리 하루 이틀 타는 것도 아니고."

그리고 한 손에 연을 든 채, 허레이쇼는 사다리의 맨 꼭대기 단에 오른발을 쿵 디뎠다.

엘러리가 화가 나서 말했다.

"저 바보가 저러다가 목 부러지면 어쩌려고. 도대체 내가 왜 이렇게 신경을 쓰고 있는지 모르겠네."

"도대체 왜 그러는 거냐?"

아버지가 화를 냈다.

벨리가 끼어들었다.

"잠깐, 움직임을 멈췄는데요. 무슨 문제라도 있습니까, 허레이쇼? 혹시 갑자기 겁이라도 났어요? 당신처럼 다 큰 어른이!"

허레이쇼는 내려오다 말고 제자리에 멈춰서 퉁퉁한 손을 낮은 가지 속으로 쑤셔 넣고 있는 참이었다. 사다리가 위태롭게 흔들리는 바람에 겁을 집어먹은 엘러리와 벨리는 사다리를 꽉 움켜잡았다.

자세를 고친 허레이쇼가 말했다.

"새 둥지가 있어요. 보통 새 둥지에는 재미있는 일이 많죠."

한 손에는 연, 한 손에는 찌르레기 둥지를 든 허레이쇼는 사다리 양옆을 팔뚝으로 버티며 내려왔다.

바닥에 도달한 허레이쇼가 말했다.

"바로 저 가지에서 발견했거든요. 사실 전 새 둥지를 굉장히 좋아해서요. 둥지만 보면 하루 종일 즐겁게 보낼 수 있죠."

"짐승."

실라가 그렇게 말하며 허레이쇼가 들고 있는 둥지에서 고개를 돌렸다.

허레이쇼가 활짝 웃으며 엘러리를 바라보았다.

"그런데 아까 왜 그렇게 조심하라고 한 건가요? 내가 뭘 조심해야 했던 거죠?"

엘러리는 경감과 벨리와 함께 사다리를 나무에서 끌어내서는 한 단 한 단 확인했다. 마지막 단까지 확인하고 난 엘러리의 얼굴이 몹시 빨개졌다.

"뭐가 문제인지 하나도 모르겠는데."

경사가 말했다.

"그러게요."

엘러리는 웃으며 사다리를 옆으로 치웠다.

"마더 구스에 험프티 덤프티…… 아무래도 이 사건 때문에 네가 정신이 좀 이상해진 것 같다, 엘러리. 집에 잠깐 들렀다가 병원에 가는 게 좋겠구나."

경감이 불쾌한 목소리로 말했다.

"왜 그래요, 허레이쇼?"

찰리가 물었다.

실라가 재빨리 돌아보았다.

허레이쇼가 몹시 황당한 표정을 지으며 한 손으로 새 둥지 속을 마구 뒤적거리고 있었다.

"왜 그러시죠, 포츠 씨?"

엘러리도 물었다.

정신을 차린 허레이쇼가 박장대소를 터뜨렸다.

"아니, 세상에! 누가 찌르레기 둥지 속에서 이런 게 나오리라고 상상이나 했겠어요?"

허레이쇼는 거대한 손을 둥지 속에서 빼냈다.

손바닥 위에는 총구 앞코가 살짝 들려 있는 작은 자동권총이 새똥으로 더럽혀진 채 놓여 있었다.

25구경 콜트 권총이었다.

"로버트 포츠를 죽일 때 사용된 권총인 것 같은데."

벨리 경사가 뚫어져라 노려보며 말했다.

퀸 경감이 자동권총 쪽으로 손을 뻗으며 언성을 높였다.

"정신 차려, 벨리! 살인 흉기는 전부 본청 증거품 파일 속에 있잖아! 총이 전부 다 거기 있는데!"

엘러리가 나지막한 목소리로 말했다.

"그럼 이게 바로 실종되었던 두 번째 25구경 콜트 권총이로군요."

사람들이 잔디밭에서 모두 물러간 뒤 엘러리는 아버지의 팔을 잡고 파라솔 테이블 쪽으로 끌고 갔다.

"앉으세요, 아버지. 저 생각 좀 해봐야겠어요."

"뭘 생각하겠다는 거냐?"

어쩔 수 없이 자리에 앉으며 경감이 물었다. 그의 눈은 콜트 권총에만 못 박혀 있었다. 그 안에는 빈 약협 하나가 장전되어 있었다.

"드디어 없어진 권총이 나왔군그래. 도대체 누가 권총을 새 둥지 속에 처박아뒀는지 모르겠지만, 벨리는 왜 나무 위까지 찾아보지 않은 거야! 두 번째 스미스 앤드 웨슨 38구경도 나중에 매클린 포츠를 죽이기 위해 저 나무 위에 숨겨놓은 게 분명해. 하지만 그게 뭐 어쨌다는 거야? 모든 일들이 다……."

"아버지, 제발."

경감은 등받이에 몸을 기댔다. 엘러리도 등받이에 몸을 기대며 경감의 무릎 위에 놓여 있는 자동권총을 응시하다가 잠시 후 고개를 돌렸다.

그러고는 한참 후 미소를 짓고는 기지개를 켜고 말했다.

"아, 그렇군요. 그거였어요."

"아, 그래. 그게 뭔데?"

안달이 난 경감이 물었다.

"지금 당장 한 가지 부탁 좀 드려도 될까요, 아버지? 집 전체에 이 말을 퍼뜨려주세요. 오늘 오후 새 둥지에서 마지막 권총까지 발견된 덕분에 제가 사건을 해결했다고요."

"사건을 해결했다고?"

경감은 자리에서 벌떡 일어나다가 권총을 풀밭에 떨어뜨렸다. 기계적으로 걸어가서 그것을 집어 든 경감이 작은 목소리로 말을 되풀이했다.

"사건을 해결했다고?"

"코닐리아의 쌍둥이 아들들을 죽인 범인이 누구인지 제가 알

고 있다는 사실을 모든 사람들에게 빠짐없이 확실하게 전달해
주세요."

"네가…… 정말 네가 그걸 알고 있단 말이냐? 정말로?"

경감이 입술을 핥았다.

하지만 엘러리는 애매하게 고개를 가로저었다.

"모든 사람들이 다 제가 알고 있다고 생각하게끔 해달라는
얘기예요."

24. 여왕은 응접실에 있었다네

때: 저녁.

장면: 아래층 서재.

커튼이 올라가면 일부러 조명을 어둡게 켜두어 벽에 가득한 책등 위로 사람들의 그림자가 잔뜩 드리워진다. 대부분의 가구들은 어둠 속에 묻혀 있다. 오른쪽 맨 앞, 프랑스식 문 근처에만 불빛이 켜져 있어 일부러 그쪽에 시선을 모으기 위한 효과를 주었다는 사실을 알 수 있다. 스탠딩 램프가 발하는 빛은 주로 가죽을 씌운 평범한 테이블 너머의, 등받이가 똑바르고 불편해 보이는 의자를 비추고 있다. 빛이 닿는 범위는 오로지 테이블 위에 놓여 있는 물건, 새똥으로 얼룩진 채 망가진 찌르레기 둥지 속에서 반쯤 삐져나와 있는 25구경 콜트 권총 주위뿐이다.

엘러리 퀸은 환한 구역 바로 옆에 있는, 열려 있는 프랑스식 창을 가로지르는 문틀에 기댄 채 서 있다. 테이블 옆에서 살짝 뒤로 물러난 위치다. 기온이 따뜻한 저녁이기 때문에 모든 문들은 활짝 열려 있다(그러나 엘러리의 마음속에 잠재적으로 교묘한 속임수가 잠들어 있다는 사실을 아는 관객들은 이 행위의 기준이 태양이나 우주적 법칙이 아니라 이성일 거라고 추측할 수 있다).

엘러리는 테이블 너머의 등받이가 반듯한 의자를 마주보고 있다. 또한 현관에서 왼쪽에 있는 문을 바라보고 있기도 하다.

엘러리의 뒤편으로 펼쳐진 테라스는 어둠 속에 삼켜져 있다.

테라스 너머의 무대 뒤쪽에서 귀뚜라미의 생기 넘치는 노랫소리가 들린다.

빛의 영향권을 교묘하게 벗어난 서재의 그림자 속에는 실라 브렌트와 찰리 헌터 팩스턴이 전혀 이해가 안 된다는 표정으로도 무언가를 기대하면서 관객 입장에서 조용히 앉아 있다.

엘러리는 세트장을 마지막으로 한 바퀴 둘러보고는 만족스러운 표정으로 고개를 끄덕인 뒤 입을 열었다.

엘러리(날카롭게): 플린트! (플린트 형사가 문간 현관 쪽에서 서재 안으로 고개를 들이민다.)

플린트: 네, 퀸 씨. 부르셨나요?

엘러리: 설로 포츠 들어오라고 하세요. (플린트 형사가 물러난다. 설로 포츠가 들어온다. 현관문이 설로의 뒤로 닫힌다. 설로는 불안한 얼굴로 어깨 너머를 돌아본다. 그러고 나서 장면 안으로 들어와, 램프 불빛 바로 옆 어둠 속에 머뭇거리며 멈춰 선다. 이 위치에서 의자와 테이블 위의 새집과 권총은 설로와 엘러리 사이에 위치한다. 엘러리가 설로를 차갑게 바라본다.)

설로: 뭐죠? 저 형사가 그러는데……. (설로가 말을 멈춘다. 엘러리는 갑자기 아무 말 없이 프랑스식 창 옆에서 위치를 옮겨, 테이블을 돌아 무대 앞으로 나와서 설로를 마주 볼 수 있는 위치에 멈춰 선다. 그리고 눈빛으로 설로를 압도한다.)

엘러리(엄격하게): 설로 포츠!

설로: 네, 퀸 씨. 왜 그러시죠?

엘러리: 지금 무슨 일이 일어났는지 알고 있습니까?

설로: 우리 어머니 말인가요?

엘러리: 당신 어머니의 고백서 말입니다!

설로: 아뇨. 아니, 네. 그러니까 전 이해가 안 된다는 말입니다. 글쎄요, 그 말도 좀 아닌 것 같군요. 도대체 뭐라고 말해야 좋을지 모르겠는데, 퀸 씨…….

엘러리: 장황한 소리 그만해요! 압니까, 모릅니까?

설로(시무룩하게): 그 사람…… 그러니까 퀸 씨 아버지가 그러는데 저희 어머니의 고백이 위조된 거라면서요? 그래서 이 사건이 재개된 거라고요. 전 너무 혼란스러운데요. 맨 처음에는 제가 결투에서 로버트를 쏘아서 죽였는데…….

엘러리: 잠깐, 잠깐만요. 포츠 씨. 뒤마*를 본받은 당신 행동에 대해서는 모두가 다 잘 알고 있습니다. 우리가 당신이 어리석은 짓을 하지 못하도록 권총에서 실탄을 빼고 빈 약협을 끼웠고, 누군가가 결투 전날 밤 당신 침실에 몰래 숨어들어 빈 약협을 빼고 실탄을 끼웠다는 사실은 당신도 알고 있을 텐데요. 당신이 실제로 발포했을 때 로버트가 죽게 하기 위해서 말이죠. 포츠 씨, 정말이지 예상치 못한 사태였습니다.

설로(이마를 문지르며): 난 너무 혼란스러워요.

엘러리(험악하게): 정말입니까?

설로: 선생, 말이 너무하군요.

엘러리: 왜 이 테이블에서 시선을 피하는 겁니까, 포츠 씨?

설로: 뭐라고요?

엘러리: 이 테이블 말입니다. 포츠 씨. 이 테이블이요. 바로

---

* 《삼총사》, 《몽테크리스토 백작》으로 유명한 프랑스 극작가.

당신 코앞에 있는 이 작은 물건. 왜 이쪽을 보지 않는 거죠?

설로: 도대체 무슨 말을 하시는 건지 모르겠습니다, 퀸 씨. 계속 이 자리에서 나를 모욕한다면…….

엘러리(갑자기): 앉아요, 포츠 씨.

설로: 예?

엘러리(부드러운 목소리로): 앉으시라고요. (망설이던 설로는 테이블 옆의 불편한 의자에 천천히 앉아, 무릎을 모으고 통통한 손을 그 위에 얹는다. 강렬한 램프 불빛 속에서 설로는 몸을 꿈지럭거리며 눈만 깜박인다. 설로의 시선은 아직도 흉기와 새 둥지 향하지 않는다.) 포츠 씨!

설로(시무룩하게): 뭐죠? 대체 뭡니까?

엘러리: 이 총을 보세요. (설로가 입술을 핥는다. 그리고 천천히 고개를 돌려 테이블 위를 쳐다본다. 그러더니 눈에 띄게 놀란다.) 이게 뭔지 알아보시겠습니까?

설로: 아뇨! 그게…… 제가 로버트와 결투할 때 썼던 총 같긴 한데…….

엘러리: 당신이 로버트와 결투할 때 사용했던 총과 비슷한 건 사실이지만 바로 그 물건은 아닙니다. 당신이 콘월 앤드 리치 상점에서 샀던, 그것과 똑같지만 다른 물건이죠. 기억하십니까?

설로(신경질적으로): 그래요, 생각나요. 거기서 산 총 열네 자루 중 25구경 콜트 권총이 두 자루 있었던 것 같은데…….

엘러리: 그렇습니다. (엘러리가 갑자기 앞으로 걸어나오자 설로는 본능적으로 몸을 뒤로 뺀다. 엘러리는 둥지에서 자동권총을 꺼내 탄창을 빼고, 몸을 숙여 불빛 아래에 약협이 잘 보이게끔 들이댄다. 설로는 넋이 나간 얼굴로 그의 행동을 지켜보고 있다. 갑자기 엘러리가 탄창을 원래 자리에 끼워 넣

고 자동권총을 둥지 쪽으로 밀어버린다.) 오늘 우리가 당신의 장전된 총을 어디서 찾아냈는지 아십니까, 포츠 씨?

설로: 프…… 플라타너스 나무 위라면서요? 그 얘긴 저도 들었습니다, 퀸 씨.

엘러리: 왜 그걸 거기다 뒀죠?

설로(숨을 들이켜며): 난 안 그랬어요! 다른 열세 자루랑 같이 산 날 이후로 나도 이 권총을 한 번도 못 봤다고요!

엘러리(시니컬한 미소를 지으며): 정말입니까, 포츠 씨? (그리고 날카롭게) 됐습니다! 가도 좋아요.

(설로가 눈을 깜박이며 머뭇거리다가 노골적으로 깜짝 놀라며, 위압적으로 자신을 내보내려는 엘러리의 태도에 분개한다. 그러고는 뒤도 돌아보지 않고 재빨리 이 장면에서 퇴장한다.)

엘러리: 플린트! 루엘라 포츠 불러와요.

서재에서 설로 포츠와 벌인 한바탕 난리는 당연히 엘러리가 일부러 계획하고 꾸민 장면이었고, 이어지는 다른 장면에서도 마찬가지였다. 루엘라는 서재로 당당하게 들어왔다. 맹렬하게 자신감이 넘치는 루엘라는 더 이상 늘 어머니 품에서만 지내던 음침하고 심술궂은 노처녀가 아니었으므로 엘러리의 극본은 예상치 못한 새로운 등장인물에 맞춰 조금 부드러운 대화로 진행되긴 했으나 앞 장면에서 수정된 부분은 거의 없었다.

엘러리는 똑같은 준비용 질문을 던지고, 두 사람은 똑같이 테이블 위의 총 쪽으로 향했다. 그리고 엘러리는 또다시 총을 집어 들어 탄창을 빼고 약협을 보여준 뒤, 다시 탄창을 끼우고 테이블 위로 총을 던지고 나서 마지막 질문을 했다.

"왜 설로의 장전된 총을 찌르레기 둥지에 숨겼습니까, 포츠 양?"

루엘라는 등받이가 곧은 의자에서 펄쩍 뛰어 일어났다. 그리고 누런 얼굴로 부들부들 떨며 화를 냈다.

"나를 굳이 끌어내서 이리로 데려온 이유가 그딴 어린애 같은 헛소리나 하기 위해서였나요? 난 이 흉기를 한 번도 본 적 없어요. 새 둥지에 집어넣은 적도 없고, 난 아무것도 몰라요. 그러니 제발 과학의 발전을 방해하지 말아줘요, 퀸 씨!"

그리고 루엘라는 비쩍 마른 몸을 분노로 활활 태우며 성큼성큼 서재를 나가버렸다.

하지만 엘러리는 실라와 찰리를 향해 미소만 짓고는 허레이쇼를 불러오도록 시켰다.

허레이쇼의 경우는 다른 두 사람보다 대단했다. 이 장면에서 그는 완벽하게 이성적인 사람이었다. 솔직히 말하면 엘러리의 질문 세례 앞에서도 허레이쇼가 발휘한 멀쩡한 대답과 예상치 못한 날카로운 통찰력 때문에, 이 장면의 스포트라이트는 질문자가 아니라 그 희생자를 환하게 비추었다.

허레이쇼는 한 포인트에서는 관대하게 말했다.

"아주 흥미롭군요. 난 내 어머니가 쌍둥이를 죽였다는 말을 결코 믿지 않았어요. 너무 폭력적인 이야기잖아요. 마담 투소 박물관도 아니고. 그럴 리가 없죠. 하지만 그 고백서라는 건 아주 기발하네요. 그렇게 생각하지 않으세요, 퀸 씨?"

퀸 씨도 그렇게 생각했다.

허레이쇼는 다른 포인트를 지적했다.

"누가 범인인지 알아내셨다면서요? 최소한 난 그렇게 들었는데."

엘러리는 비밀이 누설되었다는 사실에 화를 내는 척했다.

뚱보가 낄낄 웃으면서 말을 이었다.

"그 이야기를 꼭 듣고 싶군요. 책 쓰기에 아주 좋은 소재 같은데요."

"당연히 모르는 척해야겠죠."

"내가요?"

허레이쇼는 깜짝 놀랐다.

"이봐요, 포츠 씨. 이 장전된 권총을 찌르레기 둥지에 감춘 건 당신입니다. 안 그런가요?"

그리고 엘러리는 총을 열어 약협을 보여주고 다시 집어넣는 행동을 반복했다.

허레이쇼가 되뇌었다.

"내가 총을 둥지에 감춰요? 도대체 왜?"

엘러리는 대답하지 않았다.

허레이쇼가 생각에 잠긴 채 말했다.

"솔직히 너무 어이없는 소리네요. 내가 만약 설로의 총을 나뭇가지 속에 감추고 발견되지 않기를 바랐다면 왜 오늘 낮에 당신 코앞에 그걸 갖다 바쳤겠어요, 퀸 씨? 난 아닙니다, 절대 아니에요. 당신 지금 노선 잘못 잡았어요."

엘러리는 허레이쇼 포츠에게 힘없이 나가라는 손짓을 한 뒤 스티븐 브렌트를 불러오게 시키는 수밖에 없었다.

실라의 아버지가 들어온 뒤에도 극본은 똑같이 재개되었다.

스티븐은 상당히 긴장한 눈치였고, 엘러리가 부드러운 태도를 취해도 스티븐의 긴장은 풀리지 않았다.

스티븐은 몹시 당황하며 자신은 나무 위의 권총에 대해 아무것도 모른다고 부정한 뒤 다급히 서재를 나가버렸다.

스티븐은 엘러리의 질문에 여전히 더듬거리며 말했다.

실라는 분노와 우울이 섞인 얼굴로 엘러리를 다그치기 시작했다. 찰리는 실라가 의자에서 벌떡 일어나 자기 아버지를 따라 나가려는 것을 말려야만 했다.

고치 소령의 차례가 되자 엘러리는 엄격한 태도를 취했다. 늙은 해적은 금세 성을 내며 고함을 질렀다.

"내가 이 집에 살면서 개 같은 상황을 수도 없이 봤지만 당신처럼 막무가내인 인간은 처음이군. 난 그 빌어먹을 총에 대해 아무것도 몰라. 그건 당신도 부정할 수 없는 사실이야!"

"당신은 네덜란드령 동인도제도에서 꽤 유명한 분인 줄 알았는데요."

엘러리가 대본에서 동떨어진 말을 했다.

고치가 코웃음을 쳤다.

"그 동네에서는 꽤 이름 있는 악당 중 하나였지. 엄청난 전설이었어. 거기 가면 내 흔적이 잔뜩 남아 있다네."

"하지만 그곳 사람들은 소령님에 대해 한 번도 들어본 적이 없다더군요."

고치는 경악한 표정을 지었다.

"그럴 리가 있나, 뻔뻔한 거짓말쟁이들!"

"혹시 다른 이름을 쓰셨나요, 소령님?"

고치는 잠시 침묵하다 이윽고 말했다.

"아니."

엘러리는 가볍게 말했다.

"아시다시피 저흰 얼마든지 찾아낼 수 있습니다."

"찾든지 말든지 마음대로 해, 이 망할 놈!"

"굳이 찾아볼 필요는 없겠죠. 어차피 다 드러날 일인데요, 뭐. 이게 마지막 질문입니다. 소령님. 우리 친구인 문제의 살인 자는 그리 품위 있는 인간이 아니더군요. 왜 총을 새 둥지에 숨기셨습니까?"

"이거 미친놈이군."

소령은 고개를 절레절레 저었다. 그리고 엘러리가 다섯 번째로 자동권총을 열어서 약협을 보여주는 연극을 하는 사이 서재를 나가버렸다.

"어, 이제 어떻게 할까요? 퀸 씨."

문간에 서 있던 플린트 형사가 물었다.

"당신은 조용히 퇴장하면 됩니다. 플린트."

플린트는 쾅 소리와 함께 현관문을 닫았다.

실라가 그림자 속에서 벌떡 일어났다.

"도대체 왜 우리 아빠를 그런 식으로 끌고 들어온 거예요? 다른 사람들하고 똑같이 취급하다니!"

실라가 쏘아붙이듯 항의했다.

"위장이에요, 실라."

"뭐라고요?"

실라는 의심스럽다는 표정이었다.

"모든 용의자들에게 동등한 처우를 할 필요가 있었거든요."

아직 납득하지 못한 얼굴의 실라가 물었다.

"도대체 왜요?"

찰리도 우울한 얼굴로 말했다.

"당신이 대체 무슨 결론을 이끌어내려고 이러는지 난 도저히 모르겠습니다, 엘러리. 하지만 뭐가 뭔지 몰라도 지금까지 지켜본 바로는 당신이 무슨 수확을 얻은 것 같지는 않은데요."

"우리 아빠를 그렇게 들볶아놓고!"

실라가 말했다.

엘러리는 경쾌하게 대답했다.

"전부 계획의 일부예요, 계획의 일부. 아직 그렇게 효과가 있는 것 같지는 않지만……."

갑자기 실라가 속삭였다.

"쉿, 누가 있어요……."

"테라스에……."

찰리도 목소리를 낮췄다.

엘러리는 두 사람에게 다시 그림자 속으로 물러나라고 고압적으로 손짓을 하고 나서, 조명 범위 밖으로 뛰어나가 벽에 착 달라붙었다.

밖에서는 시곗바늘 소리밖에 들리지 않았다.

그때 어둠 속의 테라스에서 신중하지만 빠른 발소리가 들렸다. 엘러리는 어둠 속에서 웅크리고 앉아 기척을 죽였다.

퀸 경감이 프랑스식 문을 통해 다급히 서재 쪽으로 오고 있었다.

엘러리가 고개를 절레절레 저으며 웃음을 터뜨렸다.

"아버지, 아버지."

경감은 어둡게 조명이 켜져 있는 방 안을 들여다보며 아들의 목소리가 나는 곳을 확인하려고 조심스레 움직였다.

찰리가 뛰쳐나오며 소리쳤다.

"엘러리, 이 여우 같은 인간! 나도 이제 다 알았어요!"

실라도 뛰쳐나오며 외쳤다.

"하지만 엘러리! 만약 그런 거라면 하지 말아요! 너무 위험해요!"

퀸 경감이 두 사람을 보고 눈을 껌벅이며 물었다.

"이게 다 뭐냐? 뭘 하면 안 된다는 거야, 엘러리?"

엘러리는 숨어 있던 곳에서 재빨리 나왔다.

"아무것도 아니에요, 아버지. 불빛 밖으로 물러나 계세요. 우린 지금 기다리는 중이거든요."

"기다리긴 뭘 기다려? 좋아, 일단 말은 다 퍼뜨리고 왔다. 그리고 불빛 밖으로 물러나 있으마. 하지만 여기서 밤새 기다리고 있을 수는……."

엘러리는 어둠 속으로 아버지를 끌고 들어갔다.

경감이 투덜거렸다.

"마음에 안 들어. 도대체 여기서 무슨 일이 일어나고 있는 게냐? 왜 내가 들어왔을 때 다들 그렇게 긴장하고 있었던 거야? 말 한 마디도 없이?"

그때 경감은 테이블 위의 둥지와 콜트 자동권총 쪽을 흘끔 쳐다보았다.

엘러리는 고개를 끄덕였다.

경감이 천천히 말했다.

"그래서였구나. 왜 사람들한테 네가 범인이 누군지 알고 있다고 퍼뜨리라고 했는지 이제야 알았다. 덫이었어."

실라가 숨 가쁘게 말했다.

"맞아요. 그냥 아무 쓸모도 없는 질문을 하면서 모든 사람들을 하나씩 다 인터뷰한 거예요."

"그러면 테라스 바로 근처에서 테이블 위에 놓여 있는 총을 보여줄 수 있으니까요!"

찰리가 말했다.

"엘러리, 그러면 안 돼. 너무 위험하잖니."

마지막으로 경감이 말했다.

"괜찮아요."

엘러리가 대꾸했다.

"만약 누가 테라스로 살금살금 들어와서 숨어 있다고 생각해 봐라. 너는 아무 소리도 못 듣고, 거기 누가 있는지 보지도 못하는 상황에서……."

경감이 테이블로 향했다.

"테라스에서 방 안으로 후다닥 들어와서 권총을 들고 너한테 한 방 쏴버리면 끝이잖아."

실라가 외쳤다.

"게다가 실탄이 장전돼 있다고요! 엘러리, 아버님 말씀이 맞아요."

찰리가 얼굴을 찌푸리며 말했다.

"당연히 장전돼 있죠. 사람들한테 이게 장전된 총이라는 사실을 보여주려고 얼마나 애썼는데요."

경감이 말했다.

"그렇게 되면 넌 그냥 속수무책으로 당하는 거야. 좋아, 덫을 설치했다 이거지. 사람들은 모두 범인이 누구인지 네가 알고 있다고 생각하고, 여기엔 손만 뻗으면 닿을 거리에 장전된 총이 있어. 그래, 덫. 하지만 네가 스스로를 미끼로 삼아 범인을 유인하는 일을 내가 과연 허락할 것⋯⋯."

"당연히 예방 조치를 취해뒀죠. 세 분 다 이쪽으로 오세요."

엘러리가 가볍게 말했다.

경감은 엘러리를 따라 창에서 멀어져 더욱 짙은 어둠 속으로 들어갔다.

"무슨 예방 조치 말이냐?"

찰리와 실라도 창에서 뒷걸음질 쳐서 부자 쪽으로 다가왔다.

"실라, 당신은 여기서 나가 있는 편이⋯⋯."

경감이 짜증을 냈다.

"찰리, 잠깐만 가만히 좀 있게. 무슨 예방 조치를 취했다는 거냐, 엘러리?"

엘러리가 씩 웃었다.

"테라스 바깥에 있는 저 무어풍 기둥 뒤에 벨리 경사님을 심어뒀어요. 만약 누가 오면 벨리 경사님이 바로 체포를⋯⋯."

경감이 기둥 쪽을 빤히 쳐다보았다.

"벨리? 내가 방금 저 테라스에서 왔는데 벨리는 나를 보지도, 눈치채지도 못했어. 탄광 속처럼 시커먼 어둠 속인데 아마 그게 나인 줄도 몰랐을걸. 그런데 왜 내가 프랑스식 문 쪽으로 걸어왔을 때 벨리는 나를 체포하지 않은 거냐?"

엘러리가 아버지 쪽을 돌아보았다.

"뭔가 잘못된 것 같아요. 벨리가 위험에 처했을 수도 있어요.

어서 가봐요!"

엘러리는 테이블 너머로 열려 있는 프랑스식 문을 향해 두 걸음 걸어갔고, 다른 사람들도 모두 그 뒤를 따랐다. 하지만 엘러리가 순간 걸음을 멈췄다. 램프 불빛이 닿는 원의 가장 끄트머리에서였다.

가느다란 무언가가 어두운 테라스 쪽에서 뱀처럼 튀어나왔다. 그러나 그것은 뱀이 아니라 사람 팔이었다. 이것마저도 아주 잠깐 시야를 스쳐 지나간 모습에 불과했다. 너무 순식간이었던 탓에 엘러리를 포함한 모든 사람들이 움찔 멈춰 서서는 그쪽을 쳐다보았고, 그게 무엇이며 어떤 용도에 쓰이는지 바로 알아보지 못했다.

그 손은 장갑을 끼고 있었던 탓에 잘 보이지 않았다.

인간의 수준을 넘어선, 경이적일 정도로 매끄러운 동작으로 테이블 위의 새 둥지에서 25구경 자동권총을 낚아챈 침입자는 그 매부리코 같은 총구를 엘러리의 심장에 똑바로 들이밀었다.

모든 것이 눈 깜짝할 순간에 일어난 일이었다.

실라는 비명을 지르며 찰리를 덥석 끌어안았다.

엘러리가 무심코 스스로를 보호하려는 듯 손을 들었다.

경감이 고함을 지르며 엘러리의 다리에 머리를 들이받았다.

하지만 이 세 가지 일들이 동시에 일어나기 직전, 한 가지 일이 먼저 벌어졌다. 장갑을 낀 손이 콜트 권총의 방아쇠를 당기고, 연기와 불꽃이 피어오른 일이었다.

엘러리는 바닥에 쓰러졌다.

25. 성공의 불빛

팔도, 손도, 무기도 모두 사라졌다.

테이블 위를 구름처럼 맴도는 연기만이 남아 있을 뿐이었다. 연기는 느릿느릿 램프 쪽으로 흘러갔다.

바닥에 쓰러져 있던 퀸 경감이 데구루루 굴러 벌떡 일어나, 엘러리의 옷깃을 덥석 잡았다.

"엘러리, 애야."

경감은 엘러리를 흔들었다.

실라가 중얼거렸다.

"엘러리……? 찰리!"

실라는 찰리의 코트 깃에 얼굴을 묻었다.

"경감님……."

찰리가 목쉰 소리로 말했다.

퀸 경감은 찰리에게는 대답하지 않고 엘러리를 부르며 흔들기만 했다.

엘러리가 신음하며 눈을 떴다.

"엘러리! 너 괜찮니?"

경감이 믿을 수 없다는 듯 소리를 질렀다.

"괜찮냐고요?"

엘러리는 버둥거리며 일어나 앉아 고개를 가로저었다.

"절 친 게 뭐죠? 팔이 튀어나온 건 기억나는데…… 총이 발사되고……."

실라가 엘러리의 옆으로 털썩 무릎을 꿇으며 말했다.

"경감님이 당신 다리로 뛰어들었어요. 움직이지 말고 도로 누워요! 찰리, 이 사람 좀 봐줘요. 일단 재킷을 벗기고……."

찰리가 화를 냈다.

"가만히 앉아 있어요, 망할 놈의 빌어먹을 영웅 선생! 세상에, 함정을 파다니!"

"제발."

경감이 말했다. 모두 바닥에 털썩 주저앉아 있었고 엘러리는 고개만 계속 흔들었다.

"어디가 아프니, 얘야. 피가 나는 것 같지는 않은데……."

"아무 데도 아프지 않아요."

엘러리가 퉁명스럽게 말했다.

경감은 찰리와 실라를 쳐다보았다.

실라가 속삭였다.

"혹시 머리를 다친 게 아닐까요? 어쩌면…… 밖으로는 안 보여서 그렇지 내상을 심하게 입었을 수도……."

"일단 편안한 의자에 앉힙시다."

찰리도 작은 소리로 말했다.

경감이 고개를 끄덕이고는 아들 위로 다시 몸을 숙였다.

"자, 봐라. 이런 짓은 하는 게 아니야, 알겠지? 우리가 일단 너를 들어 올려서 저 의자로 데려갈 거다. 네가 스스로 일어나 앉아 있는 걸 보니 눕힐 필요는 없는 것 같아서 말이야. 그러니까 차라리 안전하게……."

찰리가 속삭였다.

"실라, 의사를 불러요."

엘러리는 자신에게 무슨 일이 일어났는지 뒤늦게 깨달았다는 듯 갑자기 주위를 둘러보았다. 그러고는 버럭 화를 냈다.

"지금 뭣들 하는 겁니까? 왜 여기서 이렇게 어기적거리고들 있어요? 당장 그 끔찍한 살인자를 쫓아가지 않고!"

그리고 엘러리는 자리에서 벌떡 일어났다.

경감은 입만 떡 벌린 채 옆에서 몸을 움츠렸다.

"너 다친 것 아니었냐?"

"당연히 안 다쳤죠, 아버지."

"초…… 총을 맞았는데! 바로 1.5미터 앞에서 발사된 총을!"

"어린애가 쐈어도 맞힐 수 있는 거리였다고요!"

실라가 소리를 질렀다.

찰리도 말했다.

"범인은 분명히 당신을 쐈어요, 엘러리. 아마 갓 생긴 상처라 잘 모르나 본데, 어딘가에 분명히 긁힌 자국이……."

엘러리는 약간 떨리는 손가락으로 담배에 불을 붙였다.

"내가 꼭 스트립쇼라도 해야 다들 납득하겠어요?"

그러고는 셔츠 앞섶을 펼쳐 보였다. 램프 불빛을 받아 금속 같은 무언가가 번쩍거렸다.

"방탄조끼잖아!"

경감이 입을 딱 벌렸다.

"미리 예방 조치를 취해뒀다고 말씀드렸잖아요, 아버지. 벨

리 경사님 한 사람한테만 의지하고 있었던 건 아니라고요. 스
코틀랜드 야드 청장님이 작년에 아버지한테 선물해주셨던 철
망으로 된 방탄조끼예요."

엘러리가 히죽 웃으며 말했다.

"방어 애호가들이 최고로 잘 차려입을 때 선택하는 옷이죠."

엘러리는 아버지의 어깨를 두드리고는 아버지가 일어나는
것을 도왔다.

경감은 퉁명스럽게 엘러리의 손을 뿌리치며 화를 냈다.

"패기 없는 나약한 놈 같으니라고. 그놈의 구멍 숭숭 뚫린 조
끼 당장 벗어라. 넌 절대 경찰은 못 될 게다."

찰리가 말했다.

"경찰이라는 말이 나와서 말인데 벨리 경사님은 어떻게 된
거죠?"

엘러리가 소리를 질렀다.

"벨리 경사님! 제가 정신이 나갔었나 봐요, 아버지! 빨리 가
야 해요!"

"조심해라, 엘러리! 누군지 몰라도 총을 갖고 있는 놈이 같
이 있어!"

"그 등장인물은 오래전에 극본에서 퇴장했는데 말이에요."

짜증을 낸 엘러리는 바로 옆에 있던 프랑스식 문 쪽으로 뛰
쳐나갔다.

"실라, 여기 바깥에 불 좀 켜줘요!"

실라가 현관으로 나갔다. 잠시 후 테라스에는 환한 불빛이
들어왔다.

"누가 있었던 흔적은 없는데."

찰리가 숨을 헐떡이며 말했다.

경감이 소리를 질렀다.

"총이 여기 있군! 서재에서 나가다가 테라스에 떨어뜨린 모양이야. 벨리! 자네 어디 있나? 도대체 어디에 그렇게 멍청하게 숨어 있는 거야!"

"벨리 경사님!"

엘러리가 고함을 질렀다.

플린트 형사가 커다란 손으로 실라의 팔을 잡고서 현관 쪽에서 쿵쿵거리며 걸어 나왔다.

"이 여자를 현관에서 잡았습니다, 경감님. 조명 스위치를 훔쳐보고 있던데요."

"당장 가서 벨리 찾아 와, 이 멍청아! 브렌트 양은 엘러리가 시켜서 간 거야!"

"알겠습니다, 경감님."

깜짝 놀란 플린트는 급히 테라스로 나가 빈 의자들 사이를 두리번거리기 시작했다. 마치 벨리 경사가 의자로 변신해서 그 속에 섞여 있기라도 한 듯한 표정이었다.

"여기 있네요."

엘러리의 목소리가 멀리서 들렸다.

일동은 엘러리가 테라스 끄트머리에 있다는 사실을 발견했다. 엘러리는 바닥에 가만히 누워 있는 경사 옆에 무릎을 꿇고 앉아 무자비한 손길로 거한의 뺨을 마구 내리치고 있었다. 사람들이 도착했을 때 벨리는 목젖 깊은 곳에서 가래 끓는 소리를 내며 눈을 껌벅이는 중이었다.

"컥……."

벨리가 중얼거렸다.

퀸 경감이 허리를 굽혀 벨리를 내려다보았다.

"아직 어지러운 모양이군. 벨리!"

"예?"

경사는 흐릿한 눈을 돌려 상관을 쳐다보았다.

"경사님, 괜찮으신가요? 도대체 무슨 일이 있었던 거죠?"

엘러리가 걱정스럽게 물었다.

"아……."

벨리는 신음하면서 두통이 느껴지는 얼굴로 일어나 앉았다.

"무슨 일이 있었나, 벨리?"

경감이 채근했다.

벨리가 낮은 소리로 웅얼거리듯 말했다.

"별일 아니니 너무 놀라지 마십쇼. 여기 기둥들 뒤에 숨어 있었는데, 갑자기……. 쾅! 하고 지붕이 떨어져서 머리에 맞았습니다. 잠깐, 내가 지금 다친 건가? 뒤통수에 혹이 났는데!"

엘러리가 일어나면서 말했다.

"뒤에서 후려갈겼군요. 아무것도 못 봤고, 아무 소리도 못 들었고, 아무것도 모른다……. 그만 가시죠, 경사님. 지금 살아계시는 게 기적이네요."

누가 벨리를 습격했는지에 대해서는 아무런 단서도 없었다. 플린트 형사 역시 아무것도 보지 못했다. 모든 이들이 엘러리를 죽이려 한 범인과 동일 인물이라는 사실에 동의했다.

"정말 엄청난 함정을 파놓았군요."

서재로 돌아갈 때 웃으면서 말하던 찰리가 고개를 절레절레 저었다.

엘러리도 이를 악문 채 말했다.

"아주 똑똑하고 민첩한 인간입니다. 굉장히 약삭빠른 손님이 다녀갔네요. 그걸 잡으려면 쇠갈고리가 필요하겠어요."

엘러리는 사나운 표정으로 생각에 잠겼다. 벨리가 응급처치용으로 주류 보관함을 뒤지는 사이 경감은 그의 옷을 훑어보고 있었다.

"이상한데."

경감이 중얼거렸다.

"뭐가요?"

엘러리는 그쪽을 쳐다보지도 않고 물었다.

"아무것도 아니다, 아들아."

경감은 환하게 불이 켜진 가운데 방 전체를 둘러보았다. 시간이 흐를수록 경감의 얼굴에는 당혹의 빛이 점점 더 짙어졌다. 이윽고 수색을 마친 경감이 말했다.

"이건 말도 안 돼."

"뭐가 말도 안 된다는 말씀이시죠?"

응급처치용 술잔 두 개를 꺼내서 이미 한 잔을 복용하고 어느 정도 정신을 차린 벨리 경사가 물었다.

"지금 무슨 말씀 하시는 거예요, 아버지?"

경감이 말했다.

"총 맞고 아직 정신을 못 차렸나 보구나. 아니면 내가 말하기 전에 네가 먼저 알아차렸을 텐데. 방에서 총이 발사됐잖아."

엘러리가 소리를 질렀다.

"총알! 총알이 없다는 말씀이세요?"

"흔적도 없어. 아무리 둘러봐도 벽이나 가구에도 없고, 바닥에도 천장에도 없다. 총알도 없고 탄피도 없고 아무것도 없어."

실라가 말했다.

"분명히 어디 있을 텐데요. 방 안에서 발사됐잖아요."

찰리가 끼어들었다.

"어디 맞고 튕겨져 나갔나 봅니다. 아마 우스꽝스럽게 튀어나가서 정원에 떨어졌을 거예요."

경감이 끙끙거렸다.

"그럴 수도 있겠지. 하지만 그렇다면 튕겨져 나간 자국이 있어야 해. 총알이 허공에서 방향을 선회할 리는 없지 않나, 찰리. 여기엔 아무것도 없어."

엘러리가 외쳤다.

"내 조끼! 아마 서재 안에 없으면 조끼에 박혀 있을 겁니다. 최소한 맞고 튕겨 나간 흔적이라도 있을 거예요!"

엘러리는 다시 셔츠 단추를 풀고, 상체에 입고 있던 철제 조끼를 아버지와 함께 훑어보았다.

하지만 조끼에는 총알에 맞은 흔적조차 없었다. 섬유가 푹 들어간 자국이나 화약에 탄 자국, 심지어 긁혀서 반짝이는 부분마저도 없었다.

게다가 엘러리의 셔츠와 재킷 역시 상한 곳 하나 없이 멀쩡했다.

퀸 경감이 소리를 질렀다.

"분명 발포하는 소리를 들었는데. 발사되는 장면을 봤잖아? 이게 뭐냐, 또 무슨 마술 같은 속임수야? 설마 마더 구스가 어쩌고 하는 헛소리랑 무슨 상관이라도 있는 거냐?"

엘러리는 셔츠 단추를 천천히 채웠다. 벨리 경사는 아이리시 위스키 한 병을 움켜쥔 채로 얼굴을 무시무시하게 찌푸리고 상황에 집중하기 위해 애쓰고 있었다. 경감은 테라스 바닥에서 주워 온 콜트 권총만 노려보았다.

이윽고 엘러리가 웃음을 터뜨렸다. 셔츠 맨 위 단추를 채우면서 엘러리는 빙그레 웃었다.

"당연하지. 그래, 물론 그렇고말고."

"또 뭣 때문에 혼자 그렇게 자화자찬하고 있는 게야?"

경감이 짜증을 냈다.

"덕분에 모든 것이 확인됐어요."

"뭐가 모든 것을 확인했다는 건데?"

벨리 경사는 위스키 병을 내려놓고, 취한 얼굴에 의아한 표정을 띤 채 퀸 부자 쪽으로 느릿느릿 다가왔다.

"아버지, 누가 로버트 포츠와 매클린 포츠를 죽였는지 이제 알겠어요."

5부

26. 참새의 정체

"정말 아는 거냐? 추측이 아니라?"

퀸 경감이 물었다.

"네, 진짜로 알아요."

엘러리는 왜 이렇게 간단한 사실을 여태 몰랐을까 하는 표정으로 말했다.

실라가 소리를 질렀다.

"도대체 어떻게요? 무슨 일이 있었기에 갑자기 그렇게 깨달은 거예요?"

"어떻게 깨달았는지가 중요해요? 난 범인이 누군지 알고 싶은데요!"

찰리가 험악한 얼굴로 말했다.

벨리 경사도 머리가 아프다는 표정으로 말했다.

"나도 마찬가지예요. 빨리 그놈이 누군지 이름을 딱 꼬집어서 말해줘요, 마에스트로. 그래야 이놈의 헛짓거리를 후딱 끝내고 그놈을 때려눕히러 갈 거 아닙니까."

퀸 경감은 의심스러운 표정으로 똑똑한 아들을 쳐다보았다.

"엘러리, 설마 네가 쳐놓은 또 다른 덫이냐?"

엘러리는 한숨을 내쉰 뒤 등받이 곧은 의자에 주저앉아 몸을 숙이고 팔꿈치로 무릎을 짚었다.

"갑자기 생각나는데요, 마더 구스에서……."

"또 시작이군."

경사가 신음했다.

"누가 로버트와 매클린을 죽였지? '나야' 하고 참새가 말했네."

엘러리는 개의치 않고 뻔뻔하게 말을 이었다.

"원래는 정치적, 사회적인 풍자에서 비롯되었던 이 노랫말이 이번 사건에서 툭툭 튀어나오는 모습을 보고 있자니 정말 놀랍군요. 울새와 관련된 부분이 있는지는 모르겠지만 참새의 정체는 알겠습니다. 하지만 찰리, 그게 누구인지를 말하려면 먼저 내가 그걸 어떻게 알았는지를 이야기해야 합니다. 안 그러면 내 말을 안 믿어줄 테니까요."

실라가 애원했다.

"어떻게 얘기하든 당신 맘대로 해도 좋으니까 빨리 말이나 해줘요, 엘러리!"

엘러리는 천천히 담배에 불을 붙였다.

"설로는 결투를 하기 위해 총을 열네 자루 샀습니다. 열네 자루…… 경사님, 경사님이 찾아낸 총은 전부 몇 자루였죠?"

벨리가 움찔했다.

"누구, 나요? 열두 자루였는데."

"네. 구체적으로 말하면 로버트 포츠와의 결투에 사용된 두 자루와 노파가 설로의 무기 창고에서 슬쩍한 한 자루, 그리고 나중에 경사님이 찾아낸 아홉 자루를 합쳐서 열두 자루죠. 설로가 콘월 앤드 리치 상점의 휴대용 병기 코너에서 구입한 열네 자루 중 열두 자루입니다. 두 자루는 찾지 못했죠."

엘러리는 멍한 눈빛으로 재떨이를 찾아 두리번거렸다. 벌떡 일어난 실라가 재빨리 재떨이를 가져다주었다. 엘러리는 실라에게 미소를 지었고, 실라는 후다닥 의자로 돌아가 앉았다.

엘러리는 다시 입을 열었다.

"두 자루가 없어졌고 우리는 나중에 그 두 자루가 어떤 총인지 알아냈죠. 그것은 설로가 로버트와의 결투에 사용했던 두 자루와 공정상 완전히 똑같은 종류에 속하는 총들이었습니다. 25구경 콜트 포켓 모델 자동권총, 그리고 38구경 스미스 앤드 웨슨 리볼버였죠. 저는 이 사실에서 흥미를 느꼈습니다. 우리가 찾은 열두 자루의 권총은 각각 어떤 종류였죠?"

엘러리는 지갑 속에 들어 있던 목록을 꺼냈다.

"콜트 포켓 모델 자동권총, 38구경 스미스 앤드 웨슨 리볼버, 해링턴 앤드 리처드슨 트래퍼 모델, 아이버 존슨 안전형 해머리스 자동권총, 슈마이저 안전 포켓 모델 자동권총, 스티븐스 '오프 핸드' 싱글 숏 타깃, I. J. 챔피언 타깃 싱글 액션, 스토거 루거, 마우저 뉴 모델, 하이 스탠더드 해머리스 자동 쇼트, 브라우닝 1912, 오트기스."

엘러리는 다시 목록을 접어서 넣었다.

"이 시점에서 저는 열두 자루의 권총들이 전부 다른 상품이라는 사실을 알아차렸지만, 사실 한 가지 더 깨달아야 했던 게 있었습니다. 단순히 이 열두 자루가 전부 다른 상품일 뿐만 아니라, 탄환과 총의 종류 자체가 한 사람이 한 총기류 가게에서 최대한 긁어모을 수 있는 다양한 물건들이었다는 사실이죠. 그런데 열세 번째와 열네 번째, 즉 없어진 두 자루는 목록의 맨 위에 있는 두 자루와 완전히 똑같았습니다. 단순히 비슷한 물건이 아니라 완전히 똑같은 상품인 거죠."

엘러리는 사람들을 둘러보았다.

"다시 말해 설로가 콘월 앤드 리치 상점에서 구매한 열네 자루의 권총들 중에는 똑같은 권총이 두 쌍 있었다는 말입니다. 어째서일까요? 왜 11센티미터밖에 안 되는 25구경 콜트 자동권총 포켓 모델 타입을 두 자루 샀을까요? 왜 15센티미터밖에 안 되는 스미스 앤드 웨슨 38구경 리볼버를 두 자루 샀을까요? 게다가 솔직히 이것들은 결투용 무기도 아니죠. 실제로 결투에서 사용되긴 했지만. 설로의 무기고에는 '새벽의 결투'에 어울릴 만큼 낭만적이고 예술적인, 크고 긴 무기들이 충분히 많았습니다. 그런데 왜 하필 이렇게 작은 녀석들을 선택했을까요?"

"그냥 우연 아닌가요?"

실라가 물었다.

"우연일 수도 있죠."

엘러리는 인정했다.

"하지만 논리의 무게가 거기에 저항하고 있네요, 실라. 어떤 일이 벌어졌는지 생각해봐요. 설로는 그날 저녁 식사 자리에서 로버트에게 무기 선택권을 줬어요. 하지만 보통 누군가가 결투를 하려고 들 때 자연스럽게 하듯이, 똑같은 권총 두 자루를 보여주고 하나를 고르라고는 하지 않았죠. 그 자리에서 우리 모두가 봤던 것처럼 25구경 콜트 자동권총 하나와 스미스 앤드 웨슨 리볼버 중 하나를 보여줬잖아요. 즉 설로는 로버트에게 두 개의 서로 다른 무기 중 하나를 고를 권리를 줬던 겁니다. 우연일까요? 그럴 리가요. 그래서 난 이렇게 생각했죠. 이 행동의 배후에는 분명 어떤 의도가 있고, 동기가 있고, 계획이 있다고요."

"도대체 무슨 의도 말이냐?"

퀸 경감이 얼굴을 찌푸리며 물었다.

"아버지, 설로가 보여준 두 자루의 다른 권총 중에서 로버트가 한 자루를 선택한 행동이 어떤 영향을 미쳤는지 아세요? 로버트가 콜트 자동권총을 선택하든 스미스 앤드 웨슨 리볼버를 선택하든 상관없이, 둘 중 하나를 로버트가 고르면 설로에게는 똑같은 권총 한 쌍이 남게 돼요."

찰리가 소리를 질렀다.

"한 쌍! 당연하죠! 로버트가 스미스 앤드 웨슨을 골랐으니 설로한테는 콜트 한 쌍이 남았을 테고요!"

엘러리가 고개를 끄덕였다.

"그리고 만약 로버트가 콜트를 선택했다 해도 결과는 마찬가지일 겁니다. 설로에게는 크게 다를 바가 없어요. 아시다시피 어쨌거나 설로는 똑같은 무기 두 개를 갖게 됩니다. 그렇다면 이런 질문을 던질 수 있죠. 설로가 똑같은 권총 두 자루를 가져서 얻는 이득이 무엇인가? 저는 당시에 이 질문에 대한 대답을 찾지 못했습니다. 하지만 지금은 대답할 수 있어요!"

경감이 짜증스러운 목소리로 말했다.

"잠깐만, 엘러리. 난 설로가 똑같은 권총을 열두 자루 가지고 있다고 한들 도대체 무슨 좋은 점이 있는지 차이를 모르겠다."

"왜요?"

"왜냐고? 어차피 설로는 로버트 포츠를 죽일 수 없었으니까 그렇지. 설로의 침실에 빈 약협을 끼운 콜트 25구경 권총을 놓고 나온 이후, 다음날 새벽에 결투하러 온 설로에게 네가 그 권총을 건네줄 때까지 설로는 그걸 만질 기회조차 없었다. 네 입으로 그렇게 말했잖니!"

벨리 경사도 끼어들었다.

"그래요, 마에스트로. 설로는 그날 밤 자기 침실에 들어가서 빈 약협을 빼고 실탄을 장전할 기회가 없었어요. 브렌트 양이랑 찰리 팩스턴, 그리고 마에스트로와 쭉 같이 있었잖습니까."

찰리가 고개를 끄덕였다.

"여기 있을 때도 서재에서 계속 저희랑 같이 있었고, 당신이 빈 약협을 장전한 권총을 설로의 방에 놓고 내려온 뒤로는 쭉 넷이 함께 클럽 봉고에 있었죠."

퀸 경감도 덧붙였다.

"그뿐만 아니라 설로의 방에 총알을 바꿔 끼우러 들어갈 기회가 전혀 없었던 건 찰리, 브렌트 양, 설로뿐이라고 네가 네 입으로 말했지."

벨리 경사가 닦달했다.

"제발 사실만 말해요, 마에스트로. 사실만."

엘러리는 슬프게 미소를 지었다.

"정말이지 다들 사실에 대해서만 장황하게 집착하는군요! 물론 첫 번째 돌을 던진 제 잘못이긴 합니다. 저 스스로도 워낙 장황하게 떠들어대기도 했고요. 인정합니다. 설로는 제가 서랍장 위에 콜트 권총을 놓아둔 이후로 빈 약협을 실탄으로 갈아 끼울 기회가 없었습니다."

"그럼 넌 대체 무슨 소리를 하고 있는 거냐?"

경감이 짜증스럽게 물었다.

엘러리는 활기차게 대답했다.

"딱 한 가지죠. 그럼에도 불구하고 설로는 자기 동생 로버트를 고의적으로 죽였다는 겁니다."

"뭐?"

벨리 경사가 의아한 얼굴로 오른쪽 귀를 후볐다.

"설로가 로버트를……."

실라는 말을 끝까지 다 잇지 못했다.

찰리 팩스턴이 항의했다.

"하지만 당신이 방금 말한 내용으로 따지면……."

"설로가 총알을 갈아 끼울 기회는 없었다는 얘기 말이죠, 찰리? 맞아요, 물론 지금도 그렇고요. 하지만 여러분, 똑같은 두 자루의 권총을 준비함으로써 설로는 완벽한 알리바이뿐만 아니라 얼핏 보기에는 불가능할 것 같은 범죄마저 성공시켰다는 사실을 정말 모르겠어요?"

엘러리는 자리에서 벌떡 일어나 담배를 뻐끔뻐끔 피웠다.

"우리 모두 범인이 콜트 권총에서 빈 약협을 빼고 실탄으로 교체했다고 생각했습니다. 그것만이 로버트 포츠가 살해당한 이유를 설명할 수 있는 유일한 방법이라고 생각했으니까요. 하지만 총알이 사실은 바꿔치기 된 적이 없다면 어떨까요?"

사람들이 모두 놀란 표정으로 엘러리를 주시했다.

"빈 약협이 장전된 총은 사실 결투에 사용된 적이 없었고, 실질적으로 설로가 사용했던 건 똑같이 생긴 다른 콜트 권총이었던 겁니다!"

경감은 그 말에 신음하며, 뒤늦은 깨달음으로 괴로워진 회색 머리를 철썩 때렸다.

엘러리는 새 담배에 불을 붙이며 말했다.

"아주 기초적인 문제였죠. 설로는 우리가 빈 약협을 장전해 놓았던 25구경 콜트 권총을 사용하지 않았습니다. 실탄이 장전되어 있던 다른 25구경 콜트 권총을 사용했던 겁니다.

이 생각을 증명할 수 있는 방법이 바로 몇 분 전 떠올랐습니다. 설로가 결투 바로 직전에 두 자루의 25구경 콜트 권총을 서로 바꿨던 거죠. 결투 바로 우리가 보는 코앞에서 말입니다. 로버트를 쏜 콜트 권총, 즉 설로가 상대를 겨누고 발포해서 로버트가 죽었기 때문에 그 안에 실탄이 들었다는 사실을 우리가 아는 그 콜트 권총은 이제 살인 사건 증거품으로서 아버지가 갖고 계시죠.

그런데 오늘 허레이쇼 포츠가 저택 안의 플라타너스 나무 위에서 똑같은 25구경 콜트 권총을 찾아냈습니다. 몇 분 전 똑같은 콜트 권총이 저를 향해 똑바로 발사되었죠. 하지만 저는 총을 맞은 흔적도 없고, 총알구멍도 나지 않았고, 제 철제 조끼에는 탄환이 스친 흔적이나 화약 자국마저도 생기지 않았습니다. 그리고 이 방 안 어디에도 탄환과 총알구멍, 심지어 총알이 부딪혀 튕겨 나간 흔적마저도 존재하지 않죠. 그러니 이 상황을 설명할 수 있는 방법은 단 하나뿐입니다. 오늘 밤 저를 향해 발사된 콜트 권총이 바로 빈 약협이 들어 있는 그 권총이라는 겁니다. 하지만 우리가 빈 약협을 장전해놓은 25구경 콜트 권총은 분명 설로가 로버트와 결투할 때 사용했는데 말이죠!

따라서 결론은 이렇습니다. 오늘밤 저를 향해 발사된 권총은 결투 전날 밤새 설로의 서랍장 위에 놓여 있었고, 제가 열심히 뛰어가서 설로에게 가져다주었고, 여러분도 생각나시겠지만 새벽에 제게서 건네받자마자 트위드 재킷 오른쪽 주머니에 넣었던 바로 그 첫 번째 총이었던 겁니다. 그리고 바로 몇 분 전까지 재킷 주머니에서 한 번도 꺼내지 않았던 거죠!

그렇습니다. 설로는 우리가 보는 앞에서 권총을 바꿔치기했던 겁니다. 그리고 그 기본적인 사실만 깨닫고 나면 설로가 한 짓이 얼마나 유치하고 뻔한지 알게 되죠.

총이 두 개 있었기 때문에 총알을 바꿔치기할 필요가 없었다는 사실은 설로의 계획 속에서 가장 강렬하고 인상적인 부분입니다. 덕분에 설로는 난공불락의 알리바이를 가질 수 있게 되었죠. 아마 그가 25구경 콜트 권총을 한 자루밖에 갖고 있지 않다고 생각하고 우리끼리 총알 바꿔치기 계획을 세우고 있을 때, 설로가 우리의 계획을 슬그머니 엿들었던 게 분명합니다. 하지만 설로에게는 똑같이 생긴 콜트 권총이 한 자루 더 있었죠. 그러니 우리가 계획을 실행하게 내버려두었다가 그 첫 번째 권총으로 결투에 나서면 알리바이도 얻을 수 있고, 원하는 대로 로버트도 죽일 수 있지 않았겠습니까? 게다가 그런 상황에서 설로는 수수께끼 같은 제삼자의 무지한 도구로밖에 보이지 않죠.

설로는 잽싸게 기회를 잡았습니다. 실라, 설로는 당신이 자기를 서재로 끌고 들어가려 하자 순순히 끌려가주었어요. 찰리, 설로는 자기와 실라가 이야기를 나누고 있는 서재로 당신이 들어오자 기쁘게 환영해주었습니다. 그리고 거기에 나까지 등장하자 아마 마음속으로 환성을 질렀을 겁니다. 그리고 나서 설로가 뭘 했죠? 생각해봐요. 클럽 봉고에 가자고 주장한 사람은 설로였습니다. 우리가 밤새 밖에서 술을 마시고 떠들고 노느라 결투 시간까지 집으로 돌아오지 못하도록 한 것도 전부 설로가 의도적으로 한 일이었어요. 그 결과 내가 빈 약협이 장전된 총을 침실에 놓고 나온 후로 설로에게는 탄환을 바꿔치기 할 기회가 없었다고 생각할 수밖에 없게 된 겁니다.

그 전날 저녁에, 클럽 봉고에서 꼬박 새운 하룻밤 내내, 그리고 새벽에 집 앞 잔디밭으로 돌아오면서 설로의 오른쪽 주머니에는 쭉 실탄이 장전된 25구경 콜트 권총이 들어 있었다는 사실을 우리가 어떻게 알 수 있었겠어요?

이제 설로가 얼마나 교활한 인간인지 다들 아실 겁니다. 저택으로 돌아온 뒤 설로는 자기 방에 가서 빈 약협이 장전된 콜트 권총을 가지고 오라고 내게 심부름을 시켰죠. 순전히 내가 자기의 입회인이기 때문에 부탁하는 척하면서! 알고 보니 설로 포츠는 거의 2분 동안 총을 가지고 혼자 서 있었는데 말이죠…….

나는 빈 약협이 들어 있는 권총을 가져와서, 수많은 증인들이 보는 앞에서 그것을 설로에게 건넸고 설로는 일단 총을 코트 주머니에 집어넣습니다.

어리석은 결투가 시작되었습니다. 설로는 주머니에서 25구경 콜트 권총을 꺼냈습니다. 우리는 그 모습을 보고도 빈 약협이 장전된 권총이 아니라는 사실을 알 수 없었죠. 설로가 주머니에서 꺼낸 권총은 방금 전 내가 그에게 건넸던 권총과 모양, 사이즈, 생김새가 똑같은 다른 물건이고 내가 준 권총은 여전히 주머니 속에 들어 있다는 사실을 알기란 불가능했죠. 심지어 지금까지 계속 들어 있었을 줄이야."

퀸 경감이 신음했다.

"누가 그 멍청이를 수색하겠다고 생각하겠어? 심지어 그때는 똑같이 생긴 25구경 콜트 권총이 하나 더 있을 거라는 생각조차 못 했는데!"

"그랬죠, 우린 몰랐습니다. 그리고 설로는 우리가 모른다는 사실을 알고 있었죠. 그러니 딱히 위험한 상황도 아니었습니다. 빈 약협이 들어 있는 첫 번째 콜트 권총은 플라타너스 나무 위 찌르레기 둥지에 숨겨놓았다가 나중에 슬그머니 버리면 그만이었으니까요."

경감이 중얼거렸다.

"그리고 매클린을 죽이는 두 번째 범죄를 저질렀군. 위조 겸 첫 번째 범죄 은폐를 위해서……. 그때 우리는 설로가 그 광기 어린 살인에 책임이 없다는 사실을 확신하고 있었으니 말이지. 그래서 설로는 우리가 다음 날 아침의 결투를 생각하고 있는 사이 밤중에 가서 매클린을 그냥 죽여버린 거야. 정말 영악한 놈이야."

"그런데 왜 쌍둥이를 죽인 걸까요?"

벨리 경사가 물었다.

"싫어했으니까요."

실라가 그렇게 말하고는 울음을 터뜨렸다.

"그만해요, 실라."

찰리가 실라를 끌어안으며 말했다.

"아니면 잠깐 여기서 나갈까요?"

"늘 있는 흔한 일일 뿐이에요. 증오, 광기……."

실라는 흐느껴 울었다.

"그렇지도 않습니다."

엘러리가 무심하게 말했다. 실라는 고개를 홱 들었다. 그 자리에 있던 모든 사람들이 깜짝 놀랐다.

"설로의 살인 계획은 광기에서 비롯된 게 아닙니다. 그건 확실해요. 아주 냉혹하고, 잔인하고, 논리적이고, 무자비한 범죄입니다."

"그건 또 무슨 말입니까?"

찰리가 물었다.

"그래, 도대체 설로가 쌍둥이를 죽여서 얻는 게 뭐냐?"

경감이 찰리의 편을 들었다.

엘러리는 고개를 끄덕였다.

"얻는 게 뭐냐고요? 아주 날카로운 질문이네요. 아버지. 어디 한번 같이 생각해볼까요? 하지만 그 전에 한 가지 흥미로운 사실을 말씀드릴게요. 첫 번째 범죄 말고, 두 번째 범죄에 관련된 일인데요. 좋아요. 로버트와 매클린이 둘 다 죽었을 경우 가장 이득을 보는 사람은 누굴까요?"

아무도 입을 열지 않았다.

"설로죠. 설로 하나밖에 없습니다."

엘러리는 스스로 답했다.

"왜 제가 이런 말씀을 드리는지 설명하겠습니다. 만약 로버트와 매클린이 살해당하지 않았다면 무슨 일이 일어났을까요? 노파가 죽은 뒤, 자연스럽게 포츠 신발 회사의 이사회장 선출 선거가 이루어졌겠죠. 유언장을 통해 알게 되었다시피 투표권을 가진 사람은 모두 일곱 명입니다. 아마 그 집안에서는 몇 년 동안 다들 상식처럼 알고 있었던 사실일 겁니다.

로버트와 매클린이 살아 있었다면 둘 중 하나가 필연적으로 그 거대한 신발 기업 전체를 총괄하는 자리의 후보에 추천되었겠지요. 이 사실은 노파가 죽은 후 실질적인 투표 날에도 나왔던 이야기입니다. 바로 당신이 한 이야기였죠, 실라. 아주 비통하게요."

실라는 의아한 표정으로 고개를 끄덕였다.

"자, 쌍둥이가 살해당하지 않았다고 가정해봅시다. 실라, 당신 어머니가 돌아가신 후에도 쌍둥이 형제가 살아 있었을 경우 말이에요. 둘 중 하나가 후보로 선출되면 본인, 쌍둥이 형제, 실라 당신, 그리고 언더힐 씨까지 네 표를 받았을 겁니다.

그리고 루엘라와 허레이쇼는 사업에 고개를 들이밀겠다는 욕심도 없고 그럴 깜냥도 안 되었죠. 그래서 반대 후보로는 설로가 나설 겁니다. 자, 이 경우 누가 설로에게 투표할까요? 실제로 이루어진 투표에서 누가 설로에게 표를 주었죠? 루엘라, 허레이쇼, 그리고 설로 본인이죠. 다른 말로 하면 쌍둥이가 살아 있을 경우 둘 중 한 명은 결국 4대 3으로 설로를 이기게 된다는 소립니다."

"그렇죠."

찰리가 부드럽게 맞장구를 쳤다.

"한 표 차이로!"

벨리가 소리쳤다.

"설로가 진다는 말이군……."

경감이 중얼거렸다.

"네. 설로는 4대 3으로 지게 됩니다. 설로의 그 섬세한 성격을 생각해보세요. 그게 설로에게 도대체 어떤 의미로 다가올지! 성인이 된 후로 지금까지 집안의 절대 권력을 잡을 날만을 기다리며 살아왔는데, 투표에서 진 탓에 기죽고 망신스러운 표정으로 젊은 두 동생 뒷자리로 물러나야 한다니 말이죠.

그뿐만이 아닙니다. 어머니가 죽고 나면 실라와 쌍둥이 형제, 그리고 그 부친은 원래 성이었던 브렌트로 돌아갈 거라는 사실을 설로는 알고 있었어요. 그렇다면 포츠 기업은 심지어 이름까지 바뀔지도 모릅니다. 바뀌지는 않더라도 설로가 지금까지 진짜 포츠라고 생각하지 않았던 외부인들의 손에 회사가 좌지우지되는 꼴이 되겠죠.

과거에 설로가 포츠라는 이름을 모욕당하거나 놀림받았을 때 얼마나 분개했는지 우리 모두 잘 알고 있죠. 따라서 아주 협소한 곳에 집중된 그의 자아가 시시각각 다가오는 어머니의 죽음이라는 기회를 잡아(닥터 이니스한테는 죄송하지만요) 포츠라는 이름이 후대에 전해지지 않을지도 모른다는 재앙을 막을 계획을 세우게 되었다는 사실은 충분히 납득이 갑니다.

그렇다면 설로가 자신의 소망을 성취하기 위한 유일한 방법은 무엇이었을까요? 유일한 방법 말입니다. 자기 앞길을 가로막은 두 남동생, 둘 중 누가 나와도 다른 두 표를 확실하게 가져감으로써 노파가 죽은 뒤 회사의 우두머리가 될 것이 확실한 이 둘을 제거하는 방법밖에 없었겠죠. 이리하여 로버트와 매클린은 설로의 손에 죽고, 투표에서는 4대 3으로 지는 대신 3대 2로 이기게 된 겁니다."

엘러리는 고개를 절레절레 저었다.

"설로가 이런 엉망진창 같은 상황을 만든 이유는 결코 광기가 아닙니다. 아니, 어쩌면 범죄자는 제정신이 아니어도 범죄 그 자체는 아주 냉정했다고 말할 수도 있겠죠⋯⋯. 포츠라는 이름에 대한 설로의 강박관념만 제외하면 그가 계획하고 실행한 모든 일들은 아주 논리적이었습니다."

실라가 천천히 말했다.

"맞아요. 제가 왜 그걸 여태 눈치채지 못했을까요? 루엘라, 허레이쇼…… 그 둘이 뭘 신경 쓰겠어요? 항상 자기들을 그냥 내버려두라고 하는 사람들인데. 하지만 설로는…… 불만스러운 표정으로 평생 엄마 그림자 속에서만 살던 사람이에요."

엘러리가 물었다.

"아버지, 제 '참새'에 대해 어떻게 생각하세요?"

"인정하마."

경감이 짧게 대답했다.

"하지만 네가 제공해줘야 하는 한 가지 사소한 일이 남아 있어."

"그게 뭔데요?"

"증거. 지방 검사 샘슨에게 보여줄 증거 말이다. 아마 그 친구 그걸 보면 이렇게 말할 거야. '리처드, 법정에 가져갈 사건이 하나 생겼군' 하고 말이야."

모든 사람들이 긴 침묵에 빠졌다.

이윽고 엘러리가 꼬고 앉았던 긴 다리를 풀면서 말했다.

"증거는 직접 찾으셔야죠, 아버지. 제가 할 수 있는 건 진실을 말해드리는 것뿐인데요."

벨리 경사가 건조한 말투로 말했다.

"문제는 뭐냐면 말입니다. 이렇게 되면 범인은 그 말을 공격할 새로운 근거들을 가지고 온다고요, 마에스트로. 그동안 마에스트로가 해결한 사건들은 대부분 그래요. 손가락으로 범인을 지목할 수는 있지만, 놈들이 화들짝 놀라 부리나케 달아날 만큼 확고한 증거를 보여주진 않잖아요."

엘러리는 어깨를 으쓱했다.

"그건 제 영역이 아닙니다. 경사님. 보통 이 단계에서 저는 사건에 이별을 고하고 그간 버림받았던 제 타이프라이터를 만나러 집에 가곤 하거든요. 하지만……."

엘러리의 눈이 실라 브렌트 근처에서 왔다 갔다 했다.

"이 사건만큼은 저만의 상아탑으로 물러나기 전에 설로가 자기 여동생 루엘라처럼 안전하게 철창신세를 지는 모습을 꼭 확인하고 가야 할 것 같네요."

"잠깐만요."

찰리 팩스턴이 고개를 절레절레 저으며 말했다.

"설로를 감옥에 넣을 수 있는 중요한 증거가 하나 생각났어요. 최소한 한 번의 범죄…… 로버트의 살인에 대해서는 확실합니다. 난 정말 바보였습니다!"

"살인을 두 번 한 놈이나, 한 번 한 놈이나 극악한 살인자라는 사실은 똑같지. 갑자기 뭐가 생각난 건가, 찰리?"

경감이 물었다.

"아주 오래 전에 말씀드렸어야 할 일입니다. 경감님. 하지만 엘러리가 방금 전 똑같은 두 개의 권총 이야기를 하기 전까지 저는 그 일에서 별다른 의미를 찾지 못했습니다. 얼마 전…… 정확한 날짜는 나중에 확인해볼게요. 아무튼 설로가 제 옷을 재단한 재봉사의 이름을 물은 적이 있었습니다."

엘러리의 눈썹이 추켜 올라갔다.

"당신 옷을 재단한 재봉사라고요? 중요한 문젠데요. 그래서 어떻게 했습니까, 찰리?"

"새 정장을 맞추고 싶다고 하기에 알려줬죠. 그리고 나서 얼마 후 재봉사에게서 청구서를 하나 받았는데요…… 아마 찾아보면 어딘가에서 나올 겁니다. 지방 검사님께 보여드리기에 충분한 증거가 될 거라고 생각합니다. 그 청구서에는 트위드 정장 재킷 수선료를 청구하는 내용이 적혀 있었습니다."

"트위드?"

"저는 절대 트위드 정장을 입지 않기 때문에 무슨 실수일 거라고 생각했죠. 그러다 설로가 재봉사에 대해 물었던 일이 떠올랐습니다. 그래서 재봉사가 저한테 청구서를 보냈다고 이야기했더니 설로가 자기한테 온 게 맞을 거라고 하더군요. 그 재봉사한테 재킷 수선을 맡겼는데 청구서를 아직 못 받았다고 말이죠. 나중에 돈을 줄 테니 대신 좀 내줄 수 없겠느냐고 하기에 그렇게 했습니다. 설로가 그 후 저한테 돈을 줬죠."

찰리는 험악하게 덧붙었다.

"현금으로 말입니다, 그 음흉한 악마가!"

엘러리가 부드럽게 목소리를 높였다.

"수선이라고요? 설로가 옷을 어떻게 수선했다고 하던가요, 찰리?"

변호사는 대답했다.

"그 점에 대해서는 얘기해주지 않더군요. 하지만 그때 저도 이유는 잘 모르겠는데 낌새가 묘해서, 수선비를 지불하면서 재봉사한테 슬쩍 물어봤습니다. 그랬더니 포츠 씨가 재킷 오른쪽 바깥 주머니를 이중 주머니로 만들어달라고 부탁했다고……"

"이중 주머니!"

경감이 펄쩍 뛰었다.

"안에 안감을 덧대서 칸을 나눠달라고 했다고 합니다."

"찰리, 그거예요."

실라가 작은 소리로 말했다.

경사가 씩 웃었다.

"주머니가 두 개에 총도 두 개, 죽은 포츠 씨도 두 명!"

퀸 경감이 만족스러운 얼굴로 손을 비비며 말했다.

"그게 사전 계획이 아니라면 대체 뭐가 사전 계획이겠나? 고맙네, 찰리."

엘러리가 말했다.

"네, 바로 그겁니다. 그걸 제 눈으로 직접 봤어야 했는데 아쉽군요. 설로도 당연히 짧은 시간 동안이라도 한 주머니에 권총 두 개를 동시에 넣어뒀다가는 헷갈릴 거라는 예상을 했을 테니, 섞이지 않도록 대책을 세웠겠죠. 이중 주머니였다면 아마 실탄이 장전된 콜트 권총을 앞쪽 주머니에 넣고 빈 약협이 들어 있는 권총을 뒤쪽에 넣었을 겁니다. 그래야 결투의 때가 와서 총을 꺼내게 되었을 때 실제 사용할 권총을 손가락에 걸고 꺼내기가 쉬울 테니까 말이죠."

찰리가 말했다.

"경감님, 그 코트를 지금 당장 압수하시는 게 좋겠습니다. 설로는 자기가 안전하다고 생각하고 있으니 아무런 준비도 하지 않았을 겁니다. 하지만 경찰이 증거를 찾고 있다는 사실을 설로가 눈치채면 아마 코트를 바로 태워버릴 테고, 그럼 경감님은 지방 검사님한테 가져갈 사건을 하나 놓치게 되실 테죠."

그때 어두운 그림자 하나가 테라스에서 프랑스식 문을 통해 서재로 뛰어들더니 이쪽으로 비틀거리며 걸어왔다.

설로 포츠였다.

잔뜩 뒤틀린 표정을 보니 설로는 엘러리의 분석 한 마디 한 마디를 다 들은 모양이었다. 그것은 설로를 사형수 전용 감방으로 보내기에 충분했고, 찰리 팩스턴의 증언은 더욱 굳건한 증거를 제공해줄 터였다.

그날 저녁 두 번째로 사람들은 인간의 속도를 뛰어넘은 설로의 느닷없는 등장에 당황해서 굳어지고 말았다. 마치 악마에 씐 참새 같았다.

누가 먼저 움직이기 전에 설로는 찰리 팩스턴의 목젖을 움켜쥐었다.

"네가 감히 주머니에 대해 나불나불 떠들어대? 죽여버릴 거야!"

설로는 고함을 지르며 찰리의 목을 잡은 손가락에 더욱 힘을 주었다. 깜짝 놀라서 완전히 넋이 나간 변호사는 미처 자리에서 일어날 틈도 없었다. 목을 조르는 설로 때문에 찰리는 몸이 뒤로 기울어지다가 그만 바닥에 퍽 소리와 함께 머리를 부딪히고 말았다.

설로의 손가락이 찰리의 목덜미로 더욱 깊이 파고들었다. 설로는 계속 고함을 질렀다.

"죽여버릴 거야! 주머니 얘길 하다니! 죽여버릴 거야!"

실라가 비명을 질렀다.

"정신을 잃었어요! 머리를 부딪쳤다고요! 설로, 그만해! 그만하라고, 이 더러운 살인자! 그만!"

퀸 부자와 벨리 경사는 세 방향에서 일제히 설로에게 덤벼들었다. 벨리는 발길질을 하던 설로의 다리를 잡아 올렸고, 엘러리는 설로의 한쪽 팔을 잡아당겼으며 경감은 반대편 팔을 잡았다. 그럼에도 불구하고 세 사람은 찰리의 목을 조르고 있는 설로의 손가락을 떼어낼 수 없었다. 마치 쇠로 된 듯한 그 뭉툭한 손가락을 떼어내기 위해 엘러리도 온 힘을 다해야만 했다.

세 사람이 설로를 떼어내자 실라는 히스테릭한 울음을 터뜨리며 찰리의 옆에 털썩 주저앉아 통통 부은 그의 목을 쓰다듬었다. 설로의 손가락이 남긴 흔적은 깊고 뚜렷했다.

벨리 경사는 설로의 목을 한 팔로 끌어안고 제압했지만 설로는 눈알이 튀어나올 정도로 맹렬하게 발버둥을 치며 저항했다. 시뻘겋고 사나운 눈이었다.

설로는 계속 소리를 질러댔다.

"죽여버릴 거야! 쌍둥이도 죽였고, 팩스턴도 죽일 거고, 죽이고, 다 죽이고, 다 죽이고……!"

그러다가 갑자기 헝겊인형처럼 축 늘어져버렸다. 머리가 경사의 팔 위로 툭 떨어지고, 다리도 버둥거리기를 멈췄다.

"저기 소파에 눕혀."

퀸 경감이 퉁명스럽게 말했다.

"브렌트 양, 찰리는 좀 괜찮습니까?"

"괜찮은 것 같아요! 정신이 드나 봐요. 찰리, 찰리……."

벨리는 설로를 침대 겸 소파로 옮겼다. 하지만 난폭하게 집어던지지는 않고, 조심스럽고 부드러운 손길로 내려놓았다.

경감이 푸념했다.

"정말 교활한 놈이군. 자, 엘러리. 너도 설로가 뭐라고 했는지 다 들었지? 네 말이 맞았고, 여기 이렇게 증인이 많으니 이 방울뱀 같은 놈도 이젠 끝이야."

엘러리는 자기 옷을 툭툭 털었다.

"네, 아버지. 사전에 총을 두 쌍 구매한 일, 사전에 이중 주머니를 만든 일, 사전에 완벽한 알리바이를 준비한 일, 뚜렷한 동기. 이 사건은 지방 검사님에게 가져가기에 충분하네요."

"글쎄, 그건 안 될 것 같은데요."

벨리 경사가 말했다.

벨리의 목소리가 유난히 날카롭고 기묘하게 들려, 사람들은 의아한 얼굴로 그쪽을 쳐다보았다. 벨리는 커다란 턱으로 소파에 누워 있는 남자 쪽을 가리켰다.

설로 포츠는 얌전히 누워 있었다. 두 눈에는 이성의 조각이라고는 손톱만큼도 남아 있지 않았다. 그의 눈에는 아무것도 비치지 않았다. 눈동자가 마치 생기 없는 대리석 같았고, 얼굴은 덕지덕지 뭉쳐서 세로로 붙여놓은 찰흙 같았다. 설로는 분노도, 증오도, 공포도 없는 눈빛으로 가만히 벨리 경사를 쳐다보고 있었다. 상대가 누군지 알아보지 못하는 듯한 눈이었다.

"벨리, 벨뷰에 전화하게."

퀸 경감이 침착하게 말했다.

어서 오십시오, 설로.

엘러리 퀸은 노파에게서 태어나 고통받으며 살아온 그 육체를 내려다보며 생각했다.

　당신을 위해 준비된 것은 체포도, 규탄도, 배심도, 재판도, 유죄 선고도, 전기의자도 아닙니다.

　오로지 감방과 창살, 고개를 뒤틀어야 겨우 보일 푸른 풀밭, 그리고 빳빳하게 풀을 먹인 하얀 제복을 입은 교도관들뿐이죠.

27. 끝의 시작

엘러리는 결코 포츠 살인 사건에서 자신이 했던 역할이 행복하지도, 만족스럽지도 않았다.

지금까지 엘러리는 교묘한 속임수를 쓰는 인간들을 사냥하며 진실을 추구했고, 사냥꾼이 난로 앞으로 돌아가고 나면 그때까지 앉아 있던 짜증의 안장도 마법처럼 사라지곤 했다. 하지만 설로 포츠가 죄를 자백하고 미쳐버린 뒤 일주일이 지난 후에도 엘러리의 논리 방석은 여전히 따가웠다.

엘러리는 지난 몇 주 동안의 끔찍한 환상 같던 시간들을 생각하면서 그 이유를 이리저리 궁리해보았다. 자신은 사건을 해결하는 데 성공했다. 그 점에는 의심의 여지가 없었다. 설로 포츠는 자기 손으로 로버트 포츠를 죽였다. 설로 포츠는 비슷한 방식으로 매클린 포츠를 죽였다. 논리는 승리했고 범인은 죄를 자백했으며 사건은 끝났다. 도대체 어디서 실수한 걸까?

제임스 왕이 파리에게 말했다.

"나는 왕국을 세 개나 가졌는데 너는 어째서 내 눈으로 날아드느냐?"

파리의 정체는 대체 뭘까?

아버지와 함께 아침 식사를 하던 어느 날 아침 엘러리는 자신의 눈앞으로 파리 두 마리가 날아드는 것을 알아차렸다.

한 마리는 설로 포츠였다. 논리와 자백이 한바탕 지나갔음에도 불구하고 설로는 아직도 수수께끼 같은 존재였다. 엘러리는 자신이 설로의 진짜 본성을 제대로 알아본 적이 없다는 사실, 그리고 지금도 잘 모른다는 사실을 불편한 기분으로 인정했다. 설로는 이성과 비이성이 철저하게 뒤섞인 혼돈 그 자체였다. 그리고 그것이 섞인 방식은 철저하게 광기에 의존하고 있었고, 그 때문에 엘러리는 끝없이 짜증이 났다. 정신은 완전히 미쳤지만, 범행은 완전히 제정신이었다. 아마도 논리의 방석이 자꾸 따갑게 느껴지는 건 이 탓인 듯했다. 어쨌거나 설로는 자기가 무슨 짓을 하는지 똑똑히 아는 상황에서 쌍둥이 동생들을 살해했다.

엘러리는 포기했다.

또 한 마리의 파리는 명백하면서도 성가신 존재였다. 그 파리에게는 보조개가 있었다. 이름은 실라라고 했다.

이 시점에서 아버지의 의아한 시선을 느낀 엘러리는 재빨리 정신을 차리고 맹렬하게 아침 식사를 재개했다.

때로는 곤충학의 어떤 분야에 너무 깊이 열중하지 않는 게 더 현명할 때가 있다고 엘러리는 생각했다.

불편한 아침 식사가 끝날 무렵, 우연히 실라와 찰리 팩스턴이 퀸 부자의 아파트에 찾아왔다. 이때 엘러리의 태도는 영웅적이라고 칭찬할 만했다. 이 젊은 커플은 조만간 자신들이 결혼할 것이라는 사실을 알리러 왔기 때문이었다.

"진심으로 축하합니다."

엘러리는 두 사람과 악수를 하며 용감하게 말했다.

경감이 고개를 흔들며 말했다.

"이 세상에서 가장 행복해져야 할 한 쌍이 있다면 당신들 둘일 거요. 그래, 식은 언제입니까?"

"내일이에요."

실라는 활짝 웃으며 말했다.

"내일이요?"

엘러리가 눈을 껌벅거렸다.

찰리는 쑥스러운 얼굴로 말했다.

"당신이 집필로 바쁠 거라고 실라한테 분명 말했거든요. 하지만 알다시피 여자들이 좀 그렇잖아요."

"그래요, 내가 우겼어요. 말도 안 되는 핑계를 대고 참석 안 하면 용서 안 할 거예요. 꼭 올 거죠?"

실라가 말했다.

찰리는 힘없이 미소를 지었다.

퀸 경감도 웃으며 말했다.

"내일이라. 제일 좋은 날이 되겠군요."

실라가 찰리의 팔을 끌어안으며 말했다.

"바로 신혼여행을 갔다가 돌아올 거예요. 평화가 돌아왔으니 일을 해야죠."

엘러리가 말했다.

"일이요? 아, 사업 말이군요."

"네. 언더힐 씨가 생산 부문을 맡아주기로 하셨어요. 그 분야에 있어서는 최고의 베테랑이시거든요. 그리고 사무실 직원들은 그대로 고용할 거예요."

"그럼 경영진은 어떻게 됩니까? 설로가 일을 못 하게 되었으니……."

경감이 호기심 어린 표정으로 물었다. 찰리가 대답했다.

"사실 저희는 실라 아버님이 마음을 바꿔 사업에 참여하시도록 설득했어요. 하지만 스티븐은 싫다더군요. 자긴 너무 늙었고, 앞으로의 여생은 그냥 늙은 해적 고치랑 체커나 두면서 살고 싶다고 말이에요. 그래서 모든 일들을 다 실라가 맡게 됐어요. 물론 루엘라와 허레이쇼는 완전히 논외고, 이제 설로가 없으니 그 두 사람은 실라가 시키는 대로 할 거예요."

실라가 말했다.

"루엘라랑 허레이쇼하고도 꽤 길게 이야기를 나눴어요. 그 두 사람은 들어오는 수입만 받고 조직 재편성에는 참견하지 않기로 합의를 봤어요. 둘은 리버사이드 드라이브에 있는 그 집에서 계속 살 거예요. 하지만 아빠랑 고치 소령님은 아파트로 따로 나가 살고 싶다고 하셨고, 저희도 새로 신혼집을 얻을 거예요. 전 더 이상 그 집에서 못 견디겠어요."

실라는 몸을 부르르 떨었다.

엘러리는 미소를 지었다.

"그럼 앞으로는 당신을 사장님이라고 불러야겠군요, 실라."

실라가 대꾸했다.

"그런 식으로 나올 줄 알았어요. 난 그냥 명목상 사장일 뿐이에요. 생산 부문은 언더힐 씨가 주관하시고, 실제 사업은 자기가 하겠다고 우기기에 찰리에게 맡겼으니까 난 그냥 가만히 앉아서 들어오는 돈만 세고 있으면 돼요."

"최고의 삶이군요."

경감이 신음했다.

실라는 차분해진 목소리로 바닥을 내려다보며 말했다.

"그리고 엘러리, 정말 당신이 저희에게 해주신 일이 얼마나 감사한지……."

"제발 그런 말 하지 마요."

엘러리가 애원했다.

찰리가 말했다.

"실라하고 나한테 한 가지 생각이 있어요. 만약 당신이 우리 부탁을 하나 들어준다면 더 고마울……."

"네?"

실라가 깔깔 웃었다.

"두 사람 다 왜 그래요? 찰리, 그냥 편하게 말하면 안 돼요? 엘러리, 찰리는 당신이 내일 신랑 들러리를 해줬으면 해요. 그리고…… 그래주시면 저도 정말 고마울 거예요."

"조건이 한 가지 있습니다."

찰리는 안도한 표정을 지었다.

"뭐든 말만 해요!"

"그렇게 성급하게 굴면 못써요, 찰리. 신부에게 키스 한 번만 하게 해줘요."

이러면 좀 진정하겠지, 친구! 엘러리는 심술궂게 생각했다.

찰리는 힘없는 미소를 지으며 말했다.

"물론이죠. 얼마든지."

엘러리는 망설이지 않고 실라에게 키스했다.

뭔가 이상하다. 평화로운 교회 안에서 크리텐든 박사가 미소를 지으며 성경책을 펼치고, 실라는 등을 곧게 펴고 긴장한 얼굴로 가만히 서 있다. 왼쪽에는 신부의 아버지가 한 걸음 뒤에 서 있고, 찰리 팩스턴은 엄숙하게 오른쪽에 서 있으며 엘러리 자신은 그 뒤에 서 있는 이 상황에서조차, 지금 이 순간에조차 두 마리의 파리들이 눈앞에서 거슬리게 왱왱거리고 있었다.

"친애하는 하객 여러분과 하느님이 보시는 앞에서 두 사람이 이제 하나가 되려 합니다."

퀸 경감은 엘러리 뒤에 서 있었다. 아버지의 조용한 숨소리를 듣던 아들은 문득 완전히 딴생각에 사로잡혔다. 절박한 상황에 빠진 인간의 마음이란 정말이지 예측하기 어려운 존재가 아닐 수 없다.

엘러리는 손을 코트 주머니에 넣어 자신이 지금 영광스럽게도 잠시 맡아 가지고 있는 반지의 감촉을 느끼다가, 별생각 없이 거기에 함께 들어 있던 세 장의 서류를 건드렸다. 오늘 아침 경감이 엘러리에게 넘겨준 서류였다.

"찰리한테 돌려주거나 네가 대신 가지고 있어. 나는 그놈의 징그러운 서류들을 더 이상 갖고 있기 싫으니 말이다."

하나는 노파의 유언장이었다. 두툼한 포장지 감촉만으로도 엘러리는 그것이 무엇인지 알 수 있었다. 노파의…….

"……이 남녀가 성스러운 결혼식을 올리게 되었으니, 이는 아주 명예로운 일이자 하느님의 역사하심이요……."

두 장째는 노파의 고백서. 타이프라이터 용지. 그러고 나면 세 장째는 굳이 꺼내보지 않아도 무엇인지 알 수 있었다. 엘러리는 고백서를 주머니에서 꺼내 손에 들었다. 그게 어떻게 일어난 일이었더라? 엘러리는 멍하니 생각하며 서류를 잠시 내려다보았다.

"······따라서 그 누구도 분별력 없이 경솔하게 들어와서는 안 될 것이며······."

위조된 고백. 결코 노파가 하지 않은 고백. 부드러운 연필심으로 베낀 똑같은 서명······.

엘러리는 자신이 타이핑 용지에 얼굴을 바짝 들이대고 있다는 사실을 깨달았다. 연필 자국도 없고, 무언가를 썼다 지운 자국도 없이 완벽하게 깨끗한 용지였다.

"······오로지 경건하고, 신중하며, 분별력 있고, 성실하되 하느님을 두려워할 줄 알아야 할 것입니다."

무언가가 엘러리의 두뇌를 스치고 지나갔다. 엘러리는 재빨리 주머니에서 마지막 세 장째, 문제의 주식 매도 지시 서류를 꺼냈다. 이것을 이용하여 고백서 맨 밑에 있는 코닐리아 포츠의 서명이 위조라는 사실을 파헤쳤던 그때가 너무나 오래전 일처럼 느껴졌다.

엘러리는 서류를 뒤집었다.

뒤집어 보고 나서야 비로소 알았다. 서류 뒷면에는 희미하지만 또렷하게 연필로 '코닐리아 포츠'라는 글씨가 거꾸로 쓰여 있었다.

엘러리는 햇빛을 가로막는 찰리의 팔을 피해 빛에 서류를 비춰볼 수 있는 위치로 자리를 옮겼다.

서류 뒷면에 거꾸로 쓰여 있는 연필 자국은 앞면의 서명과 한 점의 어긋남도 없이 완벽하게 일치했다.

"신랑과 신부는 이제 성스러운 가정에 들어와 하나가 되었습니다."

엘러리는 몸을 돌려 아버지의 팔을 더듬었다.

퀸 경감이 놀라서 아들을 쳐다보았다. 그러고는 엘러리의 얼굴을 쓱 훑어보더니 몸을 앞으로 숙이고 귓속말을 했다.

"엘러리! 너 어디 아프냐? 갑자기 왜 그래?"

엘러리는 입술을 핥았다.

"만일 이 결혼에 법적으로 문제가 있다는 사실을 아는 분이 계신다면 지금 말씀해주시기 바랍⋯⋯."

"젠장!"

엘러리가 불쑥 고함을 질렀다.

크리텐든 박사는 하마터면 성경을 떨어뜨릴 뻔했다.

엘러리의 얼굴은 부들부들 떨렸다. 분노로 창백해진 엘러리의 손바닥 안에서 두 장의 서류가 마치 귓속말로 소문을 퍼뜨리듯 바스락거리는 소리를 냈다. 나중에 엘러리는 자신이 결혼식장에서 신성모독적인 말을 내뱉는 줄도 몰랐다고 했다.

엘러리는 살짝 쉰 목소리로 말했다.

"그만! 결혼식 중지하세요!"

28. 시작의 끝

퀸 경감이 목소리를 낮추고 야단을 쳤다.

"엘, 너 미쳤냐? 지금 결혼식 중이다!"

엘러리는 괴로운 표정으로 아무도 자신을 믿어주지 않으리라고 생각했다. 이 광대놀음 속에 내가 왜 섞여 있는 거지?

"용서하십시오."

엘러리는 놀란 표정이 점점 엄한 얼굴로 바뀌어가는 크리텐든 박사를 향해 말했다.

"죄송합니다, 박사님. 하지만 저도 꼭 해야 하는 일이 아니었다면 절대 이런 짓을 하진 않았을 겁니다."

목사가 쌀쌀맞게 말했다.

"물론이죠, 퀸 씨. 도대체 무슨 일이지는 모르겠지만 귀한 두 젊은이의 결혼식보다 더 중요한 일이라면 보통 중한 사태가 아닐 테니까요."

찰리가 고함을 질렀다.

"왜 그래요? 대체 무슨 일이에요, 엘러리? 크리텐든 박사님, 부탁드립니다. 퀸 씨와 5분만 대화를 나눌 수 있게 시간을 주시겠습니까?"

실라는 엘러리에게 시선을 고정한 채 말했다.

"부탁이에요, 박사님."

"시, 실라, 하지만……."

신부의 아버지가 입을 열었으나 실라는 스티븐의 팔을 잡고 한쪽으로 끌고 가서 무어라 귓속말을 했다.

크리텐든 박사는 깜짝 놀란 표정이었으나, 결국 발을 쿵쿵 구르며 제단에서 내려와 제의실 안으로 들어가버렸다.

"그래서요?"

제의실 문이 닫히자 실라가 싸늘한 목소리로 물었다.

"제발 이해해줘요. 이건 지금 당장 해결해야 할 문제예요. 당신들 둘은 언제든지 결혼할 수 있지만, 이건 기다릴 수 없는 문제라서요."

"뭘 기다릴 수가 없다는 거예요, 엘러리?"

찰리가 물었다.

엘러리는 헛기침을 했다. 부들 속에서 수많은 개구리들이 울어대는 듯한 소리였다.

"허위를 고발하고, 진실을 폭로하는 일이죠. 저도 아직 확실하게는 모르겠지만 뭔가가 잘못됐어요……."

아버지가 엄한 표정을 지었다.

"대체 왜 이러는 거야? 너답지 않구나, 엘러리."

"저답지 않은 게 문제가 아니라…… 모든 것이 원래 돌아가야 할 모습으로 돌아가고 있지 않아요."

엘러리는 마치 포츠 저택의 서재에서 설로의 총을 맞은 줄 알고 쓰러졌을 때처럼 고개만 계속 흔들어댔다.

"우리 모두 실수하고 있어요. 정말이에요. 나도 큰 실수를 했어요. 지금 정확히 깨달았습니다. 사건은 아직 끝나지 않았다는 걸요."

실라가 지치고 절망적인 표정으로 신음했다. 어딘가에서 실수를 했고 이 모든 게 두뇌가 잘못되어 생겨난 망상이라니. 그런데 그것도 정확하지 않고, 그냥 그런 것 같아서 라니.

경감이 소리를 질렀다.

"그럼 설로 포츠가 범인이 아니란 소리냐? 그럴 리가 없잖니, 엘러리. 본인이 인정했어. 너도 그 말을 들었잖아!"

엘러리가 중얼거렸다.

"아뇨, 그게 아니고요. 설로가 살인을 저지른 건 확실해요. 로버트와 매클린의 목숨을 빼앗은 건 설로가 맞아요."

"그럼 대체 무슨 말을 하는 거야?"

"또 있어요, 아버지. 설로의 배후에 누군가가 있어요."

"설로의 배후에?"

아버지가 멍한 표정으로 물었다.

"네, 아버지. 설로는 단순한 실행범이었을 뿐이에요. 방아쇠만 당긴 거죠. 하지만 설로는 방아쇠를 당기라는 지시에 따랐을 뿐이에요. 누군가의 계획에, 자기 위에 있는 사람의 말에…… 진짜 살인자의 말에!"

신중한 곰처럼 교회 한구석으로 물러서던 고치 소령의 시선이 그 순간 친구 스티븐 브렌트의 얼굴에 박혔다. 스티븐은 얼굴이 창백해진 채 눈만 깜박거리고 있었다.

엘러리가 지친 얼굴로 말했다.

"이 끔찍하고 고통스러운 사건을 다시 한 번 분석해보자고요. 제가 방금 했던 것처럼 한 단계씩 차례차례 밟아나가는 게 좋겠어요, 아버지. 만약 제가 틀렸다면 벨뷰에 전화하세요. 만약 제가 맞았다면……."

엘러리는 다른 사람들의 시선을 피했다. 말하는 내내 엘러리는 계속 자기 아버지에게만 이야기를 했다. 마치 자신들을 둘러싼 조용한 벽 말고 교회에 다른 사람들이라고는 없는 듯한 태도였다.

"노파의 시체 옆에서 찾아낸 고백서의 서명이 가짜라는 사실을 제가 어떻게 증명해냈는지 기억나시죠? 저는 우선 주식 매도 지시 서류를 유리창에 댔어요. 그리고 그 위에 고백서를 겹쳤죠. 그래서 고백서의 서명이 주식 서류의 서명 위로 정확히 덧씌워지도록 조절했어요. 이렇게요."

엘러리는 투명하고 환한 교회 창가로 가서 두 장의 서류를 자신의 이론에 맞춰 겹쳤다.

"두 서명이 직선과 곡선 가리지 않고 완전히 일치하기 때문에 저는 둘 중 하나가 다른 서명을 베낀 거라는 결론을 내렸어요. 아무리 같은 사람의 필적이라고 해도 완전히 똑같은 식으로 두 번 서명을 할 수는 없거든요."

"그래서?"

경감의 목소리가 교회 문을 향해 뻗어나갔다.

"자, 주식 서류는 우리가 보는 앞에서 노부인이 직접 서명을 한 뒤 찰리 팩스턴에게 건네주었기 때문에 우리는 그 서류의 서명이 진짜라고 확신했죠. 따라서 고백서의 서명이 가짜이기 때문에 고백서 전체가 위조되었다고 생각할 수 있었어요. 하지만 전 완전히 눈먼 장님이었어요."

엘러리는 겹쳐 쥔 두 장의 서류를 한 손으로 창문에 고정시킨 채 반대편 손으로 무릎을 내리쳤다.

"만약 유리창에 겹쳐 대고 불빛을 이용해서 서명을 베낀다면, 원본과 베낄 종이는 서로 어떤 위치에 놓이게 되죠?"

"당연히 원본 서명을 아래에 놓고 새 종이를 겹쳐야지."

경감은 말하면서 쉴 틈 없이 주위를 두리번거렸다.

"그렇죠. 즉 원본을 먼저 유리창에 올려놓고, 베낄 종이를 그 위에 올려놓게 되잖아요. 아무리 다른 방법을 써보려 해도 결국 유리창에 먼저 닿는 건 원본 종이이고 가짜 종이는 그 위로 올라가게 돼요."

엘러리는 유리창에서 한 걸음 물러나며 말을 이었다.

"그러므로 만약 고백서의 서명이 가짜였다면 고백서가 주식 매도 서류 위로 올라가게 되고, 유리창에 직접 닿는 건 주식 매도 서류여야 해요. 여기까지 이해하시죠?"

"그래. 그래서 그게 뭐 어쨌다는 거냐?"

"조금만 더 들으세요, 아버지. 자, 노파는 모든 서명을 심이 굵고 부드러운 연필로 했습니다."

경감은 이 생뚱맞은 상황에 몹시 당황한 눈치였다.

"종이를 겹쳐 위아래가 눌린 상태에서 그런 연필로 글씨를 쓰면 닿은 부분마다 연필심 자국이 묻어날 수밖에 없어요. 서명을 베끼려면 필연적으로 먹지를 대고 따라 그리는 수밖에 없는데, 굵고 부드러운 연필 글씨 서명을 베끼기 위해 그 위에 종이를 겹쳐놓고 똑같이 누르면서 그리다 보면 연필의 압력 때문에 위에 있는 종이의 뒷면이 아래 종이의 연필 글씨 서명 원본에 맞닿아서 희미한 연필 자국이 남게 돼요. 여기까지 이해하셨어요?"

"계속해봐라."

"위조라는 사실을 밝혀냈을 때 저는 고백서가 반드시 주식 매도 서류보다 위로 올라와야 한다는 전제하에 그 상황을 재현해서 보여드렸어요. 하지만 만약 고백서가 위로 올라왔다면 당연히 거울상처럼 뒤집힌 코닐리아 포츠의 서명 자국이 고백서의 뒷장에 남아 있어야 해요. 과연 남아 있을까요?"

엘러리는 이제 정신을 바짝 차린 표정으로 교회 문에 기대어 서 있는 아버지에게 걸어 다가왔다.

"보세요, 아버지."

경감은 재빨리 서류 뒷면을 보았다. 고백서의 뒷면은 얼룩 하나 없이 깔끔했다.

"이게 바로 제가 몇 분 전에 깨달은 일이에요. 이 고백서 뒷면에는 연필로 스친 흔적조차 없어요. 물론 어떤 이유가 있어서 그 부분을 지웠을지도 모르죠. 하지만 종이 표면을 자세히 보시면 지우개로 지운 흔적도 없다는 사실을 금방 아시게 될 거예요. 반면에 주식 서류 뒷면을 보세요! 여기요."

엘러리가 주식 서류를 들어올렸다.

"좀 옅긴 하지만 이 서류 뒷면에는 틀림없이 '코닐리아 포츠'라는 글씨가 거꾸로 쓰여 있어요. 이렇게 들어서 빛에 비춰보면 더 잘 보이죠, 아버지. 이 서명은 바로 서류 앞면에 되어 있는 서명과 정확히 일치해요. 즉 서명을 위조할 때 묻은 연필 자국이라는 이야기죠. 자, 이게 다 무슨 뜻일까요?"

엘러리는 주식 서류를 날카롭게 톡톡 두드렸다.

"이건 위조 행위가 이루어질 때 주식 서류가 고백서 위에 위치했다는 뜻이에요. 따라서 고백서가 유리창에 직접 닿는 아래쪽 종이였다는 이야기죠.

하지만 고백서가 아래쪽에 있었다면 그 말은 고백서에 되어 있는 서명이 위조 원본으로 사용되었다는 말이고, 주식 서류에 있는 서명이 고백서의 서명을 따라 베낀 거라는 말이 돼요! 그리고 고백서의 서명이 위조 원본으로 사용되었다면 그 서명이 진짜라는 말이고, 주식 서류의 서명이 위조된 글씨라는 이야기죠. 그러니까 한 마디로 말해 우리가 생각했던 것처럼 노파의 고백서는 위조가 아니었고, 실제로 본인이 작성하고 서명한 서류라는 거죠."

엘러리가 우울하게 말했다.

경감이 더듬더듬 말했다.

"하지만 엘, 그렇다면 노파가 이번 사건의 범인이었다는 말 아니냐?"

"그렇게 생각할 수도 있겠죠. 하지만 코닐리아 포츠가 죄책감에 못 이겨 그 고백서를 작성하고 서명까지 한 게 사실임에도 불구하고 노파는 자신의 쌍둥이 아들들을 죽이지도 않았고, 설로의 배후에서 설로를 살인 도구로 조종한 것도 아니에요."

"그런 건 어떻게 알았니?"

경감이 자포자기한 채 물었다.

"별것 아니에요, 아버지. 우리는 이제 첫 번째 25구경 콜트 권총의 탄환이 바꿔치기 된 적 없었다는 사실을 알잖아요. 바꿔치기 된 건 총 그 자체였으니까요. 하지만 노파가 쓴 고백서의 내용을 보면……."

엘러리는 다급히 고백서를 훑어보고 말했다.

"'경찰이 설로 포츠의 권총에 넣은 빈 약협을 꺼내고 살상력 있는 실탄으로 바꿔 넣은 사람은 나였다'라고 쓰여 있죠. 하지만 총알은 바꿔치기 되지 않았어요! 다시 말하면 노파 역시 우리와 똑같은 생각을 했다는 이야기가 돼요. 총알이 바뀌었을 거라고 말이죠. 따라서 노파는 첫 번째 살인이 실질적으로 어떤 경위에 따라 이루어졌는지 모른다는 뜻입니다. 그런데 그런 노파가 어떻게 실제 살인에 관여할 수 있었겠어요? 그리고 이걸 보세요."

엘러리가 다시 고백서를 흔들었다.

"'나는 나중에 설로의 다른 총들 중 하나를 훔쳐서 경찰의 눈을 피해 숨겨놓았다가 한밤중에 내 아들 매클린의 침실로 가져가 그를 쏘아 죽였다'라고 쓰여 있어요. 한번 생각해보세요, 아버지. 코닐리아 포츠는 절대 그럴 수 없었어요! 그날 밤 매클린이 총을 맞고 죽기 직전에 노파의 침실을 나오면서 닥터 이니스가 제게 그랬거든요. 자기가 노파에게 진정제 피하주사를 놓았기 때문에 밤새 푹 잘 거라고요.

비록 죄책감을 느끼고 직접 고백서를 써서 서명까지 하긴 했지만 노파는 쌍둥이의 죽음에 아무런 관련이 없어요. 노파는 자기가 곧 죽을 거라는 사실을 알고 있었고, 남은 인생에 이제 더 잃을 것도 없으니 고백서를 작성해서 어떻게든 자기가 낳은 첫째 쓰레기를 보호하려 했던 것 같아요. 머리 회전이 정말 빠른 여성이었어요. 노파가 자신이 사랑해마지않는 설로를 범인이라고 생각한 것도 결코 이상한 일은 아니에요. 자신이 죽어가면서 남긴 고백서만 있으면 사건이 공식적으로 종결될 테니, 설로는 이제 안전할 거라고 믿었을 거예요."

경감은 천천히 고개를 끄덕였다.

"그건 이해가 된다. 하지만 설로를 뒤에서 조종한 게 노파가 아니었다면 도대체 누구였다는 거야?"

"당연히 고백서의 서명이 가짜가 아님에도 불구하고 우리가 가짜라고 믿게끔 만든 인물이죠. 범인은 아주 똑똑하고 재치 있는 인물이에요. 범인 입장에서는 우리로 하여금 그 고백서가 가짜라고 믿게 만들 필요가 있었어요. 그 이유는 이따가 말씀드릴게요. 아무튼 그렇게 하기 위해 범인에게 필요한 건 뭐였죠? 고백서의 서명과 완벽하게 똑같은 서명이죠. 코닐리아가 한 그 어떤 진짜 서명도 고백서의 서명과 완전히 똑같을 수는 없기 때문에 범인은 새로 하나를 만들었어요. 즉 범인은 고백서의 서명을 오로지 베껴 쓰는 용도로만 이용했던 거예요. 범인은 노파가 서명하는 모습을 우리가 봤다는 사실을 알고 있었기 때문에 일부러 주식 매도 서류를 골라서, 같은 종이에 똑같은 내용을 타이핑한 다음 원래 서류는 파기하고 가짜 주식 서류에 고백서 서명을 따라 그렸어요. 아주 똑똑하죠."

"그래서 그게 도대체 누구라는 말이냐, 엘러리?"

경감이 아들을 노려보며 물었다. 두 사람이 미동도 하지 않은 탓에 모르는 사람이 보면 독가스라도 마셨다고 착각할 광경이었다.

"우리는 간접적으로밖에 추측할 수 없어요. 설로의 뒤에 있는 두뇌, 진짜 범죄를 저지른 사람은 우리가 노파의 고백을 가짜라고 믿게 만들고 싶어 했어요. 자, 피할 수 없는 질문이 여기서 등장하죠. 도대체 왜 그랬을까요? 이유는 명확해요. 범인은 우리로 하여금 노파가 살인자라고 믿게 만들고 싶지 않았던 거예요. 사건이 거기서 해결되지 않기를 바랐던 거죠. 코닐리아 포츠 말고 다른 누군가가 쌍둥이 살인 사건의 범인으로서 잡혀가게 만들고 싶었던 거예요. 설로를 범인으로 지목하고 사건의 진상을 밝혔을 때, 저는 이 일련의 범죄들이 드디어 끝났다고 생각했어요. 하지만 제가 틀렸어요. 범인은 또 하나의 꼭두각시 인형이 이 연극에서 제거되어야 한다고 생각했거든요. 설로 본인 말이에요."

경감은 알쏭달쏭한 표정을 지었다.

"네, 아버지. 설로도 결국 희생자였어요. 꼭 할리우드에서 튀어나올 것 같은 황당한 줄거리죠? 이 사건에서 살해된 사람은 둘이 아니라 셋이에요. 처음에는 로버트, 그다음은 매클린…… 그리고 마지막으로 설로. 아무튼 우리가 이제 알게 된 대로 설로는 단순히 범죄 도구에 불과했고, 설로를 체포했다고 사건이 해결된 건 아니에요. 여전히 뒤에는 누군가의 그림자가 있어요. 범인은 코닐리아 말고 다른 사람이 체포되어서 재판을 받고 유죄 판결이 나기를 원했어요. 그리고 우리는 타깃이 설로라는 사실을 실질적으로 특정했죠. 그렇다면 설로가 체포되는 일까지 범인의 계획이라고 생각할 수 있지 않을까요?"

경감이 눈을 깜박거렸다.

"그러니까 살인자가 쌍둥이뿐만 아니라, 쌍둥이를 죽이는 데 이용한 설로까지도 처리해버렸다는 말이냐?"

"맞아요. 이제 제가 하고 싶은 말은 이거예요. 쌍둥이와 설로를 제거하고 나면 가장 이득을 보는 사람은 누구일까요? 대답하실 수 있겠어요?"

경감이 생각에 잠겼다.

"글쎄다. 살해당한 쌍둥이는 포츠 신발 회사의 경영권을 갖고 있었고…… 둘이 죽음으로써 설로가 사장이 되어 경영권을 갖게 되었고…….”

“그 상황에서 설로까지 끌려 내려가고 나면 누가 경영권을 갖게 되죠?”

“실라.”

엘러리의 말에 대답한 목소리는 경감이 아니었다.

스티븐 브렌트였다.

스티븐 브렌트는 자기 딸을 마치 처음 보는 낯선 사람처럼 바라보며 희미한 공포에 떨고 있었다.

29. 끝의 끝

"네, 실라예요."

엘러리의 목소리는 너무나도 슬프게 들렸다.

실라를 바라보는 엘러리의 눈빛에는 회한과 연민, 그리고 그 둘이 아닌 다른 감정이 뒤섞여 있었다.

실라는 자신의 아버지에게서 고개를 홱 돌려 엘러리를 쳐다 보았다. 입술이 벌어지고 숨이 가빠지는 모습이 보였다.

고치 소령은 구석에서 코를 훌쩍거리고 있었다.

찰리 또한 엘러리를 뚫어져라 쳐다보았다. 두 손의 손가락이 굽어져 주먹으로 바뀌고 있었다.

"개소리하지 마! 포츠 집안의 광기가 당신한테도 옮은 게 분 명해!"

찰리가 덤벼들며 고함을 질렀다.

"찰리, 그만해."

퀸 경감이 지친 목소리로 말했다.

찰리는 무력하게 멈춰 섰다. 그는 차마 실라 쪽을 쳐다보지 도 못했다. 차마.

실라는 여전히 고개만 두리번거리며 제자리에 서 있었다.

경감이 차분하게 물었다.

"그러니까 여기 있는 이 보조개 아가씨가 그 모든 더러운 범죄를 계획한 두뇌였다는 거냐? 셀로를 도구로 이용한 진짜 살인자라고?"

경감은 고개를 가로저었다.

"찰리 말이 맞다, 엘러리. 네 생각은 틀렸어."

그때 엘러리가 기이한 말을 했다.

"실라를 감싸주셔서 감사해요, 아버지."

사람들은 또다시 의문에 휩싸여야만 했다.

엘러리는 아득히 먼 곳에서 들려오는 듯한 목소리로 말했다.

"사실을 근거로 말하자면 실라는 범인이 될 수 없어요. 실라가 원한 것은 오직 하나, 누군가의 아내가 되는 일뿐이었으니까요."

"누군가의 아내?"

찰리 팩스턴의 머리가 엘러리에게서 실라에게로, 실라에게서 엘러리에게로 진자 운동을 하기 시작했다.

엘러리는 찰리를 빤히 바라보았다.

"이 모든 범죄는 형법 방면에서 쌓았던 훌륭한 커리어를 놓치고 만 어떤 남자가 계획한 일입니다. 아버지가 말씀해주셨잖아요, 법원에서 처음 만난 날 오전에. 그 남자는 실라와 결혼하기 위해 갖은 노력을 기울였습니다. 실라와 결혼하고 쌍둥이 오빠들과 셀로만 제거하면 그 부유한 포츠 회사가 완벽히 자기 소유가 될 거라는 사실을 알고 있었기 때문이죠. 바로 어제 실라가 이야기했던, '자기가 하겠다고 우겼다는' 말의 이면에 있던 의도가 바로 이것입니다. 찰리는 실라를 명목상의 최고 권위자로 앉혀놓고서 자기는 새롭게 개편된 조직에서 실제 사업을 맡게 되었어요. 그렇죠?"

찰리의 얼굴이 시뻘게졌다.

엘러리는 실라의 시선을 피했다.

"아버지, 정말 모르시겠어요? 모든 계획과 대비책을 짠 건 바로 찰리 팩스턴이었다는 걸요. 찰리 팩스턴은 설로의 예민한 마음과 포츠 가문의 명예에 대한 사이코패스 같은 집착을 이용한 겁니다. 찰리 팩스턴은 사업과 가문의 이름을 지키기 위해서 쌍둥이 동생들을 죽여야 한다고 설로에게 세뇌시켰어요. 그리고 모든 사소한 행동들을 직접 계획하고 지시했죠. 설로에게 두 건의 끔찍한 범죄를 안전하게 저지를 수 있는 방법을 알려주고, 법원 앞에서 연출할 장면을 꾸미고, 열네 자루의 총을 구입하도록 시키고, 결투를 하게끔 만들었어요. 당연히 설로를 데리고 끈기 있게 예행연습까지 했겠죠. 설로처럼 변덕이 심한 사람은 살인에 대해 잠깐 생각할 수는 있었겠지만, 실제 범죄를 교묘하게 계획하고 실행할 머리는 없습니다. 오로지 멀쩡한 정신을 가진 사람만이 이 정도로 예리한 계획을 짤 수 있어요. 그래서 저는 모든 정황증거가 설로가 범죄를 직접 계획하고 실행했다는 사실을 가리킴에도 불구하고 도저히 수긍할 수 없었던 거죠. 잠깐, 잠깐만요, 찰리. 그래봤자 아무 소용 없어요. 괜히 쓸데없는 짓 하지 말고 가만히 서 있어요."

경감은 어깨 총집에서 경찰용 소형 권총을 뽑아들고 안전장치를 풀었다.

엘러리는 낮은 목소리로 말을 이었다.

"아버지도 기억나실 겁니다. 첫 번째 콜트 권총에서 실탄을 빼고 대신 빈 약협을 집어넣자는 이야기를 설로가 엿들었을 거라고 제가 추측했던 일을요. 하지만 생각해보세요. 빈 약협으로 바꿔치기하자는 아이디어는 누가 냈죠? 누구의 계획이었죠? 찰리 팩스턴이었잖아요."

실라의 눈이 커지고, 몸이 덜덜 떨리기 시작했다.

"이제 설로가 어떻게 빈 약협에 대해 알았는지에 대한 대답이 나왔네요. 꼭두각시 인형 조종자였던 찰리가 말해준 겁니다. 찰리는 저나 다른 누군가가 그 제안을 할 때까지 기다렸지만 아무도 말하는 사람이 없자 스스로 말을 꺼냈어요. 그럴 수밖에 없었죠. 무슨 일이 벌어질지 이미 설로한테 다 말해놓았을 테니까요. 먼저 손을 써놓았던 거예요.

형법 쪽에서 쌓은 커리어를 다 놓쳤던, 이 똑똑하고 젊은 변호사는 특별히 저를 위한 덫을 놓았습니다. 만약 제가 거기에 걸린다면 더할 나위 없이 좋겠죠. 하지만 제가 콜트 권총과 스미스 앤드 웨슨 권총이 각각 한 쌍씩 있다는 사실을 알아차리지 못하고, 설로의 동기에 대해서도 알아내지 못하고, 설로가 결투 날 아침 잔디밭에서 어떻게 우리가 보는 가운데 총을 바꿔치기했는지 추리하지 못했다면…… 제가 그 모든 것들을 미처 보지 못했다면 분명 찰리 헌터 팩스턴 씨가 은근슬쩍 제게 진실을 찔러줬을 겁니다.

생각해보세요. 그간 찰리가 얼마나 제 옆에 딱 붙어 다녔는지! 툭하면 제게 힌트를 주고, 제안하고, 저를 위해 준비해놓은 방향으로 사색하도록 이끌었죠. 저 또한 처음부터 팩스턴 변호사의 체스 말에 불과했던 겁니다. 그가 정확히 원하는 대로 생각하고, 모자란 만큼의 진실을 채워주고, 단서를 하나하나 주위가면서 설로를 범인으로 몬 끝에 저도 모르게 팩스턴 캠페인의 최종 목표, 즉 설로 제거를 성공시켰던 겁니다."

찰리가 말했다.

"뭘 그렇게 심각하게 생각해요? 설마 지금 하는 말을 진짜로 믿는 건……."

"그게 전부가 아니죠. 설로를 감방에 넣기 위한 증거를 필요로 했을 때, 아버지가 실제로 그걸 구체적으로 요구하셨잖아요? 그때 재봉사가 설로의 트위드 재킷에 이중 주머니를 달아 주었다는 이야기를 한 게 누구였죠? 팩스턴 변호사였죠.

그리고 설로가 울음을 터뜨리면서 서재로 뛰어 들어왔을 때 공격한 게 누구였나요? 저였나요? 사건의 진상을 폭로한 사람? 아니죠. 설로가 죽여버리겠다고 협박하면서 미쳐 날뛰며 공격했던 건 찰리의 목덜미였어요. 설로가 그렇게 분노한 이유가 이제 이해되지 않으세요? 찰리가 자신을 배신하는 이야기를 들었기 때문이에요. 범죄를 꾸민 주모자이자, 자신을 지켜주리라 믿어 의심치 않았던 바로 그 사람. 그런데 그 사람이 자신을 교수대로 내몰 수도 있는 정보를 흘리고 있잖아요? 그나마 찰리에게 다행이었던 게 설로의 마지막 이성의 끈이 마침제 역할을 했기에 망정이지, 안 그랬으면 아마 설로가 팩스턴과의 공범 관계에 대해 미주알고주알 다 털어놨을 거예요. 이것은 어차피 찰리가 처음부터 무릅써야 할 위험이었어요. 찰리의 계획에서 가장 취약한 부분, 즉 설로가 횡설수설하다 비밀을 흘릴지도 모른다는 위험. 하지만 찰리는 이렇게 생각했겠죠. '얼굴만 봐도 살인을 저질렀다는 사실이 명백할 정도로 미친놈이 하는 말을 도대체 누가 믿겠어?' 하고 말이에요."

"불쌍한 설로……."

실라가 중얼거렸다. 그리고 엘러리의 입에서 진실을 들은 후 처음으로 실라는 고개를 돌려 방금 전까지 결혼할 생각이었던 남자를 쳐다보았다. 실라가 너무나도 혐오스러운 표정으로 찰리를 쳐다보는 모습을 보고, 스티븐 브렌트가 재빨리 딸의 팔을 붙잡았다.

엘러리가 우울하게 말했다.

"그래요, 불쌍한 설로. 설로가 진실을 말하기 전 우리가 그 사람을 망가뜨리고 말았어요. 뭐, 어떤 일이 있었다 해도 어차피 설로는 똑같은 결말을 맞았겠지만요. 철창이 쳐진 감옥과 하얀 제복을 입은 교도관들……. 내가 더 신경 써야 할 사람은 실라예요. 진실을 알게 된 나는 결국 결혼식을 중단시킬 수밖에 없었습니다."

실라는 고개를 돌려 엘러리를 쳐다보았다. 엘러리는 실라의 시선 앞에서 얼굴을 살짝 붉혔다.

"그래, 그런 거였어."

찰리 팩스턴이 헛기침을 하며 말하고는 재빨리 비난 어린 손가락질을 했다.

"보셨죠, 경감님? 당신 아들이 실라한테 반해서 이러는 거잖아요. 바로 얼마 전에도 제 앞에서 인정했……."

"입 닥쳐."

경감이 말했다.

"내게서 실라를 빼앗으려고 누명을 씌우고……."

"닥치라고 했네, 팩스턴."

"실라, 이 끔찍한 거짓말을 믿는 건 아니죠?"

실라는 고개를 돌려 찰리를 쳐다보았다.

"당신이 한 발언은……."

경감이 입을 열었다.

"됐습니다, 나한테 미란다원칙 가르치려고 하지 마세요! 나도 법은 좀 안다고요."

버럭 소리를 지르던 찰리 팩스턴이 갑자기 빙긋 웃었다.

"수많은 말들을 이어서 하나의 이야기로 만들었군요, 퀸 씨. 법정에서도 그걸 증명해야 할 텐데요."

"흔한 일이지."

경감이 으르렁거리듯 말했다.

엘러리가 미소로 답하며 말했다.

"아니죠, 완전히 새로운 이야기입니다. 여기 증거가 있잖아요, 아버지. 위조된 주식 매도 지시 서류와 노파의 고백서요."

"됐다. 필요 없어."

"제가 저 사람 얘기는 완전히 엉터리라고 말씀드렸잖아요."

팩스턴이 화를 내고는 어깨를 으쓱하며 깨끗한 교회 유리창 쪽으로 고개를 돌린 채, 이쪽을 쳐다보지 않고 말했다.

"제의실에서 대기하고 계시는 크리텐든 박사님도 슬슬 인내의 한계가 올 것 같은데요. 실라, 이 사람의 근거 없는 말 때문에 나와의 결혼을 포기하지는 말아줘요. 저 사람 말은 다 헛소리예요. 내가 말했듯이……."

엘러리가 고함을 질렀다.

"내가 헛소리를 하고 있다고요, 팩스턴? 그럼 그 생각을 당장 뜯어고쳐주겠습니다! 먼저 그동안 건드리지 않았던 부분을 몇 가지 들어봅시다. 만약 아무도 저 인간의 계획에 끼어들지 않았다면 아마 팩스턴은 전체 계획을 무사히 성공시켰을 겁니다, 아버지. 하지만 누군가가 끼어들고 말았어요. 심지어 절대 자기 계획을 망칠 거라고 꿈도 꾸지 않았던 바로 그 사람, 자기 자신의 창조물. 바로 설로였죠."

찰리 팩스턴의 등이 움찔거리다가 가라앉았다.

"설로는 연달아 일을 저질렀어요. 전지전능한 팩스턴도 그것만은 예측하지 못했기 때문에 대비책을 미처 세워두지 못한 상황이었죠. 그리고 설로가 사고를 치는 바람에 우리의 똑똑한 범죄 신사는 치명적인 실수를 딱 하나 범하게 됩니다."

"어디 한번 계속 말해보시지."

찰리의 목소리가 들렸지만 나오지 않는 목소리를 억지로 쥐어짠 듯한 말투였다.

"당신이 쓸데없는 수다 떠는 데에는 일인자라는 사실을 내가 잘 알지."

엘러리는 찰리의 방해에 개의치 않고 말을 이었다.

"첫 번째 참견은 그리 심각한 문제가 아니었어요. 동생 로버트를 죽이고 책임을 회피하는 데 성공한 설로는 흥분한 나머지 스스로 생각하기 시작했죠. 자, 팩스턴 씨한테는 아주 위험한 상황이었지만 당신은 자기중심적인 사고방식 때문에 문제를 그냥 간과해버렸습니다. 설로는 자기 머리로 생각했죠. 그리고 두 번째 범죄를 저지를 때 주인이 시키는 대로 완벽히 실행하는 대신 자기 나름대로 수법을 살짝 바꾸고 싶어진 겁니다.

그때 일어났던 일을 다시 생각해보면 충분히 설로가 한 짓이라는 사실을 납득할 수 있죠. 왜냐하면 그 상황에서는 어처구니없는 장난기도 느껴지고, 설로처럼 좀 나사가 풀린 사람이라면 몰라도 팩스턴처럼 냉정하고 실용적인 두뇌를 가진 사람이 꾸민 범행 현장이라고 하기에는 어려웠으니까요."

"그건 또 무슨 말이냐?"

경감의 권총은 찰리의 등을 겨냥하고 있었다.

"설로는 한밤중에 매클린 포츠의 침실로 쳐들어가서 그를 총으로 쐈어요."

엘러리가 약간 뒤틀린 말투로 대답하자 팩스턴은 마치 실로 조종당하기라도 하듯 고개를 번쩍 들었다.

"총을 쏘고, 채찍으로 때리고, 치킨 수프 그릇을 옆에 남겨 두었죠. 도대체 왜 그랬을까요? 일부러 마더 구스를 흉내 내서 범죄를 저지른 것처럼 보이게 하기 위해서였던 겁니다. 하하, 이거 참 안타까워서 어쩌죠!"

엘러리의 목소리에 조소가 섞였다.

"꼭두각시 인형의 주인이었던 팩스턴 씨한테는 정말 안타까운 일이잖아요. 피조물이 자기 지시를 거역하다니, 얼마나 화가 났겠어요."

"나, 나는 이해가 잘 안 됩니다."

스티븐 브렌트가 더듬거리며 말했다. 그의 팔은 실라의 어깨를 끌어안고 있었고, 실라는 아버지에게 꼭 안겨 있었다.

엘러리가 명랑하게 말했다.

"글쎄요. 당신의 죽은 아내가 낳은 세 자식들은 자기 모친이 '신발 속에 사는 어느 노파가 있었네'라고 놀림받기 시작했을 때부터 이미 마더 구스의 망령에 홀려 있지 않았을까요, 브렌트 씨? 당신 집을 불법 점거한 마더 구스의 그림자는 아주 묵직하고 결코 벗어날 수 없을 정도로 짙었던 겁니다.

첫 번째 살인에 성공하고 흥분에 젖은 설로는 스스로에게 이렇게 말했을 겁니다. '나는 안전해. 하지만 조금 더 안전을 꾀한다고 해서 해가 될 건 없지. 결투에서 로버트가 죽은 일을 두고 나를 의심하는 사람은 아무도 없어. 여기서 만약 경찰과 그 퀸이라는 놈이 채찍이나 수프 그릇 같은 동요에나 나올 증거들을 보면 아마 내 동생, 영원히 자라지 않는 소년 허레이쇼를 떠올리겠지. 결코 나를 의심하지는 않을 거야!'라고 말이죠.

사이코패스 같은 인간성을 지닌 설로가 그런 연막작전을 쳤다는 사실은 어색하지 않죠. 하지만 그 일은 우리보다도 팩스턴에게 더욱 큰 의미를 지니고 있었습니다. 직선처럼 곧게 진행되고 있던 팩스턴의 계획이 이 일 때문에 옆으로 휙 꺾이고 말았거든요. 찰리 팩스턴 입장에서는 허레이쇼에게 의심의 화살이 돌아가게 만들 수는 없었습니다. 찰리 팩스턴은 사람들의 의심이 똑바로 날아가 정확히 설로에게 내리꽂히게 만들 생각이었거든요. 상황이 꼬이는 바람에 얼마나 짜증이 났겠어요, 찰리! 하지만 한 가지 칭찬할 만한 일이 있네요. 설로가 멍청한 짓을 저지른 후 당신은 가장 현명한 방법을 택했어요. 그 마더 구스 증거품들을 경찰이 알아차리지 못하거나 보고도 크게 신경 안 쓰기를 바라면서 그냥 입 다물고 가만히 있었던 일 말이죠. 그 사실을 지적했을 때 당신은 내가 그것을 잊어버리고 설로의 흔적을 뒤쫓는 일로 돌아가기만을 바랐을 겁니다."

"뭐 증거가 어쩌고저쩌고하지 않았어요?"

찰리가 유쾌한 말투로 말했다.

"음, 너무 서두르지 말아요, 찰리. 당신이 참을성 있는 사람이라는 사실은 지금까지의 행동으로 충분히 증명했잖아요.

아무튼 다음으로 예상치 못했던 간섭은 훨씬 충격적인 곳에서 등장했죠. 바로 노파였어요. 그리고 여기가 바로 당신의 목이 매달리게 될…… 아니, 젠장. 뉴욕 주 사투리 중에서 더 정확하게 표현할 말이 있을 텐데.

아무튼 노파가 뭘 했죠? 허위 고백서를 작성했죠. 정말이지 불합리한 일 아니었나요, 찰리? 덕분에 당신 계획이 몽땅 날아가버리고 말았잖아요. 당신이 제어할 수 없는…… 아니, 오히려 당신을 제어할 정도로 강력한 한 방이었죠. 그래요, 당신이 아주 철두철미하게 범죄를 준비했다는 사실은 나도 압니다. 그 점은 인정할게요. 당신은 아주 기발하고 다재다능한 사람이고, 그 어떤 사소한 일도 간과하지 않았죠. 하지만 코닐리아 포츠의 고백서만큼은 당신도 어쩔 도리가 없었어요, 찰리. 결국 법에 정해진 절차에 따라 당신이 저지른 범죄에 대한 보복을 받게 된 겁니다."

팩스턴이 비웃듯 말했다.

"어디 계속 말해봐요. 그래서 내가 뭘 어떻게 했다는 거죠, 퀸 씨?"

"당신은 마음속으로 이렇게 말했겠죠. '만약 경찰이 그 쓸데없는 노파의 고백을 믿어버리면 내 계획은 모조리 수포로 돌아가게 돼. 아무도 설로를 범인이라고 생각하지 않을 테고. 설로는 포츠 기업의 경영권을 손에 넣게 되지. 그럼 실라를 통해 내가 회사를 얻을 수 있는 길은 영영 사라져버려' 하고 말입니다. 아주 솔직하지만 또 맞는 말이에요. 그래서 당신은 재빨리 손을 써야만 했죠. 그렇지 않으면 막 먹으려고 준비하고 있었던 거대한 파이를 통째로 포기해야만 하니까요."

"빨리 끝내요!"

팩스턴이 소리를 질렀다.

"당신은 똑똑합니다. 하지만 에우리피데스가 몇 천 년 전에 이미 말했듯이 똑똑함은 현명함과는 달라요. 당신은 좀 덜 똑똑해지고 더 현명해지라는 충고를 받았어야 했어요, 찰리."

"이 쓸데없는 개소리를 대체 언제까지 들어야 합니까?"

"당신이 노파의 고백서가 들어 있는 작은 봉투와 유언장이 함께 들어 있는 큰 봉투를 파기하지 못한 데는 우스꽝스러운 이유가 있는데……."

"노파의 시체가 그 봉투를 들고 있는 모습을 모두 다 함께 봤기 때문이지! 얘기 계속해라!"

경감이 버럭 소리를 질렀다.

"그렇다고 고백서 자체를 파기할 수도 없었고……."

"왜냐하면 노파가 유언장 맨 끝에 봉인된 작은 봉투 속에 쌍둥이를 죽인 범인의 이름이 적혀 있다는 말을 추가했기 때문이지."

"그렇다고 그 문장이 추가된 유언장을 파기할 수도 없었고……."

"왜냐하면 우리가 그것이 존재한다는 사실을 알고 있었고, 나중에 내가 자네한테 공식적으로 유언장 낭독을 할 때까지 맡아서 갖고 있으라고 부탁했기 때문이지. 자넨 거기에 책임이 있었어, 팩스턴!"

경감이 외쳤다.

엘러리는 단조로운 목소리로 끈질기게 말을 이었다.

"또한 다른 폭로문을 날조할 수도 없었습니다. 왜냐하면 당신의 계획은 오로지 설로를 함정에 빠뜨리는 것뿐이었지만, 만약 노파가 죽어가면서 자신의 사랑하는 아들이 살인을 저질렀다는 고백을 남겼다면 아무도 믿어주지 않았을 테니까요. 평생 기행만 저지르며 살아온 아들을 늘 보호해주려 애쓰던 어머니인데 말이죠.

　그럼요, 그럴 리가 없죠. 당신은 정황의 함정에 빠지고 만 겁니다, 찰리. 그래서 당신은 마지막으로 남아 있는 유일한 방법을 동원했어요. 우리로 하여금 노파의 고백이 가짜라고 믿도록 만든 거죠. 그러기 위해 가장 간단한 방법은 그 고백서가 위조라는 사실을 보여주는 일이었고요. 만약 그것이 위조라는 사실을 우리가 믿도록 잘 유도하기만 하면, 우리는 논리적으로 노파가 살인자가 아니라는 사실을 이끌어내게 되면서 수사를 다시 시작하겠죠. 결과적으로 당신이 열심히 깔아놓은 레일을 다시 따라 달리다가 결국 설로에게 도착하게 될 겁니다."

　이제 찰리 헌터 팩스턴은 창에서 등을 돌리고 험악하고 어두운 표정으로 서 있었다. 고개를 숙인 그의 눈빛은 흔들림 없이 자신의 배를 조준하고 있는 경감의 리볼버에 고정된 채였다.

　엘러리가 쾌활하게 말했다.

　"당신이 저지른 유일한 치명적 실수를 깨달은 건 고작 몇 분 전입니다, 친애하는 찰리. 지방 검사님한테 드릴 수 있는 증거이자, 당신의 놀라운 경력에 걸맞은 클라이맥스를 만들어주게 된 실수죠. 당신의 실수가 뭐였을까요? 당신은 노파의 고백서가 위조라는 사실을 증명했습니다. 이 일을 성공시키기 위해서 해야 할 일은 두 가지였죠. 첫째로 당신은 경찰이 코닐리아 포츠가 직접 서명했다는 사실을 알고 있는 서류를 손에 넣어야 했죠. 당신은 주식 매도 서류에 서명하고 떠들어대는 과정이 전부 우리 눈과 귀 앞에서 이루어졌다는 사실을 기억하고 있었습니다. 이용하기에 이보다 더 적절한 서류는 없었죠. 그래서 당신은 주식 매도 서류의 원본을 손에 넣기로……."

경감이 외쳤다.

"그래! 그건 팩스턴이 일할 때 늘 이용하는 포츠 저택 서재의 서랍 달린 책상 속에 들어 있었어."

"네. 그래서 찰리, 당신은 그것을 꺼내서 노파의 타이프라이터로 복사본을 작성한 뒤 고백서를 밑에 깔고 복사본에 서명을 베꼈습니다."

경감이 당황스러운 표정으로 말했다.

"엘러리, 잠깐만 기다려봐라. 그 원본 서류는 이자의 책상 속에 계속 들어 있었기 때문에 집 안에 있던 그 누구라도 얼마든지 꺼내 갈 수 있었어. 그 범행을 팩스턴의 짓이라고 단정 짓기는 힘들겠다."

"암, 그럼요."

팩스턴이 말했다.

엘러리가 끈기 있게 말을 이었다.

"네, 아버지. 하지만 이 모리어티 교수가 다음으로 한 짓이 무엇이었는지 생각해보세요. 범인은 가짜 주식 서류에 서명을 베끼기 위해 노파의 고백서를 꺼내올 수 있었어요. 노파의 고백서에 접촉할 수 있는 사람이 누구였죠? 딱 한 명밖에 없잖아요. 이 세상 모든 사람들을 다 찾아봐도 한 사람밖에 없어요. 이게 바로 제가 찰리 헌터 팩스턴이 주식 서류를 위조했다고 생각하게 된 경위입니다. 이자에게 유죄 판결을 내릴 수 있는 증거죠."

"팩스턴만이 코닐리아의 고백서를 꺼내올 수 있었단 말이지?"

경감이 중얼거렸다.

엘러리는 미소를 지었다.

"지식과 기회에 관한 촘촘한 질문을 한번 해볼까요? 확인할 수 있는 한 최대한으로 해봐야죠. 첫째, 고백서가 들어 있는 작은 봉투는 더 커다란 봉투에 밀봉되어 있었는데, 그 안에는 유언장이 함께 들어 있었습니다. 그 커다란 봉투를 코닐리아의 손에서 발견했을 때 우리는 그 속에 고백서가 들어 있다는 사실을 단순히 모르기만 한 게 아니었죠. 아예 알 방법이 없었습니다. 그건 그냥 겉에 '마지막 유언'이라고 쓰여 있고, 코닐리아 포츠의 서명이 되어 있는 큰 봉투였을 뿐이니까요.

둘째. 아버지는 그 큰 봉투 속에 당연히 유언장 하나만 들어 있을 거라고 생각하고 팩스턴 씨에게 맡겼습니다. 그때 봉투는 아직 밀봉된 채였고, 아무도 그걸 뜯거나 손을 대지 않았습니다. 우리가 시체의 손에서 그 봉투를 발견하고 몇 분 지나지 않아, 아버지는 코닐리아의 시체가 아직 채 식지도 않은 사이에 봉투를 팩스턴 씨에게 주었죠. 그리고 아버지는 팩스턴 씨에게 장례식이 끝난 후 공식적으로 유언장 낭독을 할 때까지 그 밀봉된 봉투를 잘 가지고 있으라고 부탁했습니다. 그때까지도 우리는 그 속에 고인의 유언장만이 들어 있을 거라고 생각했죠."

찰리는 숨을 헐떡이기 시작했고 경감의 무기가 약간 떨렸다.

"셋째. 공식 유언장 낭독 때 팩스턴 씨는 큰 봉투를 뜯었습니다. 봉투가 개봉되고, 그 속에 유언장과 함께 고백서가 들어 있다는 사실을 알게 되었죠……. 그리고 이 사건의 담당 형사인 아버지는 아주 중요한 새 증거가 될 거라면서 고백서를 가져가셨어요. 공식 수사 파일 속에 넣어야 하니까요."

엘러리는 차가운 미소를 지었다.

"자, 이제 아시겠죠. 공식 유언장 낭독을 위해 봉투를 뜯기 전, 그 봉투는 누군가의 손에 의해 비밀리에 개봉되었어요. 왜냐하면 고백서에 있는 코닐리아 포츠의 서명은 주식 매도 서류 밑에 깔고 서명을 가짜로 베끼는 데 이미 사용되었기 때문이죠. 그리고 그 고백서가 아버지 손으로 넘어가 경찰 파일 속에 들어가버린 후에는 그러기가 불가능합니다.

그렇다면 구체적으로 언제 그 봉투가 개봉되었을까요? 고인의 손에서 발견된 후로부터 공식 낭독을 위해 우리 앞에서 개봉된 날까지, 그 사이밖에 없죠. 그 기간에 과연 누가 그런 짓을 할 수 있었을까요? 큰 봉투를 갖고 있었던 단 한 사람밖에 없지 않았겠습니까?

그 기간 동안 밀봉된 큰 봉투를 갖고 있었던 사람이 누구죠? 단 한 사람, 찰리 헌터 팩스턴밖에 없었죠. 팩스턴 씨는 아버지가 고인의 침대 옆에서 봉투를 건네준 이후, 호기심을 억누르지 못하고 뜨거운 김을 쐬어서 먼저 열어보았어요. 그리고 유언장을 발견했고, 유언장 맨 마지막에 추가되어 있는 메시지를 보고 범인의 정체가 쓰여 있다는 폭로장이 작은 봉투에 담긴 채 같이 들어 있다는 사실을 알게 되었죠. 자연스럽게 그 작은 봉투도 뜨거운 김을 쐬어서 열어본 범인은 그 서류를 파기할 수 없다는 사실을 깨닫습니다. 자신이 할 수 있는 일은 오로지 그 고백서가 위조된 내용이라고 밀어붙이는 것뿐이었죠. 그래서 범인은 할 수 있는 모든 일들을 했습니다. 주식 매도 서류를 위조하고, 작은 봉투 속에 고백서를 다시 담아 밀봉하고, 큰 봉투 속에 작은 봉투와 유언장을 함께 넣고 다시 밀봉한 뒤 마치 한 번도 뜯어본 적 없다는 듯 공식 낭독 자리에 그 큰 봉투를 가지고 나왔습니다."

엘러리의 목소리가 날카로워졌다.

"팩스턴 씨, 당신은 어리석은 사람이에요. 어떻게 그렇게 멍청한 짓을 할 수가 있습니까!"

그 순간 퀸 경감은 젊은 변호사가 엘러리의 목을 조르려 달려들 거라고 생각했다. 하지만 팩스턴의 어깨는 축 늘어졌고, 그는 결국 의자에 주저앉아 손으로 얼굴을 감쌌다.

"난 지쳤습니다. 그 말이 맞아요. 저 사람이 한 말은 다 진실입니다. 다 끝나서 얼마나 기쁜지 모르겠네요. 똑똑하게 구는 건 정말 피곤한 일이군요."

엘러리는 그의 마지막 한 마디가 미국 원주민들의 유명한 묘비명 목록에 추가되어도 손색이 없다고 생각했다.

30. 어느 젊은 여자가 있었네

다음 날 퀸 부자의 아파트 거실에 앉아 다리를 쭉 뻗고 있던 벨리 경사가 말했다.

"이봐요, 마에스트로. 연극 제3막은 대체 언제 시작하는 겁니까? 그냥 나를 애니 오클리*한테 심부름을 보내지 그랬어요?"

"저도 저 자신을 잘 모르겠거든요."

엘러리가 씩 웃었다. 야윈 얼굴에는 이제 모든 걱정거리가 깨끗이 사라지고, 그럭저럭 기쁜 표정도 돌아와 있었다.

경감이 키득키득 웃었다.

"내가 보기에 넌 정말이지 아무것도 모르는 녀석이야."

"네, 그 말씀이 맞아요."

엘러리가 탄식했다.

"아마 네가 말한 그 증거라는 걸 제대로 들여다보면 넝마 조각이나 가짜 세트장, 누가 뱉어놓은 침 같은 것들일 거다."

엘러리가 대꾸했다.

"음……. 네, 그러게요. 하지만 저도 갑자기 떠오른 생각이었단 말이에요. 솔직히 어떻게 밀어붙여야 할지 제대로 준비도 못 했어요. 결혼식이 진행되는 걸 용납할 수 없었을 뿐이죠. 그

* 19세기 미국의 여성 명사수.

자리에서 할 수 있는 일들을 한 걸음 한 걸음 최선을 다해 제 방식대로 하는 수밖에 없었어요."

벨리 경사가 말했다.

"정말 대단한 친구예요. 한 걸음 한 걸음 최선을 다해 갔답니다, 경감님. 무슨 산양도 아니고."

"그래도 유리한 점이 있긴 했어요. 찰리는 결혼식 한복판에서 당한 일이라 완전히 방심하고 있었거든요. 자기가 생각한 모든 일들이 다 잘 풀리고 드디어 계획을 완전히 성사시켰다고 생각하던 시점이었을 테니 말이에요."

"그리고 지금은 교도소 안에서 손톱이나 깨물고 있겠죠. 그게 인생 아닙니까."

벨리 경사가 말했다.

"정황증거라니까."

경감이 집요하게 말했다.

"하지만 아주 강력한 정황증거잖아요, 아버지. 그 밀봉된 봉투의 소유 시점을 지적한 게 가장 컸어요. 강력한 히든카드였죠. 찰리 팩스턴의 약점을 정확히 노리고 파고든 은제 탄환이었어요. 덕분에 찰리도 결국 무너지고 범죄를 자백했고요. 하지만 전 찰리가 그럴 거라는 사실을 알고 있었어요. 오랫동안 압박감에 시달리다가 겨우 마음을 놓고 방심한 타이밍에 누군가가 확신에 찬 공격을 퍼부으면 그걸 버틸 수 있는 사람은 없거든요. 찰리는 머리를 굴리는 타입의 살인자였고, 그런 경우 평범한 악당은 꿈쩍도 안 하는 공격에도 쓰러지곤 해요."

벨리가 고개를 끄덕였다.

"맞습니다. 어제는 여기 있었는데 오늘은 교도소 신세라니.

정신적으로 버티기 쉽지 않을걸요."

"한 사건을 끝맺으면서 이렇게 행복한 기분이 든 건 처음이
다. 정말 지긋지긋한 사건이었어!"

경감이 하품을 했다.

"아직 끝 안 났는데요."

아들이 공손하게 말했다.

"뭐야?"

경감이 펄쩍 뛰었다.

"설마 또 다른 실수를 깨달은 건 아니겠지!"

"어떤 의미로는 그렇죠."

엘러리가 작은 소리로 말했다. 하지만 두 눈은 반짝이고 있
었다.

"실라 브렌트한테서 전화가 왔어요. 이리로 오는 중이래요."

"왜?"

퀸 경감의 작은 턱이 빠질 정도로 떡 벌어졌다. 하지만 경감
은 금세 고개를 흔들었다.

"어젯밤에 술을 잔뜩 마시고 숙취라도 온 모양이군. 불쌍한
아가씨, 지금 속이 말이 아닐 거야. 뭐 원하는 거라도 있다더
냐, 엘러리?"

"모르겠어요. 하지만 제가 원하는 게 뭔지는 알아요."

"뭔데?"

"실라를 도와주는 일이요. 왜인지는 모르겠지만……."

아버지가 말했다.

"하하. 벨리, 잠깐 나가 있자고."

경사가 일어나서 기지개를 켰다.

"당연히 그래야죠. 이봐요, 마에스트로. 브렌트 양을 위해서 뭘 해줄 수 있을지 내가 가르쳐드리리다. 브렌트 양이 물려받은 그 수백만 달러는 되는 재산을 낭비하는 일을 옆에서 같이 도와주면 돼요."

경사는 경찰관 월급은 쥐꼬리만 하다고 투덜투덜 중얼거리면서 나가버렸다.

엘러리가 뒤에서 불렀다.

"경사님, 제 생각에 의사가 브렌트 양에게 그런 처방을 내리지는 않았을 것 같은데요."

그리고 엘러리는 현관 벨이 울릴 때까지 다양한 치료법에 대한 명상에 잠겼다.

엘러리가 말했다.

"얼굴이 많이 나아져서 다행이네요. 당신 얼굴이 영영 퀭한 모습 그대로 굳어질까 걱정했거든요."

하지만 실라의 표정은 그리 좋아 보이지 않았다. 얼굴은 창백했고, 보조개에도 생기가 없었다.

"고마워요. 우선 숙녀에게 뭐 차가운 마실 것 한 잔 줄 수 없나요?"

"덥고 목마른 날을 위한 음료, 당연히 있죠."

엘러리는 재빨리 차가운 마실 것을 만들기 시작했다. 실라는 엘러리가 초조한 표정을 짓고 있다는 사실을 알아차렸다.

실라가 한숨을 쉬며 말했다.

"괜히 제가 와서 귀찮게 해드리기만 한 거 아닌가 모르겠네요. 아무래도 자꾸 당신에게 매달리게 되는 것 같아서…… 아,

고마워요, 퀸 씨."

"엘러리라고 불러요."

엘러리는 실라가 차가운 음료를 마시는 모습을 보면서, 앞으로도 쭉 이렇게 실라에게 음료를 대접할 수 있으면 얼마나 좋을까 하고 생각했다.

"어제 제가 해야만 했던 일이 당신에게 얼마나 미안한 짓인지 잘 알고 있어요, 실라……."

실라는 잔을 내려놓았다.

"미안하다니요! 전 정말 감사하다는 말을 하고 싶어서 오늘여기……."

엘러리가 불안한 얼굴로 물었다.

"크게 충격 받지 않았어요? 안타깝게도 당신에게 미리 경고를 해줄 시간이 없어서……."

"이해해요."

"당신이 계속 결혼식을 진행하게 내버려둘 수 없었어요."

실라는 웃음까지 터뜨렸다.

"평범한 남자가 할 소리는 아니네요. 여자를…… (실라는 몸서리를 쳤다) 세상에서 가장 끔찍한 실수에서 구해주고서, 심지어 사과까지 하다니!"

"저기, 하지만 난……."

"당신은 참 좋은 사람이에요."

실라가 묘하게 말했다.

"난 당신에게 아무리 감사해도 모자랄 거예요. 그래서 오늘여기 들러도 되겠느냐고 아까 전화로 물은 거고요. 꼭 얼굴을 보고 직접 고맙다고 말하고 싶었거든요."

엘러리가 화난 목소리로 말했다.

"이제 그 얘기는 그만하죠. 왜 당신이 나한테 고마워하는지 모르겠어요. 난 당신의 마음을 끔찍한 범죄와 그 증거, 경찰관, 그리고 잔인한 폭로로 짓밟아놓았는데……."

"자꾸 그렇게 바보 같은 소리 할 거예요?"

실라가 소리를 지르다 말고 얼굴을 붉혔다.

"미안해요, 퀸 씨."

"엘러리라고 부르라니까요."

엘러리는 갑자기 몹시 즐거워졌다.

"실라, 새 인생 시작할 생각 없어요?"

실라는 깜짝 놀랐다.

"정말이지 당신은 내가 본 사람들 중에서 제일 뜬금없는 사람이에요!"

"그게 내 말은…… 당신이 그 끔찍하고 슬픈 기억만이 가득한 리버사이드 드라이브의 둥지를 떠나기로 했다면, 인생의 진정한 즐거움을 찾을 수 있는 새롭고 활기찬 환경을 찾아보는게 좋지 않을까 하고……."

실라는 얼굴을 찌푸렸다.

"당연히 그렇죠. 사실 요즘은 사회에 뛰어들어서 모든 것을 다 잊고 살아보고 싶어요. 돈 따위는 정말로 중요한 문제를 해결해주지 못한다는 사실을 알게 되었으니까요. 나는 항상 실용적인 일을 하고 싶었지만 엄마가 허락해주지 않았죠. 그런 일을 찾고 싶어요. 내가 즐기면서 할 수 있는 일을……."

엘러리가 갑자기 말했다.

"아, 중요한 질문 하나가 생각났어요. 브렌트 양."

엘러리는 귓불을 만지작거렸다.

"혹시, 내가 제공해주는 즐거운 일을 해볼 생각은 없어요?"

"네?"

실라는 멍한 표정을 지었다.

"내 밑에서 일해보는 건 어때요?"

엘러리는 다급히 덧붙였다.

"물론 월급도 줄 거예요. 당연히 그래야죠. 나도 당신의 재산 덕을 볼 생각은 없어요."

"당신 밑에서 일한다고요?"

실라는 한쪽 팔꿈치를 무릎에 대고, 주먹으로 턱을 괸 채 생각에 잠긴 얼굴로 엘러리를 가만히 바라보다 말했다.

"더 자세히 얘기해보세요, 퀸 씨."

"기분 상하지 않았어요? 다행이네요!"

엘러리는 활짝 웃었다.

"실라, 과거는 잊어버려요. 당신을 구속하고 있던 모든 것들을 다. 물론 아버지는 빼고요. 어쨌든 난 당신이 홀로서기를 할 수 있어야 한다고 생각해요. 모든 걸 다 바꿔봐요. 환경, 삶의 방식, 입는 옷, 습관까지 전부 다. 완전히 새롭게 태어났다고 생각해요."

실라의 눈이 반짝였지만, 금세 그 위로 먹구름이 뒤덮었다.

"엘러리, 그 말은 듣기는 좋지만 불가능한 일이에요."

"불가능한 건 없어요."

그러나 실라는 고개를 가로저었다.

"내가 요주의 인물이라는 사실을 잊어서는 안 돼요. 난 실라 포츠, 혹은 실라 브렌트예요. 어느 쪽이든 상관없어요. 사람들은 두 이름을 다 알고 있어요."

실라는 사람들이라고 말하면서 얼굴을 찡그렸다.

"나를 따라다니는 나쁜 소문들 때문에 괜히 당신 평판까지 나빠질 거예요. 난 내가 누구인지 결코 잊어서는 안 돼요. 우리 엄마가 누구인지, 내 이부형제 설로가 누구인지, 하마터면 결혼할 뻔했던 남자가 누구인지……."

"다 헛소리예요."

실라는 당황한 표정을 지었다.

"하지만 사실이잖아요."

"당신이 사실이라고 인정해야 비로소 사실이 되죠. 그걸 사실이 아닌 일로 만들 수 있는 완벽하고 쉬운 방법이 있어요."

실라가 소리쳤다.

"어떻게요? 뭐든지…… 말만 해줘요! 내가 정상적이고 멀쩡하고 예의 바른 사람들 속에서 편하게 살기를 얼마나 갈망했는지 모를 거예요. 도대체 어떻게 하면 되죠, 엘러리?"

엘러리가 차분하게 말했다.

"이름을 바꿔요. 그리고 그 이름을 가지고 평생 살면 돼요. 만약 추리 소설가 퀸 씨가 갑자기 캔자스시티에서 온 수지 맥가글이라는 젊고 예쁜 아가씨를 비서로 고용한다면……."

실라가 중얼거렸다.

"비서……. 아, 좋은데요! 하지만……."

실라의 목소리에서 금방 생기가 빠져나갔다.

"그건 애초에 불가능한 일이에요. 제안은 정말 고맙지만 나는 아무런 자격도 없어요. 타이핑을 할 줄도 모르고, 속기를 배운 적도 없고……."

"이제부터 배우면 되죠. 비서 양성 학교가 왜 있겠어요?"

"그러게요…… 그러네요……."

"그리고 당신도 같이 지내다 보면 내가 상당히 이해심 있는 고용주라는 사실을 알게 될 거예요."

"하지만 난 오랫동안 당신의 짐일 거예요!"

엘러리가 냉큼 말했다.

"6주 줄게요. 바깥세상에서 두 달쯤 살다 보면 손글씨를 쓰거나 타이프라이터를 놀려서 저녁값쯤은 벌 수 있는 속기사가 되기에 충분한 시간일 겁니다. 딱 두 달 줄게요. 더는 안 돼요."

"정말…… 제가 할 수 있을까요?"

"제발요, 실라."

실라는 기쁨에 차 말했다.

"만약 새로운 인생을 살 수 있다면…… 그것도 당신과 함께라면 얼마나 즐거울까요! 당신이 진심이라면……."

"난 진심인데요."

엘러리가 짧게 말했다.

"그럼 할게요!"

실라는 소파에서 뛰어내렸다.

"세상에, 당연히 해야죠!"

너무나 기쁜 나머지 실라는 온 집안을 구르고 뛰어다녔다.

"어디서 일해요? 일 많이 힘들어요? 책상 정리는 누가 해 줘요? 당신 이 사진 정말 끔찍하게 못 나왔네요. 이 조명은 너무 어두워요. 타이프라이터는 어디 있어요? 어쩌면 오늘부터 당장 시작할 수 있을지도 몰라요. 그러니까 학교를…… 아, 어쩌지. 새로운 인생, 새로운 이름, 엘러리 퀸과 함께 일하는 삶…… 새 이름!"

실라는 갑자기 힘이 쭉 빠진 표정으로 말했다.

"그런데 수지 맥가글은 싫은데요."

그토록 기뻐하던 분위기가 단번에 싹 날아간 것을 보고 엘러리는 놀라면서 말했다.

"그건 그냥 갑자기 생각나서 대충 지은 이름이에요."

"정말 너무하셔!"

실라는 깔깔 웃었다. 엘러리는 정말로 오랜만에 여성의 웃음소리가 이토록 듣기 좋았던가 하는 생각을 했다.

"그래서 그럼 내 이름은 어떻게 해요? 당신 생각이니까 당신이 지어줘요."

엘러리는 눈을 감았다.

"이름이라…… 귀여운 문제군요. 귀여운 주제에 대한 귀여운 문제. 빨간 머리, 보조개……."

엘러리는 자리에서 일어나 싱긋 웃었다.

"그거 알아요? 엄청 놀라운 우연이 하나 있어요."

"뭔데요, 엘러리?"

"내 새 책의 여주인공도 빨간 머리에 보조개가 있어요!"

"정말요? 이름이 뭔데요? 뭔지는 모르지만 뭐, 그리맬킨이나 팔리와그 같은 이름이라도 좋으니 그걸로 할게요!"

"정말?"

"당연하죠."

엘러리는 씩 웃으면서 말했다.

"그래요, 당신은 아주 운이 좋아요. 사실 굉장히 괜찮은 이름이거든요. 내 입으로 말하면 그렇게 안 들리겠지만."

"그래서 그게 뭔데요?"

엘러리는 말해주었다.

"니키(Nicky)?"

실라는 의아한 표정을 지었다.

"엔, 아이, 케이, 케이, 아이. 니키예요."

"아, 그 니키! 좋아요. 정말 좋아요. 예뻐요. 니키…… 퀸 씨, 저 그걸로 할게요!"

"그리고 성 말인데…… 여주인공의 성을 줄 수는 없어요. 템프시거든요. 나쁜 이름은 아니지만 당신한테는 안 어울릴 것 같아서……. 어디 보자. 당신 생각에 니키라는 이름 뒤에는 어떤 성이 따라올 것 같아요?"

"니키…… 니키 존스? 니키 브라운? 니키 그린?"

"맙소사, 지금 시 써요? 니키 키츠? 니키 로웰? 니키 파울러? 파울러…… '어'로 끝나는 이름이 괜찮겠네요. 그래요, 그게 좋겠어요. '어'로 끝나는 두 음절짜리 이름. 파커. 파머. 포터…… 포터! 니키 포터!"

엘러리는 벌떡 일어나서 외쳤다.

"이걸로 해요. 니키 포터!"

"좋아요!"

니키 포터가 따스하고 부드러우면서도 기쁨과 감사를 담은 목소리로 말했다.

"좋아요. 퀸 씨."

"엘러리라고 부르라니까요. 포터 양."

엘러리가 웃었다.

"니키라고 불러주세요. 엘러리."

역자 후기

이상한 나라의 엘러리 퀸,
맨해튼의 토끼 굴에 뛰어들다

※이 후기는 《노파가 있었다》의 스포일러를 포함하고 있습니다.

작가가 평생을 들여 한 주인공을 묘사하다 보면 주인공의 인물상 또한 작가를 따라 나이를 먹게 마련이다. 처음 등장할 때는 치기 가득하고 자신만만했던 젊은이도 시간이 흐르면 조금 더 성숙한 사고방식을 갖게 되고, 삶과 인간을 바라보는 관점도 자연스럽게 달라진다. 어떤 의미에서는 일기보다도 더욱 쓰는 이의 심정이 솔직하게 반영된다는 소설이라는 매체 속에서, 기나긴 세월 작가의 페르소나로서 함께한 주인공이 그 영향을 받는 현상은 당연하다면 당연한 일이라고 할 수 있겠다.

엘러리 퀸 또한 1929년 로마 극장 관객석의 느닷없는 시체와 함께 탄생한 이래 꾸준히 나이가 들었고, 오로지 '누가', '어떻게' 살인을 저질렀는가에만 관심을 두었던 이 날카로운 젊은이도 점점 인간들 사이의 드라마에 눈을 돌리게 되었다. 그 사이 두 창조주들 역시 라디오 드라마, 텔레비전 드라마, 영화 등 다양한 경험을 쌓으면서 '독자에의 도전'뿐만 아니라 '청취자에의 도전', '시청자에의 도전'을 던지며 퀸 부자가 활약하는 영역을 확장시켜 나갔다.

그리고 영상 매체에 활발하게 도전하던 할리우드 시기를 거쳐 이른바 '3기'라 불리는 라이츠빌로 돌아온 엘러리는 더욱 진중하고 차분해진 성격으로 1942년《재앙의 거리》에서 그 모습을 드러낸다. 사람들 사이의 사연에 고뇌하고 슬퍼할 줄 아는, 인간미 가득하며 어른스러운 면모를 갖추게 된 인물로. 라이츠빌에 처음 도착하여 '컬럼버스라도 된 것 같은 기분'을 느낀 엘러리의 눈에 이 시골 마을은 그야말로 미국이라는 사회의 축소판으로 비쳤다. 그 눈은 단순한 사물을 관찰하는 차갑고 이성적인 눈이 아니라, 인간관계에 대한 공감과 연민이 깃든 따스한 시선을 던지는 눈이었다.

　그러나 바로 다음 해인 1943년, 프레더릭 다네이와 만프레드 리는 완전히 다른 작품을 내놓았다. 현실 사회와의 관련도, 등장인물의 현실성도, 인물들 간의 얽히고설킨 복잡한 드라마도 없이 오로지 '옛 방식'대로 승부를 건《노파가 있었다》였다. 냉혹하고 비정한 페이퍼백 하드보일드 작품들이 한창 횡행하던 시절 이는 꽤 흥미로운 시도였다. '마더 구스' 등의 동요를 이용한 동화 같은 미스터리는 1928년 밴 다인이 내놓은《비숍 살인 사건》즈음의 시기에 전성기를 구가했지만 40년대 들어서는 그리 흔하게 사용되는 소재가 아니었을 테니 말이다.《노파가 있었다》의 배경은 심지어 라이츠빌도 아니므로 라이츠빌 시리즈에 포함시킬 수도 없다. '노파'의 웅장한 저택은 허드슨 강을 바라보는 뉴욕 한복판에 떡 버티고 있다. 엘러리가 마음만 먹으면 자기 집이나 아버지가 있는 경찰청에 얼마든지 왔다 갔다 할 수 있는 거리다.

　책만 읽는 언니 옆에서 졸음을 참으며 연신 하품을 하다 시계를 보고 바삐 뛰어가는 흰토끼를 보고 저도 모르게 뒤따르게 된 앨리스처럼 엘러리 역시 법원에 앉아서 오지 않는 판사를

기다리느라 아버지와 벨리 경사 사이에 긴 채 꼼짝 못 하고 하
품만 하다가, 흰토끼처럼 돌연 나타난 찰리 팩스턴이라는 변호
사에게 이끌려 저도 모르게 기상천외한 토끼 굴 같은 포츠 저
택으로 발을 들이게 된다. 저택 한구석에는 수수께끼 같은 물
질을 끝없이 끓여대는 과학자의 기괴한 탑이 있고, 고개를 돌
리면 피터 팬의 환상적인 동화 속 오두막이 있다. 마음에 안 드
는 일이 있으면 결투로 해결하자고 우겨대는 시대착오적인 남
자가 있고, 또 한쪽에서는 왕년에 전장에서 활약 좀 했다는 중
년 남자 둘이 영원히 끝나지 않는 체커 게임을 하고 있으며,
이 모든 저택의 정점에는 신발 사업으로 '왕조'를 꾸린 하트 여
왕 같은 노파가 앉아 있다가 신문기자들을 향해 총을 쏘아댄
다. 시체 옆에는 영문 모를 닭고기 수프 그릇이 나뒹굴고 흉기
는 플라타너스 나무 위 찌르레기 둥지 속에서 튀어나온다. 그
렇지 않아도 신문 카툰에서 '신발 속의 노파'라며 조롱조로 그
려진 집안이라서인지 엘러리는 들어가 식탁에 앉자마자 포츠
집안 사람들의 모습을 마더 구스 동요와 바로 결부시켜 연상한
다. 네온사인 글자가 번쩍이는 커다란 신발 동상 앞에 일단 발
을 들인 순간, 애써 얻었던 진중함과 어른스러움은 안타깝게도
우선 잃어버리고 시작하는 수밖에 없다.

처음부터 끝까지 잘 꾸며진 연극 무대 같은 집 안에서 우왕
좌왕 일어나는 소동들을 따라가다 보면 어느샌가 현실감을 잊
게 된다. 두 작가가 라디오 드라마를 한창 쓰던 와중이어서 그
런지 가끔 나타나는 라디오 드라마 대본 같은 대화도 비현실성
을 더해준다. 사실상 한 집안을 다스리는 폭군 같은 노파란《네
덜란드 구두 미스터리》나《Y의 비극》에서도 이미 등장한 소재

였지만《노파가 있었다》의 농담 같은 세계 속에서 결국 노파는 한없이 권위적이거나 한없이 음울할 수만은 없게 되고 말았다. 뭐, 살인 사건의 피해자가 되지 않고 자연사를 맞이할 수 있었던 건 그런 노파가 가졌던 일종의 유머 감각 덕분인지도 모르지만 말이다.

여타 매체에서 먼저 태어나 이 책에서 생명력을 얻은 니키 포터 이야기도 빠뜨릴 수 없겠다. '빨간 머리의 깜찍하고 전형적인 미국 아가씨'로 묘사되는 니키는 당시 라디오 청취자들이 원하던 엘러리의 파트너상에 까무잡잡한 소년 주나보다 더 잘 부합했던 모양이다. 니키는 속기사라는 명목으로 취직했지만 결국은 엘러리의 '비서'로 자주 등장한다. 엘러리도 본업은 소설가지만 작품 속에서 소설 쓰는 모습이 자주 나오지는 않으니 비슷한 맥락의 직업인 셈이겠다.

아무것도 모른 채 범인과 결혼할 뻔했다가 광기의 토끼 굴 속에서 간신히 빠져나온 니키가《범죄 캘린더》에 실린 단편 〈약손가락의 모험〉에서 신성한 결혼식의 수호자처럼 분개하는 모습을 보면 마음이 아프기도 하지만, 어쨌든 니키는 이토록 사연 많은 집안에서 탈출한 생존자치고는 명랑하고 사랑스러우며 오지랖 넓은 조수가 되었다. 그러나 엘러리와 니키는 연인이 될 듯 말 듯 애매한 거리에 있으나 결코 연인이 되거나 결혼할 일은 없다. 왜냐하면《탐정 탐구 생활》에서 두 사촌 형제가 그러지 않겠노라고 딱 잘라 말했기 때문이다. 자신들은 이미 세상에 차고 넘치는 부부 탐정 위로 또 한 쌍의 부부 탐정 팀을 굳이 추가할 생각이 없고, 엘러리는 영원한 독신으로 남을 것이기 때문에《로마 모자 미스터리》에서 잠깐 등장했던 엘러리 퀸 부인은 영영 등장할 일이 없을지어다. 아멘!

일견 광기와 무논리로 가득해 보이는 뒤죽박죽 토끼 굴 세계 같은 무대에서 아주 사소한 단서로 이성적인 범죄자의 두뇌를 발견하고 사건을 극적으로 해결해낸 엘러리 퀸의 활약상은, 초기 국명 시리즈의 또박또박한 연역추리를 선호하던 독자들에게는 오랜만에 좋은 선물이 되지 않을까 생각해본다. 사람이 천천히 시간을 들여 성숙해졌다가도 가끔은 젊은 시절의 경쾌함을 떠올리곤 하는 것처럼, 농익은 인간 관찰을 한참 읽다 보면 때로는 가볍고 산뜻한 퍼즐 미스터리가 그리워지기도 하는 법이니까.

김예진

옮긴이 김예진

한국외국어대학교 영어학부 영어통번역학 전공. 양질의 미스터리 작품을 널리 소개하는 데
힘쓰고 있다. 옮긴 책으로 《미국 총 미스터리》, 《스페인 곶 미스터리》가 있다.

There Was an Old Woman
노파가 있었다

2017년 12월 5일 초판 1쇄 인쇄
2017년 12월 15일 초판 1쇄 발행

지은이 | 엘러리 퀸
옮긴이 | 김예진
발행인 | 이원주

책임편집 | 조예원
책임마케팅 | 임슬기

발행처 | (주)시공사
출판등록 | 1989년 5월 10일(제3-248호)
브랜드 | 검은숲

주소 | 서울 서초구 사임당로 82 (우편번호 06641)
전화 | 편집 (02) 2046-2869 · 마케팅 (02) 2046-2800
팩스 | 편집 · 마케팅 (02) 585-1755
홈페이지 | www.sigongsa.com

ISBN 978-89-527-7961-8 04840
     978-89-527-6337-2(set)

국명 시리즈
Country Series

로마 모자 미스터리 The Roman Hat Mystery
로마 극장, 가장 인기 있던 연극의 2막이 끝나갈 무렵 발견된 한 남자의 시체.
두 사촌 형제의 역사적인 첫 공동 작업.

프랑스 파우더 미스터리 The French Powder Mystery
프렌치 백화점 전시실에서 튀어나온 시체. 용의자를 모으고 소거한 후
범인을 지적하다. 미스터리 역사상 가장 멋진 결말.

네덜란드 구두 미스터리 The Dutch Shoe Mystery
네덜란드 기념 병원, 이동식 침대에서 발견된 시체. 흰색 바지와 흰색 신발
한 켤레를 바탕으로 펼쳐지는 놀라운 추리.

그리스 관 미스터리 The Greek Coffin Mystery
미술품 중개업자의 죽음, 사라진 유언장. 최강의 적과 맞닥뜨린
엘러리 퀸의 당혹. 미국 미스터리를 대표하는 걸작.

이집트 십자가 미스터리 The Egyptian Cross Mystery
T자형 십자가에 매달린 목이 잘린 시체. 희생자는 더 늘어날 수 있는 상황.
엘러리 퀸의 치열한 추적이 시작되다.

미국 총 미스터리 The American Gun Mystery
2만 명이 모인 로데오 경기장에서 발생한 죽음. 25구경 자동권총의 행방은?
두 번째 살인 사건 이후 마침내 도달한 진상은?

샴쌍둥이 미스터리 The Siamese Twin Mystery
화재에 쫓겨 산 정상에 있는 은퇴한 의사의 집에 도착한 퀸 부자.
다음 날 발생한 기이한 살인. 피해자의 손에 쥐어진 스페이드 6 카드의 비밀은?

중국 오렌지 미스터리 The Chinese Orange Mystery
모든 것이 뒤집어진 이상한 사무실에서 뒤집어진 차림새의 시체가 발견된다.
신원을 알 수 없는 이 시체는 왜 이상한 차림으로 죽어 있는가?

스페인 곶 미스터리 The Spanish Cape Mystery
대서양을 향한 반도, 월스트리트 약탈자의 거대한 저택에서 발견된
목 졸린 시체. 그는 왜 망토로 온몸을 감싸고 있었을까?

XYZ 비극 시리즈
Tragedy Series

X의 비극 The Tragedy of X
전차 안에서 서서히 쓰러지는 한 남자. 수십 개의 독바늘이 박힌 코르크 공.
은퇴한 셰익스피어 극 명배우 드루리 레인의 인상적인 첫 등장.

Y의 비극 The Tragedy of Y
미치광이 집안이라 불리는 해터가의 주인이 바다에서 시체로 발견된다.
끊임없이 이어지는 죽음의 징조들. 진실에 다가갈수록 드루리 레인은
고민 속으로 빠져든다.

Z의 비극 The Tragedy of Z
두 번의 비극으로부터 10년 후. 은퇴한 섬 경감은 딸 페이션스와 함께
사건을 조사하던 중, 상원의원의 시체와 마주하게 된다.
드루리 레인이 펼치는 아름다운 소거법과 놀라운 진실.

드루리 레인 최후의 사건 Drury Lane's Last Case
변장을 한 수수께끼의 남자, 그가 남긴 의문의 봉투, 도난당한 셰익스피어의
희귀본. 숨겨져야만 했던 역사의 진실은 과연 무엇일까?
드루리 레인 최후의 사건.

라이츠빌 시리즈
Wrightsville Series

재앙의 거리 Calamity Town
사라진 지 3년 만에 돌아온 약혼자 짐과 행복한 결혼식을 올리는 노라.
그러나 그의 필체로 쓰여진 의문의 편지들은 사랑하는
아내의 죽음을 예고하고 있는데……

폭스가의 살인 The Murderer is a Fox
전쟁 영웅이 되어 고향 라이츠빌로 돌아온 데이비 폭스.
하지만 내면이 부서져버린 그는 자기 손으로 사랑하는 아내를
죽일 것이라는 강박에 시달리는데……

열흘간의 불가사의 Ten days' Wonder
모든 것을 다 가진 듯했던 한 가족을 파국으로 몰아간 치명적 비밀.
역사상 가장 정교하고 거대한 '악'에 맞닥뜨린 엘러리의 운명은?

더블, 더블 Double, Double
〈마더 구스〉의 노랫말을 따라 사람들이 연이은 죽음을
맞이하면서 공포에 휩싸인 라이츠빌!
불길한 노래가 가리키는 마지막 희생자는 누구인가?

킹은 죽었다 The King is Dead
군수업계의 거물 킹 벤디고에게 연이어 날아든 살인 예고장.
수사에 나선 엘러리와 퀸 경감은 범인의 정체를 밝히고 그를 가둬두는데……
불가능한 살인에 도전하는 범인과 그에 맞서는 엘러리. 과연 최후의 승자는?